Klaus Marxen
Weiheraum

Klaus Marxen

Weiheraum

Roman

für Reinhild und Jürgen Schläwe
mit herzlichem Gruß
Klaus Marxen
Berlin, 1. Januar 2016

2015

BOUVIER

ISBN 978-3-416-03389-3

Über Wirklichkeit und Wahrheit

Für die Wirklichkeit fühle ich mich nicht verantwortlich, wohl aber für die Wahrheit. Daher geht es mir allein darum, die großen Lücken und Löcher der Wirklichkeit so zu füllen und zu schließen, dass Wahrheit entsteht.

Die Wirklichkeit: Ich stehe vor einem sehr alten Haus in Jüterbog, 60 Kilometer südlich von Berlin. Ein Aufsteiger ins Bürgertum wird es gegen Ende des 19. Jahrhunderts gebaut haben, einer, der noch weiter vorankommen wollte. Zwei hohe Erker verlangen, beachtet zu werden, einer der Straße zugewandt, der zweite gegen die linke Nachbarschaft gerichtet. Sie sind von großen Bögen eingefasst, teils nach innen, teils nach außen gerundet. Ein dreiflügeliges Fenster im ersten Stock beherrscht die Straßenfront. Den seitlich gelegenen Eingang schützt ein hölzernes Vordach, das mit Schnitzwerk verziert ist. Das alles wirkt wie die Annäherung an einen großbürgerlichen Prachtbau. Aber der Bauherr ist gescheitert. Der erkennbar geplante Ausbau nach hinten ist nicht mehr erfolgt. Geschäftliche Fehlschläge, ein Unglück, Krankheit? Jedenfalls brauchte er Einnahmen. Als Mieter zog ein Lehrer mit seiner Ehefrau ein. Bald kam das erste Kind zur Welt, ein Junge.

Dessen Leben, das nach 49 Jahre endete, hat einige Wirklichkeitspartikel hinterlassen, solche aus Papier, wie Zeugnisse, Fotos und Briefe, aber auch steinerne, so das stattliche Portal der Berliner Universität, das er als Student durchschritten hat, und das mächtige Gebäude des Moabiter Kriminalgerichts, in dem er viele Jahre als Staatsanwalt gearbeitet hat. Wer diesen Partikeln wie einer Spur geduldig folgt, den führen sie schließlich in einen Raum des Wiener Landesgerichts für Strafsachen, der »Weiheraum« genannt wird.

Dorthin gelangt man auch, wenn man in gleicher Weise den Bruchstücken einer Wirklichkeit nachgeht, die weit weg von Jüterbog in der südmährischen Stadt Břeclav mit der Geburt eines um 17 Jahre jüngeren Mädchens eingesetzt hat. Eine Spur legen auch hier überlieferte Dokumente, ein Kirchenbucheintrag etwa, ein Ausweis, eine Postkarte, aber auch eine Realität anderer Art, so der Fluss Thaya, in dem das Mädchen gebadet hat, und die Kirche, in der es die Kommunion empfangen hat.

Im Weiheraum des Wiener Landesgerichts wird mein Blick zunächst vom großen Fenster gefangen genommen. Bunte Glasplatten, vorwiegend in Blautönen gehalten, und ein auf das weiße Fensterkreuz gesetztes dunkles Kreuz entfalten eine sakrale Wirkung, die Stille gebietet. Das einfallende Licht erfasst zwei Reihen von messingfarbenen Tafeln, die rechts an der Wand hängen. Deren Oberfläche spiegelt das Licht und zieht so den Blick auf sich. Namen enthalten die Tafeln, viele Namen, Zeile um Zeile, nach Jahren geordnet. Es sind die Namen derjenigen, denen im Gebäude des Wiener Landesgerichts in nationalsozialistischer Zeit das Leben geraubt wurde.

Ich lasse die Kuppe meines rechten Zeigefingers über die Gravur mit dem Namen des tschechischen Mädchens gleiten. Es ist gut, dass er nicht bloß aufgelegt, sondern eingeschrieben ist. Jedenfalls der Name wird hier noch lange Zeit überdauern, länger als das Leben, das mit ihm verbunden war. Es endete nach nur 25 Jahren.

Zu mehr, als dass sie Spuren legt, taugt die Wirklichkeit nicht. Keine Antwort hat sie auf bedrängende Fragen. Wie konnte es geschehen, dass die Lebenswege des Jungen aus Jüterbog und des Mädchens aus Břeclav sich auf unheilvolle Weise aufeinander zu bewegten, bis sie schließlich im Wiener Landesgericht zusammentrafen? Was brachte den Jungen dazu, Entscheidungen zu treffen oder Entscheidungen anderer hinzunehmen, die ihn schließlich mitwirken ließen an einer tödlichen Justizmaschinerie? Was hat das Leben des Mädchens auf eine Bahn gelenkt, die in die Greifarme dieser Maschinerie führte?

Die von der Wirklichkeit gelegten Spuren enden nicht im Wiener Weiheraum. Sie bezeugen auch ein Weiterleben. Für den Jungen aus Jüterbog währte es nur einige wenige Jahre, bis es in einer sächsischen Kleinstadt ein Ende fand. Das Weiterleben des Mädchens besteht in dem weitergegebenen Leben eines Kindes.

Wirklichkeit wird vorgefunden. Wahrheit muss erzeugt werden. Damit löst sich die Wahrheit von der Wirklichkeit. Sie wird eigenständig, hat ihre eigene Realität. Dass in ihr Bruchstücke der Wirklichkeit verarbeitet sind, ändert daran nichts. Daher dürfen die Personen, Orte und Begebenheiten meiner Wahrheit nicht mit wirklichen Personen, Orten und Begebenheiten verwechselt werden. Um dem vorzubeugen, habe ich die Namen der Personen erdacht. Auch sonst habe ich mir die Freiheit genommen, die nötig ist, um eine wahre Geschichte erzählen zu können.

6

Teil 1:

Zwei seidene Fäden

Im Lehrerzimmer

Aufschauen muss Konrektor Walter Liedke, aufschauen zu Rektor Mahlmann, obwohl dieser keineswegs größer ist. Mahlmann weiß sich größer zu machen. Ist es der gestreckte Hals, das gereckte Kinn, die erhobene rechte Augenbraue? Sind es die hochgezwirbelten Schnurrbartenden? Walter Liedke hasst diesen Blick von oben, er hasst den Menschen Mahlmann, der ihm, dem Älteren, bei der Besetzung der Rektorenstelle für das neu eingerichtete Realgymnasium in Jüterbog vorgezogen worden ist. Natürlich verbietet er sich als gläubiger Christ, »Hass« zu denken oder gar auszusprechen. Aber sein Körper lässt ihn den Hass spüren. Die Haut auf den Handrücken zieht sich zusammen, in den Achselhöhlen bildet sich Schweiß, der Atem stockt.

„Mein lieber Liedke, Gratulation zum Stammhalter!« Mahlmann lässt das »Gr« kräftig schnarren, auch beim folgenden »grandios«, mit dem er den Konrektor dafür beglückwünscht, dass der Knabe ausgerechnet an Kaisers Geburtstag und dann auch noch an einem Sonntag zur Welt gekommen sei. »Sie werden ihn doch sicherlich Wilhelm nennen?« Die erhobene rechte Augenbraue macht die fragend geäußerte Erwartung noch zudringlicher.

Auf die Frage ist Walter Liedke gefasst, aber nicht vorbereitet. Ihm war nichts eingefallen. Vorwärtsverteidigung ist nicht seine Sache. Und hier, im Lehrerzimmer, vor der Kaiserimitation Mahlmann, der gerade eingetreten war und ihm immer noch kräftig die Hand schüttelt, und den zwölf Kollegen des Gymnasiums, die von ihren Stühlen am langen Tisch die Szene beobachten, kann er nicht offenbaren, dass er von dem Paradehengst und Säbelrassler auf dem Thron nichts hält. Verlegen stammelnd bringt er heraus, dass es eine Familientradition gebe, was nicht stimmt, und dass sein Sohn Friedrich heißen werde. Nach einem geräusperten »so, so« stürzt Mahl-

7

mann ihn in die nächste, ebenfalls nicht unerwartete Verlegenheit. Sicherlich werde der Konrektor es sich nicht entgehen lassen, alle beim nächsten Lehrerstammtisch im Gasthof zur Post an seinem Glück teilhaben zu lassen. Dieser muss sich nicht umdrehen, um zu wissen, dass die zuhörenden Kollegen feixen. Dass er keine Gaststätten besucht und Alkohol verabscheut, ist immer wieder Anlass für Sticheleien. Er senkt das Gesicht, um die Röte zu verbergen. Ob er das einrichten könne, wisse er noch nicht, murmelt er kaum vernehmlich.

Die Pausenglocke erlöst ihn. Hastig greift er nach den Heften auf seinem Platz, verbeugt sich knapp gegen Mahlmann und verlässt mit raschen Schritten das Lehrerzimmer.

Enthaltsamkeit, christliche Demut und Bescheidenheit hindern Konrektor Liedke allerdings nicht daran, zwei Tage später durch Zeitungsannonce stolz verkünden zu lassen, dass ihm und seiner Gemahlin am 27. Januar 1901 ein Sohn mit dem Namen Friedrich geboren worden sei.

Fluchtversuch

Gut 500 km südöstlich von Jüterbog in dem kleinen südmährischen Ort Týnec hält der 27. Januar 1901 für Janek Čermák, wie sich noch zeigen sollte, einige Unannehmlichkeiten bereit. Zunächst aber beglückt ihn eine strahlende mittägliche Wintersonne. Sie dringt durch das Fenster seiner Bodenkammer ein und weckt ihn sanft. Die Helligkeit öffnet ihm die Augen. Das Fenster zeigt ihm einen tiefblauen Himmel. Davor zeichnet sich die schneebedeckte Tanne im Garten hinter dem Haus ab. Nicht nur die Augen, auch die Nase erhält Beschäftigung. Der Geruch aus der Küche im Erdgeschoss meldet ihr, dass die Mutter einen Braten zubereitet.

Sein Wohlgefühl erscheint Janek verdient. Hat er doch bis nachts um drei Uhr seine harte Arbeit als Heizer der Kaiser Ferdinands-Nordbahn verrichtet. Dann haben er und Lokführer Karel Šmíd den Güterzug aus Praha im Bahnhof von Břeclav auf einem Nebengleis abgestellt. Nach einem Vier-Kilometer-Marsch auf der verschneiten Landstraße hat er Týnec und schließlich das kleine Holzhaus erreicht, das er zusammen mit seiner Mutter bewohnt, und war ins Bett gefallen. Der tiefe Erschöpfungsschlaf hat ihn erst um 14 Uhr wieder freigegeben. Jetzt freut er sich auf das sonntägliche Mittagessen. Er zieht die Knie an, schiebt die Bettdecke mit den Händen darüber zurück und dreht den Körper zur Seite.

Auf der Bettkante sitzend hört er knirschende Schrittgeräusche. Sie nähern sich dem Haus. Da die Kammer über ein Fenster nach vorn nicht verfügt, öffnet er die Tür, um jedenfalls hören zu können, was unten vorgeht. Die Mutter lässt zwei Männer herein, die nach ihm fragen. Sie bittet die beiden, Platz zu nehmen. Janek schlafe noch, werde aber sicherlich in Kürze zum Mittagessen erscheinen.

Vorsichtig schließt Janek die Tür. Dann zieht er sich hastig und dabei leise fluchend an. Auf Jacke, Schal und Wollmütze, die am Kleiderständer neben der Haustür hängen, muss er verzichten. Von einem zweiten Pullover, den er überzieht, erhofft er sich die nötige Wärme. Er ergreift den Beutel mit seiner Arbeitskleidung. Nachdem er das Fenster geöffnet hat, lässt er sich vorsichtig herab. Wie in jüngeren Jahren oft geübt, nutzt er dabei die Regentonne als Stütze für den rechten Fuß. Mit raschen Schritten läuft er durch den Garten. Nach einem Sprung über den dahinter liegenden Graben verschwindet er im Wald. Dessen Wege sind ihm vertraut. Eine Viertelstunde später verlässt er den Wald, überquert ein Feld und erreicht die Land-straße. Die Anstrengung, die ihm der Weg durch den tiefen Schnee abverlangt hat, erzwingt ein Verschnaufen von einigen Minuten. Dann wirft Janek sich den Beutel mit der Arbeitskleidung wieder über die Schulter und schlägt die Richtung nach Břeclav ein.

Diese Person, die mit energischen Schritten in der Mitte der un-belebten Straße geht, vereint zwei männliche Wesen: einen hübschen Jungen und einen kräftigen Mann. Grübchen, Augen von strah-lendem Braun und eine widerspenstige schwarze Locke in der Stirn machen den hübschen Jungen aus. Die harte körperliche Arbeit als Heizer hat dem 22-Jährigen zu breiten Schultern und zu kräftiger Brust- und Armmuskulatur verholfen. Seine Jugend hat bislang noch verhindert, dass er die gebeugte Haltung der älteren Kollegen an-nahm.

Allein schon seine Erscheinung sorgt stets dafür, dass er die Blicke von Mädchen und Frauen auf sich zieht. Und Janek Čermák versteht

9

sich auf Mädchen und Frauen. Hat er doch sein bisheriges Leben fast ausschließlich mit einer Frau verbracht. Seine Mutter hat ihn allein groß gezogen. Der Vater war an Tuberkulose gestorben, als Janek zwei Jahre alt war. Eine Erinnerung an den Vater ist ihm nicht geblieben. Die Trauer der Mutter über den Verlust des Ehemannes hat die Liebe zu ihrem einzigen Kind noch größer, noch hingebungsvoller, noch weicher werden lassen, und Janek hat gelernt, von dieser Liebe Gebrauch zu machen. Er ist sich daher auch sicher, dass seine Mutter den beiden Besuchern einleuchtend erklären wird, warum ihr Sohn, von ihr unbemerkt, bereits das Haus verlassen habe. Beseitigt sind damit freilich nicht die Schwierigkeiten, die Janek von den beiden Männern zu erwarten hat. Doch Janek weicht Schwierigkeiten lieber aus, als dass er sich ihnen stellt.

Seine Schritte verlieren an Energie, je näher er Břeclav kommt. Die Flucht scheint geglückt. Doch was nun? Der Personenzug nach Brno, den er zu beheizen hat, fährt erst um 18.00 Uhr, also in drei Stunden. Ohren und Hände bekommen die Kälte zu spüren, und Janek hat Hunger. Kurzentschlossen sucht er auf dem nächsten Weg die Bahnhofsgaststätte auf. Als er den schweren Vorhang aus Filzstoff beiseiteschiebt, der das Innere vor der Zugluft von der Eingangstür schützt, würde er sich am liebsten sogleich wieder dahinter verstecken. Aber es ist zu spät. Beide, die an einem Tisch in der Mitte des Raumes sitzen, haben den Kopf zum Eingang gewandt und ihn erkannt, sein Kollege, der schmächtige rothaarige Karel Šmíd und Jaroslav Hanák, der jüngste der drei Hanák-Brüder. Die anderen beiden, Kamil und Marek Hanák, das kann Janek sich ausrechnen, werden auch bald erscheinen, nachdem er ihnen noch vor einer Stunde entkommen ist. Janek sitzt in der Falle.

Was er zu erwarten hat, ist ihm klar. Seit vier Wochen hat er sich im Haus der Hanáks nicht mehr blicken lassen. Seit die kleine Schwester der drei, die 17-jährige Olga, ihm und der Familie offenbart hat, dass sie schwanger ist. Seit er zugesagt hat, mit dem Pfarrer den nächstmöglichen Hochzeitstermin abzusprechen. Körperlich hat er den drei Brüdern nichts entgegenzusetzen. Jeder einzelne ist größer und kräftiger als er. Auch fürchtet Janek nichts mehr als den Schmerz harter Schläge. Den körperlichen Auseinandersetzungen mit Gleich-

10

altrigen hat er sich nie stellen müssen. Wie eine Glucke ihr Küken hat die Mutter ihn vor der Rohheit des Alltags von Kindern auf dem Lande bewahrt. Nun können ihm allenfalls noch passende Worte und ein irgendwie geartetes Glück helfen.

Nach einem bemüht fröhlichen Gruß setzt sich Janek zu den beiden an den Tisch. Dem Kellner ruft er seine Bestellung zu: ein Bier und Schweinebraten mit Knödel und Sauerkraut. Dann versucht er, ein unverfängliches Gespräch zu beginnen. Aber Jaroslav wischt seine Bemerkung über das Wetter sofort mit einer Handbewegung beiseite. Jaroslav ist nicht bloß wütend, er ist die Wut in Person. Seine breiten Schultern sind angespannt. Auf der Stirn des geröteten runden Gesichts zeigt sich eine angeschwollene Ader. Die graublauen Augen fixieren Janek. Zusammengepresst wirken die Lippen noch schmaler, als sie ohnehin sind. Die Kiefer verkrampfen. Jaroslav bringt zunächst kein Wort heraus. Die erhobene Hand fällt als Faust mit Wucht auf den Tisch.

Noch wütender, als er ohnehin schon beim Betreten der Gaststätte gewesen ist, hat ihn gemacht, was er Karel Šmíd entlockt hat. Das war recht einfach zu bewerkstelligen gewesen. Karel hält sich vor der Arbeit und nach der Arbeit, eigentlich immer in der Bahnhofsgaststätte auf, und er liebt das dort ausgeschenkte Bier. Einige Gläser davon haben ihm die Zunge gelöst. Nun weiß Jaroslav bestens Bescheid über das Verhältnis, das Janek mit der Wirtin der Pension in Brno pflegt, in der die Eisenbahner übernachten, auch über die Beziehung mit einem Dienstmädchen in Wien. Ferner ist nicht verschwiegen geblieben, dass Janek nach der Arbeit gelegentlich von einer Kutsche abgeholt wird, in der Karel die Gattin eines Gutsbesitzers vermutet.

Das Gespräch nimmt sehr rasch die Form eines Verhörs an, dem Karel nur noch als Zuhörer beiwohnt. Zielstrebig bringt Jaroslav, nachdem er sich gefasst hat, den Kern der Angelegenheit zur Sprache: »Na, Janek, was hat der Pfarrer gesagt? Welchen Tag habt ihr denn nun vereinbart?«

„Jaroslav, glaub mir, ich hab's immer wieder probiert, aber ich hab ihn nicht angetroffen.«

»O, sollte Hochwürden verreist sein und ein Doppelgänger die Frühmesse in dieser Woche gehalten haben?«

»Und dann war ich immer unterwegs. Der kalte Winter, ständig mussten wir Extrafahrten mit Kohle und Holz machen. Stimmt's Karel? Ich war kaum einmal zuhause.«

„Aha, immer wieder probiert, aber kaum einmal zuhause gewesen. Janek, du lügst! Und wer hat dir in diesem kalten Winter das Bettchen gewärmt? War's vielleicht die nette Frau Pamelka in Brno oder die fesche Irene in Wien oder die gnädige Frau von Hirschberg? Du Lump! Wie konnte sich Olga nur mit dir einlassen!«

Ja, wie konnte sie nur? Besser müsste wohl gefragt werden, ob es denn überhaupt vermeidbar gewesen war, dass die beiden zusammenkamen. Die so überaus hübsche Olga Hanáková, hellbraune lockige Haare, geschwungene Augenbrauen, braune Augen mit einem grünen Schimmer, hohe Wangenknochen, eine nur ganz leicht nach innen gebogene Nase, ein stets zum Lächeln bereiter Mund, ein jugendlich beschwingter, voll entwickelter Körper und der attraktive Janek Čermák, der andere für sich einzunehmen versteht durch eine offene und freundliche Zuwendung, die nicht erkennen lässt, wie gern er sich im Gegenüber spiegelt. Das Erntefest in Břeclav Anfang Oktober hatte sie zusammengeführt. Angesichts des Gedränges, des Stimmengewirrs, der Musik und des Umstandes, dass die größtmögliche Entfernung ihre Plätze trennte, könnte man geneigt sein, den Zufall dafür verantwortlich zu machen, dass sie zueinander fanden. Anderes würde ein Zuschauer auf der Empore berichten, dem aufgetragen worden wäre, die Wege der beiden zu verfolgen. Eine geradezu magnetische Anziehungskraft sorgte dafür, dass sie nach kurzer Zeit zusammentrafen und nicht mehr voneinander ließen, misstrauisch beobachtet von den drei Hanák-Brüdern.

Der Kellner bringt Janek das bestellte Essen. Angenehmer wird die Situation für ihn dadurch aber nicht, denn nur kurz darauf betreten Kamil und Marek Hanák die Gaststätte. Wie Jaroslav verfügen beide über einen kräftigen, bereits etwas rundlichen Körper. An Kamil, mit 30 Jahren der Älteste, fallen die hohe Stirn auf, die ihm ein früher Haarverlust beschert hat, sowie eine hervorspringende hakenförmige Nase. Der drei Jahre jüngere Marek ist mit etwa 1,80 m nur wenige Zentimeter kleiner. Die Haare trägt er in die Stirn gekämmt. Sein Gesicht ist schmaler als das seiner Brüder. Auch wirken bei ihm die

12

ebenfalls graublauen Augen etwas weniger kalt und streng als bei seinen Brüdern.

Der Ärger über den vergeblichen Fußmarsch nach Týnec entlädt sich in einem heftigen Faustschlag, der Janek zwischen den Schulterblättern trifft. Kamil, der sich rechts neben Janek setzt, schiebt den Teller beiseite, Marek das Glas Bier, nachdem er sich links neben Janek gesetzt hat. Aus dem Verhör wird eine Geiselnahme.

Marek: »Janek, wenn du nicht auf der Stelle mit uns zum Pfarrer gehst, wird es dir schlecht ergehen.«

»Nun lasst mich doch erst einmal zu Ende essen.«

Kamil, nachdem er den Teller mit rascher Armbewegung vom Tisch geschleudert hat: »Jetzt ist Schluss mit deinen Spielchen! Sofort kommst du mit uns oder wir brechen dir sämtliche Knochen im Leib!«

»Ihr wisst doch gar nicht, ob der Pfarrer zuhause ist.«

Die beiden packen ihn am Arm, lassen aber wieder los, weil das Zerschellen des Tellers den Wirt herbeigerufen hat. »Augenblicklich herrscht hier Ruhe, sonst hol ich die Polizei!« Das lässt freilich die übrigen Gäste, etwa zwanzig an der Zahl, noch neugieriger werden. Einige stehen auf, um das weitere Geschehen besser verfolgen zu können. Die Hanák-Brüder sind dafür bekannt, dass sie eine Rauferei nicht scheuen. Kamil zischt Janek von der Seite zu: »Der Pfarrer weiß Bescheid. Jetzt wirst du hübsch deine Zeche bezahlen und mitkommen.«

Aber Janek gibt noch nicht auf. Auf die Standuhr zeigend: »Halb vier. Karel, wir müssen uns um den Zug kümmern.« Warum diese Ausflüchte? Janek selbst hätte darauf wohl keine rechte Antwort gewusst. Für Olga empfindet er viel, ungewöhnlich viel. Es war zwar leicht gewesen, sie zu erobern. Mit stürmischer jugendlicher Liebe war sie ihm entgegengekommen. Doch hatte er diese Liebe nicht nur angenommen, sondern, ungewöhnlich für ihn, auch erwidert. Was er für Olga empfindet, umfasst viel: neben Besitzerstolz, Freude und Erregung angesichts ihrer strahlenden Schönheit, Vergnügen daran, angehimmelt zu werden, Belebung durch ihre Lebensfreude, auch zärtliche Zuneigung und ein Gefühl starker innerer Verbundenheit. Vorstellen kann er es sich schon, mit ihr verheiratet zu sein und Kinder zu haben. Aber der Wille, den diese Vorstellung nötig hat, um

Wirklichkeit zu werden, war bisher nicht stark genug. Stärker waren die Bequemlichkeit, welche die mütterliche Umsorgung bot, und der Wunsch, frei zu bleiben für weitere Eroberungen.

Augenblicklich nutzt Karel Šmíd diese Gelegenheit, um sich der spannungsgeladenen Situation zu entziehen »Ich geh schon mal.« Ein hastiger Griff zur Tasche, ein rasches Aufstehen und Davoneilen und schon sitzt Janek allein mit den Hanák-Brüdern am Tisch, beguckt und belauscht von einer immer neugieriger werdenden Zuhörerschaft. Kamil und Marek drücken seine Unterarme fest auf die Platte. Ein Entkommen ist unmöglich.

Janek eröffnet weitere Verhandlungen, indem er sich mit großer Erfindungsgabe zahlreiche weitere Hindernisse für eine sofortige Eheschließung einfallen lässt. Er werde demnächst Soldat und müsse in eine Kaserne weit weg von Břeclav einrücken, seine Mutter sei unheilbar krank und bedürfe seiner Pflege, sein Vater habe eine Unmenge an Schulden hinterlassen, so dass Olga mit ihm ein Leben in Armut führen würde, und so weiter, und so weiter. Es entwickelt sich ein lebhaftes, lautes und zähes Gespräch, in das sich bald auch Zuhörer einmischen. Überwiegend ergreifen sie für die Hanák-Brüder Partei. Aber auch Janek erhält Unterstützung.

Nach einiger Zeit macht sich Karel Šmíd bemerkbar, der von der Eingangstür her Janek zuruft, dass es höchste Zeit sei, den Zug anzuheizen. Das schert die Hanák-Brüder aber wenig. Mit eisernem Griff sorgen sie dafür, dass Janek den Tisch nicht verlassen kann.

Schließlich, mittlerweile war der Zeitpunkt für die Abfahrt des Zuges nach Brno überschritten, betreten ungehaltene Fahrgäste den Raum, die von Karel Šmíd erfahren haben, warum der Zug nicht abfährt. Sie vergrößern die Menge, die um den Tisch mit den drei Personen herumsteht. Niemand wagt es, sich mit den Hanák-Brüdern anzulegen. Es fehlt aber nicht an Vorschlägen für ein rasches Ende. Eine Abreibung werde den bockigen Janek schon gefügig machen. Notfalls sei man bereit, das selbst zu übernehmen. Jemand solle den Pfarrer herbeiholen, der sicherlich für eine gütliche Regelung sorgen werde.

Zu guter Letzt erscheint der Bahnhofsvorsteher, den Karel Šmíd alarmiert hat. Mit hochrotem Kopf fordert er die Hanák-Brüder auf,

Janek frei zu geben, damit er seine Arbeit machen könne. Das beeindruckt sie aber in keiner Weise. So bleibt dem Vorsteher nichts anderes übrig, als nach einem anderen Heizer zu schicken, der einen freien Tag hat. Mit einer Verspätung von eineinhalb Stunden setzt sich der Passagierzug nach Brno schließlich in Bewegung.

Zu etwa derselben Zeit bewegt sich ein seltsamer Aufzug von der Bahnhofsgaststätte zur Wohnung des Pfarrers von Břeclav. Vorneweg Kamil Hanák, dahinter Janek, eskortiert von Marek und Jaroslav Hanák, und in einem Abstand von einigen Metern etliche neugierige Menschen.

Besuch bei den Großeltern

Rechts neben sich die gepackte Tasche, links ein alter Vogelkäfig; reisefertig sitzt der fünfjährige Friedrich auf der Steinstufe vor der Eingangstür zum Haus seiner Großeltern. Er wartet auf seinen Vater, der nach dem Mittagessen noch mit Opa Heinrich und Oma Grete im Wohnzimmer spricht. Das Warten macht Friedrich nichts aus. Ihn wärmt die Augustsonne. Er weiß, es geht wieder nach Haus. Onkel Herrmann spannt im Stall schon die Kutsche an, mit der er ihn und seinen Vater von Rügeband nach Waren zum Bahnhof bringen wird. Gegen Abend werden sie in Jüterbog eintreffen. Nach einer Woche wird er seine Mutter wiedersehen. Vielleicht geht es ihr immer noch nicht besser. Seit der Geburt von Elisabeth vor einem Jahr liegt sie auch tagsüber viele Stunden im Bett. Beim Abschied hat sie ihm nur zugewinkt, hat ihn nicht in den Arm genommen, ihn nicht geküsst. Doch Friedrich ist zuversichtlich, dass sich alles ändern wird. Jasmin, die kleine Katze, wird alles ändern.

Auch für Friedrich hatte Jasmin ja alles geändert. Vor einer Woche, als Walter Liedke seinen Sohn zu seinen Eltern im mecklenburgischen Rügeband gebracht hatte, war Friedrich beim Abschied zwar noch tapfer gewesen und hatte seinem Vater versichert, er werde keinesfalls Heimweh bekommen. Doch kaum war die Kutsche mit seinem Vater hinter der Wegbiegung verschwunden, da hatte sich das Heimweh als schwerer grauer Kapuzenmantel um Kopf und Schultern gelegt. Er konnte nur noch an Zuhause denken, an das Zuhause, wie er es bis vor einem Jahr erlebt hatte: an eine fröhliche, liebevolle Mutter, die mit ihm spielte, ihm Märchen erzählte, ihn mit einem Gute-Nacht-Kuss in den Schlaf schickte und mit einem Guten-Morgen-Kuss aufweckte und die ihm die Angst erträglich machte, die ihn befiel, wenn der Vater allabendlich mit lauter Stimme aus der Bibel vorlas.

Drei Tage hatte der Heimwehmantel ihn eingehüllt. Stundenlang hatte Friedrich auf der Gartenbank gesessen, den ovalen Kopf mit der ausgeprägten runden Stirn und den großen blauen Augen unverwandt gen Boden gerichtet. Die Großeltern hatten nichts ausrichten können. Den Opa Heinrich, der nur plattdeutsch sprach, verstand er nicht. Oma Grete hatte sich einmal neben ihn gesetzt und ihm den Arm um die Schultern gelegt. Aber da war er zur anderen Seite ausgewichen. Die Mutter sollte die einzige bleiben, die ihn in den Arm nimmt. Auch roch die Oma so ganz anders, muffig und streng.

Am Nachmittag des vierten Tages erreichten ihn Geräusche aus dem Stall, ein Poltern, Fauchen und Kreischen. Er erhob sich von der Bank, ging zu der seitlichen Stalltür, die aus rohen Brettern gezimmert war, und schaute durch ein Astloch. Onkel Herrmann erwehrte sich mit Füßen einer wütenden Katze. In der rechten Hand hielt er einen Sack, dessen Inhalt sich heftig bewegte. Ein Stiefeltritt traf die Katze. Sie fiel benommen auf die Seite. Onkel Herrmann verließ mit raschen Schritten den Stall durch die hintere Tür. Friedrich lief um den Stall herum und folgte dem Onkel. Der schlug die Richtung zum Teich ein, der etwa 30 Meter hinter dem Stall lag. Dort angekommen, warf er in hohem Bogen den mit einem Band fest verschnürten Sack in den Teich, schaute einige Zeit hinterher und rauchte dabei eine Zigarette.

Friedrich lief zum Stall zurück. Die Katze lag noch an derselben Stelle. Die Zunge hing heraus, aber sie lebte, wie die Augen anzeigten, die Friedrich ansahen. Sie tat ihm leid. Er ging ins Haus. Von Oma Grete, die er in der Küche antraf, ließ er sich einen Becher Milch und eine Schale geben. Die mit Milch gefüllte Schale stellte er neben der Katze ab. In zwei Metern Entfernung setzte er sich auf den Boden und beobachtete das weitere Geschehen.

Die Katze erhob nach einigen Minuten den Kopf. Sie reckte ihn vor und erreichte die Milch, die sie begierig trank. Dabei richtete sie sich vorsichtig auf. Schließlich wandte sie den Kopf zur Seite und bewegte sich mit wackligen Schritten auf ein Geräusch zu, ein schwaches Fiepen, das hinter dem Rad einer Schubkarre hervorkam. Mit ihrem Maul holte sie ein Kätzchen hervor und schleppte es zur Schale. Das Kätzchen schleckte die restliche Milch auf. Dann rollte es sich bei seiner Mutter ein, die sich wieder auf die Seite gelegt hatte.

Türknarren riss Friedrich aus der Beobachtung des friedlichen Bildes. Onkel Herrmann betrat den Stall. Friedrich sprang auf, wandte sich gegen den Onkel und breitete die Arme aus. »Das Kätzchen soll nicht sterben!« schrie er. Zum ersten Mal hatte er damit etwas zu Onkel Herrmann gesagt. Der jüngere Bruder seines Vaters hatte bis dahin auch ihn nicht angesprochen. Herrmann sprach seit jeher wenig. Ihm wurde nachgesagt, dass er nicht ganz richtig im Kopf sei. 27 Jahre war er jetzt alt, lebte weiterhin bei seinen Eltern und half ihnen, so gut es ging, bei der Arbeit. »Ist ja gut, Jung«, knurrte Herrmann, »du kannst das Tier haben, wenn du willst.«

So war Friedrich zu Jasmin gekommen. Der Name war ihm spontan eingefallen. Das Wort hatte er aus einem Gespräch der Eltern aufgeschnappt. Was es bedeutete, wusste er nicht. Nur wusste er, dass seine Mutter bei diesem Wort gelächelt hatte.

Mit Jasmin waren die letzten drei Tage wie im Fluge vergangen. Nun sitzt Friedrich auf der Steinstufe, wartet auf den Vater und auf Jasmin, die Onkel Herrmann zusammen mit der Kutsche aus dem Stall mitbringen wird. Opa Heinrich hat ihm den alten Vogelkäfig vom Boden geholt. Darin soll Jasmin reisen. Und Oma Grete hat eine kleine Flasche mit Milch und die Schale in die Reisetasche gepackt. Friedrich entgeht, dass die Stimmen im Wohnzimmer lauter werden, weil seine Phantasie ihn damit beschäftigt, wie er die Mutter und seine kleine Schwester mit Jasmin überraschen wird.

Walter Liedke neigt nicht zu Zornesausbrüchen. Doch nach der Mitteilung seiner Eltern, dass sie vor drei Wochen bei einem Notar in Waren gewesen seien und in einem Testament Herrmann als Alleinerben eingesetzt hätten, verliert er seine Fassung. »Ich soll also nichts bekommen, ich, der Ältere?« schreit er seine grauhaarigen,

17

krumm gearbeiteten Eltern an, die ihm gegenüber auf der anderen Seite des Tisches sitzen. Erschrocken sehen die beiden Alten ihn an. So kennen sie ihn nicht, ihren sonst so ruhigen, strebsamen, fleißigen und frommen Sohn, der es zum Volksschullehrer und nun sogar zum Lehrer am Realgymnasium gebracht hat.

Der Ausbruch hat seinen Grund. Walter Liedke ist in Geldnöten. Sein Lehrergehalt reicht nicht mehr aus. Die Geburt der Tochter hat den Umzug in eine größere und teurere Mietwohnung nötig gemacht. Hohe Kosten verursacht die rätselhafte Krankheit seiner Frau, die so unterschiedliche Namen hat wie die zahlreichen Ärzte, die sie im vergangenen Jahr konsultiert haben: Nervenreizung, Blutarmut, Schlafstörung, Magenleiden, Schwindelerkrankung, Herzleiden. Zusätzlich zu den Ärzten und Medikamenten muss das Dienstmädchen bezahlt werden, das anstelle seiner Frau die Arbeit im Haushalt erledigt. Konrektor Liedke hat sich verschuldet.

Auch deswegen hatte er sich nach langer Zeit wieder bei den Eltern gemeldet. Gehofft hatte er, dass sie in absehbarer Zeit den Hof verkaufen und sich eine Wohnung in Waren nehmen würden. Den Besuch und den Ferienaufenthalt für Friedrich hatte er arrangiert, um bei passender Gelegenheit vorfühlen zu können und vielleicht auch schon im Vorwege etwas Geld zu erhalten. Das Kartenhaus ist jetzt eingestürzt. Walter Liedke ist außer sich.

Heinrich Liedke verteidigt sich und Grete nickt dazu: »För di hebt wi dat Schoolgeld betohlt. Du büst nu Lehrer und verdeenst good. Hermann mutt versorgt warn.«

»Aber Herrmann ist doch viel …«, was Walter Liedke sagen will, nämlich »zu dumm«, »zu beschränkt« oder gar »zu blöd, um den Hof weiterzuführen«, verbeißt er sich. »Ihr müsst ja wissen, was ihr tut.« Er springt auf. Sein Stuhl fällt um. »Wir fahren, auf Wiedersehen!«

Mit raschen Schritten verlässt er das Haus. Dabei stolpert er beinahe über Friedrichs Reisetasche. »Los, Junge, komm!« Schon setzt er den rechten Fuß auf den Tritt, um die Kutsche zu besteigen, die Herrmann inzwischen vorgefahren hat. Mit einem kurzen Blick zurück sieht er, wie Friedrich die Reisetasche und den Vogelkäfig ergreift. Er setzt den Fuß zurück. »Was ist das denn?« fragt er barsch.

18

»Das ist Jasmin.« Friedrich hält den Vogelkäfig hoch und strahlt seinen Vater an. »Onkel Herrmann hat sie mir geschenkt.«

Alles kommt zusammen in dem, was folgt; alles, was Walter Liedke bedrängt, bedrückt und beherrscht: der Ärger über das Verhalten seiner Eltern, die Geldsorgen, die Verzweiflung über die Krankheit seiner Frau, der unbedingte Wille, den eigenen beruflichen Aufstieg zu sichern und Friedrich noch weiter voranzubringen, die Angst vor einer Verweichlichung des Sohnes, die Abscheu gegen die primitiven Verhältnisse auf dem Hof, gegen den Stallgeruch, gegen den Eigensinn der Tiere, die Wut auf seinen blöden Bruder Herrmann.

In der Kutsche nimmt Friedrich die Position ein, die er dann auch während der ganzen Bahnfahrt beibehält. Beide Ellenbogen liegen auf den Knien. Darüber neigt sich der Oberkörper. Der Blick ist fest auf den Bereich zwischen den Füßen gerichtet. Dort zeigt ihm seine Erinnerung den auf der Seite liegenden Vogelkäfig mit der verschreckt blickenden Katze. Der Vater hatte ihm den Käfig aus der Hand gerissen und weggeschleudert. Nach und nach gelingt es Friedrich, das Schluchzen zu unterdrücken.

Dampfroden

Links auf dem Plakat richtet sich der Text in tschechischer Sprache an die Bürger von Břeclav und Týnec, rechts in deutscher Sprache an die Bürger von Lundenburg und Teinitz. Großbuchstaben kündigen eine technische Neuheit an, Rodung mit einer Dampfmaschine, zu besichtigen am 7. Oktober 1906 um 10 Uhr vormittags auf dem Waldstück südlich von Týnec (Teinitz) am Ortsausgang Richtung Břeclav (Lundenburg). Darunter steht der Name des Veranstalters: Janek Čermák. In Klammern ist hinzugefügt »Maschinist«.

Eigentlich hatte Janek »Erfinder« hinter seinen Namen setzen wollen. Doch das hatte ihm seine Ehefrau Olga aus Furcht vor Spott ausgeredet. Die einfachen Leute wüssten nicht, was das bedeute.

Seit Mitte September hängt das Plakat an Bäumen und Hauswänden in Břeclav und Týnec. Etwa 150 Menschen hat es so neugierig gemacht, dass sie sich zum angegebenen Zeitpunkt an dem benannten Ort einfinden. Vielleicht wären noch mehr gekommen, hätte nicht in der Frühe dieses Sonntagvormittags ein Nieselregen eingesetzt, der sich nach und nach zu einem dauerhaften Fadenregen verdichtete.

Vor den Besuchern breitet sich ein etwa 200 mal 200 Meter großes Waldstück mit Baumstümpfen aus. Die abgesägten Stämme liegen abseits aufgeschichtet. Am Rande des Geländes steht ein blaugrau schimmernder Metallkoloss auf Rädern. Dem Schornstein entsteigt weißer Dampf. An der Seite befindet sich eine Seilwinde. Das Seil ist auf dem Gelände ausgelegt.

Mit vorsichtiger Neugier beäugt das Publikum die Szenerie. Es besteht zwar aus einer Vielzahl kleiner Gruppen. Doch sind diese wiederum zweigeteilt: hier Tschechen, dort Deutsche. Břeclav und Týnec sind nicht unberührt geblieben von der großen Politik im Reich der Habsburger Monarchie. In Prag und Wien kommt es schon seit längerem zu heftigen Auseinandersetzungen zwischen tschechischen Autonomiebestrebungen und deutschen Hegemonieansprüchen. Dieses Beben schickt seine Ausläufer bis in die ländlichen Gebiete Südmährens. Schärfer als früher trennen auch hier Herkunft und Sprache.

Doch der Regen drängt die Gruppen zusammen. Aus dünnen Wasserfäden werden dicke Tropfenketten, die auf Schirme, Hüte, Mützen und Köpfe niederprasseln. Schutz bietet ein großes Zelt am unteren Ende des abgeholzten Waldstücks. Mit schneller werdenden Schritten streben alle dem Eingang zu. Dort staut es sich. Nur etwa fünfzig Personen bietet das Zelt Platz. Wer nicht mehr hineinkommt, sucht Schutz unter den Bäumen des angrenzenden Waldes.

Das Aufstellen des Zeltes hat Olga durchgesetzt. Ihr stets optimistischer Mann fand den Aufwand unnötig. Olga dagegen war realistisch. Natürlich kann es Anfang Oktober regnen. Auch war Olga geschäftstüchtig. Vor der hinteren Wand des Zeltes hat sie aus Holzböcken und Platten einen Tresen aufgebaut. Dahinter stapeln sich etliche Kisten mit alkoholischen Getränken, darunter als neuste Errungenschaft auch Bier in Flaschen.

Das Angebot wird dankbar angenommen. Das hat auch mit Olga zu tun. Zwei Geburten haben ihrer Schönheit nichts anhaben können.

20

Auch ist sie flink. Und für jeden hat sie ein freundliches Wort. Rasch breitet sich eine fröhliche und erwartungsvolle Stimmung bei denen aus, die das Zeltdach vor dem Regen schützt und denen die Zeltöffnung den Blick freigibt auf die angekündigte Dampfrodung.

Sie sehen Janek Čermák, der von dem Dampfgefährt herabspringt und zum Zelt läuft. Dort begibt er sich zu einem etwas abseits stehenden älteren Herrn, der durch einen eleganten schwarzen Mantel aus bestem Tuch und sorgfältig frisierte graue Haare auffällt. »Alles in Ordnung«, teilt er ihm mit. »Der Regen schadet nicht. Gleich geht's los.« Offenbar soll Herr Smolka beruhigt werden. Das ist auch nötig, denn Herr Smolka hat Geld vorgestreckt.

Nicht sein eigenes, sondern Unternehmenskapital. Herr Smolka gehört dem Vorstand der Produktionsgesellschaft für Rübenzucker mit Sitz in dem etwa 150 km entfernten Lipnik an. Die dort jüngst errichtete Fabrikanlage ist gefräßig. Sie braucht Zuckerrüben in großen Mengen. Herr Smolka soll dafür sorgen, dass die Anbauflächen vergrößert werden. Günstig hat er ein größeres Waldgebiet bei Týnec erwerben können. Aber dessen Rodung geht ins Geld. Kostspielig ist das Beseitigen der Baumstümpfe. Sie müssen mühsam freigelegt und mit Pferden herausgezogen werden. Damit plagen sich Bauern und Landarbeiter aus der Umgebung ab. Deren Arbeitsstunden werden teuer. Daher hörte Herr Smolka interessiert zu, als ihm vor einigen Wochen ein junger Mann in seinem Büro in Lipnik vortrug, wie das alles viel billiger zu haben sei, nämlich durch Rodung mit einer Dampfmaschine.

Dass diese Idee in Janek Čermáks Kopf entstanden war, hatte viele Gründe. Vorankommen wollte er schon immer, etwas gelten und viel Geld verdienen. Schrecklich war ihm die Vorstellung, lebenslang als Heizer bei der Kaiser Ferdinands-Nordbahn arbeiten und mit dem dürftigen Lohn auskommen zu müssen. Allerdings gefiel ihm der Umgang mit der riesigen Dampflokomotive. Ihn begeisterten dieser mitreißende Koloss und die aus Hitze, Dampf und Lärm entstehende Gewalt, die ihn vorantrieb. Er beschaffte sich Bücher über Lokomotiven und andere Dampfmaschinen. Und er studierte sie. Auf seine Art. Janek Čermák las, wie er lebte: neugierig, unruhig und ständig auf der Suche nach Ideen, Menschen oder Sachen, die ihm nützen könnten.

21

Dabei stieß er auf die Beschreibung eines Dampfpfluges, der von zwei Dampflokomotiven an den Seiten des Feldes mit einer Seilwinde hin- und hergezogen wird. Diese Technik, so erfuhr er, verdrängte in Gegenden mit großflächigen Feldern das Pflügen mit dem Pferdegespann. Auf großen Gütern in Schlesien werde sie eingesetzt. Dorthin fuhr Janek, um sich das Dampfpflügen anzuschauen. Er war beeindruckt. Damit ließe sich Geld verdienen. Aber die Felder in der Gegend von Břeclav und Týnec waren wohl zu klein, als dass es sich lohnen könnte.

Dann kam ihm zu Ohren, dass große Waldflächen bei Týnec für den Anbau von Zuckerrüben urbar gemacht werden sollten. Plötzlich war der Einfall da: Es müsste doch möglich sein, mit einer starken Dampfmaschine die Baumstümpfe aus dem Waldboden zu hebeln. Mit Feuereifer machte Janek sich daran, die Idee zu Papier zu bringen.

Eine dieser Dampflokomotiven, die zum Dampfpflügen benutzt werden, müsste genügen. Mit der Seilwinde müssten die Stümpfe herausgezogen werden. Aber wie sollte das Seil an den Stümpfen befestigt werden? Janek beriet sich mit seinen Schwägern Kamil und Marek Hanák. Sie hatten nach der Hochzeit mit Olga vergeben und vergessen, was vorher gewesen war. Beide arbeiteten als Schmiedegesellen. Gemeinsam entwickelten die drei eine um den Baumstumpf zu legende Zugvorrichtung mit Krallen. Diese sollten in den Stumpf geschlagen werden. Mit dem Anziehen würden die Krallen tiefer eindringen und es so möglich machen, den Baumstumpf mit der Kraft der Dampfmaschine herauszuziehen. Schließlich konnte Janek einen Bekannten, der sich in der Ausbildung zum Ingenieur befand, dafür gewinnen, seine Skizzen in technische Zeichnungen umzusetzen.

Diese breitete er vor Herrn Smolka beim Besuch in dessen Büro aus, dabei ständig redend, so redend, wie Janek redete, wenn er bei anderen etwas erreichen wollte: lebhaft werbend, mit Armbewegungen, die eine Umarmung andeuteten, und mit einem Lächeln, das Zustimmung einforderte. Der Redefluss mündete schließlich in einen Vorschlag. Er, Janek Čermák, biete an, die Rodung der Waldfläche bei Týnec mittels Dampfmaschine zu übernehmen. Der Preis werde erheblich günstiger sein als die Kosten für die Rodung mit Mensch und Pferd. Herr Smolka könne sich darauf verlassen, alles werde zuverlässig erledigt. Die Maschine werde er bei einem schlesischen Lohnunternehmen ausleihen, das mit Dampfpflügen arbeite.

Die Werbung hinterließ Eindruck. Herr Smolka rechnete im Stillen. Er kam auf eine höchst beachtliche Summe, die eingespart werden könnte. Dann die Gegenrechnung: Was kostet der Zeitverlust, wenn die Sache schief geht? Auch das war nicht wenig. Das Risiko musste gering gehalten werden. Herr Smolka machte einen Vorschlag. Janek solle doch erst einmal unter Beweis stellen, dass die Rodung mit Dampfkraft praktikabel sei. Danach könne man über einen Vertrag reden.

Ein erster Erfolg, so sah es Janek. Sofort griff er den Vorschlag auf. Herr Smolka werde sich davon überzeugen können, wie effektiv das Dampfroden sei. Ohne Unterbrechung, ohne die geringste Veränderung seines gewinnenden Lächelns und ohne die Gesten eines Bittstellers fügte Janek hinzu, dass er es begrüßen würde, wenn sich das Unternehmen mit 1.000 Kronen an der Erprobung beteiligen würde.

Dem Geschäftsmann Smolka war sofort klar, dass die Taschen seines jungen Gesprächspartners leer waren. Sein Geschäftssinn riet ihm davon ab, ein Risiko einzugehen. Doch war Herr Smolka nicht unberührt geblieben davon, wie schwungvoll und begeistert Janek seine Idee vorgestellt hatte. Emotion und Geschäftssinn kamen zu einem Kompromiss. Herr Smolka gewährte die 1.000 Kronen als Kredit, der im Falle eines Vertrages vom Lohn abgezogen werden sollte und andernfalls innerhalb eines Jahres zurückzuzahlen war.

Auf Pump hatte Janek also die Lokomotive von einem Dampfpflugunternehmen ausgeliehen. Mit dem Kredit mussten auch der Maschinenmeister und der Heizer des Unternehmens bezahlt werden, die laut Vertrag allein die Maschine bedienen durften. Das Geld reichte dann gerade noch für den Transport per Bahn und für die Bezahlung der Arbeiter, welche die Bäume abgesägt hatten. Damit war die letzte Krone verbraucht. Das Vorhaben musste gelingen.

»Die Maschine wird noch weiter aufgeheizt«, erklärt Janek Herrn Smolka. »Zehn Minuten noch, dann fangen wir an.« Von Olga lässt er sich zwei Gläser mit Schnaps reichen, um schon einmal mit seinem künftigen Arbeitgeber anzustoßen. Dem Gespräch mit Herrn Smolka schenkt er aber nur die Hälfte seiner Aufmerksamkeit. Zugleich lauscht er angestrengt dem nach, was um ihn herum gesprochen wird. Es könnte ja ihm gelten, und Janek ist stets wichtig zu wissen, wie man über ihn spricht.

Überwiegend gefällt ihm, was ihm auf Tschechisch zu Ohren kommt. Zwar sei er ein Hallodri und Bruder Leichtfuß. Aber, alle Achtung, er habe ein helles Köpfchen. Das sei doch eine prima Idee, das schwere Roden mit Dampfkraft zu erledigen. Anders klingen die deutschen Kommentare. Tschechen könnten so etwas nicht. Die hätten keinen technischen Verstand. Und gerade der Čermák. Der sei doch wegen Unzuverlässigkeit von der Kaiser Ferdinands-Nordbahn entlassen worden. Letzteres zu hören, schmerzt Janek ganz besonders. Denn Olga, der Familie, den Freunden und Bekannten gegenüber hat er stets beteuert, er habe gekündigt, um sich ganz seiner Erfindung widmen zu können.

Ein scharfer Pfiff unterbricht alle Gespräche. Auf dieses Zeichen des Maschinenmeisters springt Janek aus dem Zelt. Sein heftiges Armwedeln gilt seinen Schwägern, den drei Hanák-Brüdern, die mittlerweile das Krallengeschirr am Seilende befestigt haben. Sie legen das Geschirr um den Stumpf einer Kiefer. Nachdem sie mit einigen Hammerschlägen die Krallen hineingetrieben haben, geben sie dem Maschinenmeister das verabredete Handzeichen. Das Seil strafft sich, die Maschine faucht, die Winde lässt ein knirschendes Geräusch hören. Ganz langsam setzt die Drehbewegung ein. Gebannt starren alle auf den umklammerten Stumpf. Drei, vier Sekunden, das Seil vibriert unter der Spannung, dann bricht die Erde auf und die Baumwurzel zeigt sich. »Na, seht Ihr!« Janek springt ins Zelt zurück. Er umarmt den Erstbesten und nimmt anerkennendes Schulterklopfen und Glückwünsche entgegen. Von allen Seiten werden Olga Getränkewünsche zugerufen.

Derweil geht die Arbeit auf dem Gelände weiter, das zuvor mit Mischwald bedeckt war. Nun soll ein Eichenstumpf herausgezogen werden. Die Hanák-Brüder haben ihm das Krallengeschirr angelegt. Die Maschine zieht an. Aber es tut sich nichts. Zwischen den Brüdern und den beiden Männern an der Dampflok werden laute Rufe gewechselt. Der Heizer legt nach. Die Winde knirscht noch einmal.

24

Doch der Baumstumpf bleibt unbewegt. Einige Zuschauer im Zelt werden aufmerksam, weisen andere darauf hin. Janek ist der letzte, der bemerkt, dass es ein Problem gibt.

Durch den strömenden Regen rennt er zur Dampflok. Mehr Kohle in das Schürloch zu schaufeln, verlangt er aufgeregt vom Maschinenmeister und vom Heizer. Doch sie lehnen ab. Das Feuer reiche aus. Der maximale Druck sei erreicht. Janek ist verzweifelt, springt auf, stößt den Heizer beiseite, schaufelt wild selbst Kohle hinein. Es kommt zum Gerangel auf der Maschine.

Plötzlich halten alle drei inne. Die Maschine bewegt sich. Der völlig durchnässte Boden bringt sie ins Rutschen. Die Seilwinde dreht sich. Ehe der Maschinenmeister eingreifen kann, gleitet die Lok mit den beiden linken Seitenräder auf eine leichte Vertiefung zu. Sie gerät in Schieflage. Das straff gespannte Seil reibt sich an der Kante des metallenen Hinterrades, es knirscht, es zerspringt. In hohem Bogen fliegt das mit dem Stumpf verbundene lange Teilstück des Seiles durch die Luft. Die Brüder können sich durch raschen Sprung zur Seite gerade noch in Sicherheit bringen.

Zwei Stunden später ist das Zelt weiterhin gut gefüllt. Nur haben es einige verlassen, deren Platz andere eingenommen haben. Als erster ging Herr Smolka. Zwar hörte er noch geduldig zu, wie Janek sich bemühte, ihn zu einer Auftragserteilung zu bewegen. Mit einer größeren Maschine sei auch ein solches Wetter überhaupt kein Problem. Herr Smolka antwortete mit einem leicht spöttischen Lächeln und dem Hinweis, dass der Kredit pünktlich zurückzuzahlen sei. Verschwunden waren auch die Deutschen. Ihr Hohn und ihr Spott hatten ihnen tschechische Hiebe und Tritte und den Hinauswurf aus dem Zelt eingetragen. Ihre Plätze hatten Tschechen eingenommen, die zuvor unter den Bäumen Schutz vor dem Regen gesucht hatten.

Es geht hoch her. Olga hat alle Hände voll zu tun und der Alkohol tut seine Wirkung. Wieder und wieder wird besprochen, bejubelt, beklatscht, was sich ereignet hat. Wie schwungvoll und hoch das Seil doch durch die Luft geflogen ist! Und den Deutschen, denen haben wir's gezeigt! Wie die Hasen sind sie davongerannt! Von allen Seiten wird Janek Trost und Aufmunterung zuteil. Nicht aufgeben, Janek,

25

das wird schon noch! Einige, die in der österreichischen Armee gedient haben, stimmen kernige Soldatenlieder an. Schließlich versöhnen sich unter allgemeinem Jubel der Maschinenmeister und der Heizer mit Janek. Sie trinken auf Brüderschaft.

Wie geht es Olga dabei? Die schöne Olga, die kluge Olga, sie weiß jetzt, was auf sie zukommt. Schulden werden es sein. Sie wird ihre Familie vor Armut bewahren müssen. Auf ihren Ehemann wird sie sich nicht verlassen können. Er wird weiterhin Pläne machen und vom Reichtum träumen. Ob er ihr die Wahrheit sagt, wird sie oft nicht wissen. Aber erloschen ist ihre Liebe nicht. Sein Lächeln, seine strahlenden Augen, sein Körper, der zugleich so fest und so zärtlich sein kann, die kindliche Sprunghaftigkeit, der unerschütterliche Optimismus – das alles sichert Janeks Platz in Olgas Herz, mag auch die Liebe um einige Grade abgekühlt sein.

Der Armstumpf

Sie haben den schneebedeckten Hinterhof des Moabiter Mietshauses durchquert und stehen nun vor der Tür eines gemauerten Schuppens. An ihr ist ein Pappschild befestigt. Es teilt in säuberlich geschriebenen, wie gedruckt wirkenden Buchstaben mit: »Erna Zielonka Schneiderarbeiten«. Das Anklopfen beantwortet nach einem längeren Räuspern und Husten eine hohe, zittrige Stimme: »Herein«. Walter Liedke geht voran. Seinen 15-jährigen Sohn Friedrich, der um einen halben Kopf größer ist, zwingt die niedrige Tür, sich zu bücken.

Sie betreten eine äußerst notdürftige Wohnung. Im hinteren Bereich ist das Bett durch einen Vorhang abgetrennt. Davor stehen ein Tisch, ein Stuhl, ein Schrank und ein Spülbecken. Nur wenig Licht gelangt durch ein kleines Fenster an der linken Wand in den Raum. Es wird genutzt für einen direkt darunter eingerichteten Arbeitsplatz. Dazu gehört eine Pfaff-Nähmaschine, die mit dem Fuß zu betreiben ist, ein weiterer Stuhl und eine Arbeitsplatte auf Böcken. Von einem Gestell mit einer Stange hängen zwei Kleidungsstücke herab. An der rechten Wand steht ein eiserner Herd. Ein Rohr führt den Rauch durch die Wand nach draußen ab. Neben dem Herd lagert ein kümmerlicher Vorrat an Feuerung, der aus einigen zerkleinerten Zweigen und einem Häufchen Kohle besteht. Der Herd ist offenbar erst kurz zuvor angeheizt worden. Große Flächen der roh verputzten Wände sind noch von glitzernden Eiskristallen bedeckt. Von der unteren Kante des vereisten Fensters lösen sich erste Tropfen.

Die kleine gebückte Gestalt in der Mitte des Raumes ist in abgetragene schwarze Wollkleidung gehüllt. Auch Kopf und Schultern sind von einem Wolltuch umschlossen. Ein Krückstock in der rechten Hand stützt die Last des weit nach vorn gebeugten Körpers. Vor dem krummen Rücken richtet sich der Kopf, ersichtlich unter Anstrengung, auf. Rot geränderte Augen in einem blassen Gesicht mit eingefallenen Wangen und einer hervorspringenden spitzen Nase blicken Friedrich und seinen Vater an.

»Tachje, scheen dass ihr da seid. Wird auch jleich warm wern.«

»Guten Tag, Erna. Wir haben Arbeit für dich.« Friedrichs Vater hebt die große Tasche hoch, die er in der rechten Hand hält. »Ich weeß, ich weeß, leech mal ab.« Erna deutet mit ihrer linken Hand auf die Arbeitsplatte. »Und dann setzt euch'n bissje. Will doch wissen, wie's euch jeht.«

Wilhelm Liedke öffnet die Tasche, holt einen schweren grauen Militärmantel heraus und legt ihn auf die Arbeitsplatte. Die Schulterstücke zeigen, dass er einem Hauptmann der Infanterie gehört hat.

Diesen Mantel hat bis vor vierzehn Jahren Hauptmann Gustav Reuß getragen, Wilhelm Liedkes Schwiegervater. Seinen Dienst hat Hauptmann Reuß bis zu seinem Ausscheiden im Jahr 1902 in Königsberg verrichtet. Eine schwere Lungenentzündung seiner Ehefrau machte ihn früh zum Witwer. Für sich und seine zehnjährige Tochter Elfriede brauchte er eine Dienstmagd, die den Haushalt besorgte. Ein Regimentskamerad wusste Rat. Er kannte eine Tagelöhnerfamilie, zu der eine 20-jährige Tochter gehörte. Wegen ihres Buckels und einer schief stehenden Hüfte war sie für die harte Landarbeit nicht zu gebrauchen. Sie galt aber als wendig und geschickt im Haushalt. Ihre Eltern waren froh, sie für Kost und Logis unterbringen zu können. So kam Erna Zielonka in den Haushalt von Hauptmann Reuß.

27

Es gab keinen Tag, an dem dieser bereut hätte, Erna eingestellt zu haben. Trotz ihrer Behinderung erwies sie sich allem gewachsen, was der Haushalt ihr abverlangte. Auch kümmerte sie sich mit Hingabe um Elfriede. Und soweit man sie nicht benötigte, zog sich Erna bescheiden in ihre kleine Kammer zurück. Dort erledigte sie mit besonderem Geschick Handarbeiten. Was sie mit Nähen, Stricken und Sticken zustande brachte, erregte bald auch in der Nachbarschaft Aufmerksamkeit und verhalf ihr zu kleinen Aufträgen, die ihr ein Taschengeld einbrachten.

Seinen Ruhestand wollte Hauptmann Reuß in Berlin verbringen, um das Großstadtleben zu genießen und seiner Tochter in Jüterbog etwas näher zu sein. Mit ihm zog Erna, die sich in der Berliner Mietwohnung mit einem noch kleineren Zimmer begnügen musste. Genießen bedeutete für Hauptmann Reuß in erster Linie gutes Essen und anregende Getränke im Kreise von Offizierskameraden. Im Offizierskasino wurde er rasch zum Dauergast. Seiner Gesundheit bekam das nicht. Das Ruhestandsglück währte nur kurz. Nach zwei Berliner Jahren verstarb Hauptmann Reuß an Herzversagen. Sein Nachlass gelangte auf den Dachboden bei Familie Liedke in Jüterbog. Darunter der Militärmantel, der jetzt auf einer Arbeitsplatte in einer schäbigen, bitterkalten Behausung in einem Moabiter Hinterhof liegt.

Der plötzliche Tod des Hauptmanns entzog Erna Zielonka die Lebensgrundlage. Not und Elend drohten. Ihnen konnte sie zunächst noch für einige Jahre entkommen. In einer Schneiderwerkstatt fand sie Arbeit und Lohn. Er reichte für eine kleine Kellerwohnung. Nach Kriegsbeginn blieben jedoch die Aufträge aus. Die Werkstatt wurde geschlossen. Die Wohnung musste sie aufgeben. Zuflucht bot schließlich dieser Schuppen. Dort wohnen zu müssen bedeutete, mit vielen eine verdreckte Toilette auf dem Hof teilen zu müssen, Wasser mit dem Eimer von einer Pumpe an der Straße holen zu müssen, täglich irgendwie Feuerung besorgen zu müssen, die aber ohnehin nicht ausreichte, um die Kälte aus dem Raum zu vertreiben. Vor dem Verhungern hatten sie nur die gelegentlichen Schneiderarbeiten bewahrt. Aber so, wie sie jetzt vor Friedrich und seinem Vater steht, ist ihr der Hunger ins Gesicht geschrieben, und ihr ohnehin verbogener Körper krümmt sich noch weiter unter dem harten Griff der Kälte.

28

Was mit dem Militärmantel geschehen soll, weiß Erna. Walter Liedke hat es ihr vorab bereits in einem Brief mitgeteilt. Friedrich braucht dringend eine Winterjacke. Seine alte Jacke ist nicht mehr zu gebrauchen; sie ist viel zu eng, viel zu kurz und auch viel zu dünn angesichts der schon seit einigen Wochen anhaltenden beißenden Kälte dieses dritten Kriegswinters. Eine neue Jacke zu kaufen, ist ausgeschlossen. Es fehlt an Angeboten in den Läden und es fehlt an Geld. Lehrer Liedke hat wie alle Beamten harte Einschnitte beim Gehalt hinnehmen müssen. Auch sinkt der Geldwert von Tag zu Tag. Da hatte man sich im Hause Liedke an den Militärmantel auf dem Dachboden erinnert und an Erna, von der es früher hieß, sie könne aus Säcken Kleider machen.

Das Angebot, sich zu setzen, lehnt Walter Liedke dankend ab. Sie hätten noch mehr in Berlin zu erledigen und es sei doch schon ein Uhr mittags. Sie müssten unbedingt den Nachmittagszug um drei Uhr erreichen.

Erna murmelt etwas Unverständliches. Dann macht sie zwei humpelnde Schritte zur Arbeitsplatte und ergreift ein Maßband. »Na Jungche, denn kumm mal her ans Licht.« Friedrich zögert. Erst nach einer auffordernden Handbewegung des Vaters nähert er sich Erna. Er kennt diese alte Frau nicht. Zumindest kann er sich nicht an sie erinnern. Als Dreijähriger soll er sie einmal in der Wohnung seines Großvaters Reuß gesehen haben. Doch davon weiß er nichts mehr.

Nachdem Erna den Krückstock an die Arbeitsplatte gelehnt hat, fasst sie Friedrich an die Schulter, um von dort aus die Armlänge zu messen. Unwillkürlich weicht er mit der Schulter aus, so dass Erna beinahe das Gleichgewicht verliert.

Ein heftiger innerer Krampf durchzieht ihn. Gedanken, Gerüche, Gefühle, Bilder wirbeln durch seinen Kopf, bedrängen sein Herz, zerren an seinem ungefestigten Selbst. Ein unendliches Mitleid mit dieser verhärmten, verkrüppelten, hungernden, frierenden alten Frau, eine schmerzhafte Angst davor, selbst einmal so sehr hungern und frieren zu müssen, ein abstoßender muffiger Geruch, der ihn aus ihrer Kleidung, aus ihrem Mund erreicht, eine Kindheitserinnerung an die schwarzgekleidete, hakennasige, krumme böse alte Märchenhexe. Ihm schwindelt, ihm wird übel. Was kann ihn

29

schützen? Wie gelingt es, Fassung zu bewahren? Womit lässt sich der Boden unter den Füßen befestigen? Friedrichs Gefühlsnot durchbricht Erna, die einiges davon ahnt: »Ach Jungche, hab mal keene Angst vor ner alten Hex.«

Das Maßnehmen ist bald beendet. Verabredet wird, dass die Jacke noch vor Weihnachten, also in drei Wochen fertig sein soll. Friedrichs Vater werde sie abholen.

Beide wenden sich schon zur Tür. Da nimmt Erna den kleinen Rest an Mut zusammen, der ihr geblieben ist. Ob, so bringt sie zögerlich hervor, ein kleiner Vorschuss möglich sei, damit sie sich am städtischen Küchenwagen eine Steckrübensuppe und auf dem Schwarzmarkt ein wenig Fett kaufen könne. Verlegen holt Walter Liedke seine Geldbörse hervor und drückt ihr fünf Reichsmark in die Hand. Ihn ärgert, dass er daran nicht selbst gedacht hat.

Und dann möchte Erna noch wissen, wie es »dem Friedelche« geht. Von seiner Frau kann Walter Liedke leider nur wenig Gutes berichten. Immerhin gelingt es ihr, wenn auch mühsam, den Haushalt zu erledigen, nachdem die Dienstmagd aus Geldmangel entlassen werden musste. Aber der Schwermut bestimmt weiterhin ihr Leben und belastet die Familie.

Nach Ernas »Jrüß ihr mal scheen« verlassen beide den Schuppen. Friedrich eilt auf dem Hinterhof mit weit ausgreifenden, fliehenden Schritten voran. Er braucht Abstand. Erst auf der Straße holt Walter Liedke seinen Sohn wieder ein.

Bis zur Invalidenstraße ist es nicht weit. Nach einer Viertelstunde stehen sie dort, wo die Invalidenstraße mit der Scharnhorststraße zusammentrifft. Vor sich haben sie einen mächtigen grauen Gebäudekomplex. Ein Schild neben dem Eingang weist ihn als »Kaiser-Wilhelms-Akademie für das militärärztliche Bildungswesen« aus.

Friedrich probiert im Stillen seine frisch in der Schule erworbenen Lateinkenntnisse an der Inschrift über dem Portal aus. »Scientiae Humanitati Patriae« könnte bedeuten, dass man hier der Wissenschaft, der Menschlichkeit und dem Vaterland dienen will. Er versteht jedoch nicht, warum sein Vater ihn hierher geführt hat. Es hieß nur, Onkel Herrmann müsse besucht werden. Oma Grete habe in einem Brief darum gebeten. Onkel Herrmann sei im Krieg verwundet worden und befinde sich jetzt in einem Berliner Krankenhaus.

Auch Walter Liedke ist verunsichert. »Lieber Walter«, so hatte seine Mutter in ungelenker Handschrift geschrieben, »ich mache mir große Sorgen um Herrmann. Wir haben einen Feldpostbrief von seinem Leutnant bekommen. Herrmann ist bei Verdun verwundet und in ein Lazarett gebracht worden. Ich habe unseren Bürgermeister Hensche gebeten, nachzufragen, wo Herrmann sein könnte. Er hat mir heute gesagt, daß Herrmann in einer Krankenanstalt in Berlin Invalidenstraße Ecke Scharnhorststraße ist. Ich bitte Dich sehr, daß Du ihn dort besuchst. Ich möchte so gern wissen, wie es ihm geht. Hoffentlich bist Du uns nicht mehr böse. Viele Grüße, Deine Mutter.«

Mit zögerlichen Schritten geht Walter Liedke mit Friedrich im Gefolge auf das einschüchternde Portal zu. Die Auskunft des Pförtners lässt ihn noch unsicherer werden. Nein, er befinde sich nicht in einem Krankenhaus. Hier würden keine Patienten behandelt. Dies sei eine Ausbildungsstätte für Militärärzte. Walter Liedke fragt nach, ob es nicht dennoch sein könne, dass sich sein verwundeter Bruder hier aufhalte. Nach einigem Nachdenken fällt dem Pförtner ein, dass gelegentlich kriegsversehrte Soldaten im Haus untergebracht sind, mit denen sich Professoren für Forschungszwecke befassen und die in Vorlesungen vorgeführt werden. Herr Dr. Mehring im zweiten Stock Zimmer 223 sei für deren Betreuung zuständig. Dort möge doch der werte Herr nachfragen.

Sie steigen die breiten, wuchtigen Steintreppen hinauf und erreichen einen gefliesten, von dick verglasten Fenstern nur wenig erleuchteten Gang. Gegenüber der Tür von Zimmer 223 befindet sich eine Bank. Dort, so Walter Liedke, soll Friedrich warten. Sein Klopfen beantwortet eine kräftige männliche Stimme mit »ja bitte«. Walter Liedke tritt ein und schließt die Tür hinter sich. Friedrich bedrückt der düstere, hohe Gang, dessen Wände dunkelgrün gekachelt sind und der von einer grauen Decke überwölbt ist. Von fern dringen hohl klingende Stimmen aus anderen Teilen des Gebäudes an sein Ohr. In ihm zittert das Erlebte nach.

Das plötzliche Öffnen der Tür lässt ihn zusammenschrecken. Der

Vater tritt heraus, ernster noch als sonst aussehend. Ihm folgt ein großer, hagerer Mann mittleren Alters in einem weißen Arztkittel, der mit einem Schlüssel in der rechten Hand auf die Tür nebenan zusteuert. Beide wechseln Blicke, die Friedrich einschließen. Mit leichtem Kopfschütteln gibt der Arzt zu verstehen, dass Friedrich besser nicht mit in das Zimmer nebenan kommen soll.

Dem Knarren, Schleifen und Klicken, das die Drehung des Schlüssels im Schloss verursacht, folgt ein Geräusch, das Friedrich als das Aufstampfen von Füßen einer Person deutet, die aus dem Bett springt. Die geöffnete Tür gibt den Blick frei auf eine Gestalt, deren Konturen sich deutlich abzeichnen vor dem dahinter befindlichen Fenster. Einige Sekunden bis zum Schließen der Tür reichen dafür aus, dass sich das Bild, das sich Friedrich bietet, fest in sein Gedächtnis einbrennt.

Ja, es ist Onkel Herrmann, aber eigentlich ist es ein merkwürdiger großer weißer Vogel. Das kurzärmelige weiße Hemd reicht bis über die Knie. Der Vogel scheint an Drähten zu hängen, die ihn in ständiger Bewegung halten. Der Kopf duckt sich ruckartig, als wolle er Geschossen ausweichen. Die Beine stoßen und stampfen vor und zurück. Die Arme bewegen sich unkoordiniert in alle Richtungen. Es scheint so, als wolle der Vogel zum Flug ansetzen. Jedoch ist der rechte Flügel gestutzt. Aus dem kurzen Ärmel ragt nur ein Stumpf des Oberarms heraus. Der Stumpf endet in einer breiten, wulstigen roten Narbe, die durch eine roh gesetzte Naht entstanden ist. Diesen fleischgewordenen Schrei stößt der Armstumpf statt des Mundes, den die zusammengepressten Lippen fest verschlossen halten, in einem seltsamen Tanz nach allen Seiten aus. Starr vor Entsetzen hält Friedrich minutenlang noch den Blick auf die Tür gerichtet, nachdem sie geschlossen wurde.

Hinter der Tür geht es Walter Liedke ähnlich. Das Vorgespräch, das er mit Dr. Mehring geführt hat, kann ihn nicht davor bewahren, dass der Anblick seines Bruders in ihm einen stechenden Schmerz auslöst.

Erfahren hat er zuvor, dass Herrmann mehrere Wochen im vorderen Schützengraben unter permanentem Granatenbeschuss zugebracht und dass zuletzt ein Granatensplitter ihm den rechten Unter-

32

arm abgerissen hat. Die Wunde ist notdürftig in einem Feldlazarett versorgt worden. Nach der Operation hat sich bei ihm das Körperzittern eingestellt. Auch spricht er seither nicht. Daran haben verschiedenartige psychiatrische Maßnahmen nichts ändern können.

Dr. Mehring hat dann noch einige fachlich-medizinische Ausführungen gemacht. Das Phänomen des Kriegszitterns sei beunruhigend weit verbreitet. In der Militärpsychiatrie werde darüber gestritten, was ursächlich dafür sei. Teils werde die Ansicht vertreten, dass das Zittern zurückzuführen sei auf die Druckwellen der explodierenden Granaten, die den Wirbelsäulenbereich erschütterten. Überwiegend werde jedoch angenommen, dass charakterliche Schwächen verantwortlich seien. Betroffen seien gemütsweiche, labile, ängstliche und willensschwache Personen, die bewusst oder unbewusst danach trachteten, sich dem Fronteinsatz zu entziehen. Dem werde entgegengewirkt durch belastende Therapien, wie Kaltwasserbehandlungen oder Elektroschocks. Sie hätten das Ziel, die Bereitschaft zur Rückkehr an die Front zu wecken. Allerdings wisse man nicht so recht, wieso das Zittern auch bei solchen Soldaten fortdauere, für die eine Rückkehr an die Front wegen einer Verwundung ausgeschlossen sei. Zu dieser Kategorie zähle Herrmann Liedke. Er halte sich zur Beobachtung in dieser militärärztlichen Ausbildungsstätte auf. Auch werde er in Vorlesungen vorgeführt, damit sich die angehenden Militärärzte mit dem Phänomen des Kriegszitterns vertraut machen könnten. Auf die Frage, was später mit seinem Bruder geschehen werde, antwortet Dr. Mehring zunächst mit einem Achselzucken und dann mit der Vermutung, dass es wohl zu einer Unterbringung in einer Irrenanstalt kommen werde.

Auf dem Weg zum Bahnhof und während der Bahnfahrt wechseln Vater und Sohn kaum ein Wort miteinander. Erst kurz vor dem Eintreffen in Jüterbog traut Friedrich sich, das Schweigen zu durchbrechen und zu fragen, was mit Onkel Herrmann sei. »Der Krieg ist schuld!« lautet die kurze, mit rauer Stimme hervorgestoßene Antwort.

Friedrich kennt das Credo seines Vaters: Der Krieg ist das Werk

33

des Teufels; die Pflicht des Christenmenschen ist es, Frieden zu halten. Er hat es angenommen, so wie Kinder Lebensweisheiten, Sprüche oder Verhaltensformen von Eltern übernehmen. Das hat ihn von seinen kriegsbegeisterten Mitschülern noch weiter entfremdet, die ohnehin mit dem stillen, zurückhaltenden, schüchternen Friedrich nichts anzufangen wissen.

Der Tag in Berlin hat dieses Credo in Friedrichs Gefühlswelt fest verankert. Was er gesehen, gehört und gerochen hat, das hat sich als Abscheu, Angst und Schmerz in seinem Inneren festgesetzt: die hungernde, frierende und übel riechende Erna, Onkel Herrmanns sinnlos tanzender Armstumpf, dann die vielen kriegsversehrten Bettler in den Straßen und die langen Schlangen vor den Geschäften aus verhärmten Menschen in abgerissener Kleidung.

In der darauf folgenden Nacht erkrankt Friedrich an gefährlich hohem Fieber. Die Ursache kann der Hausarzt nicht feststellen. Erst nach zwei Wochen klingt das Fieber wieder ab.

Rum für die Front

»Mama, Mama, da sind Soldaten!« Aufgeregt kommt Jakub in die Küche gerannt, in der Olga und ihre Mutter Gemüse putzen. »Du sollst kommen!« Besorgt schauen sich die beiden Frauen an.

Olga legt das Messer beiseite und bindet die Schürze ab. Mit dem achtjährigen Jakub, der ihre Hand gefasst hat, verlässt sie die Küche. Nach einigen Schritten durch den Flur hat sie die Tür zum Gastraum erreicht. Davor verharrt sie einen kurzen Moment.

Es ist zehn Uhr an diesem Frühlingsmorgen des Jahres 1917. Die Soldaten werden sicherlich nicht essen wollen. Dazu ist es zu früh. Auch sind in ihrer kleinen Gastwirtschaft noch nie Soldaten am halben Vormittag erschienen, um etwas zu trinken. Es wird um Janek gehen und wahrscheinlich um die Kisten mit dem Rum. Hätte sie doch nur nicht zugelassen, dass er die Kisten im Haus lagert!

Mit diesen vier Kisten ist Janek vor zwei Wochen nachts um halb eins erschienen. Sie waren unter einer Wolldecke auf einer Handkarre versteckt. Er hatte sie geweckt und stolz seine Beute vorgeführt. Der Rum lasse sich doch gut in der Gastwirtschaft verkaufen.

34

Woher die Kisten stammten, war klar. Drei Monate nach Kriegsbeginn war Janek in die österreichisch-ungarische Armee eingezogen worden. Auch dort hatte sich sein Geschick im Umgang mit Menschen bewährt. Anders als seine Schwäger Kamil, Marek und Jaroslav Hanák wurde er nicht der kämpfenden Truppe zugewiesen. Er kam zu einer Versorgungseinheit, deren Aufgabe es ist, den Nachschub an Lebensmitteln für die Truppen an der östlichen Front sicherzustellen. Regelmäßig fordern die Truppenführer Alkohol an, wenn sie einen Sturmangriff planen. Er macht die Soldaten eher bereit, todesmutig aus der Deckung zu springen.

Olga hatte Janek beschworen, die Kisten zurückzubringen. Sie wolle keine gestohlenen Sachen verkaufen. Auch sei das viel zu gefährlich. Doch Janek hatte sich auf keine Diskussion eingelassen. Er hatte die Kisten ins Haus getragen und zum Abschied nur noch gesagt: »Versteck sie gut«.

Mit einem gespielt munteren »Guten Morgen« betritt Olga den Gastraum. Drei uniformierte Personen stehen ihr gegenüber, zwei unbekannte und eine ihr gut bekannte. Václav Cieślak in der dunkelgrünen Uniformjacke ist ihr als Stammgast gut bekannt. Er gehört der örtlichen Gendarmerie an. Zwei oder drei Mal in der Woche lässt er sich ein Abendessen geben, zu dem er einen Schnaps und zwei Gläser Bier trinkt. Jetzt fühlt er sich offensichtlich unwohl. Er steht hinter den beiden feldgrau Uniformierten. Nur kurz blickt er Olga an, dann schaut er verlegen auf seine Stiefelspitzen. Forsch und herausfordernd ist dagegen der Blick, den ein Infanteriefeldwebel in straffer Haltung auf Olga richtet. Neben ihm steht, Gewehr bei Fuß, ein einfacher Infanterist.

Nachdem Olga bestätigt hat, dass sie die Ehefrau des Gefreiten Janek Čermák sei, teilt ihr der Feldwebel in scharfem Befehlston mit: »Ihr Ehemann steht im Verdacht, Versorgungsgüter beiseite geschafft zu haben. Gestohlen wurden unter anderem vier Kisten mit Getränken. Wir nehmen an, dass sie sich hier bei Ihnen befinden. Ich mache Sie darauf aufmerksam, dass das Aufbewahren und Verbrauchen von Diebesgut als Hehlerei bestraft wird. Wenn Sie uns nicht sofort mitteilen, wo die Kisten sind, werden wir alles durchsuchen.« Der Schreck macht Olga sprachlos. Sie schüttelt nur mehrfach den

Kopf. »Auch gut«, so der Feldwebel, »dann durchsuchen wir eben. Wir beginnen mit der Scheune.« Er wendet sich zum Ausgang.

Für einige Augenblicke ist Olga nicht in der Lage, sich zu rühren. Sie spürt, wie Jakub erneut ihre Hand anfasst. Durch das Seitenfenster sieht sie, wie der kleine Trupp am Haus vorbei nach hinten marschiert. Sie sieht auch, wie in drei Metern Abstand ihr sechsjähriger Sohn Tomáš neugierig hinterhergeht. Olga hatte gar nicht bemerkt, dass er auch im Gastraum gewesen ist und alles mitverfolgt hat.

Die Scheune, auf die der Trupp zuschreitet, gehört zum Anwesen der Familie Hanák, einem kleinen Bauernhof am Ortsrand von Břeclav. Dort ist Olga mit ihren drei Brüdern groß geworden. Und dorthin ist sie zurückgekehrt, nachdem sie mit Janek und der wachsenden Zahl an Kindern einige Jahre bei Janeks Mutter gelebt hatte. Mit dem Scheitern der zahlreichen beruflichen Pläne, die Janek verfolgte, schwand auch Olgas Hoffnung auf ein eigenes Haus für ihre Familie. Die räumliche Enge und die wirtschaftliche Not zwangen sie, zu handeln.

Im Haus ihrer Eltern war ausreichend Platz, nachdem Kamil und Marek ausgezogen waren und eigene Familien gegründet hatten. In dem vorderen großen Wohnzimmer richtete Olga eine Gastwirtschaft ein. Ihre Mutter Anna half ihr in der Küche. Vater Josef besorgte weiterhin die kleine Landwirtschaft, zunächst zusammen mit Jaroslav und dann allein, nachdem dieser eingezogen worden war.

Und Janek? Janek hatte sich nur widerwillig mit den neuen Verhältnissen abgefunden. Gelegentlich hatte er sich als Gastwirt betätigt, was dem Geschäft jedoch eher geschadet hatte, weil er allzu großzügig Runden spendiert und auch selbst kräftig getrunken hatte. Olga war es daher lieber gewesen, wenn er außer Haus seinen tagträumerischen beruflichen Ideen nachgegangen war. Als Janek dann einberufen wurde, war endgültig klar, dass Olga ganz allein für sich und die Kinder sorgen musste.

Wo sind die Kinder jetzt? Olga überlegt. Der sechzehnjährige Pavel und der dreizehnjährige Filip sind mit ihrem Großvater auf dem Feld. Der gerade erst drei Jahre alte Ivan spielt in der Küche bei der Großmutter mit seiner Holzlokomotive, Jakub drückt ängstlich ihre Hand und der neugierige Tomáš folgt den Soldaten. Olga hat Angst. Was ist, wenn die Kisten gefunden werden?

36

Langsam geht sie mit Jakub an der Hand durch Flur und Küche auf den Hof zwischen Haus und Scheune. Von dort dringen laute Geräusche nach draußen. Wagen werden beiseitegeschoben, Kisten geöffnet, Geräte umgeworfen und Regale ausgeräumt.

Nach einer halben Stunde erscheinen die drei Uniformierten mit verschwitzten Gesichtern am Scheunentor. »Dann also das Haus!« kommandiert der Feldwebel. Energisch geht er voran, hält aber nach einigen Schritten inne und blickt zurück auf das Hühnergehege, das sich neben der Scheune befindet. Es besteht aus einem hohen Drahtzaun, der eine Fläche von 20 mal 20 Metern umgibt, und einem Holzverschlag, der mit der Scheunenwand verbunden ist. »Schau doch einmal in den Hühnerstall«, weist der Feldwebel den Soldaten an.

Dieser nimmt zunächst etwas umständlich sein Gewehr ab, weil es ihn beim Betreten des niedrigen Verschlages behindern würde. Er lehnt es an den Drahtzaun, öffnet die Tür des Zaunes und begibt sich ins Gehege.

Wo eigentlich Tomáš ist, fragt sich Olga. Da sieht sie, wie er aus der Scheune herauskommt und dabei den Hofhund mit sich führt, den kleinen Terrier »Luboš«, der den Namen »der Friedliche« zu Recht trägt. Friedlich trottet Luboš neben Tomáš her, der sich mit dem Hund schließlich neben die Tür des Drahtzauns stellt.

Gerade hat der Soldat sie durchschritten und hinter sich geschlossen, als aus dem Hühnerstall eine rot behelmte Kugel aus schwarz, blau und grün schimmernden Federn hervorschießt und ihn mit wildem Gekreisch attackiert. Ein gelber Schnabel hackt in die Hosenbeine. Dann fliegt die Kugel mit aufgeregtem Geflatter hoch. Der Soldat muss sein Gesicht vor dem gelben Schnabel schützen. Nach ihrer Landung umkreist die Kugel mit fortwährendem Kampfgeschrei die Beine, fliegt dann aber auch immer wieder einmal gegen den Zaun, wendet sich danach erneut dem Soldaten zu, den die andauernden Angriffe daran hindern, auch nur einen Schritt voran zu tun. In der Zwischenzeit hat sich die Fläche vor dem Hühnerstall, auf der zunächst nur einige braune Hennen herumliefen, in ein wild wogendes Meer aus braunem Gefieder verwandelt, und es stürzen noch weitere Hennen aus dem Verschlag. Der ohrenbetäubende Lärm aus Gackern, Kreischen und Krähen sowie die immer wütender wer-

37

denden Attacken des Hahnes zwingen den Soldaten zum Rückzug hinter den schützenden Drahtzaun.

Dort trifft er auf einen verärgerten Vorgesetzten, der aber auch nicht recht weiß, wie eine Durchsuchung des Hühnerstalles gelingen soll. Schließlich kommt dem Feldwebel angesichts der heftig bewegten, großen, braunen Federdecke über dem Hühnerhof, die von einer unüberschaubar erscheinenden Zahl an Hühnerbeinen getragen wird, der Gedanke, dass in dem Verschlag wohl kaum auch noch für große Kisten Platz sei. Unwirsch zeigt er auf das Haus: »Dann machen wir dort eben weiter!«

Auch nach dem Abgang der drei kehrt noch keine Ruhe auf dem Hühnerhof ein. Der Hahn springt weiter mit schrillem Gekreisch gegen den Zaun. Die Hühner trippeln aufgeregt umher. Das ändert sich erst, als Tomáš seinen Platz am Drahtzaun verlassen hat und mit Luboš in der Scheune verschwunden ist. Zuvor hat er seine Mutter spitzbübisch lächelnd und verschwörerisch blinzelnd angeblickt.

Ja, in Tomáš erkennt Olga ihren Janek wieder, zumindest den, der er früher einmal war. Lieb und freundlich ist Tomáš. Er hat die Grübchen seines Vaters. Auch hängt ihm gleichermaßen die schwarze Haarlocke in der Stirn. Er lacht viel. Und er ist schlau, allerdings auch ein wenig raffiniert. Zu Tomáš hat Olga ein besonders inniges Verhältnis. Innig auch in der Weise, dass der Liebe die Sorge beigemengt ist, er werde ihr gleich seinem Vater noch manchen Kummer bereiten.

Natürlich, das ist Olga klar, hat Tomáš gewusst, welchen Aufruhr er erzeugt, wenn er mit Luboš zu den Hühnern geht. Mag Luboš auch ein durch und durch friedlicher Hund sein, so versetzt sein bloßer Anblick den Hahn doch stets in geradezu tollwütige Rage. Aber woher wusste Tomáš, dass sie die Kisten mit Rum im Hühnerstall versteckt hat?

Werner Feulner und die Rede des Rektors

Viel zu früh ist Friedrich erschienen. Der große Saal ist noch völlig leer. Nur vorne auf dem Podest bauen einige Bedienstete eine Reihe mit Tischen und Stühlen auf, rücken das Rednerpult zurecht und verteilen Pflanzenschmuck. Erst in einer Stunde beginnt die Feier zur Eröffnung des Wintersemesters 1920/21 in der Aula der Friedrich-Wilhelms-Universität zu Berlin.

Friedrich hat es sich zur Regel gemacht, vor der Zeit zu erscheinen. Das verschafft ihm Sicherheit. Er kann sich mit den Umständen vertraut machen, und er kann sein Verhalten planen. Friedrich braucht diese Sicherheit. Ganz besonders braucht er sie jetzt, beim Beginn eines neuen Lebensabschnitts und in Anbetracht dessen, was er jüngst erlebt hat.

Er verlässt den Saal und begibt sich auf einen Rundgang durch die Universität. Was er wahrnimmt und in sich aufnimmt, verschafft ihm Beruhigung. Still ist es auf den langen und hohen Korridoren. Nur gelegentlich ist, durch Entfernung gedämpft, das Geräusch sich öffnender und schließender Türen vernehmbar, und es zeigt sich schemenhaft eine Gestalt, die rasch wieder verschwindet. Von guter Ordnung und verlässlicher Planung zeugen große Tafeln an den Wänden, auf denen die Vorlesungen des Semesters angezeigt sind. Vor der Statue einer griechischen Göttin in einem Erker verweilt Friedrich einen Augenblick. Der Eindruck von Harmonie und Ruhe begleitet ihn noch für einige Zeit auf seiner Wanderung durch die Gänge. – Alles das mildert seine Anspannung und seine Verwirrung, die in den beiden vergangenen Wochen bis an die Grenze dessen, was er ertragen kann, angewachsen sind.

Seit dem 1. Oktober wohnt er in Berlin, im Wedding bei der 76-jährigen Witwe Backhaus als Untermieter. Das kleine Zimmer ist kaum mehr als eine Schlafstelle. Aber damit muss sich Friedrich bescheiden. Das Geld, mit dem ihn sein Vater unterstützt, ist knapp bemessen.

Die ersten Tage war er mit der Erledigung von Formalitäten beschäftigt. Dazu gehörte die Anmeldung im Immatrikulationsbüro der Universität. Obwohl er sich schon früh am Morgen auf den Weg gemacht hatte, musste er warten. Es hatte sich bereits eine Schlange gebildet.

Eine Berührung seiner rechten Schulter ließ ihn zusammenfahren. »Kennen wir uns nicht? Du bist doch der Sohn vom Liedke.« Allein schon die markante Stimme verriet Friedrich, wer hinter ihm stand: Werner Feulner, Sohn des Holzgroßhändlers Feulner in Jüterbog. Das Wohnhaus der Feulners und das Betriebsgelände befanden sich in der Goethestraße, in der auch die Familie Liedke

39

wohnte. Werner, vier Jahre älter als Friedrich, beherrschte die Straße. Er war der Stärkste, Schnellste und Geschickteste. Er hatte Geld. Er bestimmte, was gespielt wurde. Alle bewunderten ihn. Jeder freute sich, wenn Werner ihn beachtete und freundlich zu ihm war, Friedrich ganz besonders, denn der stand häufig allein.

Als Werner Feulner 15 Jahre alt wurde, verschwand er aus dem Blickfeld der Kinder in der Goethestraße. Es hieß, die Eltern hätten ihn auf ein Internat geschickt. Später wurde erzählt, dass er sich bei Kriegsbeginn sofort als Freiwilliger gemeldet habe und dass er es innerhalb kürzester Zeit zum Leutnant gebracht habe. Nach Kriegsende hörte man, dass er sich mit anderen Soldaten seiner Einheit dem Freikorps Rossbach angeschlossen habe, das für die Gutsbesitzer im Osten die Aufstände und Streiks der Arbeiter bekämpfe.

Die große, kräftige Gestalt hinter Friedrich trug einen Militärmantel. Aber nicht nur dadurch fiel Werner Feulner in der Reihe der jungen Männer auf, sondern auch durch sein hellblondes Haar, die scharf geschnittenen Gesichtszüge und eine längliche rote Narbe am Hals. Friedrich freute sich über die Begegnung, war aber auch etwas eingeschüchtert.

Zunächst sprachen sie über das Studium. Ein wenig verächtlich klang es, als Werner Feulner mitteilte, er studiere nur »pro forma«, weil es seine Eltern so wünschten. Man werde ihn kaum einmal an der Universität sehen. Er habe Wichtigeres zu tun. Es gehe um die Rettung Deutschlands vor dem Untergang.

»Dabei könntest du helfen.« Friedrich spürte den Druck des Zeigefinders, mit dem Werner Feulner gegen seine Brust stieß.

Friedrichs Nachfrage beantwortete Werner Feulner ausweichend. Mit Kopfbewegungen in Richtung der vor und hinter ihnen Stehenden meinte er, dass er hier nicht darüber reden könne. Das sei gefährlich. Aber sie könnten sich doch anschließend eine stille Ecke in einer Gastwirtschaft suchen.

Wenngleich Friedrich sich irgendwie vereinnahmt fühlte, war er doch einverstanden. Immerhin befolgte er damit den dringenden Rat seines Vaters, er möge sich um Anschluss bemühen, damit er in Berlin nicht vereinsame.

Werner Feulner bestellte, kaum hatten sie sich gesetzt, zwei Gläser

40

Bier, was Friedrich eigentlich nicht recht war. Denn es war erst elf Uhr am Vormittag. Auch wirkte die elterliche Erziehung nach. Wenn irgend möglich, vermied Friedrich es, Alkohol zu trinken. Doch gegen Werner Feulner konnte er sich nicht behaupten.

In dem Gespräch, bei dem beide noch zwei weitere Gläser Bier tranken, erfuhr Friedrich in Andeutungen einiges über die »nationale Aufgabe«, der sich Werner Feulner »voll und ganz« widmete. Das Ziel, so hörte er, muss es sein, die besudelte Ehre der Nation wiederherzustellen. Es gilt, die bolschewistischen Verräter, die der ruhmreichen Armee in den Rücken gefallen sind, auszumerzen und Deutschlands Grenzen zu sichern gegen den von allen Seiten hereinbrechenden Feind. Die von Oberleutnant Rossbach zusammengestellte und angeführte Truppe ist eine verschworene Gemeinschaft ehemaliger Soldaten, die im Baltikum und im Ruhrgebiet Großes geleistet hat. Doch die feigen Friedenspolitiker der neuen Republik, die sich des Freikorps Rossbachs bei der Bekämpfung der roten Arbeiterschaft noch bedient haben, buckeln vor dem Feind und machen sich auf dessen Geheiß jetzt daran, die Freikorps aufzulösen. Die Polizei spioniert den Rossbachern nach. Die Freikorpsleute sind gezwungen, sich immer wieder neu und unter anderem Namen zu formieren.

»Ich glaube, ich werde beobachtet. Deswegen könnte ich deine Hilfe gut gebrauchen. Du stehst doch auf unserer Seite?« So eindringlich wie die Frage war der Blick, den Werner Feulner auf Friedrich richtete. Selbstverständlich nickte Friedrich. »Gut! Jetzt pass auf! Wir haben erfahren, dass die Polizei demnächst unsere Zentrale hier in Berlin durchsuchen wird. Ich soll dafür sorgen, dass wichtige Unterlagen nach München geschafft werden. Da sind sie sicher. Ich kann das aber nicht selbst erledigen, weil ich beobachtet werde. Dich kennt die Polizei nicht. Ich schick dir morgen früh jemanden mit den Unterlagen vorbei. Der hat Geld für die Fahrkarte und das Hotel in München dabei. Einverstanden?« Friedrich hätte nicht gewusst, was er anderes hätte tun können, als in die ausgestreckte Hand einzuschlagen.

Auf dem Heimweg quälten ihn Bedenken, Zweifel, Angst. Er verbrachte eine unruhige Nacht. Doch das stundenlange Grübeln half ihm nicht. Er fand keinen Ausweg.

Die folgenden zwei Tage durchlebte Friedrich unter höchster Anspannung und in ständiger Furcht, entdeckt zu werden. Der Versuch, alle Einzelheiten der Umgebung zu beobachten, machte ihn fahrig. Er bewegte sich eckig. Er hatte selbst das Gefühl, wie eine Marionette zu handeln.

Aber es ging alles gut. Früh am Morgen suchte ihn ein Bote mit einem Paket, mit Geld und mit der Anweisung auf, in München sogleich im Hotel »Maximilian« abzusteigen und dort auch zu übernachten. Schon bald nach seiner Ankunft im Hotel klopfte es an seiner Zimmertür. Ein freundlicher junger Mann bat ihn um die Aushändigung des Pakets. Er hatte auch keine Scheu, Friedrich darin einzuweihen, dass er zur Brigade Ehrhardt gehöre, die am Kapp-Putsch beteiligt gewesen und vor einigen Monaten aufgelöst worden sei. Jetzt werde eine neue Organisation unter dem Namen »Consul« aufgebaut. Das Ziel bestehe darin, von München aus den nationalen Widerstand zu organisieren. Hier in München sei von der Polizei nichts zu befürchten.

Nach seiner Rückkehr geriet Friedrich in einen Zustand nervöser Erschöpfung. Weiterhin quälte ihn die Angst vor Entdeckung. Auch hoffte er inständig, dass Werner Feulner sich nicht mehr bei ihm melden würde.

Jetzt, in den Räumen der Universität, spürt er erstmals Erleichterung. Da der Zeitpunkt für die Eröffnungsfeier näher gerückt ist, sucht er erneut die Aula auf und setzt sich an den Rand einer der hinteren Reihen. Der Saal füllt sich mit Menschen und Stimmengewirr, das verstummt, als sich vorn eine Seitentür öffnet und die Professoren in feierlichen Talaren Einzug halten. Nachdem sie auf dem Podest Platz genommen haben, tritt der neu ernannte Rektor vor und leistet seinen Amtseid. In lateinischer Sprache. Friedrich liebt diese Sprache. Ihre klare Grammatik schafft Ordnung. Wiederkehrende Satzmuster schaffen Sicherheit. Man kommuniziert nicht mit Menschen, sondern mit geduldigen Texten. Stets ist Friedrich Klassenbester in Latein gewesen.

Es folgt die Rede des neuen Rektors. Der Jurist Emil Seckel spricht über das Thema »Das römische Recht und seine Wissenschaft im Wandel der Jahrhunderte«. Friedrich hört gebannt zu, auch wenn er nur wenig versteht. Seine bisher noch vagen Hoffnungen und Wünsche gewinnen durch einige Formulierungen an Klarheit. Die echte Rechtswissenschaft, so hört er, ist »rein« und »aristokratisch«. Sie bedient sich einer »exakten Methode« und erstrebt eine »widerspruchsfreie Harmonistik«. Am längsten klingt in ihm der Satz nach: »Die Jurisprudenz als praktische Wissenschaft hat zum Ziele die Lebensbeherrschung.« Mit dem Recht das Leben zu beherrschen, ohne sich einmischen zu müssen im Kampf ums Dasein und ohne in politische Auseinandersetzungen hineingezogen zu werden, Lebensbeherrschung mittels kluger, kunstfertiger, präziser Anwendung von Rechtstexten, die in Jahrhunderten gewachsen sind – ja, Friedrich ist sich jetzt sicher, dass es richtig war, sich für das Studium der Jurisprudenz zu entscheiden.

Das neu gewonnene Lebensgefühl macht ihn stark. Es macht ihn so stark, dass er sogar in der Lage ist, Werner Feulner zu widerstehen, der ihn bei einem Treffen eine Woche später für weitere Kurierfahrten gewinnen will. Zwar bringt Friedrich kein klares »nein« über die Lippen. Aber er hat zahlreiche Ausreden vorbereitet, die er nach und nach vorbringt. Werner Feulner verliert schließlich die Geduld. »Dann eben nicht«, sagt er unwirsch und fügt noch hinzu: »Aber wehe, du verrätst etwas! Verräter verfallen der Feme!«

Der Schreck, den diese Drohung bei Friedrich auslöst, ist nach einigen Tagen verklungen. Mit Eifer wendet er sich den Aufgaben zu, die das juristische Studium für ihn bereithält.

Ein Familienfest

Donnerstag, 28. Oktober 1920. Der neue tschechoslowakische Staat feiert sein zweijähriges Bestehen, und die Čermáks in Břeclav feiern ein Familienfest. Zwei Jahre alt wird auch Helena, ihr sechstes Kind. Außerdem soll gefeiert werden, dass Olgas Brüder Kamil und Marek endlich aus dem Krieg, der sie bis nach Sibirien verschlagen hat, zurückgekehrt sind.

Olga, die das Fest vorbereiten möchte, hat einige Mühe, die Mittagsgäste in ihrer Gastwirtschaft zum Aufbruch zu bewegen. Die Tschechen, die in der Mehrzahl sind, würden gern dem Wohl des neuen Staates noch einige Gläser Bier oder Wein widmen und auch gern noch etwas länger die drei Deutschen am Ecktisch spüren lassen, dass die Machtverhältnisse sich geändert haben. Diese haben sich schon einiges anhören müssen, die Herren Dotzauer und Wagner, die in der Stadtverwaltung für die Erteilung von Gewerbeerlaubnissen zuständig sind, und der Herr Frenzel, der die Stadtkasse verwaltet. Jetzt werde ihnen auf die Finger geschaut, ja geklopft. Überhaupt solle endlich Schluss damit sein, dass so viele Ämter von Deutschen geleitet würden. Die sollten schleunigst abgesetzt und durch Tschechen ersetzt werden.

Um halb vier kann Olga endlich die Tür hinter dem letzten Gast schließen. Geholfen hat ihr dabei, dass sie in den vielen Jahren, in denen sie nun die Gastwirtschaft führt, gelernt hat, ihre naturgegebene Freundlichkeit mit Bestimmtheit und Beharrlichkeit zu verbinden. Auch ist es merkwürdigerweise so, dass ihre Schönheit, die sich mit den Jahren gewandelt, die aber durch das Älterwerden und die Geburten nicht gelitten hat, bei männlichen Gästen eher Respekt als Begehrlichkeit hervorruft.

Zusammen mit ihren beiden Ältesten, mit Pavel und Filip, stellt sie Tische und Stühle zu einem großen Karree zusammen und eilt dann in die Küche, um ihrer Mutter bei der Zubereitung der Speisen zu helfen. Hirschbraten wird es geben.

Pünktlich um 18 Uhr treffen die Gäste ein. Kamil mit Ehefrau Jana und drei Kindern, Marek mit Ehefrau Míla und vier Kindern sowie mehrere Vettern und Kusinen, jeweils auch noch mit Kindern. Das Begrüßungsdurcheinander der Erwachsenen aus Umarmungen, Küssen, Schulterklopfen, Jubelschreien und Freudentränen sowie das eher vorsichtige Beäugen und Annähern der Kinder nimmt beträchtliche Zeit in Anspruch. Erst nach einer halben Stunde sitzen alle auf ihrem Platz.

Sogleich stehen sie aber wieder auf, weil sich die Tür zum Flur öffnet und das Geburtstagskind an der Hand von Großmutter Anna den Raum betritt. Helena, von allen nur Lenka genannt, trägt ein weißes Kleid mit einem rosa Blumenmuster. Runde Wangen und große braune Augen formen ein hübsches Kindergesicht. Eine rosa Schleife schmückt das dunkle Haar. Niedlicher kann ein zweijähriges Mädchen kaum aussehen.

Doch die vielen Menschen ängstigen Lenka. Sie verzieht das Gesicht und ist kurz davor, zu weinen, als auch noch ein lautes Hoch auf sie ausgebracht wird. Wie eine Befreiung ist es für sie, als sie unter den vielen Gesichtern dasjenige ihrer geliebten Tante Míla entdeckt. Sie reißt sich von der Hand der Großmutter los und flüchtet sich in Mílas Arme. Von dort blickt sie lächelnd, fast triumphierend in die Runde, was ein allgemeines wohlwollendes, herzliches Lachen auslöst. Stühle schurren über den Boden. Alle nehmen wieder Platz.

Ein Stuhl bleibt leer, der neben Olga. Wieder einmal hat Janek ein Versprechen nicht eingehalten. Vor einer Woche hatte er seiner Frau fest zugesagt, rechtzeitig von seiner Verkaufstour zurück zu sein.

Seit einigen Monaten betätigt Janek sich als Vertreter einer Textilfirma in Brno. Mit zwei Musterkoffern, die Hemden, Unterwäsche, Strümpfe und Krawatten enthalten, bereist er die Ortschaften Südmährens und bietet in den Bekleidungsgeschäften seine Waren an. Olga weiß nicht recht, was sie davon halten soll. Sie ist froh, dass Janek arbeitet, und sie freut sich darüber, dass er offenbar Erfolg hat. Denn einige Male hat er ihr schon Geld für den Haushalt gegeben. Doch sie ist auch besorgt. Dass sie ihn immer nur in Abständen von acht bis zehn Tagen sieht, kann sie verschmerzen. Aber den Kindern tut es nicht gut, dass sie ihren Vater nur selten zu Gesicht bekommen. Auch weiß Olga um die Schwächen ihres Mannes. Er wird sicherlich so manchen Abend in Gastwirtschaften verbringen und Frauen nicht nur hinterherschauen.

Weitere zehn Minuten sind vergangen. Länger kann Olga jetzt nicht auf Janek warten. Sie will gerade den beiden jungen Frauen aus der Nachbarschaft, die das Bedienen übernommen haben, ein Zeichen geben, da erhebt sich zu ihrer Überraschung ihr Vater. Auch die anderen wundern sich. Wann hat Großvater Josef jemals eine Rede gehalten? Alle kennen ihn nur als einen freundlichen, stillen Menschen, der wenig spricht. Auch jetzt sagt er nicht viel. Mit leiser und stockender Stimme bittet er, man möge doch für einen Augenblick an Jaroslav denken, den der Krieg ihnen genommen habe und für ihn beten.

Es wird ruhig im Raum. Alle senken den Kopf. Nach einer Weile löst sich die Stille allmählich auf, zunächst durch Kindergeflüster, dann durch das Räuspern einiger Erwachsener und schließlich durch immer lauter geführte Gespräche. Dann wird das Essen aufgetragen. Getränke werden eingeschenkt. Man prostet sich zu. Die Speisen schmecken allen. Es breitet sich eine gelöste, heitere Stimmung aus. Schließlich trifft auch Janek ein. Mit einem flüchtigen Kuss und einer gemurmelten Entschuldigung begrüßt er seine Frau und mit einem weit ausholenden Winken nach allen Seiten die übrige Gesellschaft.

Lenka sitzt die ganze Zeit brav neben Tante Míla. Sie wartet darauf, dass die Tante mit dem Essen fertig wird, damit sie auf ihren Schoß klettern kann. Tante Míla kennt nämlich viele lustige Fingerspiele und Abzählverse. Endlich ist es so weit. »Wie alt bist du denn geworden?« fragt Tante Míla zunächst. Lenka, die mit dem Gesicht der Tante zugewandt auf deren Schoß sitzt, reckt freudestrahlend zwei Finger in die Höhe. Dann formt die Tante aus den Daumen und Zeigefingern ihrer eigenen beiden Hände einen Kreis und hält ihn zwischen sich und Lenka. Mit großen fragenden Augen schaut das Kind durch den Kreis hindurch die Tante an. »So klein war dein Kopf, Lenka, als du auf die Welt kamst, so klein wie eine Apfelsine«, sagt Tante Míla und zieht dabei das »so« in die Länge. »Für dich wäre gar kein Bett nötig gewesen. Eine Zigarrenkiste hätte genügt.«

Bei Olga, die in der Nähe sitzt und zuhört, werden wehmütige Erinnerungen wach. Sie hatte nicht nochmals schwanger werden wollen, und sie hatte auch geglaubt, dass sie mit ihren 34 Jahren wohl nicht mehr schwanger werden würde. Deswegen hatte sie erst sehr spät realisiert, dass die Leibschmerzen und das Anwachsen des Bauchumfangs ein weiteres Kind ankündigten. Sie war verzagt, ja verzweifelt. Wie sollte sie auch noch dieses Kind aufziehen? Ihre Kräfte reichten kaum für die fünf anderen und die Gastwirtschaft. Sie war dringend auf die Hilfe ihrer Mutter angewiesen. Doch Großmutter Anna ging auf die Siebzig zu. Auf Janek konnte Olga nicht rechnen. Der Krieg dauerte noch an und sie hatte schon seit drei Monaten nichts mehr von ihm gehört. Dann passierte es, dass Lenka sechs Wochen zu früh geboren wurde. Das winzige Wesen war nicht in der Lage, an der Brust zu saugen. Wochenlang musste es tags und nachts im Abstand von zwei Stunden mit einer kleinen Flasche ernährt werden. Es kommt Olga wie ein Wunder vor, dass sie die Strapazen überstanden

46

hat und dass aus dem Würmchen ein so hübsches kleines Mädchen geworden ist.

Als sich bei Lenka erste Anzeichen von Müdigkeit zeigen, zieht Olga sie sanft von Mílas Schoß herunter. Sie hebt die Kleine, für alle sichtbar, hoch. »Lenka sagt gute Nacht!« Alle winken dem Kind zu und Lenka winkt mit einem müden Lächeln zurück. Schon beim Abendlied ihrer Mutter senken sich die Augenlider. Mit dem Gutenachtkuss kommt der Schlaf.

Bei ihrer Rückkehr in den Gastraum findet Olga eine veränderte Gesellschaft vor. Ihre Eltern haben sich bereits zurückgezogen. Die Kinder spielen in einer Ecke des Raumes. Die Paare an den Tischen haben sich aufgelöst. Männer und Frauen sitzen in getrennten Gruppen an gegenüberliegenden Tischreihen. Die Frauen unterhalten sich lebhaft. Einige haben Handarbeiten hervorgeholt. Auf der Seite der Männer geht es etwas ruhiger zu. Offenbar werden Kamil und Marek nach ihren Kriegserlebnissen befragt. Olga setzt sich dazu.

Es ist für die Zuhörer mühsam, die beiden zum Reden zu bringen. Sie sind ähnlich wortkarg wie ihr Vater. Immer wieder muss beharrlich nachgefragt werden. Nach und nach wird jedenfalls in Umrissen erkennbar, was Kamil und Marek erlebt haben.

Für Österreich-Ungarn mussten sie in den Krieg ziehen. Sie leisteten gemeinsam Dienst in einem Artilleriebataillon. Zusammen mit einem großen Teil ihrer Einheit gerieten sie im Spätherbst 1916 in russische Gefangenschaft. Im Lager erfuhren sie von der tschechoslowakischen Legion, die auf Seiten der russischen Armee gegen Österreich-Ungarn und Deutschland darum kämpfte, dass nach dem Krieg die Tschechoslowakei als selbständiger Staat entsteht. Beide schlossen sich der Legion an. Diese hatte ihren ersten großen Einsatz in der Schlacht bei Zborów Anfang Juli 1917. Kamil und Marek gehörten einem der Stoßtrupps an, die in vorderster Front mit Handgranaten den Weg frei machten für nachfolgende Einheiten. Die gegnerischen Regimenter wurden trotz Überzahl und besserer Bewaffnung geschlagen. Die Legion machte mehr als 3.000 Gefangene. Doch dann wurden die Verhältnisse in Russland schwierig für die Legionäre. Die Bolschewisten, die mit der Oktoberrevolution 1917 an die Macht kamen, wollten Frieden schließen, während die Legion den Kampf gegen Österreich-Ungarn und Deutschland fortsetzen

47

wollte. Ins Kriegsgebiet konnte sie aber nur über einen Umweg gelangen. Die transsibirische Eisenbahn sollte sie an den Pazifik bringen, und von dort sollte es per Schiff über die USA nach Frankreich gehen. Der Eisenbahntransport geriet ins Stocken, weil die Legion in den innerrussischen Bürgerkrieg verwickelt wurde. Sie ergriff Partei gegen die Bolschewisten. Die Übermacht der gegnerischen Truppen zwang zum Rückzug Richtung Osten. Nach zähen Kämpfen durfte die Legion frei nach Wladiwostok abziehen. Dort kamen schließlich auch Kamil und Marek im Februar 1920 an. Im Sommer konnten sie mit einem Schiff die lange Heimreise antreten. Ende September trafen sie schließlich in Břeclav ein.

Während dieser Kriegsberichterstattung ist der Kreis der Zuhörer angewachsen. Die älteren Jungen haben die Spielecke verlassen. Sie stehen neben oder hinter der Männergruppe und hören zu, einige neugierig, einige gespannt und einer auf das Höchste angespannt. Das ist Tomáš. Seine Augen glänzen, seine Wangen sind leicht gerötet. Alles nimmt er begierig auf. Seine Phantasie malt ihm bunte Bilder von den fremden Orten, von den Kämpfen und von den Fahrten über Steppe und Meer. Jetzt will er von seinem Vater erfahren, was der im Krieg erlebt hat.

Das interessiert auch Olga. Denn sie weiß kaum etwas darüber, wie Janek die letzten Kriegsmonate verbracht hat. Bisher hat sie von ihm nur erfahren, dass er mit seiner Einheit ab Juli 1918 im Nordosten Italiens gewesen ist.

Ganz anders als seine beiden Schwager breitet Janek lebhaft und ausführlich seine Erlebnisse vor den Zuhörern aus. Danach wurde er an die Front abkommandiert, weil man ihm zu Unrecht Verfehlungen unterstellt hat. Da er wusste, dass auch an der italienischen Front auf der gegnerischen Seite Tschechen standen, die für die Freiheit ihres Vaterlandes kämpften, wollte er desertieren. Sein Plan wurde verraten. Ein Standgericht verurteilte ihn zum Tode. In der Nacht vor der Hinrichtung konnte er fliehen. Er versteckte sich in den Bergwäldern der norditalienischen Alpen. Als ihm ein Suchtrupp auf der Spur war, fand er Zuflucht in einer Felsenhöhle. Wochenlang ernährte er sich nur von Waldfrüchten und von Fischen, die er in Bergseen angelte. Gelegentlich wagte er sich in einsam gelegene Dörfer und erhielt etwas Brot von mitleidigen Leuten. Als er vom Kriegsende

48

erfuhr, hat er sich wieder herausgetraut und sich dem Rückzug der geschlagenen österreichisch-ungarischen Armee angeschlossen.

Olga muss ihre beiden Brüder nicht anschauen, um zu wissen, dass auch diese das denken, was sie denkt: Kaum etwas davon wird der Wahrheit entsprechen.

Die Lösung des Falles

Die Zeit für die Nachhilfestunde ist abgelaufen. Friedrich hat mit Eva Vokabeln wiederholt, einen Abschnitt aus Cäsars »De bello gallico« übersetzt und nochmals den ablativus absolutus durchgesprochen. Sie sitzen an diesem warmen Julitag des Jahres 1921 auf der Terrasse der Zehlendorfer Villa der jüdischen Familie Hirsch, Friedrich mit dem Rücken zur Hauswand auf einer glänzend polierten, mit viel Schnitzwerk verzierten Holzbank und ihm gegenüber die 14-jährige Eva Hirsch auf einem zur Bank passenden Stuhl. Zwischen ihnen steht ein kleiner Holztisch, auf dem mehrere aufgeschlagene Bücher liegen.

Das schlanke Mädchen trägt ein luftiges weißes Sommerkleid. Es bildet zu den schwarzen Haaren und den dunklen Augen einen reizvollen Kontrast. Diesen nimmt Friedrich zwar wahr; er belässt es aber bei unauffälligen kurzen Blicken und schaut ansonsten an Eva vorbei in den farbenprächtigen Garten, der ein strahlendes Oleanderweiß, ein kräftiges Rosenrot, ein schimmerndes Rittersspornblau und ein warmes Ringelblumengelb anzubieten hat.

Obwohl er nun schon seit sechs Wochen regelmäßig das Haus des Juweliers Hirsch aufsucht und Eva unterrichtet, hat er weiterhin mit Verlegenheit und Schüchternheit zu kämpfen. Die eindrucksvolle Architektur des Hauses, die Größe der Räume und deren geschmackvolle Ausstattung, die elegante Kleidung der Bewohner, die Freundlichkeit und Großzügigkeit des Juweliers und seiner Frau vermitteln ihm das Gefühl, nicht hineinzupassen in diese Umgebung.

Ein Unbehagen hat er bereits verspürt, als Ludwig Hirsch ihn nach einer Vorlesungsstunde ansprach. Freundlich lächelnd trat der gut gekleidete Kommilitone auf ihn zu, ohne jede Spur von Überheblichkeit, aber doch mit jener Selbstsicherheit, die Friedrich fehlt.

An sich wäre gerade die eben beendete Vorlesung zum römischen Recht geeignet gewesen, Friedrichs Selbstbewusstsein zu stärken. Denn als einziger war er in der Lage gewesen, die Stelle aus den Digesten zu übersetzen, die der Professor an die Tafel geschrieben hatte. Dafür sprach ihm Ludwig Hirsch seine Anerkennung aus und fragte an, ob Friedrich interessiert sei, seiner kleinen Schwester Nachhilfe in Latein zu erteilen. Er zögerte kurz in seiner Unsicherheit. Aber dann sagte er doch freudig zu, insbesondere wegen der Aussicht auf eine Besserung seiner finanziellen Lage.

Eine andere Art der Verlegenheit bereitete ihm der Umgang mit Eva. Der Unterricht hatte damit nichts zu tun. Er entwickelte sich völlig problemlos. Rasch zeigte sich, dass Eva, die die jüdische Mädchenschule besuchte, nicht etwa mangels Intelligenz in Rückstand geraten war. Vielmehr hatten dafür ein uninspirierter Lehrer und eine vorübergehende Leidenschaft für das Reiten gesorgt. Friedrich fiel es nicht schwer, ihre Kenntnisse nach und nach zu verbessern. Er bereitete sich stets gewissenhaft vor. Ihm half seine Art zu denken, nämlich sorgfältig und systematisch. So war es ihm leicht möglich, Eva sprachliche Zusammenhänge schrittweise verständlich zu machen.

Nein, nicht durch den Unterricht wurde seine Befangenheit ausgelöst. Das Mädchen machte ihn befangen. Keineswegs bewusst oder gar zielgerichtet. Eva war eher zurückhaltend und ihrerseits etwas schüchtern. Doch seit einiger Zeit spürte sie körperliche Veränderungen, die ihre Neugier weckten. Nicht ständig, aber doch immer wieder einmal beschäftigte sie die Frage, wie sie auf andere wirke. Sie hätte nie gewagt, diese Frage auszusprechen. Aber in ihrem Verhalten, in ihrer Art zu lächeln, in der von ihr ausgewählten Kleidung deutete sich diese Frage an.

Friedrich war empfindsam genug, um die Zeichen wahrzunehmen. Wie er darauf reagieren sollte, wusste er jedoch nicht. Mädchen und junge Frauen waren in seinem bisherigen Leben nur Objekte vager Vorstellungen und Wünsche gewesen. Ängstlichkeit und Scheu hatten es verhindert, dass er Annäherungsversuche unternahm.

Im Verhältnis zu Eva war es bislang zu keinen Komplikationen gekommen, weil sich von Beginn an eine Regelmäßigkeit im Ablauf eingestellt hatte. Stets begrüßte Evas Mutter Friedrich an der Haustür und führte ihn in die Bibliothek des Hauses, wo Eva bereits mit ihren Schulsachen an einem Tisch saß. Frau Hirsch brachte ihm dann noch Tee und Kekse und ließ die beiden allein. Danach bearbeitete Friedrich mit Eva die Hausaufgaben und nahm die Übungen durch, die er vorbereitet hatte. Pünktlich nach einer Stunde erschien Frau Hirsch wieder, um ihm das Geld zu geben und ihn hinauszubegleiten.

Heute ist einiges anders gewesen. Frau Hirsch hat ihn nach der Begrüßung an der Tür durch das Haus hindurch zur Terrasse geleitet. »Ein so herrliches Wetter muss man genießen«, sagte sie auf dem Weg dorthin. Eva wartete bereits auf ihn. Frau Hirsch brachte dann noch einen Krug mit Limonade und zwei Gläser. Danach verabschiedete sie sich von Friedrich, wobei sie ihm auch schon das Geld für die heutige Unterrichtsstunde gab. Sie sei zu einer Geburtstagsfeier eingeladen und werde erst gegen Abend zurück sein.

Jetzt ist es also an Friedrich, die Unterrichtsstunde für beendet zu erklären, aufzustehen und Eva zum Abschied die Hand zu reichen. Doch es will ihm nicht gelingen. Er wird festgehalten. Wovon? Vielleicht von der vor ihm sitzenden Mädchengestalt, deren beginnende frauliche Konturen sich in dem leichten Kleid abzeichnen. Vielleicht von Evas Lächeln, das ihm gilt, auch wenn sie ihn nicht anblickt. Vielleicht von der angenehmen sommerlichen Wärme und der herrlichen Umgebung. Schließlich nötigt ihn die von Eva verlegen hervorgebrachte Frage zum Bleiben, ob ihm das Jurastudium gefalle und was er dafür tun müsse.

Um von anderem abzulenken, geht Friedrich mit besonderem Eifer auf die Frage ein. Dabei wandert sein Blick, wie schon zuvor, hin und her, vom Garten zu Eva und wieder zurück. Doch das sich verstärkende Bemühen, Eindruck zu machen, verlängert die Zeiträume, in denen der Blick bei Eva verweilt, die einen kleinen Vortrag anzuhören bekommt.

Darin ist die Rede davon, dass Recht gelten müsse, weil der Mensch für den Menschen ein Wolf sei. Chaos und Gewalt würden herrschen, wenn nicht das Recht Ordnung und Frieden stiften würde. Seine Macht beziehe das Recht vom Gewaltmonopol des Staates, das seinerseits gebändigt werde durch allgemein gültige Gesetze. Die edle Aufgabe der Juristen sei es, mit klaren Begriffen, logischen Denkverfahren und sorgfältiger Ermittlung des vom Gesetzgeber Gewollten die unverbrüchliche und gleichmäßige Geltung der Gesetze sicherzustellen. Er sei stolz und dankbar, sich dieser Aufgabe widmen zu dürfen.

Die Wirkung des Referats, das aus zusammengeklaubten Vorlesungserinnerungen besteht, bleibt Friedrich nicht verborgen. Das Lächeln in Evas Gesicht hat die Lebendigkeit verloren. Einer 14-Jährigen müsse er wohl Anschauliches bieten, geht ihm durch den Kopf. »Wir üben das auch an praktischen Fällen. Heute Morgen haben wir im Strafrecht diesen Fall behandelt.« Er greift zu seiner Tasche neben der Bank, zieht ein Buch mit dem Titel »Strafrechtsfälle für den akademischen Gebrauch« heraus, schlägt die Seite 27 auf und liest vor:

»Die Frau A verleitete ihren Liebhaber B und ihre Magd C dazu, ihren, der A, Ehemann D zu ermorden. Der Verabredung gemäß wurde D von der A durch ein dem Wein beigemischtes Betäubungsmittel in den Zustand der Bewusstlosigkeit versetzt, aus dem er nicht mehr erwachte. Dann banden B und C ihm die Hände und Füße, während die A ihm ein Kissen auf das Gesicht legte und einige Minuten hindurch das Kissen, auf das sie sich gesetzt hatte, auf Mund und Nase ihres Mannes presste. Als D kein Lebenszeichen mehr von sich gab, entfernte die C sich aus dem Zimmer. A und B aber, die zurückgeblieben waren, schlangen ein Tuch um den Hals ihres Opfers und hingen den Körper an ein zu diesem Zweck schon früher eingeschlagenen Haken, um den Anschein zu erwecken, als hätte D sich selbst das Leben genommen. Die Sachverständigen erklärten mit voller Bestimmtheit, dass der Tod nicht durch das Ersticken mit dem Kissen, sondern durch Aufhängen des noch lebenden, aber bewusstlosen Körpers verursacht worden sei.«

Nach einer kurzen Pause, die Eva ermöglichen soll, sich das Geschehen vorzustellen, beginnt Friedrich mit Erläuterungen.

»Der Fall ist sehr schwierig. Man muss prüfen, ob sich A, B und C wegen Mordes strafbar gemacht haben. Vielleicht können sie aber

52

auch nur wegen versuchten Mordes und fahrlässiger Tötung bestraft werden, weil der Tod des D erst später eintrat als gedacht. Besondere Schwierigkeiten ergeben sich bei der Klärung der Frage, wie sich die Magd C strafbar gemacht hat. Sie war ja gar nicht mehr anwesend, als A und B durch das Aufhängen den Tod des D verursacht haben. Außerdem hat sie vorher nur wenig getan, so dass auch eine Strafbarkeit lediglich wegen Beihilfe in Betracht kommt. Hinsichtlich des Todeszeitpunktes ist der Dolus der Täter näher zu prüfen, also der Vorsatz. Hier unterscheidet man ...«

Friedrich hält inne. Er sieht Eva an, dass sie irritiert ist. Die Unterbrechung gibt ihr den Anstoß, ihre Fragen auch auszusprechen.

»Ist der Fall denn wirklich passiert?«

»Ich denke schon. Wir sollen uns ja an Fällen aus dem praktischen Leben üben.«

»Warum heißen die Leute dann aber A, B, C und D? Sie haben doch sicher richtige Namen.«

»Auf die Namen kommt es nicht an. Es kommt allein darauf an, was sie getan haben. Man muss die Personen nur unterscheiden können. Dazu reicht ein Buchstabe. Es wäre auch sehr umständlich und mühsam, wenn man sich die Namen merken müsste.«

»Warum hat denn die Magd mitgemacht? Sie hatte doch gar keinen Grund, den Ehemann zu töten.«

»Das steht nicht in der Fallschilderung, ist aber auch für die Lösung des Falles nicht wichtig. Es soll nur geklärt werden, ob und wie sie sich strafbar gemacht hat. Ihr Motiv spielt dabei keine Rolle.«

»Was passiert mit A, B und vielleicht ja auch C, wenn festgestellt wird, dass sie einen Mord begangen haben?«

»Sie werden verurteilt.«

»Zu was?«

»Laut Gesetz zur Todesstrafe.«

»Und wie werden sie getötet?«

Jetzt ist Friedrich irritiert. Davon war in der Vorlesung nicht die Rede gewesen. Er greift erneut zu seiner Tasche und holt ein Gesetzbuch hervor. Rasch blätternd findet er die Vorschrift des Reichsstrafgesetzbuchs über den Mord, die er aus der Vorlesung kennt. In § 211 steht jedoch nur, dass der Mord mit dem Tode bestraft wird, aber nichts darüber, wie die Todesstrafe vollstreckt wird. Verlegen bittet er um etwas Geduld. Mit Hilfe des Inhaltsverzeichnisses gelangt er schließlich zu § 13. »Die Todesstrafe ist durch Enthauptung zu vollstrecken«, liest er vor.

Nun befürchtet er, dass Eva fragt, wie das vor sich geht. Denn auch darauf wüsste er keine Antwort. Sie stellt jedoch eine ganz andere Frage: »Vielleicht haben A und D Kinder. Was geschieht mit ihnen, wenn sie nun auch keine Mutter mehr haben?«

»Das hat mit der Lösung des Falles nichts zu tun. Dafür sind andere Rechtsgebiete als das Strafrecht zuständig.« Verflogen ist Friedrichs Wunsch, dem jungen, so eigenartig schönen Mädchen noch länger gegenüberzusitzen und es anzuschauen. In der hellen Julisonne ist ein Schatten auf ihr Gespräch gefallen. Wodurch? Wahrscheinlich dadurch, überlegt Friedrich, dass Eva noch jung und unverständig ist. Möglicherweise auch dadurch, dass Juristen es überhaupt schwer haben, sich verständlich zu machen, weil andere ihre strenge Fachlichkeit und die strikte Konzentration auf das Wesentliche nicht leicht nachvollziehen können.

Etwas unvermittelt steht Friedrich auf. Er müsse noch unbedingt eine Vorlesung nacharbeiten. Eva begleitet ihn bis zur Tür. Auf dem Weg dorthin und auch beim Abschied vermeidet er den Blickkontakt. Er befürchtet, in dem sonst so sanften Blick seiner Nachhilfeschülerin einen Anflug von Spott entdecken zu müssen.

Lebendiges Wasser

Mühsam ist es für die vierjährige Lenka und es gelingt ihr immer nur für kurze Zeit, durch das Schlüsselloch in die Gaststube zu spähen. Sie muss sich dabei recken und auf die Fußspitzen stellen. Ihren rasch gehenden Atem unterdrückt sie, damit niemand von denen da drinnen sie hört. Zwischendurch lehnt sie sich an die Tür, das rechte Ohr dagegen gedrückt, um jedenfalls etwas zu erlauschen.

Doch sie vernimmt nur ein dumpfes Gemurmel. Erblickt hat sie einige brennende Kerzen auf hohen Ständern, rechts und links neben einer länglichen, oben offenen Holzkiste, die auf einem mit weißem Tuch umhüllten Gestell steht. In die Kiste hineinschauen konnte sie nicht. Dann hat sie noch einige Leute erkannt, Onkel Kamil und Onkel Marek sowie Nachbarn. Alle sind schwarz gekleidet.

»Lenka! Lenka!« hört sie hinterm Haus rufen. Rasch verlässt sie ihren Beobachtungsposten und verschwindet hinter einem blauen Vorhang. Er hängt vor einem Abstellraum an der rechten Seite des Flures zwischen Küche und Gaststube. Hinter Getränkekisten hat sie sich ein Versteck eingerichtet. Von dort aus wagt sie sich immer wieder einmal zur Tür. In die Gaststube hinein darf sie nicht. Die Mutter hat es ihr streng verboten. Lenka muss aufpassen, dass sie nicht von ihr entdeckt wird. Denn sie arbeitet zusammen mit Tante Míla in der Küche. Beide bereiten ein Mahl für viele Gäste vor. Anders als sonst reden sie kaum miteinander. Man hört fast nur Arbeitsgeräusche aus der Küche.

Lenka weiß, die Großmutter, ihre Babička, ist gestorben. Sie wird in den Himmel kommen, das hat ihr die Mutter erzählt. Doch noch ist sie wohl nicht dort. Lenka nimmt an, dass die Babička in der Holzkiste liegt. Tomáš hat ihr gesagt, dass heute Nachmittag eine Beerdigung stattfindet. Die Babička wird auf dem Friedhof begraben werden. Wie sie von dort in den Himmel gelangen soll, kann sich Lenka nicht erklären. Unbedingt möchte sie die Babička vorher noch einmal sehen.

Wieder wagt sich Lenka aus dem Versteck hervor. Sie huscht zur Tür. Es ist jetzt ganz still in dem Raum dahinter. Durch das Schlüsselloch sieht sie den Rücken von Onkel Kamil. Er sitzt auf einem Stuhl neben der Holzkiste. Offenbar ist niemand mehr bei ihm. Er scheint Wache zu halten. Lenka geht in die Hocke. Sie überlegt. Onkel Kamil wird sicherlich böse werden, wenn sie hineingeht.

Nachdem sie bereits einige Zeit neben der Tür gekauert hat, hört sie ein kurzes Rucken, mit dem ein Stuhl bewegt wird. Es folgen Schritte. Onkel Kamil geht zur Toilette! Auf eine solche Gelegenheit hat Lenka gewartet. In aller Eile holt sie aus ihrem Versteck ein Blatt Papier und eine kleine Stoffpuppe. Dann drückt sie den Türgriff herunter und schlüpft in die Gaststube.

Vorsichtig nähert sie sich der Holzkiste. Hineinschauen kann sie auch jetzt nicht. Sie zieht den Stuhl heran und besteigt ihn.

Die Babička hat die Augen geschlossen. Blass sieht sie aus. Die

55

Hände sind über dem Bauch gefaltet. Lenka gefällt, dass die Großmutter das schöne dunkelrote Sonntagskleid trägt.

»Babička« flüstert sie. Da sie keine Antwort bekommt, fasst sie auf die gefalteten Hände und rüttelt sie leicht. Sie spürt keine Reaktion. Die Hände fühlen sich kalt an.

Aus der Richtung der Toilette hört Lenka ein Geräusch. Sie hebt das Kissen, auf dem der Kopf der Babička ruht, seitlich ein wenig an. Vorsichtig schiebt sie das Blatt Papier und die kleine Puppe darunter. Dann rückt sie das Kissen zurecht, steigt rasch vom Stuhl, schiebt ihn zurück in die vorherige Position und läuft zur Tür. Gerade noch rechtzeitig. In dem Augenblick, in dem sich die Tür von der Toilette zum Gastraum öffnet, schließt sich die zum Flur.

Nachdem Lenka das Haus vom Flur aus durch den Seiteneingang verlassen hat, trifft sie auf Tomáš. »Wo bist du gewesen?« Seine Frage lässt sie unbeantwortet. Sogleich fasst sie ihn bei der Hand und zieht ihn zur Scheune. Sie möchte mit den Katzen spielen.

Olga sieht beide am Küchenfenster vorbeigehen. Es beruhigt sie, die beiden wieder zusammen zu sehen. Ihr war nicht entgangen, dass Tomáš einige Zeit nach seiner kleinen Schwester gesucht hat. Olga hatte ihn beauftragt, sich den ganzen Tag um Lenka zu kümmern. Sie sollte ferngehalten werden von den Trauerfeierlichkeiten.

Während Olga ihnen durch das Fenster nachblickt, hört sie auf, den Teig zu rollen. Die Hände drücken das Nudelholz nur noch fest in den Teig hinein. Sie lässt den Kopf sinken. Tränen steigen ihr in die Augen. Für diese Tränen war in den vergangen Wochen keine Zeit gewesen. Sie hatte mit größter Kraftanstrengung ihre an einer schweren Lungenentzündung erkrankte Mutter pflegen und dabei den Betrieb der Gastwirtschaft aufrechterhalten müssen.

Was soll nur werden ohne die Mutter? Alles, alles wird sie allein bewältigen müssen. Auf Janek kann sie nicht zählen. Er ist unzuverlässig. Weiterhin reist er als Vertreter durch Mähren. Nie weiß man, wann er nach Hause kommt. Wenn er da ist, verbreitet er nur Unruhe. Hoffentlich trifft er rechtzeitig zur Beerdigung ein.

Ihr Vater ist schon vor einem Jahr gestorben. So still, wie er war, ist er auch aus dem Leben geschieden. Aus dem Mittagsschlaf in seinem Ohrensessel ist er nicht mehr erwacht.

Die nachquellenden Tränen laufen ihr über die Wangen. Den Verlust ihrer Mutter empfindet sie als harten körperlichen Schmerz. Nicht allein die so fleißige Mutter wird ihr fehlen, die von morgens bis abends und in die Nacht hinein in der Küche gestanden und Speisen für die Gäste zubereitet hat. Und auch nicht allein die Mutter, die für die kleine Lenka die treu sorgende Babička gewesen ist, die auf sie aufgepasst hat, während Olga sich um die Gäste kümmern musste, die ihr Märchen erzählt und mit ihr Kinderlieder gesungen hat. Fehlen wird ihr vor allem die Mutter, die ihr beigestanden hat, weniger mit Worten, mehr mit einem aufmunternden Lächeln, mit einem Streicheln des Oberarms, mit einem Blick, der ihr Mut machte und Stolz erkennen ließ auf die starke Tochter. Dieser Beistand war in den vergangenen Jahren oft nötig gewesen, wenn die heranwachsenden Jungen über die Stränge schlugen, wenn Janek sie und die Kinder vernachlässigte, wenn das Geld hinten und vorn nicht reichte.

Immerhin sind die Sorgen um die Jungen geringer geworden. Die beiden ältesten, Pavel und Filip, sind bei ihren Onkeln Kamil und Marek in der Lehre, die eine Schmiede betreiben. Der vierzehnjährige Jakub wird demnächst die Schule verlassen und eine Ausbildung zum Kellner in der Bahnhofsgaststätte beginnen. Die beiden jüngeren machen sich gut in der Schule. Nur ist der elfjährige Tomáš etwas umtriebig und der achtjährige Ivan recht schüchtern.

Große Sorgen macht Olga sich dagegen um Lenka. Sie muss versuchen, mehr Zeit für die Kleinste zu erübrigen. Vielleicht kann sie ihre Nachbarin Branka Moráková dafür gewinnen, regelmäßig in der Küche und in der Gastwirtschaft zu arbeiten. Das würde sie entlasten. Es wird aber schwierig werden, das Geld dafür aufzubringen. Immerhin kann sie seit dem Tod des Vaters auf die Einkünfte aus der Verpachtung des Landes zurückgreifen. Sie wird Branka noch heute nach der Beerdigung fragen.

Olga spürt, wie Míla an sie herantritt und ihr einen Arm um die Schultern legt. Sie wendet den Kopf ihrer Schwägerin zu, lächelt ein wenig und wischt die Tränen aus dem Gesicht. Dann beginnt sie wieder, den Teig auszurollen.

In der Scheune bemüht sich Tomáš währenddessen, seine kleine

Schwester mit anstrengenden Spielen zu ermüden. Ein Mittagsschlaf soll sie davor bewahren, mitzuerleben, wie der Sarg hinausgetragen und vom Trauerzug zum Friedhof geleitet wird. Sie werfen sich einen Ball zu, rollen einen Reifen und spielen Verstecken und Fangen auf dem Heuboden. Schließlich lässt Lenka sich erschöpft ins Heu fallen.

Behutsam trägt Tomáš seine kleine Schwester auf dem Arm ins Haus. In der Küche schenkt ihr die Mutter ein großes Glas Milch ein. Von Tante Míla bekommt sie ein Stück vom frisch gebackenen Kuchen. Nur schwach ist ihr Widerstand, als beide meinen, Tomáš solle sie in ihr Bett bringen. Sie besteht aber darauf, dass der Bruder ihr noch eine Geschichte vorliest.

Lenka will unbedingt das Märchen vom Feuervogel und Feuerfuchs hören. Die Babička hat es ihr oft erzählt. »Das ist doch viel zu lang«, wendet Tomáš ein. Das ganze Märchen soll es aber auch gar nicht sein. Lenka möchte vorgelesen bekommen, was geschieht, nachdem der Prinz, dem der Feuerfuchs zuvor schon so oft geholfen hat, von seinen Brüdern beraubt und getötet worden ist. Angespannt hört sie zu.

»Während indessen der Prinz, in Stücke zerhauen, im Walde lag, kam zu ihm der Feuerfuchs, sammelte und ordnete gehörig alle Glieder, und gern hätte er den Prinzen wieder zum Leben gebracht, doch das lag nicht in seinen Kräften. Da sah er eine Krähe mit zwei jungen Raben über dem Leichnam hin und her flattern. Da verbarg er sich unter einem Gesträuche ins Gras, und als sich einer der Raben auf den Leichnam setzte, um zu fressen, sprang der Feuerfuchs hervor, fasste den Raben beim Flügel und stellte sich, als wolle er ihn zerreißen. Die alte Krähe flog angstvoll näher, setzte sich auf einen Strauch und sprach zu dem Feuerfuchse: ,Kwah, kwah! Verschone mein armes Kind, es hat dir nichts zuleide getan; ich will dir es reichlich vergelten, wenn du einmal meiner Hilfe bedürfen solltest.' – ,Eben jetzt bedarf ich ihrer', erwiderte der Feuerfuch. ,Wenn du mir aus dem schwarzen Meere totes und lebendiges Wasser bringst, will ich deinem jungen Raben die Freiheit geben.' – Die Krähe versprach es zu bringen und flog davon. Drei Tage und drei Nächte flog sie und als sie zurückkehrte, brachte sie mit sich zwei wassergefüllte Fischblasen: In der einen war lebendiges, in der anderen totes Wasser. Der Feuerfuchs nahm die Fischblasen in Empfang und riss den jun-

58

gen Raben entzwei; dann legte er wieder beide Teile gehörig zusammen, besprengte sie mit dem toten Wasser, und augenblicklich verwuchsen sie miteinander; hierauf besprengte er sie mit dem lebendigen Wasser, und der junge Rabe schüttelte die Flügel und flog davon. Nun besprengte jener mit dem toten Wasser den zerstückelten Leichnam des Prinzen, und schnell ward dieser wieder ganz, ohne dass auch nur eine Narbe zu sehen war; und nachdem er ihn noch mit lebendigem Wasser angefeuchtet hatte, erwachte der Prinz wie aus dem Traume, erhob sich und sagte: ...«

»Tomáš«, unterbricht Lenka ihren Bruder, »weißt du, wo das schwarze Meer ist? Wir könnten doch dorthin fahren und lebendiges Wasser für die Babička holen.« – »Das machen wir, wenn du größer bist, Lenka«, antwortet Tomáš. »Nun schlaf erst einmal.« – »Aber dann muss die Babička noch so lange allein im dunklen Grab liegen«, sagt Lenka, schon halb im Schlaf. Doch bevor sich ihre Augen ganz schließen, geht ein Lächeln über ihr Gesicht. Sie denkt daran, dass unter dem Kopfkissen der Großmutter ein kleines Bild mit einer grünen Wiese, einem blauen Himmel und einer strahlend hellen Sonne liegt und dass die kleine Stoffpuppe ihr Gesellschaft leistet.

Euer Hochwohlgeboren

Was er schreiben muss, ist Friedrich klar. Aber wie er es schreiben soll, das weiß er nicht. Bisher hat er den Bogen Papier, der vor ihm liegt, nur oben beschrieben: Jüterbog, den 23. September 1928.

Schreiben muss er ein Gesuch an den preußischen Justizminister. Nur so kann er darauf hoffen, die Große Juristische Staatsprüfung doch noch zu bestehen. Vorgestern hat er im Briefkasten den Bescheid vorgefunden. Erneut ist er durch die Prüfung gefallen. Mangels ausreichender schriftlicher Leistungen werde er nicht zur abschließenden mündlichen Prüfung zugelassen. Gescheitert ist er wiederum an den Klausuraufgaben.

Nicht mehr als einmal darf die Prüfung wiederholt werden. Damit ist für Friedrich das Tor verschlossen, das Juristen durchschreiten müssen, wenn sie als Richter, Staatsanwalt oder Rechtsanwalt tätig werden wollen. Nur einer kann für ihn dieses Tor noch einmal wieder öffnen. Der Justizminister kann ausnahmsweise eine zweite Prüfungswiederholung gestatten.

Friedrich muss diesen Bittbrief schreiben. Aufgeben kann er nicht. Er könnte es nicht ertragen, den Vater noch mehr zu enttäuschen. Er würde ihm zusätzlichen Kummer und Schmerz bereiten. Vor vier Jahren hat Konrektor Walter Liedke seine Frau verloren.

Friedrich hat den Tod seiner Mutter nicht miterlebt. Mitten im Semester erreichte ihn das Telegramm seines Vaters. Die Nachricht kam für ihn plötzlich, aber nicht völlig unerwartet, etwa so wie ein Blitz aus einem bereits verdüsterten Himmel. Aus der Schwermut, in die die Mutter nach der Geburt seiner Schwester Elisabeth verfallen war, hatte sie sich nicht mehr befreien können.

An der damals vom Hausarzt bescheinigten Todesursache zweifelt Friedrich. Die Mutter, so vermutet er, ist nicht an einem Herzversagen gestorben, sondern an einer Überdosis Schlafmittel. Denn sie hat immer wieder einmal davon gesprochen, sich auf diese Weise das Leben zu nehmen. Der Arzt wird die Bescheinigung ausgestellt haben, weil der Vater ihn darum gebeten hat, aus Sorge um das Ansehen der Familie.

Der Tod der Mutter hat den Vater verändert. Aus dem ernsten und nachdenklichen, zugleich aber aufrechten und tatkräftigen Mann ist ein in jeder Hinsicht bedrückter Mensch geworden. Trauer und Gram zeichnen sich ab in den tiefen Längsfalten des Gesichts, in der gebeugten Haltung, im schleppenden Gang. Auch finanzielle Sorgen bedrücken den Vater. Kosten verursacht nicht nur die Haushaltshilfe, sondern auch Elisabeths Ausbildung zur Lehrerin. Umso schlimmer ist Friedrichs erneutes Scheitern.

Schon als Friedrich zum ersten Mal durch dieses Examen gefallen war, ist er nach Hause zurückgekehrt, weil er die Wohnung in Berlin nicht mehr halten konnte. Jetzt bewohnt er die Bodenkammer seines Elternhauses. Er hätte auch ein anderes Zimmer beziehen können. Doch die Bodenkammer war der geeignete Raum für das, was Friedrich nach dem Misserfolg allein noch wollte: sich verkriechen. Hier ist er für sich. Der räumliche Abstand zum Vater, den er so enttäuscht hat, empfindet er als erleichternd. Das Knarren der Treppe

60

verrät ihm rechtzeitig dessen Kommen, so dass er sich darauf einstellen kann.

Gestern suchte ihn sein Vater auf, um ihn zu bitten, die Gemüsebeete im Garten umzugraben. Notgedrungen musste Friedrich die Bodenkammer verlassen. Das Erwartete trat ein. Rentner Rosenow im benachbarten Garten schickte zunächst einen freundlichen Gruß über den Zaun. Dann folgte die unvermeidliche Frage nach Ausbildung und Beruf. Friedrich war sich sicher, dass dieser Nachbar und die übrigen und viele andere Leute in der Stadt bereits von seinem Scheitern wussten. Es half also nichts; er musste die abgeforderte Beichte ablegen. Fast noch schlimmer waren die geheuchelten Trostworte des Nachbarn.

Bei der abendlichen Rückkehr über den Boden in seine Kammer wurde der bislang nur vage Gedanke an einen Selbstmord für kurze Zeit konkret. Ja, es wäre durchaus möglich, ein Seil über einen Dachbalken zu werfen und zu verknoten. Doch rasch wurde ihm klar, was er damit dem ohnehin schon schwer geprüften Vater antun würde. Der letzte Versuch musste unternommen, das Bittgesuch musste geschrieben werden.

Zwei Fragen quälen ihn. Wie kann er überzeugend darlegen, dass ihn keine Schuld am Misserfolg trifft und dass eine erneute Prüfungswiederholung aussichtsreich ist? Und welche Höflichkeitsformen in der Anrede und in der Schlussformel sind in einem Schreiben an den Justizminister angebracht?

»Nervenerschlaffung« ist das Wort, das der Berliner Nervenarzt am häufigsten benutzt hat. Ihn suchte Friedrich zum ersten Mal schon nach seinem Ersten Juristischen Staatsexamen auf, weil ihn die Prüfungsanstrengungen überfordert hatten. Nur mit Mühe hatte er die Klausuren zu Ende schreiben können. Es hatte nicht an Wissen gefehlt. Friedrich war mit den Rechtsfragen der Klausurfälle bestens vertraut gewesen. Auch liegt ihm das juristische Argumentieren. Das hatte er im Studium oft unter Beweis gestellt. Behindert hatte ihn ein sonderbares Phänomen, ein krampfartiges Schreibzittern.

Es wurde durch den Examensdruck erzeugt. Dieser machte sich für Friedrich in aller Härte durch die Vorgaben für die Klausuren bemerkbar. In fünf Stunden musste unter scharfer Beobachtung durch eine Aufsichtsperson hier und jetzt die Lösung eines juristischen Falles erarbeitet werden, von deren Gelingen die gesamte berufliche Zukunft abhing. Das Zittern schoss beim ersten Ansetzen der Feder auf dem Papier in die Fingerspitzen.

Es verzog die Buchstaben. Schon nach einem oder zwei Buchstaben musste Friedrich absetzen. Das Zittern schwächte sich dann etwas ab. Sobald er aber mit dem Schreiben fortfuhr, verlor er wieder die Kontrolle über die Fingerspitzen. Nur langsam und unter großen Mühen konnte er weitere Buchstaben zu Papier bringen. Der Zeitverlust verschärfte den Druck, was zur Folge hatte, dass Friedrich auch nicht mehr klar denken konnte. Da mehrere Klausuren zu schreiben waren, befiel ihn nach der ersten Klausur die Angst vor den folgenden. Nachts kam er nicht mehr zur Ruhe.

Gleichwohl war es ihm unter größter Anspannung gelungen, das Erste Juristische Staatsexamen zu bestehen. Allerdings mit mäßigem Erfolg. Für seine juristische Zukunft verhieß die Note »ausreichend« nichts Gutes.

Das Wort »Nervenerschlaffung«, überlegt Friedrich, ist nicht sonderlich gut geeignet, Verständnis und Anteilnahme zu erzeugen. Es klingt nach Verweichlichung, nach mangelnder Selbstdisziplin, nach unmännlicher Schlappheit. Aber er wird wohl nicht umhin können, dieses Wort zu benutzen. Denn es wird nötig sein, ein ärztliches Attest einzureichen, und darin wird das Wort ohnehin aufzufinden sein. Auf jeden Fall, so nimmt er sich vor, wird er die massiven Schlafstörungen geltend machen. Und dann will er noch um Verständnis dafür bitten, dass er, um Kosten zu sparen, nicht von der Möglichkeit Gebrauch gemacht hat, die Prüfung wegen der Erkrankung abzubrechen. Den Text des Briefes hat er jetzt klar vor Augen.

Nun gilt es, die noch schwierigere Aufgabe zu lösen, wie er mit angemessener Anrede und Schlussformel das Wohlwollen des Empfängers gewinnen kann. Ratgeber, die er in der Stadtbibliothek durchgeblättert hat, waren wenig hilfreich. Man solle die jeweiligen Umstände berücksichtigen, hieß es dort. Vieles geht Friedrich durch den Kopf:

»Sehr geehrter Herr Minister« und »Mit freundlichen Grüßen« wirkt modern und passt irgendwie zur neuen demokratischen Staatsform. Aber wäre das nicht geradezu frech aus der Feder eines Bittstellers? Besser klingt da schon »Verehrter Herr Minister« und »Hochachtungsvoll«. Doch Verehrung und Hochachtung könnten immer noch nicht genügen, um Überlegenheit und Machtfülle des Adressaten so anzusprechen, dass seine Bereitschaft geweckt wird, Großmut walten zu lassen. Wie wäre es in der Anrede mit »Euer Excellenz«? Das könnte allerdings ein Fehlgriff sein. Möglicherweise ist diese Bezeichnung Staatsoberhäuptern, Regierungschefs und Diplomaten vorbehalten. »Euer Hochwohlgeboren« kommt noch in Betracht. Das klingt zwar veraltet. Auch wurde ursprünglich nur der Adel so angeredet, der doch in der neuen Zeit seine Privilegien verloren hat. Aber diesem Justizminister könnte es gefallen. Er ist ein älterer Herr und er gehört der konservativen Zentrumspartei an. Ob er es überhaupt selbst liest? Wohl kaum. Jedoch werden diejenigen, die den Brief für ihn lesen und bearbeiten, um seine Wünsche und Vorstellungen wissen und sich danach richten. Also bleibt es bei »Euer Hochwohlgeboren«. Jetzt zur Schlussformel. Es muss zum Ausdruck kommen, dass der Bittsteller sich in völliger Abhängigkeit vom Angesprochenen sieht und bereitwilligst jede Entscheidung hinnimmt. »Ergebenst« ist noch zu schwach. »Gehorsamst«, ja das trifft es.

Zwei Stunden nach Mitternacht ist Friedrich fertig. Vor ihm liegt ein Brief mit folgendem Inhalt:

An den Herrn Preußischen Justizminister
durch den Herrn Präsidenten
des Juristischen Landesprüfungsamtes in Berlin
Gesuch des Referendars Friedrich Liedke
um Wiederholung der Großen Staatsprüfung

Jüterbog, den 23. September 1928

Euer Hochwohlgeboren bitte ich, mir eine nochmalige

63

Wiederholung der Großen Staatsprüfung zu gestatten.

Laut Bescheid des Juristischen Landesprüfungsamtes vom 19. September 1928 habe ich die Prüfung zum zweiten Male nicht bestanden. Der Grund hierfür ist darin zu sehen, daß ich zu der Zeit, als ich die schriftlichen Arbeiten anfertigte, an Nervenerschlaffung verbunden mit Schlaflosigkeit litt. Diese Umstände haben meine Leistung in erheblichem Maße beeinträchtigt. Um die Erledigung der Prüfung nicht weiter hinauszuzögern und um Kosten zu sparen, habe ich es damals leider unterlassen, meine Krankheit anzuzeigen. Aus meinen in der Referendarausbildung erworbenen Zeugnissen ergibt sich, daß ich meine dienstlichen Obliegenheiten stets zur vollen Zufriedenheit meiner Vorgesetzten erledigt und es an Eifer und Gewissenhaftigkeit nicht habe fehlen lassen. Auch glaube ich, bei nochmaliger Wiederholung der Prüfung den Anforderungen bestimmt zu genügen, so daß ich an dem schweren Mißgeschick, das mich jetzt betroffen hat, nicht zeitlebens zu tragen hätte und Zeit und Kosten meiner Ausbildung nicht nutzlos vertan wären.

Deshalb bitte ich Euer Hochwohlgeboren, meinem Gesuch stattzugeben.

Gehorsamst
Friedrich Liedke
Referendar

64

Die Kündigung

Elf Jahre ist sie jetzt bereits alt. Auch sind Ferien. Da muss man doch nicht schon um neun Uhr ins Bett gehen. Das hat Lenka ihrer Mutter vergeblich entgegengehalten. Nun liegt sie, weiterhin schmollend und noch in Tageskleidung, auf der Bettdecke und blättert in einer Zeitschrift, die sie aus der Gaststube mitgenommen hat.

Das Fenster hinter den zugezogenen Vorhängen ist etwas geöffnet. Der warme Juliabend dringt mit einem leichten Luftzug ein. »Zi-zibä zi-zi-bä zi-zi-bä« klingt es laut ins Zimmer hinein. Ob die Meise auf der Fensterbank sitzt, überlegt Lenka. Doch dann wird ihr klar: Das wird ihr Papa sein, der Vogelstimmen so gut nachahmen kann. Mit einem Satz ist sie aus dem Bett. Sie eilt zum Fenster und reißt den Vorhang auf. Direkt davor steht ihr Vater.

Janek hat sich gut gehalten. Zwar haben die 50 Lebensjahre einige Falten ins Gesicht gekerbt, etwas Grau ins dunkle Haar gemischt und die Konturen von Gesicht und Körper ein wenig gerundet. Doch ist die Gestalt aufrecht geblieben. Seine Erscheinung wirkt elegant und männlich. Dazu trägt vor allem die geschmackvolle und vorzüglich sitzende Kleidung bei. Seit vielen Jahren übt er nun schon die Tätigkeit als Vertreter für Konfektionsware aus.

Das breite Lächeln in Janeks Gesicht spiegelt die Zuneigung zur kleinen Tochter, die ihrerseits den Vater glückselig anlacht. Endlich ist er wieder da. Zuletzt ist er vor sechs Wochen zuhause gewesen. Geblieben ist er, wie stets, nur für einige Tage. Dann ist er wieder zu einer Verkaufstour abgereist.

Lenka hat ihren Vater sehr vermisst. Immer wenn er da ist, nimmt er sich Zeit für sie. Er spielt mit ihr Brettspiele, geht mit ihr schwimmen, streift mit ihr durch den Wald. Nicht nur Vogelstimmen kann er täuschend echt nachahmen, sondern auch die Laute anderer Tiere. Und vor dem Schlafengehen erzählt er ihr phantasievolle Gutenachtgeschichten.

Allerdings ist Lenka nicht entgangen, dass die Eltern sich oft streiten, und es gefällt ihr nicht, dass der Vater ihre Mutter manchmal schroff behandelt. Das ist jedoch in diesem Augenblick vergessen, zumal der Vater jetzt ein Geschenk vorzeigt, das Lenka schier überwältigt. Mit beiden Händen hebt er ein blaues Fahrrad in Fensterhöhe. Es ist etwas kleiner als ein Rad für Erwachsene und hat einen Dameneinstieg.

Ein Fahrrad ganz für sie allein! Lenka ist überglücklich. Vergeblich hat sie versucht, mit dem Herrenrad, das in der Scheune steht, Radfahren zu lernen. Sie konnte nicht über die Querstange steigen. Die Brüder haben ihr zwar gezeigt, dass man mit dem Rad auch fahren kann, wenn man unter der Stange hindurch den Fuß auf die Pedale setzt. Ihr ist das jedoch nicht gelungen. Bei jedem Versuch ist sie gestürzt und hat sich wehgetan.

Lenka ist so begeistert, dass sie am liebsten durchs Fenster steigen würde, damit der Vater sogleich mit ihr Radfahren übt. Doch Janek wehrt ab. Die Mutter wäre sicherlich nicht einverstanden. Es sei jetzt Schlafenszeit für Lenka. Er vertröstet sie auf morgen Vormittag. Nachdem sie ihm das Versprechen abgenommen hat, dass er mindestens eine Stunde mit ihr üben wird, gibt sie sich zufrieden, macht sich rasch bettfertig und schläft mit einem Lächeln ein.

Es ist nur ein flüchtiger Kuss, mit dem Janek in der Gaststube seine Frau begrüßt. Dann geht er von Tisch zu Tisch. Für jeden der Gäste fällt ihm eine scherzende Bemerkung ein. Schließlich setzt er sich zu den Würfelspielern und spielt einige Runden mit. Von Olga lässt er sich ein Bier bringen. Gegen elf Uhr steht er auf. Er müsse sich nach der langen Bahnfahrt noch ein wenig die Beine vertreten. Olga weiß, worauf sie sich einstellen muss. Janek wird durch den Ort streifen. Vermutlich wird er hier und dort noch eine Gastwirtschaft aufsuchen. Vor drei Uhr wird er nicht zuhause sein. Sie wird allein aufstehen und die morgendlichen Arbeiten verrichten müssen.

Um zehn Uhr am nächsten Morgen klopft es an die Küchentür. »Guten Morgen, Branka«, ruft Olga, die damit beschäftigt ist, auf dem großen Küchentisch alles zurechtzulegen, was für die Mittagsspeisen in der Gastwirtschaft benötigt wird. Sie freut sich über die Zuverlässigkeit ihrer Nachbarin, die zugleich ihre engste Freundin ist. Auf Branka kann sie sich verlassen. Jeden Tag erscheint sie pünktlich um zehn Uhr morgens. Bis abends acht Uhr steht sie in der Küche und bereitet fast allein die Speisen zu. Olga kann ihr dabei immer nur kurzzeitig helfen, weil sie sich vorrangig um den Betrieb in der Gaststube kümmern muss. Branka ist für sie unentbehrlich.

»Nimm dir eine von den Schürzen, die im Schrank liegen. Ich habe sie frisch gewaschen.« Doch Branka bleibt im Türrahmen stehen. Sie blickt verlegen auf den Küchenboden.

»Was ist mit dir? Bist du krank?«

Branka schüttelt den Kopf. »Olga, ich kann nicht mehr bei dir arbeiten.«

Olga erstarrt. »Aber Branka, das geht nicht.« Sie fasst ihre Freundin bei den Schultern, zieht sie in die Küche und drückt sie sanft auf einen Stuhl. »Erzähl mir, was los ist.«

Das Gespräch verläuft zunächst zögerlich und stockend. Branka muss sich mehr um ihre Tochter kümmern, so sagt sie. Auch um den Haushalt. Seit zwei Monaten ist ihr Mann nur am Wochenende zuhause, weil er in einer Fabrik in der Nähe von Praha arbeitet.

Olga hat Zweifel, ob das der wahre Grund ist. Brankas Tochter Rosa ist bereits 17 Jahre alt. Sie ist sehr selbständig und hat auch bisher schon tüchtig im Haushalt geholfen. Olga fragt nach, bohrt nach, bedrängt Branka, ihr doch die Wahrheit zu sagen.

Branka schüttelt den Kopf. Sie presst die Lippen zusammen. Auf den unteren Augenlidern bilden sich Tränen. Schließlich bricht es aus ihr heraus.

Der Grund ist Janek. In den vergangenen Jahren ist es immer wieder vorgekommen, dass er sie bei der Arbeit in der Küche aufgesucht hat und zudringlich geworden ist. Er hat sie umarmt, ihr an die Brust gefasst und versucht, sie zu küssen.

»Ich habe es dir nicht sagen mögen, Olga. So schlimm war's ja auch nicht; ich hab mich wehren können. Aber jetzt hat er sich an Rosa herangemacht.« Branka schluchzt.

In der vergangenen Nacht hat ein leichtes Scheppern und Prasseln sie geweckt. Sie sah aus dem Fenster und entdeckte Janek, wie er kleine Steine gegen Rosas Fenster im Obergeschoss warf. Nachdem Rosa das Fenster geöffnet hatte, flüsterte Janek ihr vieles zu, was Branka nicht verstand. Gehört hat sie aber, dass er ankündigte, in der nächsten Nacht mit einer Leiter wiederzukommen.

Jetzt weinen beide. Olgas Tränen setzen frei, was sich in vielen Jahren an Enttäuschung, Bitterkeit und Wut aufgestaut hat. Sie fasst Branka bei den Händen. »Du musst bleiben.« Sie bittet, sie fleht.

Branka wehrt zunächst ab, hört ihrer Freundin dann aber zu, die so eindringliche Worte findet. Die beiden Frauen vertiefen sich in ein langes Gespräch. Sie vernehmen nicht die fröhlichen Rufe, die vom Hof her zu hören sind, wo Janek mit Lenka das Radfahren übt. Auch müssen die Gäste heute etwas länger auf die Speisen warten.

Der Abend verläuft in der Gaststätte ähnlich wie der zuvor. Olga bedient die Gäste, Janek unterhält sich mit ihnen. Als er wiederum gegen elf Uhr aufsteht, weil er sich »etwas die Beine vertreten« möchte, bittet sie ihn, ihr noch ein wenig zu helfen. Widerwillig macht er sich daran, Getränkekisten wegzuräumen, Gläser zu spülen und Küchenabfälle zu beseitigen. Gegen Mitternacht ist er fertig damit. Inzwischen haben sich die letzten Gäste verabschiedet. Während Olga noch die Tische abwischt, verlässt Janek wortlos die Gaststube.

Einige Minuten geht er die Straße auf und ab. Er wartet, bis das Licht in der Gaststube verlischt. Vorsichtig jedes Geräusch vermeidend, schleicht er am Haus vorbei in die Scheune. Dort ergreift er die Leiter, die er tagsüber bereitgestellt hat, trägt sie zur Straße und begibt sich damit zum Nachbargrundstück der Moráks. Unter dem Fenster, das zu Rosas Zimmer gehört, lehnt er sie an. Er sammelt kleinere Steine auf, die er dann gegen die Scheiben wirft. Kurze Zeit darauf öffnen sich die Fensterflügel. Mit vorsichtigen Schritten steigt Janek die Leiter Sprosse um Sprosse hinauf.

Kurz bevor sein Kopf die Höhe des Fensters erreicht, schnellen aus dem Dunkel des Zimmers zwei Arme hervor. Die Hände packen die Leiter und schieben sie mit einem kräftigen Ruck zur Seite. Die Holme schrapen in einem Bogen die Hauswand entlang. Es folgt ein dumpfer Aufprall. Danach ist es still.

Die Geräusche haben sich förmlich in Olgas Ohren gebohrt. Ihr Gehörsinn ist aufs Äußerste angespannt. Sie sitzt in der Dunkelheit in einem Lehnstuhl nahe am Fenster des Schlafzimmers. Nach einer Weile hört sie langsame, schlurfende Schritte, ein unterdrücktes Stöhnen, das gelegentliche Aufstoßen einer Leiter, die getragen wird, auf den Boden, das schleifende Geräusch, das beim Öffnen und Schließen des Scheunentores entsteht. Dann wieder Stille. Jetzt das leise Quietschen des Türdrückers der Seitentür, die sonst nachts bis zur Rückkehr Janeks geöffnet bleibt, nun aber verschlossen und verriegelt ist, ein mehrfaches dumpfes Anstoßen eines Körpers gegen die Tür. Erneut Stille. Nun setzen die schlurfenden Schritte wieder ein, begleitet von dem unterdrückten Stöhnen. Sie entfernen sich und sind nach einiger Zeit, von der anderen Seite kommend, wieder zu hören. Fingerkuppen klopfen gegen die Scheibe. Ein Flüstern: »Olga, Olga«. Und wieder Stille. Olgas Hände halten die Armlehnen des Stuhles krampfhaft umfasst. Endlos kommt ihr die Zeit vor, die verstreicht, bis sich das Schlurfen wieder vernehmen lässt. Nach und nach verstummen die Schrittgeräusche. Ganz allmählich lösen sich Olgas Hände von den Lehnen. Er wird, denkt sie, die beiden Koffer vorn am Eingang zur Gastwirtschaft gefunden haben.

Eine Lehrstunde

»Kommen Sie herein, mein Bester. Nehmen Sie doch Platz.« Kurz nur hat Oberstaatsanwalt Kreuzer aufgeblickt. Ein Schwenk seiner linken Hand, die auf den im Türrahmen stehenden Friedrich Liedke gerichtet ist, weist diesem den Stuhl vor dem Schreibtisch zu. »Bin gleich so weit.«

Assessor Liedke hat ein wenig Zeit, seine Lage zu bedenken. Der niedrige Stuhl zwingt ihn, zu seinem höher sitzenden Abteilungsleiter aufzusehen. Für Abstand zwischen beiden sorgt ein mächtiger, dunkel gebeizter eichener Schreibtisch mit geschlossener Rückwand. Oberstaatsanwalt Kreuzer ist über eine Akte gebeugt. Das dünne, glatt und schräg nach hinten über den Schädel gekämmte bräunlich-graue Haar lässt Haut durchschimmern. Zu sehen ist auch ein bis in die Stirn reichender Schmiss aus einer Mensur. Außerdem lässt ein Wimpel auf dem Schreibtisch erkennen, dass der Oberstaatsanwalt alter Herr einer studentischen Verbindung ist.

Die Akte, die er durchblättert, entstammt offenbar dem links von ihm liegenden Stapel. Das könnten die Akten sein, die ich ihm gestern zur Unterzeichnung habe vorlegen lassen, überlegt Friedrich. Hoffentlich ist alles in Ordnung.

Nach einigen Minuten klappt der Oberstaatsanwalt die Akte zu. Er nimmt seine Hornbrille ab, legt sie beiseite. Kopf und Oberkörper beugt er weit über den Schreibtisch. Abgestützt sind sie durch die übereinander gelegten Hände und die seitwärts ausgebreiteten Un-

69

terarme. Aus dem rundlichen Gesicht blicken zwei graublaue Augen Friedrich scharf an, aber nicht geringschätzig. In Blick und Miene deutet sich sogar eine Spur väterlichen Wohlwollens an.

»Der Generalstaatsanwalt will eine Stellungnahme von mir zu Ihrem Gesuch, Liedke. Wo haben wir es denn?« Der Oberstaatsanwalt blickt suchend auf dem Schreibtisch umher. Schließlich ergreift er ein Blatt, das rechts von ihm liegt. Er legt es auf die Akte, setzt die Brille auf, nimmt seine vorherige Haltung wieder ein und liest vom Schriftstück ab: »Gesuch um endgültige Übernahme zur Staatsanwaltschaft vom 6. August 1931.«

Dann schaut er, nachdem er die Brille erneut abgesetzt hat, wieder hoch und Friedrich in die Augen. »Lange genug sind Sie ja schon bei uns. Seit September 1929 habe ich festgestellt. Zur unentgeltlichen Beschäftigung und Erprobung. Das ist eine harte Zeit. Was ist noch Ihr Vater? Ach ja, Lehrer. Der ist sicherlich nicht mit Reichtümern gesegnet. Und mit 31 Jahren will man ja endlich auf eigenen Beinen stehen, vielleicht auch eine Familie gründen. Wollen wir doch einmal sehen, was sich machen lässt.«

Friedrichs Vorgesetzter richtet sich auf. Kopf, Oberkörper, Arme und Hände nehmen eine neue Position ein. Die Schultern sind jetzt an das Rückenpolster des großen Schreibtischstuhles gelehnt. Die rechte Hand umfasst das Kinn und die linke Wange. Die linke Hand stützt den rechten Ellenbogen. Die Augen blicken über Friedrich hinweg.

»Das ist ja alles recht ordentlich, was Sie bisher abgeliefert haben. Und fleißig sind Sie, das muss man Ihnen lassen. Es gibt nicht viele, die die Akten so zügig abarbeiten wie Sie. Da geht wohl so manches Wochenende drauf?« Friedrich nickt mehrfach und heftig.

»Na gut, Sie haben ja auch einiges aufzuholen. Ausreichend im ersten Examen und dann wieder nur ausreichend im zweiten und das auch erst im dritten Anlauf. Aber, man sieht, mit Fleiß lässt sich vieles wettmachen. Und vor Gericht aufzutreten, haben Sie mittlerweile ja auch gelernt. Entschlossenheit erwarte ich von den Leuten meiner Abteilung, Entschlossenheit, Gradlinigkeit und Festigkeit. Die Kollegen berichten übrigens auch viel Gutes über Sie. Man kann sich auf Sie verlassen, gut so.« Oberstaatsanwalt Kreuzer richtet den Blick auf seinen Schreibtisch. Die linke Hand legt er auf den links liegenden Aktenstapel. Dann blickt er Friedrich an.

»Was Sie vorlegen, ist meistens tadellos.« Die linke Hand klopft auf den Stapel. »Anklagen, Einstellungen, Verfügungen – Sie haben sich gut eingearbeitet. Und Ihre Rechtskenntnisse sind mittlerweile ganz beachtlich. Aber, mein lieber Liedke, aber – man lernt natürlich nie aus.«

Jetzt gleitet die linke Hand vom Stapel herab zu der in der Mitte liegenden Akte. Die rechte Hand schiebt das darauf liegende Gesuch beiseite. Beide Hände nehmen die Akte auf. Der Oberstaatsanwalt dreht die Akte so, dass Friedrich den Deckel sieht und lesen kann: Verfahren gegen Möller, Reisig und Theisen wegen Einbruchsdiebstahls.

»So, so, Sie wollen also die drei jungen Männer anklagen. Spricht ja auch einiges dafür.« Der Oberstaatsanwalt setzt die Hornbrille wieder auf, blättert die Akte auf und liest daraus vor:

»Die Angeschuldigten suchten am 16. Mai 1931 nachts um drei Uhr mit einem Handwagen den Hinterhof der Gastwirtschaft ‚Zur Linde‘ in der Kronprinzenallee 78 in Berlin-Zehlendorf auf. In der Absicht, dort in einem Schuppen gelagerte Bierkisten zu entwenden, setzten sie eine mitgeführte Eisenstange an der hölzernen Tür an, um sie aufzubrechen. Dabei verursachten sie Schrammspuren. Bevor ihnen das Aufbrechen der Tür gelang, wurden sie von dem Beamten der Schutzpolizei Baumer festgenommen, dem die Angeschuldigten bei seinem nächtlichen Streifengang aufgefallen waren und der ihnen gefolgt war. Verbrechen gemäß Paragraphen 242 Absatz 1 und 2, 243 Nr. 2, 43 Reichsstrafgesetzbuch.«

Der Oberstaatsanwalt klappt die Akte zusammen und legt sie auf den Tisch. Die Hornbrille nimmt er in die rechte Hand. Sie schwingt, am Ende eines Bügels gehalten, hin und her. Der Blick des Vorgesetzten ist wieder über Friedrich hinweg gerichtet.

»Ihre Anklage ist schlüssig begründet, Liedke. Aber denken Sie immer daran: Juristisch gibt es stets mehr als nur eine Möglichkeit.

Was muss für einen strafbaren Versuch vorliegen? Richtig, ein Anfang der Ausführung. Können wir denn sicher sein, dass die drei angefangen haben, einzubrechen? Als der Polizist sie antraf, lag die Eisenstange im Handwagen.

Aber die Schrammspuren, werden Sie sagen. Nun ja, steht denn mit Sicherheit fest, dass die drei die Spuren verursacht haben? Können wir ausschließen, dass sie von anderen stammen, die vorher schon einmal eingebrochen sind oder es versucht haben?

Aber gut, nehmen wir einmal an, dass ein Anfang der Ausführung vorgelegen hat. Könnte es nicht sein, dass die Täter ihr Vorhaben aufgegeben haben, bevor der Polizist sie angetroffen hat, und sich damit Straffreiheit verdient haben? Sie wissen schon: Rücktritt nach Paragraph 46 Absatz 1. Ich sagte es ja bereits: Die Eisenstange lag im Handwagen, als sie festgenommen wurden.

Nun werden Sie einwenden, dass die drei sich nicht auf Rücktritt berufen haben. Aber können wir das zu ihrem Nachteil verwenden? Alle drei haben zum Tatvorwurf geschwiegen. Das ist ihr gutes Recht. Wir mögen solche stummen Fische nicht, das stimmt. Aber als gute Juristen müssen wir das Schweigen akzeptieren, auch wenn es vielleicht unvernünftig ist.«

Die Brille in der rechten Hand kommt zum Stillstand. Der Oberstaatsanwalt blickt Friedrich an. Ein leichtes Anheben der rechten Augenbraue erzwingt dessen Äußerung.

»Gewiss, Herr Oberstaatsanwalt, man kann die Sache auch so sehen. Wenn Sie gestatten, so möchte ich nur zu bedenken geben, dass nach dem Eindruck des Polizisten die drei bei seinem Erscheinen das Einbruchswerkzeug gerade abgesetzt hatten, weil sie ihn gehört hatten, und dass sie versuchten, die Stange im Handwagen unter einer Decke zu verstecken.«

»Ja, mein lieber Liedke, die Eindrücke von Polizeibeamten sind wichtig. Die kennen ihre Pappenheimer. Aber Eindrücke sind keine Beweise. Was hat der Polizeibeamte gesehen, als er um die Ecke kam? Gesehen hat er, dass einer der drei die Stange in den Wagen legte. Das kann der getan haben, weil Schritte zu hören waren. Vielleicht waren aber auch keine Schritte zu hören gewesen. Der Polizist wird sich vorsichtig genähert haben. Dann haben die drei, Verbindungsstudenten übrigens, freiwillig aufgegeben, weil sie eingesehen haben, welchen Unfug sie da anstellten. Die wollten Nachschub besorgen, nachdem das Bier im Verbindungshaus ausgegangen war. Was für eine blödsinnige Idee! Zwei Medizinstudenten und ein Jurastudent. Setzen die

72

doch ihre berufliche Karriere aufs Spiel. Das könnte denen gerade noch rechtzeitig eingefallen sein.«

Nach einer Pause fährt Oberstaatsanwalt Kreuzer fort: »Sie sehen, mein lieber Liedke, juristisch gibt es stets mehr als nur eine Möglichkeit; man muss sich nur richtig entscheiden.«

Er schiebt Friedrich die Akte über die große Schreibtischplatte zu. Damit ist dieser entlassen. Er erhebt sich und wendet sich zur Tür. Ein Räuspern verzögert seinen Schritt. »Und, Liedke, das mit der kleinen Gruber ist doch wohl nichts Ernsthaftes, oder?«

Friedrich wendet sich nicht um. Der Oberstaatsanwalt soll nicht sehen, dass er rot im Gesicht geworden ist. Er schüttelt den Kopf und verlässt den Raum.

An seinem Arbeitsplatz stützt er den Kopf in die Hände, so dass auch die ohnehin geschlossenen Augen bedeckt sind. So verharrt er einige Minuten. Vieles geht ihm durch den Kopf. Er muss es ordnen.

Schließlich greift er entschlossen zur Akte des Verfahrens gegen Möller, Reisig und Theisen. Er entnimmt ihr seinen Anklageentwurf. Mit raschen Bewegungen zerreißt er ihn in kleine Stücke. Dann entwirft er eine Einstellungsverfügung und ordnet die erneute Vorlage beim Abteilungsleiter an.

Marianne Gruber, Schreibkraft im Büro der Staatsanwaltschaft, wundert sich an den folgenden Tagen, dass Assessor Liedke nicht zum Mittagessen in der Kantine erscheint. Hatte er sich doch in den vergangenen Wochen immer wieder einmal zu ihr gesetzt. Sie hatten sich stets gut unterhalten und dann sogar einmal zu einem sonntäglichen Spaziergang verabredet. Kreuzer wird dazwischen gefunkt haben, denkt sich Marianne Gruber. Ein Staatsanwalt und eine Tippse, das geht ja auch nicht. Na wenn schon, sie zuckt kurz mit der Schulter. Der Liedke war ja ganz nett, aber auch reichlich korrekt und steif.

Die Schmuckschatulle

Die Sonne an diesem Septembermorgen des Jahres 1932 hat noch nicht die Kraft, um den Marmorfußboden der Eingangshalle des Hotels »Central« in Brečlav weniger kalt erscheinen zu lassen. Drei Personen stehen

73

in der Mitte zusammen. Sonst ist niemand zu sehen, keine Gäste und auch kein Personal. Der hohe Raum lässt die Stimmen nachhallen.

»Das ist nicht wahr. Tomáš ist kein Dieb. Ich kenne doch meinen Sohn.« – »Offenbar nicht gut genug, Frau Čermaková«, Anton Reichardt, der deutsche Direktor des größten und teuersten Hotels in Břeclav, spricht mit scharfer und schneidender Stimme. Das tut er nicht allein, um seiner Empörung Ausdruck zu verleihen, sondern auch um wettzumachen, dass er einen halben Kopf kleiner ist als Olga.

Gleichermaßen scharf und schneidend fährt Direktor Reichardt fort. »Ihr werter Herr Sohn ist getürmt. Das ist ja wohl Beweis genug. Die Polizei wird alles Weitere regeln. Ich erwarte, dass Sie die Dienstkleidung ersetzen, falls sie nicht zurückgegeben wird. Guten Tag.« Eine rasche Drehung auf dem rechten der blankgeputzten schwarzen Schuhe, der Hoteldirektor eilt mit schnellen kurzen Schritten in sein Büro. Mit einem heftigen Ruck zieht er die Tür zu.

Zurück bleibt Olga mit dem ihr wohlbekannten örtlichen Polizisten Václav Cieślak, seit vielen Jahren Stammgast in ihrer Gastwirtschaft. Sein Diensteifer ist nicht mehr sonderlich ausgeprägt. In drei Monaten wird er pensioniert. Aber hier, so sagt es die Verlegenheitsgeste der erhobenen Hände, wird er wohl nicht umhin können, tätig zu werden.

Olga erfährt, was am frühen Morgen im Hotel vorgefallen ist. Gegen acht Uhr verlangte die aus Wien angereiste Bankierswitwe Baronin von Arnstatt den Hoteldirektor zu sprechen. Dieser bemühte sich umgehend in das Zimmer, das sie mit ihrer 24-jährigen Tochter bewohnte. In großer Aufregung beklagten beide Frauen den Verlust einer Schmuckschatulle mit wertvollen Ketten und Ringen. Sie hätten sich schon früh in den Salon zum Frühstück begeben, weil sie nach zweitägigem Aufenthalt die vormittägliche Abreise geplant hätten. Bei ihrer Rückkehr hätten sie das zuvor bereits begonnene Packen der Koffer fortgesetzt. Zuletzt hätten sie die Schatulle einpacken wollen, die sie in den Schrank zwischen Wäschestücke gelegt hätten. Sie sei jedoch trotz eingehender Suche nicht mehr auffindbar. Jemand müsse sie weggenommen haben.

Auf die Frage des Direktors, ob die beiden Damen einen Verdacht hätten, berichteten sie, dass sich der junge dunkelhaarige Kellner, der sie an den beiden Tagen bedient habe, in der Nähe ihrer Zimmertür aufgehalten habe, als sie vom Frühstück zurückgekehrt seien.

Daraufhin bestellte Direktor Reichardt den Kellner Tomáš Čermák in sein Büro. Dieser wies den Vorwurf des Diebstahls empört zurück. Nach Angaben des Direktors wurde er dabei ausfallend. Er habe ihn als »Giftzwerg« und »Sklavenhalter« beschimpft. Von Anfang an habe der Direktor ihn ständig schikaniert, und das allein deswegen, weil er Tscheche sei. Ohnehin würden alle tschechischen Angestellten schlecht behandelt. Der Vorwurf des Diebstahls sei eine »Unverschämtheit«. Er werde keine Minute länger in diesem Hotel bleiben.

Olgas Wunsch, mit den beiden Frauen zu sprechen, erweist sich als unerfüllbar, weil sie bereits mit dem Zug nach Praha abgereist sind. Sie verlässt das Hotel. Nein, dass Tomáš ein Dieb ist, will sie nicht glauben. Ein Hitzkopf ist er, das hat sie selbst oft erlebt. Aber wie dumm ist es, einfach wegzulaufen! Wo er wohl sein mag?

Mit dieser Frage empfängt Olga auch am Mittag ihre 14-jährige Tochter Lenka, als diese ihr blaues Fahrrad an der Hauswand abstellt und ihre Schultasche vom Gepäckträger herunterhebt. Lenka lässt sich erst erzählen, was passiert ist. Dann ein Nachdenken, sie schaut zu Boden, schließlich schüttelt sie den Kopf. Nein, wo Tomáš sein könnte, weiß sie nicht.

Hätte Olga nicht so viel zu tun, so würde ihr an den folgenden Tagen auffallen, wie oft Lenka nachmittags Fahrradfahrten unternimmt. Auf dem Gepäckträger ist zumeist ein Korb, der mit einem Tuch abgedeckt ist, oder eine Tasche festgeklemmt.

Andere dagegen haben durchaus ein Auge dafür. Das kann auch gar nicht anders sein. Lenka zieht ohnehin Blicke auf sich. Das niedliche Kind hat sich zu einem hübschen, fast schon schön zu nennenden, schlanken Mädchen entwickelt, das mit seinen dunklen lockigen Haaren, den freundlich blickenden braunen Augen und einem gern verschenkten Lächeln auf den vollen Lippen die Aufmerksamkeit vieler erregt. Das gilt besonders dann, wenn sie mit dem Fahrrad unterwegs ist. Das strahlende Blau sticht ins Auge. Auch fällt auf, dass das Rad bereits etwas zu klein ist für das groß gewachsene Mädchen.

So kann es nicht ausbleiben, dass Gäste Olga teils scherzhaft, teils spöttisch fragen, wer denn der Freund sei, den Lenka regelmäßig nachmittags mit dem Fahrrad aufsuche. Noch am selben Abend stellt Olga ihre Tochter zur Rede.

»Wo ist Tomáš? Ich weiß, dass du zu ihm fährst. Sag mir sofort, wo er sich versteckt!« Olga hat Lenka fest an den Oberarmen gepackt. Vergeblich versucht das Mädchen, dem Blick der Mutter standzuhalten. Zwar hat sie versprochen, ihn nicht zu verraten. Doch stärker sind Zorn, Sorge, Angst und Verzweiflung in Olgas Augen. Lenka erzählt, was in den vergangenen Tagen passiert ist.

Als sie vom Verschwinden ihres Bruders erfuhr, ahnte sie, wo er sich aufhielt. Sie vermutete ihn in der versteckt gelegenen Waldhütte. Die beiden hatten sie vor einigen Jahren bei ihren Streifzügen durch den großen Wald in der Nähe von Břeclav entdeckt und danach immer wieder einmal aufgesucht. Sie war von Waldarbeitern gebaut worden, die sie gelegentlich als Unterkunft benutzten, wenn über mehrere Tage hinweg Bäume zu fällen waren.

Ihrer Mutter mochte Lenka davon nichts sagen. Denn sie nahm an, dass Tomáš jetzt einen schon länger gehegten Plan verwirklichen würde. Er wollte weg aus dem Hotel, in dem er sich ständig schikaniert fühlte, weg aus dem kleinen, engen Břeclav. Ein ganz neues Leben wollte er beginnen. Soldat in der tschechoslowakischen Armee wollte er werden. Die Mutter sollte davon nichts wissen. Denn Tomáš fürchtete sich vor der Auseinandersetzung mit ihr. Sie würde, da war er sich sicher, heftigen Widerstand leisten. Mit Tränen in den Augen würde sie vom Soldatentod ihres Bruders im Weltkrieg sprechen. Auch würde sie ihm vorhalten, wie schwierig es gewesen sei, ihm die Stelle im Hotel zu verschaffen. Lehrjahre sind keine Herrenjahre, würde er zu hören bekommen. Und sie würde ihn daran erinnern, was sie besprochen hatten. Tomáš sollte nach seiner Kaufmannslehre noch das Hotelfach erlernen, um sie danach bei der Erweiterung der Gastwirtschaft um eine Pension zu unterstützen.

In der Waldhütte traf Lenka ihren Bruder tatsächlich an, aufgelöst und wütend. Er schwor, mit dem Diebstahl nichts zu tun zu haben. Geradezu flehentlich bat er sie, ihm Lebensmittel, Kleidung und eine Reisetasche zu bringen und ihn keinesfalls zu verraten.

Tomáš war ihr stets der Liebste unter den Brüdern gewesen. Rüh-

76

rend hatte er sich um sie gekümmert, als sie klein war. Und später hatten sie viele gemeinsame Radfahrten unternommen, viel miteinander geredet, sich immer gut verstanden. Lenka konnte ihm seine Bitten nicht abschlagen, auch wenn es ihr wehtat, ihre Mutter zu hintergehen.

Als Lenka ihren Bericht beendet hat, weint Olga. »Wir müssen ihn nach Hause holen. Es wird sich alles aufklären.« Aber es ist schon dunkel. Früh am nächsten Morgen soll Lenka mit ihr in den Wald fahren. Die Schule ist nicht so wichtig. Wichtig ist, dass Tomáš zurückkommt. Schlaf findet Olga in dieser Nacht nicht.

Der Weg zur Hütte ist lang und mühsam. Ihre Räder müssen die beiden, nachdem sie bereits eine Stunde zunächst auf Feldwegen, dann auf Waldwegen gefahren sind, schließlich abstellen, weil ein Kieferndickicht die Weiterfahrt verhindert. Lenka zeigt ihrer Mutter den schwer zu findenden Fußweg, der zur Hütte führt.

Die Tür steht offen, sie kommen zu spät. Zurückgelassen hat Tomáš die Hotelkleidung, die akkurat zusammengelegt auf dem Tisch liegt, und einen Zettel: »Liebe Mama, bitte verzeih mir, ich liebe dich, dein Tomáš.« Lenka weiß, was sie jetzt tun muss. Sie umarmt ihre Mutter, deren Größe sie fast erreicht hat. Es dauert eine ganze Weile, bis Olga sich schließlich aus der Umarmung löst. Sie steckt den Zettel ein und nimmt die Hotelkleidung unter den Arm. Während der Rückfahrt wechseln sie kein Wort miteinander.

Zuhause findet Olga Post vom Direktor des Hotels »Central« vor. Der Umschlag enthält einen Brief und einen Geldschein. Direktor Reichardt informiert die verehrte Frau Čermaková darüber, dass sich das Verschwinden der Schmuckschatulle erfreulicherweise geklärt habe. Die beiden Damen hätten brieflich mitgeteilt, die Schatulle sei, wie sie jetzt festgestellt hätten, versehentlich in den Wäschesack geraten, den sie bei der Abreise verpackt hätten, ohne darin zu suchen. Sie würden bedauern, dass der Hotelangestellte in Verdacht geraten sei, und zur Wiedergutmachung einen Geldschein übersenden. Schließlich bittet der Direktor noch um Verständnis dafür, dass eine Weiterbeschäftigung von Herrn Tomáš Čermák gleichwohl nicht in Betracht komme, weil dessen ehrverletzende Äußerungen das Vertrauensverhältnis dauerhaft zerstört hätten.

Zwei Tage später trifft im Hotel »Central« ein Paket ein, an Direk-

77

tor Reichardt adressiert. Es enthält eine sauber zusammengelegte Dienstkleidung und einen Geldschein, mehr nicht.

Ein Sonntag im Mai

Weder schläft Friedrich Liedke, noch ist er wach. Ein Zustand dazwischen ist es, der ihm hin und wieder die Augen schließt und der an ihnen traumähnliche Bilder vorüberziehen lässt. Ein Dämmerzustand, den das gleichmäßige Rattern und Rütteln der Eisenbahnräder erzeugt, auch die Erschöpfung nach einer anstrengenden Arbeitswoche, die warme Luft, die durch das halbgeöffnete Fenster ins Abteil fließt, und das angenehme Empfinden, das seinen Körper durchströmt und seinen Ausgang nimmt von seiner auf der Holzbank liegenden Hand, auf der die Hand der jungen Frau neben ihm ruht. Dieses Glücksgefühl ruft die Erinnerung wach an einen der wenigen glücklichen Kindheitstage.

Er sieht einen schmalen achtjährigen Jungen im Wasser der Ostsee stehen. Es reicht ihm bis zu den Hüften. Der Rücken ist dem Meereshorizont zugekehrt. Der Junge blickt zum hellen Sandstrand. Er will die Welle nicht sehen, er will von ihr überrascht und überrollt werden. Der wegrieselnde Sand unter den Füßen kündigt an, dass es bald so weit sein wird. Die Welle schickt als Vorboten ein anschwellendes Rauschen. Die Vorfreude überzieht den Körper mit einem Kribbeln. Jetzt hat die Welle den Jungen erreicht. Sie löst seine Füße vom Boden, sie hebt ihn an, sie drückt ihn in die Waagerechte, sie schiebt ihn voran. Alles wird leicht. Die Welle nimmt ihn mit. Er schwebt. Das Glücksempfinden lässt ihn fast besinnungslos werden. Nach der sanften Landung auf dem Sand des Strandes bleibt er eine Weile mit geschlossenen Augen liegen. Dann springt er hoch und rennt zurück ins Wasser. Das Rufen seiner Eltern hört er nicht. Schließlich muss der Vater ihn holen. Es ist Zeit, aufzubrechen, wenn der Zug von Heringsdorf nach Berlin noch erreicht werden soll.

Einen weiteren Wochenendausflug dieser Art hat es nicht gegeben. Die Erinnerung an das Wellenglück hat aber in Friedrichs Gedächtnis einen Platz gefunden, nicht nur als abgelagertes Wissen, sondern auch als aufbewahrtes Lebensgefühl. Allerdings ist die Erinnerung im Laufe der Jahre immer weiter in einen hinteren Winkel der Gedächtniskammer gerückt.

Doch seit einiger Zeit ist das Lebensgefühl des Wellenglücks wieder erwacht. Friedrich fühlt sich wie von einer Welle mitgezogen, vorangetrieben und getragen. Alles gelingt. Das Leben ist leicht geworden. Er wird anerkannt. Ihm begegnen Menschen, die ihn mögen. Eine neue Zeit bricht an, nicht nur für ihn, man spürt es. Er fühlt sich aufgerufen, sie mitzugestalten. – Die Ereignisse haben sich in den letzten Monaten überschlagen.

Es begann damit, dass Oberstaatsanwalt Kreuzer ihn einen Tag vor Weihnachten zu sich rief. Bei seinem Eintreten fand er seinen Vorgesetzten überraschenderweise nicht in der gewohnten Position hinter dem Schreibtisch vor. Vielmehr stand der Oberstaatsanwalt aufrecht, ging ihm sogar entgegen und schüttelte ihm die Hand. »Glückwunsch, Liedke! Sie haben es geschafft. Ich kann Ihnen heute die Ernennungsurkunde zum beamteten Staatsanwalt überreichen. Am 1. Januar übernehmen Sie eine Stelle in der Abteilung für Wirtschaftsdelikte unter dem Kollegen Meyerhoff. Das Nötige haben Sie ja bei mir gelernt. Machen Sie mir keine Schande.«

Mit einladender Geste wies ihm der Oberstaatsanwalt einen Platz auf einem der beiden Sessel vor dem Fenster des Dienstzimmers an. Auf dem Beistelltisch standen eine Flasche und zwei bereits gefüllte Sherrygläser. Zwar blieb Friedrich im folgenden Gespräch, wie stets im Dienst, angespannt. Doch Freude und Erleichterung machten es ihm möglich, auf den Plauderton seines Vorgesetzten einzugehen. Nach zehn Minuten verabschiedete ihn Oberstaatsanwalt Kreuzer. Stehend prosteten sie sich zu und wünschten sich gesegnete Weihnachten und alles Gute für das Jahr 1933.

Schon im Januar fand er durch Vermittlung eines Kollegen aus der neuen Abteilung eine günstige Zwei-Zimmer-Wohnung im Wedding. Für eine vollständige Möblierung reichte das Gehalt zwar noch nicht. Vorerst musste er sich mit einer kargen Ausstattung behelfen. Viel wichtiger war aber, dass er Ende Januar das schäbige Zimmer, das er als Untermieter bewohnte, verlassen konnte. Endlich vorbei war eine Zeit, in der er bei später Heimkehr durch den Flur schleichen musste, damit die Vermieterin nicht

79

wach wurde, morgens erkunden musste, wann ihm die Küche zur Verfügung stand, es hinnehmen musste, dass ihm verboten war, zu rauchen oder Damenbesuch zu haben. Die erste Nacht in der neuen Wohnung verbrachte er schlaflos vor Glück. Er hörte Radiomusik, rauchte, ging hin und her, gelegentlich mit tänzelnden Schritten.

Der Frühlingsbeginn trieb die Glückswelle weiter voran. Er lernte Edith kennen. Es begann mit einem vorsichtigen Gruß durch freundliches Kopfnicken. Die junge Frau erwiderte mit einem Lächeln. Sie nahm jeden Morgen die Kinder in Empfang, die von ihren Eltern zum Kindergarten gebracht wurden. Friedrich war regelmäßiger Beobachter dieser Szene, weil ihn sein morgendlicher Weg zur U-Bahn am Kindergarten vorbeiführte.

Er wiederholte den Gruß am nächsten Tag. Tags darauf fügte er ein »Guten Morgen« hinzu, was erwidert wurde. Es ergab sich eine Gewohnheit. Schon beim Verlassen der Wohnung freute Friedrich sich auf das Zusammentreffen. Ihm gefiel die hochgewachsene, sehr schlanke, stets geschmackvoll gekleidete Frau. Die feinen Züge des schmalen Gesichts erinnerten ihn an Porträts adliger Damen, die er in Museen gesehen hatte.

An einem Morgen im März, der einen warmen Tag versprach, so dass Friedrich den Wintermantel im Schrank gelassen hatte, sah er sie schon von weitem in Erwartung der Kinder noch allein am Tor des Kindergartens stehen. Er beschleunigte seinen Schritt. Das Wellenglück schob ihn voran. Er sprach sie an, nannte seinen Namen, bat um einen Parkspaziergang am kommenden Sonntag. Ein anfängliches Zögern, doch dann kam das von Friedrich erhoffte Einverständnis. So lernte er Edith Siemers kennen, 25 Jahre alt, älteste der drei Töchter des höheren Finanzbeamten Otto Siemers.

Und jetzt sitzt sie neben ihm im Eisenbahnabteil, seine Hand haltend. Sie sind auf dem Weg nach Jüterbog zum Sonntagsnachmittagskaffee. Walter Liedke wird 60 Jahre alt, und Friedrich will dem Vater seine künftige Ehefrau vorstellen.

Noch etwas macht Friedrich glücklich, lässt ihn schweben: seine neue berufliche Position, endlich als Gleicher unter Gleichen. Er muss niemandem mehr zuarbeiten. Selbstständig kann er über Fälle

80

entscheiden, kann entscheiden, welcher Fall angeklagt werden soll und welcher eingestellt wird. Das verschafft ihm Sicherheit auch im Auftreten vor Gericht. Kollegial, fast freundschaftlich ist der Umgang mit den anderen durchweg jungen Staatsanwälten der Abteilung. Niemand ist älter als 38 Jahre. Neid gibt es nicht unter ihnen. Und alle bewundern den mit 43 Jahren nur wenig älteren Abteilungsleiter Oberstaatsanwalt Johannes Meyerhoff.

Dieser hat sich in den vergangenen Jahren einen Namen gemacht bei der Aufklärung der Korruptionsaffäre um drei jüdische Brüder. Aufgedeckt wurde, dass die Textilfabrikanten bei ihren Geschäften mit der Verwaltung zahlreiche kommunale Beamte und Politiker, darunter auch Berlins Oberbürgermeister, bestochen hatten. Die Prozesse, die sich bis 1932 hinzogen, erregen auch jetzt noch die Öffentlichkeit. Seit Ende Januar sind die Nationalsozialisten an der Macht, und die Frontseiten ihrer Zeitungen präsentieren in ständiger Wiederholung den Skandal als Beweis dafür, wie korrupt das Weimarer System gewesen sei und wie verderblich die Wirtschaftsmacht des Judentums. Immer wieder wird dabei auch der Name des Oberstaatsanwalts genannt.

Doch nicht allein dafür bewundern die Mitarbeiter ihren Abteilungsleiter. Es ist eine bestimmte Form der Überlegenheit, die alle, auch Friedrich, fasziniert. Überlegen ist er ihnen an juristischer Fachlichkeit, an rhetorischer Präzision und Eleganz, an Kreativität, an Tatkraft, an Beharrlichkeit, ohne dass er darauf aus wäre, sie diese Überlegenheit spüren zu lassen. Oberstaatsanwalt Meyerhoff lebt für seinen Beruf.

Vorgesetzte wissen das zu schätzen und zu nutzen. Das seit Kurzem nationalsozialistisch geführte Justizministerium setzt auf ihn. Wirtschaftsstraftaten sollen intensiver verfolgt werden, vor allem Devisenverschiebungen ins Ausland, die mit dem politischen Umbruch zusammenhängen. In Aussicht gestellt ist eine Vergrößerung der Abteilung. Oberstaatsanwalt Meyerhoff fühlt sich unterstützt und gefördert. Er ist sehr einverstanden mit der Ankündigung der neuen politischen Führung, Verbrechen mit aller Härte zu verfolgen. Es weht ein frischer Wind. Er beschließt, in die NSDAP einzutreten.

Das teilt er in einer Abteilungsbesprechung mit. Seine Gründe

81

überzeugen die Mitarbeiter. Warum nicht auch wir, sagen sie sich. Mitwirken in einem starken Staat an einer kraftvollen und entschiedenen Verbrechensbekämpfung, dass sie das wollen, darin sind sie sich einig. Einer meint, man müsse sich beeilen. Er habe von einer Eintrittssperre gehört, die demnächst erlassen werde. Der Ansturm sei zu groß geworden, nachdem die Nationalsozialisten bei den Märzwahlen fast die Hälfte der Stimmen bekommen hätten.

Es hat noch geklappt. Vor einigen Tagen ist Friedrich die Mitgliedskarte mit der Nummer 2.654.143 ausgehändigt worden. Seit dem 1. Mai 1933 ist er wie auch seine Kollegen Parteigenosse. Sie haben darauf angestoßen.

Edith hat er davon noch nichts erzählt. Warum nicht, das weiß er selbst nicht so genau. Aber sie wird sicherlich nichts einzuwenden haben. Sie liebt ihn vorbehaltlos, da ist er sich sicher.

Vielleicht sind die eigenen Zweifel der Grund. Jetzt gehört er auch irgendwie zu denen, die so auftrumpfend und gewaltstrotzend in braunen Hemden mit stampfenden Schritten durch die Straßen marschieren. Und auch zu denen, die gegen die Juden hetzen, ihre Läden boykottieren, sie bedrohen und verprügeln. Friedrich denkt an seine Nachhilfestunden bei der Familie Hirsch. Wie freundlich haben ihn diese Menschen behandelt. Aber wer weiß, wie der Juwelier Hirsch zu seinem Reichtum gekommen ist. Auch ist wohl nicht zu vermeiden, dass es zu Auswüchsen kommt bei einem so radikalen politischen Umbruch. Das wird sich regeln. Wichtig ist, dass sich etwas ändert, dass es wirtschaftlich bergauf geht, dass Deutschland Stärke zeigt und mit einer Stimme spricht, dass Recht und Ordnung einkehren, dass dem Verbrechen entschieden der Kampf angesagt wird. Dafür will er sich mit aller Kraft einsetzen. Doch, er steht auf der richtigen Seite.

Das Traumgewebe aus Gedanken, Gefühlen und Bildern zerreißt; Edith hat ihre Hand von seiner genommen. Friedrich öffnet die Augen. Bahnhof Jüterbog. Sie sind angekommen.

Die geöffnete Haustür des Elternhauses verstehen sie richtig als Aufforderung, durch das Haus hindurch in den Garten zu gehen, wo Friedrichs Schwester Elisabeth unter dem alten Apfelbaum einen Kaffeetisch hergerichtet hat. Sie und der Vater sitzen bereits dort. Auf dem Weg durch den Flur und das Wohnzimmer geht Friedrich voran. Er führt Edith an der Hand durch die abgedunkelten Räume. Die Vorhänge sind nur zur Hälfte aufgezogen. Den Vater stört helles Licht beim Studium der Bibel und der religiösen Schriften, die verstreut auf dem großen Wohnzimmertisch liegen.

Die Förmlichkeit der Vorstellung ist bald verflogen, weil Elisabeth und Edith sich auf Anhieb gut verstehen. Vielleicht trägt dazu bei, dass sie sich ähneln. Sie könnten Schwestern sein. Auch Elisabeth ist hochgewachsen und schlank. Bei beiden fallen die ausdrucksstarken großen Augen auf, die sich dem jeweiligen Gegenüber anteilnehmend zuwenden, und der Ansatz eines Lächelns, der stets die Lippen umspielt. Rasch entspinnt sich zwischen ihnen eine angeregte Unterhaltung. Zur Hauptsache sprechen sie über Kinder, mit denen beide beruflich zu tun haben. Die 28-jährige Elisabeth arbeitet als Lehrerin in dem 80 km entfernten Finsterwalde.

Eher schleppend verläuft dagegen die Unterhaltung zwischen Friedrich und seinem Vater. Walter Liedke ist frühzeitig gealtert. Gesicht und Körperhaltung lassen ihn greisenhaft erscheinen. Zumeist schaut er, in sich gekehrt, nach unten. Selbst wenn er aufblickt, geben die Augen nicht zu erkennen, dass ihn die Außenwelt interessiert. Auf Fragen nach seinem Befinden antwortet er nur knapp. Friedrich muss das Wort führen. Er möchte seinen Vater aufmuntern, ihn teilhaben lassen an dem Aufschwung, den sein Leben genommen hat.

Nachdem Friedrich den Bericht über seine Erlebnisse in den vergangenen Monaten beendet hat, hebt der Vater langsam den Kopf, wendet das Gesicht dem neben ihm sitzenden Sohn zu und blickt ihm starr und zornig in die Augen. »Bist du jetzt auch einer von diesen …« Friedrich hebt abwehrend die Hände. »Ja, von diesen gottlosen Verbrechern!« Scharf betont Walter Liedke jede Silbe. Friedrich versucht zu beschwichtigen, doch sein Vater schneidet ihm das Wort ab. Es bricht förmlich aus ihm heraus.

»Eingedrungen in die Schule sind sie, diese Braunhemden. Herausgeprügelt haben sie den Kollegen Löwenheim, geschlagen und getreten. Ehemalige Schüler, dumm wie Bohnenstroh, ich kenne sie doch! Und die Polizei tut nichts.«

Dass es sich um bedauerliche Auswüchse handle, quittiert sein

Vater mit einem höhnischen Lachen und der Frage: »Bist du noch in der Kirche?« Friedrich nickt. »Vielleicht ist dir dann ja noch das Vaterunser geläufig. Dein Wille geschehe, wie im Himmel also auch auf Erden. Dein Wille auch auf Erden, nicht Hitlers Wille! Was maßt dieser Mensch sich an. Heil soll ihm gewünscht werden. Heil Hitler. Ist er der neue Heiland? Geheiligt werde Dein Name, nicht Hitlers Name!«

Die beiden Frauen springen auf, um mit Geschäftigkeit zu beruhigen. Sie schenken Kaffee ein und bieten Kuchen an. Doch es will sich keine Entspannung einstellen. Nach einer quälenden halben Stunde, in der das Wetter und der Garten als Gesprächsgegenstände herhalten müssen, verabschieden sich Friedrich und Edith.

Während der Rückfahrt gelingt es ihnen nicht, aus der bedrückten Stimmung herauszufinden.

Enttäuschungen

»Die sind weg«, sagt die alte Frau, nachdem sie mühsam die letzten Treppenstufen bewältigt, schwer atmend den Einkaufskorb abgesetzt und die Tür zu ihrer Wohnung aufgeschlossen hat. An die Tür der Nachbarwohnung hat Lenka seit fünf Minuten geklopft, erst vorsichtig, dann immer heftiger. »Wieso weg? Ausgezogen?« Verwirrt blickt sie die Frau an und zeigt dann auf das Namensschild neben der Tür. »Da steht doch noch der Name dran.«

»Nein, die Hauwalds sind weg. Vor drei Wochen haben sie ihr Bündel gepackt, haben die Möbel weggegeben und sind abgereist. Die Wohnung ist leer.« Lenka gelingt es nicht, Fassung zu wahren. Tränen schießen ihr in die Augen. Sie schluckt mehrmals. »Wohin denn, wohin sind sie denn gereist?« – »Was weiß ich, mir haben sie nichts gesagt. Hab was von Auswanderung gehört.«

Lenka stolpert, fast fällt sie die Treppe hinunter. Als sie aus dem Hausflur ins Freie tritt, blendet sie die Mittagssonne, die an diesem Frühlingstag Mitte April des Jahres 1935 bereits viel Kraft hat. Schützend hält sie die rechte Hand über die Augen. Sie blickt umher. Auf einer Gartenmauer findet sie den Platz, den sie braucht, um das Gleichgewicht wiedererlangen und einen Gedanken fassen zu können. Die Passanten wundern sich über die Siebzehnjährige, die mit eng angezogenen Knien auf der niedrigen Mauer hockt, ihr Gesicht in den Händen verbirgt und sich vergeblich bemüht, das Schluchzen zu unterdrücken.

Was ist passiert? Wo ist Georg? Warum hat er ihr nichts davon geschrieben, dass die Familie die Wohnung verlässt, Breclav verlässt, das Land verlässt? Warum lässt er sie allein? Wer kann ihr helfen? Mit wem kann sie reden?

Eine Stunde später sitzt Lenka auf einer Bank im Garten ihrer Tante Míla, die ihre Nichte im Arm hält. Es hilft zunächst nur wenig, dass sie beruhigend und tröstend auf Lenka einspricht und Kopf und Schultern streichelt. Die Tränen fließen unaufhörlich, begleitet von einem Gestammel aus Klage, Wut und Verzweiflung. Erst nach vielem guten Zureden nippt Lenka an der vor ihr stehenden Tasse mit Tee. Míla kann erste Fragen stellen. Aus dem, was sie hört, und dem, was sie weiß, ergibt sich die Geschichte einer zweifachen tiefen Enttäuschung.

Vor einem halben Jahr wollte Lenka selbst weg aus Breclav. Zuhause, in der Nachbarschaft, in der kleinen Stadt war ihr alles zu eng und gleichförmig geworden. Gerade recht kam die Frage eines Lehrers der Hauswirtschaftsschule, die sie nach acht Volksschuljahren besuchte. Ob sie nicht versuchen wolle, Abitur zu machen. Sie sei begabt. Er kenne ein Gymnasium in Brno, das auch ältere Schüler aufnehme.

Die Frage setzte Wünsche und Träume frei. Lehrerin würde Lenka gern werden oder auch Ärztin oder Bibliothekarin. Das Leben in der Großstadt würde sie genießen, Konzerte besuchen, ins Theater gehen, die neuesten Filme im Kino sehen.

Aber wo will sie wohnen? Wer soll das bezahlen? Ob sie wirklich glaubt, auf dem Gymnasium zurechtzukommen? Auf diese Einwände der Mutter wusste Lenka zunächst nichts zu sagen. Doch sie ließ nicht locker. Heimlich schrieb sie dem Vater, der in einem Vorort von Brno wohnt.

Der Antwortbrief traf nach nur einer Woche ein. Sie solle unbedingt kommen. Seine Wohnung sei groß genug. Geld sei kein Problem. Er sei stolz, eine so kluge Tochter zu haben.

Die Mutter reagierte harsch. Leere Versprechungen, auf den Vater sei kein Verlass. Es komme überhaupt nicht in Frage, dass sie zu ihm ziehe.

85

Lenka setzte alle Mittel ein, über die halberwachsene Töchter verfügen, um elterlichen Widerstand zu brechen: Tränenausbrüche, heftige Vorwürfe, die Mutter gönne ihr nichts und zerstöre ihre Zukunft, tagelanges Schweigen, Schmeicheleien, wieder Tränen. Nach drei Wochen lenkte Olga ein. Lenka schickte ihre Bewerbung an das Gymnasium in Brno.

In der Zeit des Wartens lernte sie Georg Hauwald kennen. Der 19-jährige Deutsche arbeitete als technischer Zeichner in einem Architekturbüro, das auf Lenkas Weg zur Hauswirtschaftsschule lag. An einem Nachmittag im November musste sie auf dem Nachhauseweg mit dem Fahrrad in Höhe des Büros anhalten, weil der Vorderreifen platt war. Weder Werkzeug noch Flickmaterial hatte sie bei sich. Ratlos stand sie neben dem Rad, das sie an einen Baum gelehnt hatte. Der junge Mann, der sie durch das Bürofenster beobachtet hatte, kam ihr zu Hilfe. Nach gelungener Reparatur stand er mit ölverschmierten Händen vor ihr. »Die sind wieder sauber beim Händchenhalten am Sonntag im Kino.«

Ziemlich forsch erschien Lenka diese Einladung. Doch das breite Lächeln und die freundlichen Augen des großen, blonden jungen Mannes machten ihr eine Ablehnung unmöglich. Immerhin entzog sie ihm beim gemeinsamen Kinobesuch am Sonntag die Hand, als er danach griff; bei den folgenden Kinobesuchen dann aber nicht mehr.

Viel rascher und entschlossener als andere junge Paare schritten die beiden Stufe um Stufe voran von der Bekanntschaft und Freundschaft über das Verliebt-Sein zur Liebe. Sie mussten sich beeilen, weil die baldige Trennung drohte. Auch sorgten Misstrauen und Ablehnung der Umwelt dafür, dass sie sich umso enger zusammenschlossen.

Eine Beziehung zwischen einer Tschechin und einem Deutschen passte schlecht in eine Zeit, in der die Volksgruppen auseinanderrückten im jungen tschechoslowakischen Nationalstaat. Die Tschechen wollten die alleinigen Herren in ihrem Haus sein, und das machtgierige Hitlerdeutschland weckte Hoffnungen, Wünsche und Forderungen der Deutschen in der Tschechoslowakei.

Auf Widerstand stießen die beiden auch in ihren Familien. Georg wagte es nicht, Lenka seinen Eltern vorzustellen. Er befürchtete einen Wutausbruch seines Vaters.

Dieser war Ende der zwanziger Jahre einer Politik zum Opfer gefallen, die Deutsche aus öffentlichen Ämtern verdrängte. Seine Stelle in der Forstverwaltung übernahm ein Tscheche. Vergeblich bemühte er sich um eine Arbeit, die seiner akademischen Ausbildung entsprach. Seine Arbeitslosigkeit brachte die Familie in größte Not. Schließlich stellte ihn ein deutscher Kohlenhändler als einfachen Arbeiter ein, der Kohlen an Haushalte auszuliefern hatte. Täglich schleppte er schwere Säcke in Keller und auf Böden. Sein Körper war dem nicht gewachsen, und der Lohn reichte kaum zum Unterhalt der Familie. Aus Georgs Vater wurde ein krummer, verbitterter Mensch. »Die Tschechen« machte er für sein Los verantwortlich. Das bekamen seine Frau und Georg in ständig wiederholter Klage beim gemeinsamen Abendessen zu hören.

Kühl und abweisend war die Antwort, die Lenka erhielt, als sie ihrer Mutter schwärmerisch von Georg erzählte und darum bat, ihn an einem Wochenende nach Hause zum Mittagessen einladen zu dürfen. »Was soll das denn jetzt? Du willst doch nach Brno aufs Gymnasium!« Auf ein Gespräch ließ Olga sich gar nicht erst ein. Sie nannte auch nicht den eigentlichen Grund für die schroffe Zurückweisung. Das war die Sorge, Lenka könnte das gleiche Schicksal erleiden wie sie, in jungen Jahren ein Kind bekommen und damit die Möglichkeit verlieren, ein selbstbestimmtes Leben zu führen.

Anfang Dezember traf das Antwortschreiben des Gymnasiums ein. Die Bewerberin könne ab Jahresbeginn die Schule zunächst für eine Probezeit von drei Monaten besuchen. Lenka wusste nicht, wie sie die Nachricht aufnehmen sollte. Die Freude über den Erfolg vermischte sich mit der Trauer über die bevorstehende Trennung. Georg redete ihr gut zu. Er werde fleißig schreiben. Vielleicht werde er sie auch einmal in Brno besuchen. Auf jeden Fall würden sie sich in den Osterferien wiedersehen, wenn Lenka nach Hause komme.

Georg brachte sie zum Bahnhof. Sie beredeten ihre gemeinsame Zukunft. Sie schworen sich Treue. Sie versprachen sich tägliche Briefe. Sie umarmten sich. Sie kümmerten sich nicht darum, dass es unschicklich war, sich in der Öffentlichkeit zu küssen. Sie winkten noch, als schon nichts mehr vom anderen zu sehen war.

Die Briefe halfen Lenka, die Schwierigkeiten des Anfangs zu be-

wältigen. Ihr neues Zuhause war ein enges Zimmer in einer Wohnung, die kleiner war, als der Vater sie beschrieben hatte. Mehr als eine Stunde benötigte sie, um zunächst mit der Bahn und dann zu Fuß die Schule zu erreichen. Um rechtzeitig dort zu sein, musste sie schon um 6.30 Uhr die Wohnung verlassen. Der Unterricht strengte sie an. Er dauerte bis in den Nachmittag hinein. Es war daher bereits wieder dunkel, wenn sie gegen Abend zurückkehrte. Doch die Dunkelheit, die Erschöpfung, die Verunsicherung durch die so vollständig andere Umwelt und die Angst vor dem Versagen konnten ihr nichts mehr anhaben, wenn sie dann einen Brief von Georg vorfand.

In einigen Fächern, wie Biologie und Geographie, konnte Lenka gut folgen, in anderen nur mühsam, etwa in Mathematik und Physik, und in Latein gar nicht, weil das Fach für sie völlig neu war. Der Lateinlehrer schlug ihr vor, Privatunterricht zu nehmen.

Doch das kostete Geld. Geld war aber keineswegs so reichlich vorhanden war, wie der Vater behauptet hatte. Lenka musste von dem Geld nehmen, das die Mutter ihr für den Notfall mitgegeben hatte. Davon musste sie auch Gebrauch machen, wenn der Vater mehrtägige Verkaufstouren unternahm, ohne sie mit Geld zu versorgen, »versehentlich«, wie er danach immer sagte.

Die Hoffnung, dass die Schwierigkeiten im Laufe der Zeit geringer würden, erfüllte sich nicht. Im Gegenteil, sie wuchsen. Es zeigte sich, dass der Vater eine Gegenleistung dafür erwartete, dass sie bei ihm wohnte. Lenka sollte ihm den Haushalt führen. Dafür blieb aber kaum Zeit. Die Wochentage waren durch die Schule fast vollständig ausgefüllt, und das Wochenende benötigte sie, um nachzuarbeiten. In der Schulklasse fand sie keinen Anschluss, weil sie älter war als die Mitschüler. Auch zog sie Spott auf sich. Ihre Kleidung entsprach nicht der Großstadtmode. Peinlich war ihr, dass sie den privaten Lateinlehrer um Zahlungsaufschub bitten musste.

Die ersten Arbeiten in der Schule misslangen. Zwar meinten die Lehrer, das sei nicht verwunderlich, weil sie noch neu sei. Sie sei begabt und werde sicherlich bald bessere Leistungen erbringen. Aber Lenka glaubte nicht mehr so recht daran. Sie fühlte sich entkräftet und ausgelaugt.

Zudem wurde der Halt schwächer, den ihr Georgs Briefe boten.

Ihm ging es selbst nicht gut. Das Architekturbüro kündigte ihm, weil Aufträge ausblieben. Die Suche nach einer gleichartigen Stelle war aussichtslos. Gebaut wurde nicht. Die Wirtschaft lag danieder. Der Arbeitslosigkeit konnte er nur dadurch entgehen, dass er wie sein Vater für die deutsche Firma Kohlen austrug. Doch selbst dieser Arbeitsplatz war bedroht. Die Hauptkunden waren Behörden und Krankenhäuser. Jetzt hieß es, dass staatliche Einrichtungen nur noch Verträge mit solchen Unternehmen abschließen würden, die tschechische Arbeiter beschäftigten.

In den Briefen, die sie austauschten, spiegelte sich der Widerstreit ihrer Gefühle. Verzweiflung und Zuversicht, Verlustängste und Liebesbeteuerungen, Ratlosigkeit und Zukunftsträume. Beide suchten Trost, und beide versuchten, Trost zu spenden.

Es vergrößerten sich jedoch die Zeitabstände zwischen Georgs Briefen. Er sei abends oft zu erschöpft, um noch zu schreiben, antwortete er auf ihre ängstliche Nachfrage. Sie solle sich keine Sorgen machen. Und bis zu den Osterferien seien es ja auch nur noch drei Wochen.

Lenka schrieb sogleich zurück. Ihn möchte sie als ersten in Břeclav wiedersehen. Er soll sie unbedingt am Bahnhof abholen.

Eine Antwort darauf erhielt sie zwar nicht mehr. Aber sie war sich sicher. Auf dem Bahnsteig wird ein breit lächelnder Georg stehen. Er wird sie fest in seine Arme schließen. Sie werden sich nicht mehr trennen. Gemeinsam werden sie alle Probleme lösen.

Das Bild vom wartenden Georg hatte sich fest eingeprägt. Lenka brauchte daher einige Minuten, um die Situation zu begreifen. Georg war nicht da. Sie ließ den Koffer stehen und rannte in Richtung Bahnhofsausgang, hoffend, dass er ihr entgegenkommt. Doch auch dort war er nicht zu sehen. Vielleicht ist er krank, ging ihr durch den Kopf. Wo er mit seinen Eltern wohnte, wusste sie. Panische Angst verhinderte, dass sie den ganzen Weg dorthin laufen konnte. Ihr Atem ging stoßweise. Immer wieder musste sie stehen bleiben, um Atem zu schöpfen. Nur mit Mühe bewältigte sie die Treppenstufen. Sie klopfte, sie klopfte immer wieder. Dann kam die alte Frau.

»Komm, wir müssen nach dem Koffer sehen.« Tante Míla drückt Lenka noch einmal fest an sich und erhebt sich dann von der Bank. Lenka folgt ihr. Sie machen sich auf den Weg zum Bahnhof. Nach-

dem sie einige Minuten schweigend nebeneinander hergegangen sind, beginnt Lenka mit einem Selbstgespräch, zunächst unter Schluchzen, dann mit fester werdender Stimme, schließlich trotzig.

Georg hat sie nicht wirklich geliebt. Sonst hätte er sie nicht verlassen. Aber dass er feige ist, das hätte sie nicht gedacht. Nach Brno will sie auf keinen Fall zurückkehren. Das Zusammenleben mit dem Vater war nicht mehr zu ertragen. Putzen, kochen, waschen – wie sollte sie das neben der Schule schaffen? Und nie reichte das Geld. Nicht zu ertragen waren auch die Gemeinheiten der Mitschüler, die sie wegen ihrer Kleidung verspottet hatten. Sie wird in Brečlav bleiben. Irgendwie wird sie schon zurechtkommen.

Der Koffer steht immer noch dort, wo Lenka ihn zurückgelassen hat. Entschlossen hebt sie ihn an. Sie bedankt sich bei ihrer Tante. Nach Hause könne sie jetzt allein gehen. Míla lässt sich noch versprechen, dass Lenka sie in den nächsten Tagen besuchen wird. Dann trennen sich die beiden.

Drei Tage später bestaunt Lenka die kleine Schneiderwerkstatt, die ihre Tante sich in den vergangenen Monaten eingerichtet hat. In einem nicht mehr genutzten Kinderzimmer stehen jetzt eine Schneiderpuppe, eine Nähmaschine, ein Arbeitstisch und ein Regal mit Stoffballen, Garnrollen, Nadelkissen, Scheren und sonstigen Utensilien.

An der Puppe ist ein halbfertiges Kleid befestigt. Zwei fertig genähte Kleider hängen an einer Stange. Stolz berichtet Míla von ihren ersten Aufträgen. Demnächst soll sie das Hochzeitskleid für die Tochter des Apothekers anfertigen. Ob Lenka ihr helfen möchte? Sie sei doch geschickt, und sie dürfe auch gern etwas für sich selbst nähen. Lenka ist überwältigt. Genau das möchte sie tun, und sie wird es können, dessen ist sie sich sicher. Nie wieder wird sie jemand wegen ihrer Kleidung verlachen.

Vier Monate danach trifft ein Brief ein, den Lenka ungelesen zerreißt. Der Absender lautete: Georg Hauwald, Colonia Sudetia, Paraguay.

Judensilber

Es ist so wie an fast jedem Abend während der Woche. Edith Liedke blickt aus der geöffneten Wohnungstür im zweiten Stock ihrem Ehemann entgegen. Das Geräusch seiner Schritte auf der hölzernen Treppe hat ihr sein Kommen angekündigt. Sie hat auf ihn gewartet, wie immer. Ihre Tage sind nicht ausgefüllt.

Spätestens am Mittag sind Hausarbeit und Einkäufe erledigt. Den Nachmittag verbringt sie mit Spaziergängen. Gelegentlich besucht sie ihre Eltern. Manchmal hilft sie unentgeltlich in einem Kindergarten aus. Den Wunsch, ihren Beruf als Kindergärtnerin wieder auszuüben, behält sie aber für sich.

Als sie 1934 heirateten, waren sie sich einig: Sie wollten eine Familie mit zwei, drei oder noch mehr Kindern gründen. Edith sollte sich um die Kinder und den Haushalt kümmern. Sie rechneten fest damit, dass bald das erste Kind geboren würde. Daher bezogen sie auch gleich nach ihrer Hochzeit eine größere Wohnung, und Edith gab ihre Berufstätigkeit auf. Doch eine Schwangerschaft stellte sich nicht ein in den fünf Jahren, die seither vergangen sind.

Enttäuscht war Edith zunächst, dann verzagt, schließlich verzweifelt. Die Ärzte, die sie konsultierte, konnten ihr nicht helfen. Hormonelle Störungen könnten die Ursache sein, hieß es, oder eine genetische Disposition oder auch Langzeitfolgen einer Infektion. Ein Arzt machte sie darauf aufmerksam, dass es auch an körperlichen Ursachen bei ihrem Mann liegen könne. Er solle sich einmal untersuchen lassen. Aber darüber mag Edith nicht mit Friedrich reden.

Über ihren Wunsch, wieder zu arbeiten, mag sie mit ihm nicht sprechen, weil sie fürchtet, er könnte das als Verrat ihrer Pläne und Hoffnungen verstehen. Außerdem würden sie dann zu den Doppelverdienern gehören. Die sind im nationalsozialistischen Staat unerwünscht. Die Frau soll sich um den Haushalt und die Kinder kümmern. Aber Kinder haben sie ja nicht.

Enttäuschung und Kummer haben Spuren hinterlassen. Zwar wirkt Edith Liedke mit ihren 32 Jahren immer noch jung. Aber ihr schlanker Körper hat an Spannkraft verloren. Auch hat sich die Wirkung abgeschwächt, die das Zusammenspiel der großen,

91

freundlich blickenden Augen mit dem feinen Lächeln der wohlgeformten Lippen hervorruft. Das Lächeln ist verhaltener geworden. Das Blau ihrer Augen hat eine leicht melancholische Färbung angenommen.

Heute, das sieht Friedrich sofort, muss seine Frau sich sogar zwingen zu einem Lächeln. Was passiert sei, fragt er sie nach dem Begrüßungskuss. Sie reicht ihm ein zusammengefaltetes Blatt Papier. »Das war im Briefkasten. Von deiner Blockhelferin Köster.« Friedrich setzt sich auf einen Stuhl am Wohnzimmertisch, der bereits für das Abendessen gedeckt ist.

In den Händen hält er ein vollgeschriebenes Blatt. Oben drüber steht »An den Blockleiter Liedke, Birkenstr. 54, Berlin-Moabit«, unten drunter »Heil Hitler! Blockhelferin Gerda Köster«. Der Text dazwischen ist schwer zu verstehen. Er ist mit Fehlern gespickt. Die Handschrift ist kaum zu lesen. Erst nach dreimaligem Durchlesen begreift Friedrich, worum es geht.

Angezeigt wird ein Vorfall im Haus Birkenstraße 56. Die für dieses Haus zuständige Blockhelferin Gerda Köster teilt mit, was sie in der Nacht vom 3. auf den 4. April 1939 beobachtet hat. Und sie fordert ihn als Blockleiter für die Häuser Birkenstraße 50 bis 56 auf, Maßnahmen zu ergreifen.

Die 57-jährige Gerda Köster bewohnt die Erdgeschosswohnung im Haus Birkenstraße 56. Ihr Ehemann ist bereits vor zehn Jahren gestorben. Die Ehe war kinderlos geblieben. Das Jahr 1933 beendete die Leere ihres Alltags. Der Nationalsozialismus wurde ihr Glaube, die Partei ihre Kirche, Hitler ihr Erlöser. Eifrig betätigt sie sich in der nationalsozialistischen Frauenschaft. Aber mit besonderem Eifer geht sie ihrer Überwachungsaufgabe als Blockhelferin nach. Verdächtig sind ihr zwei Mietparteien.

Im vierten Stock wohnt die alleinstehende Arztwitwe Ruth Neumann. Gerda Köster findet es unerträglich, dass die 78-jährige Jüdin überhaupt noch in einem deutschen Haus wohnt. Sie hat dafür gesorgt, dass auf dem Namensschild neben dem Vornamen »Ruth« nun auch noch »Sara« steht, wie es Vorschrift ist.

Ein Dorn im Auge sind ihr auch Rudolf und Agnes Drews im zweiten Stock, ein älteres Ehepaar, dessen Kinder bereits das Haus verlassen haben. Nie hängt bei denen an den nationalen Feiertagen eine Hakenkreuzfahne aus dem Fenster. Auch registriert sie mit Argwohn die freundlichen Gespräche, die das Ehepaar hin und wieder im Treppenhaus mit der Jüdin Neumann aus dem vierten Stock führt.

Dem schwer entzifferbaren Zettel entnimmt Friedrich, dass die Blockhelferin sich in ihrem Misstrauen bestätigt sieht durch das, was sie gegen zwei Uhr in der Nacht vom 3. auf den 4. April wahrgenommen hat.

Gerda Köster hatte in jener Nacht einen unruhigen Schlaf. Als sie sich ein Glas Wasser aus der Küche holen wollte, hörte sie ein Geräusch im Treppenhaus. Sie verließ leise ihre Wohnung und bezog einen Horchposten am unteren Treppenabsatz. Von ganz oben stieg eine Person mit langsamen Schritten herab. Sie stellte auf der zweiten Etage eine Tasche ab. Das ergab ein hell klirrendes Geräusch. Auf vorsichtiges Klopfen wurde die Wohnungstür geöffnet. Es folgte ein leises Gespräch. Gerda Köster erkannte die Stimmen. Die Jüdin und Rudolf Drews flüsterten miteinander. Schließlich wurde die Tasche angehoben, was wiederum dieses hell klirrende Geräusch erzeugte, das entsteht, wenn Bestandteile eines Bestecks oder sonstige Metallgegenstände aneinanderstoßen. Die Tür wurde geschlossen. Die Jüdin stieg langsam die Treppe wieder hinauf zu ihrer Wohnung.

Gerda Köster ist sich sicher, Zeugin eines kriminellen Vorgangs geworden zu sein. Bis spätestens 31. März mussten Juden alle Wertgegenstände aus Edelmetall bei einem Leihhaus abgeben. Das hat die Jüdin Neumann nicht getan. Und die Drews verstecken das Judensilber in ihrer Wohnung. Diese Verbrechen zeigt sie dem Blockleiter an. Der soll dafür sorgen, dass die Staatsfeinde bestraft werden.

Friedrich berichtet, was er gelesen hat. Edith kannte den Inhalt ohnehin. Sie trägt schweigend das Abendessen auf. Beide essen ohne Appetit. Sie wissen nicht, wie sie ein Gespräch beginnen sollen.

Schließlich sagt Edith, als beide schon Messer und Gabel beiseitegelegt haben: »Geh doch einfach zu Drews. Sie sollen der Frau Neumann die Tasche zurückbringen. Die arme Frau, ihr geht es schon schlecht genug. Sie hat kaum noch Geld und weiß nicht, wovon sie künftig leben soll. Und die Drews haben es doch nur gut gemeint.«

»Und dann?« fragt Friedrich. »Was passiert dann? Die Köster wird keine Ruhe geben. Wenn ich nichts unternehme, wird sie selbst zur Polizei gehen. Dann stecke ich mit drin. Begünstigung wird man mir anhängen. Ich werde bestraft und verliere meine Arbeit.«

»Kannst du die Sache mit der Polizei nicht so regeln, dass ihnen nichts passiert?«

»Wie stellst du dir das vor? Soll ich zur Polizei gehen und sagen: hier, die Leute haben gegen das Gesetz verstoßen, aber drückt mal ein Auge zu und lasst die Sache unter den Tisch fallen? Die würden doch gleich mich selbst festnehmen.«

Edith fragt leise: »Kommt die Frau Neumann ins Gefängnis? Sie ist doch schon so alt und gebrechlich.«

»Das weiß ich nicht. Mir tut sie ja auch leid. Aber gegen die Juden musste etwas unternommen werden. Die waren wirtschaftlich einfach zu mächtig. Ja sicher, Gesetze sind im Einzelfall manchmal hart. Aber einfach mal Ausnahmen machen, das geht auch nicht. Gesetz ist Gesetz, daran müssen sich alle halten.«

Mit einer leisen Stimme, die jetzt verrät, dass Tränen unterdrückt werden, fragt Edith: »War es wirklich nötig, dass du Blockleiter geworden bist?«

»Was sollte ich tun? Nur in der Partei sein, genügt nicht. Die wollen Aktivitäten sehen. Karteileiche haben sie mich schon genannt. Ich mache ja auch nur das Nötigste, Mitgliedsbeiträge kassieren, Schulungsbriefe verkaufen und manchmal eine Versammlung einberufen.«

Es war das erste Mal in der fünfjährigen Ehe, dass Friedrich und Edith Liedke an diesem Abend nicht gemeinsam schlafen gingen. Edith gab vor, noch Kleidung ausbessern zu müssen.

Erst nach Mitternacht betrat sie, jedes Geräusch vermeidend, das dunkle Schlafzimmer. Sie entkleidete sich rasch und schlüpfte unter die Bettdecke. Schlaf fand sie nicht, und sie merkte, dass Friedrich auch nicht schlief.

In schlechter Gesellschaft
Der Schlüssel tappt mehrere Male gegen die Metalleinfassung des Loches. Dann rutscht er mit einem schrammenden Geräusch hinein.

Ein vorsichtiges Drehen überwindet schrapend und schleifend den Widerstand des Schlosses. Leise knirscht und seufzt die schwere Eingangstür der Gastwirtschaft in den Angeln. Tastende Schritte, verhaltenes Wispern.

Schmerzhaft dringen die Laute in Olgas Ohren. Es ist drei Uhr morgens. Sie liegt seit zwei Stunden wach. Sie wartet darauf, dass Tomáš von seiner Zechtour durch die Kneipen Brečlavs heimkehrt. Und sie befürchtet, dass er wieder einmal seine Kumpanen mitbringt, um in der Gaststube bis zum Morgengrauen zu trinken.

Ja, es sind mehrere Personen, die sich Stühle zurechtrücken; ja, es werden Flaschen geöffnet. Die Stimmen werden lauter. Eine Frauenstimme ist darunter, kehlig, aufdringlich, die Männerstimmen übertönend.

Olga hat vor Augen, wen Tomáš mitgebracht hat. Es werden die drei Kameraden aus der tschechoslowakischen Armee sein. Mit ihnen ist er nach Brečlav zurückgekehrt, nachdem die Armee aufgelöst wurde. Vielleicht ist auch noch der jüngere Bruder eines der Kameraden dabei. Die Frauenstimme gehört Beáta Landová.

Olga ist verzweifelt. So kann es nicht weitergehen. Es ist für sie schon schwer genug, zurechtzukommen. Vieles hat sich geändert. Seit Herbst des vergangenen Jahres 1938 gehört Brečlav zum Deutschen Reich. »Brečlav« darf auch nicht mehr gesagt werden; »Lundenburg« muss es heißen. Es kommen weniger Gäste. Tschechische Speisen und Getränke sind nicht mehr so sehr gefragt. Auch ist es schwieriger geworden, Ware zu beziehen. Einige Lieferanten wohnen jetzt jenseits der Grenze, die den »Gau Niederdonau« vom »Protektorat Böhmen und Mähren« trennt.

Von Tomáš hatte sie sich Unterstützung erhofft, als er vor vier Wochen nach Hause zurückgekehrt war. Unangekündigt hatte er an einem Abend Anfang Mai in grauer Uniform, von der alle Abzeichen entfernt worden waren, die Gaststube betreten, den großen Rucksack abgesetzt und mit breitem Grinsen ein Bier verlangt.

Aber Tomáš hatte sich verändert. Von geregelter Arbeit hatte ihn der Militärdienst entwöhnt. In die häuslichen Abläufe mochte er sich nicht einfügen und den Befehlston des Unteroffiziers nicht ablegen. Der Tomáš, der als Kind und Jugendlicher stets freundlich und hilfsbereit gewesen war, steckte jetzt voller Bitterkeit und Hass. Ihn

95

empörte, dass es die Tschechoslowakei nicht mehr gab. Ihn schmerzte, dass die Armee nicht mehr existierte, in der er so viele Jahre gedient hatte. Er hasste Hitlerdeutschland, das sich seine Heimat einverleibt hatte.

Doch was er tun sollte, wusste Tomáš nicht. Er fühlte sich ohnmächtig. Alkohol, den zu trinken er sich in der Armee angewöhnt hatte, trank er jetzt im Übermaß. Regelmäßig traf er sich abends mit den drei Kameraden. Wie herrenlose Hunde streunten sie durch die Stadt. Gelegentlich zettelten sie in Gastwirtschaften Prügeleien mit Deutschen an. Zu ihnen gesellte sich Beáta Landová.

Über sie weiß niemand Genaues. Es gibt nur Gerüchte. Sie wirft sich jedem an den Hals, heißt es. Einige sagen: eine Hure, sie lässt sich bezahlen. Nein, Geld hat sie genug, meinen andere; für eine Abtreibung hat sie sich von dem Gutsherrn reichlich bezahlen lassen, bei dem sie bis vor einem Jahr gedient hat. Sie lebt bei ihrem alten, kranken Vater, um den sie sich kümmert, ist zu hören. Nein, den sie vernachlässigt, wird dagegen gehalten.

Gewiss ist nur, dass sie regelmäßig abends und nachts in Gastwirtschaften anzutreffen ist. Die 23-jährige Frau fällt auf durch ihre hellblonden Haare, durch auffällig aufgetragene Schminke, durch runde, fast üppige Körperformen und durch lebhaftes, gestenreiches Verhalten. Sie tanzt gern. Die Partner wechseln, auch die Männer, bei denen sie auf dem Schoß sitzt, die sie in aller Öffentlichkeit küsst und von denen sie sich nach Haus bringen lässt.

Jetzt soll sie mit Tomáš befreundet sein. Man hat sie Arm in Arm gesehen. Olga hat davon gehört. Sie will diese Person nicht im Haus haben. Sie will auch nicht länger hinnehmen, dass Tomáš sich gehen lässt, dass er auf ihre Kosten lebt, dass er trinkt, dass er mit seinen Kumpanen nächtliche Gelage in ihrem Haus feiert. Das muss ein Ende haben. Olga richtet sich auf.

Allein mag sie nicht in die Gaststube gehen. Es wird ein endloses Gerede geben. Schimpfwörter werden fallen. Sie zieht sich an und weckt Lenka, die im Zimmer nebenan schläft. »Du musst mir helfen. Tomáš ist wieder mit seinen Leuten da. Sie trinken in der Gaststube. Beáta ist auch dabei.«

Lenka braucht eine Weile, um sich zu besinnen. Wortlos streift sie sich dann ihr Kleid über. Gemeinsam gehen sie durch den dunklen Flur. Olga öffnet abrupt die Tür zur Gaststube.

Die eben noch lauten Stimmen verstummen. Die sechs Personen im Raum blicken überrascht auf die beiden Frauen in der Tür. Tomáš, der hinter der Theke steht, durchbricht das Schweigen. »Mamachen, Schwesterchen, waren wir zu laut?« fragt er, verwaschen sprechend, »Tut uns leid. Trinkt doch ein Glas mit.« Er holt zwei Weingläser aus dem Regal und greift zur offenen Flasche auf der Theke.

Erregt geht Olga einige Schritte auf ihn zu. Lenka folgt ihr, legt ihr eine Hand auf die Schulter. »Lass Mama.«

Sie wendet sich dem jungen Mann zu, der etwas abseits der anderen sitzt. »Mílan«, sie legt ihm einen Arm um die Schulter, »komm, ich muss mit dir reden.« Sanft zieht sie ihn hoch. Sie geht voran in eine entfernt liegende Ecke der Gaststube. Er folgt ihr willig. Dort setzen sie sich gegenüber an einen Tisch, die Köpfe einander zugeneigt.

Olga weiß nicht recht, wie sie sich verhalten soll. Verlegen wischt sie einige Tische ab und rückt Stühle zurecht. Auch die anderen sind verunsichert. Tomáš setzt sich zu seinen drei Kameraden und Beáta an den Tisch. Mit gespielter Fröhlichkeit prosten sie sich zu. Aber immer wieder gehen ihre Blicke hinüber zu den beiden in der Ecke. Sie können nicht verstehen, was dort gesagt wird.

Mit halblauter Stimme redet Lenka auf den groß gewachsenen jungen Mann ein. Sie schaut ihm dabei in seine dunklen, etwas verträumt wirkenden Augen. Auch ergreift sie zwischendurch seine auf dem Tisch liegenden Hände.

Sie kennt Mílan Černý noch gut aus gemeinsamer Schulzeit. Er gehörte zu den stillen Kindern, die von Lehrern leicht übersehen werden. Seine Leistungen waren durchschnittlich. Er war bemüht, nicht aufzufallen. Lenka mochte ihn. Einige Male haben sie nachmittags zusammen gespielt. Doch als er merkte, dass sie sich häufiger mit anderen Kindern traf, zog er sich zurück. Nach der Schulzeit begegneten sie sich noch einige Male zufällig in der Stadt. Offensichtlich freute Mílan sich, Lenka zu treffen. Sie unterhielten sich angeregt, fast freundschaftlich. Doch er wagte nicht den Versuch, sich mit ihr zu

97

verabreden. Zu hübsch sei sie für ihn, so dachte er, zu selbstbewusst, zu klug.

Vor einigen Monaten hatte Mílan Černý seine Arbeit als Tischler verloren. Der Werkstatt fehlte es an Aufträgen. Vergeblich bemühte er sich um neue Arbeit. Die wirtschaftliche Lage war schlecht. Die Eintönigkeit seines Lebens im Elternhaus wurde durchbrochen von der Rückkehr seines Bruders Bogdan aus der Armee. Ihn beeindruckte, was dieser und seine Kameraden großsprecherisch aus ihrer Armeezeit zu berichten wussten. Auch empfand er wie sie die Verhältnisse als unerträglich. So kam es, dass er sie bei ihren Streifzügen durch die Stadt und die Kneipen begleitete.

Auf Lenkas eindringliche Worte antwortet Mílan mit einem vorsichtigen, verlegenen Lächeln und einem kaum merklichen Kopfnicken. Sie drückt noch einmal seine Hände und steht auf.

»Komm, Mama«, Lenka ergreift ihre Mutter am Oberarm. Als beide den Raum verlassen, schauen alle hinterher, Mílan immer noch am Tisch in der Ecke sitzend.

Einige Minuten lang sind noch Stimmen aus der Gaststube zu hören, erst laut, dann leiser werdend. Schließlich klappen Türen. Danach Stille.

Geräusche sind im Haus erst wieder um sechs Uhr zu hören. Olga macht sich in der Küche zu schaffen. Sie bereitet das Frühstück für sich und Lenka, die sie um sieben Uhr wecken soll. Tomáš wird, so denkt sie, sicherlich erst gegen Mittag aufstehen.

Dann hört sie ihn aber im Flur flüstern: »Bleib doch. Natürlich kannst du bei uns frühstücken.« Durch den Spalt, um den die Küchentür geöffnet ist, sieht Olga, wie Beáta Tomáš abwehrt, der sie festhalten will, und auf Zehenspitzen, die Schuhe in den Händen haltend, in die Richtung der Gaststube geht. Kurz darauf ist sie hinter der Tür verschwunden. Einen Augenblick später ist zu hören, wie die Außentür der Gastwirtschaft geöffnet und wieder geschlossen wird.

Olga ist außer sich vor Wut. Sie stellt Tomáš in seinem Zimmer zur Rede. Um Lenka nicht zu wecken, senkt sie ihre Stimme, die dadurch umso schärfer klingt. Auf gleiche Weise antwortet Tomáš. Mit schneidend geflüsterten Worten stechen sie aufeinander ein: »...verdorbene Person ... du kennst sie nicht ... ich will sie hier nicht mehr sehen ... was ich tue, entscheide ich ... wenn du doch etwas tun würdest ... ich kann ja gehen ... das ist wohl für alle das Beste.«

Eine halbe Stunde später steht Lenka auf. Durch die offen stehende Tür zu Tomáš Zimmer sieht sie, dass sein Rucksack mitsamt seiner Kleidung nicht mehr dort ist. Ihre Mutter sitzt am Küchentisch und weint still vor sich hin..

Ein fleißiger und zuverlässiger Arbeiter

Schreibtisch und Mensch passen nicht recht zusammen. Hinter dem mächtigen Möbelstück sitzt ein eher schmächtiger Mann. 1,68 m groß, schmal, kurze, scharf gescheitelte, leicht ergraute Haare, Oberlippenbart, Brillenträger. Ein Bürokrat, wie es scheint, aber ein Bürokrat mit viel Macht. Ernst Lautz ist Oberreichsanwalt. Er leitet die Reichsanwaltschaft am Volksgerichtshof, die staatsanwaltschaftliche Behörde, die dem höchsten deutschen Gericht in politischen Strafsachen zuarbeitet.

Auf der rechten Seite der Schreibtischplatte liegt ein hoher Stapel mit 30 Personalakten. Seit drei Tagen liegen die Akten dort. Dringende andere Geschäfte haben Ernst Lautz bisher daran gehindert, sie durchzusehen. Doch nun lässt sich die Arbeit nicht länger aufschieben. Gerade hat er an diesem Morgen des 13. September 1940 wieder einmal die Aktenberge in der Geschäftsstelle besichtigt. Sie wachsen von Tag zu Tag.

Es sind Ermittlungsakten der Spionageabwehr der Wehrmacht. Sie hat bei der Besetzung Polens Unterlagen über Deutsche erbeutet, die für Polen spioniert haben. Nach monatelangen Untersuchungen sind jetzt die Ermittlungen abgeschlossen. Die Reichsanwaltschaft beim Volksgerichtshof ist nun am Zug.

Die Akten müssen durchgearbeitet werden, und es müssen Anklagen geschrieben werden, viele Anklagen, umfangreiche Anklagen. Wie soll die Behörde das schaffen? Ernst Lautz braucht unbedingt mehr Personal. Daher hat er von der Generalstaatsanwaltschaft beim Berliner Landgericht Personalakten von Staatsanwälten angefordert, die für eine Abordnung in Frage kommen.

Gegen Mittag hat er die Akten durchgeblättert. Für ein sorgfältiges Durchsehen reicht die Zeit nicht. Spätestens heute Nachmittag muss eine Liste mit zehn in Betracht kommenden Personen fertig sein und abgeschickt werden. Nur dann wird ein Dienstantritt zum 1. Oktober noch möglich sein.

Vor ihm liegt ein mit Notizen vollgeschriebenes Blatt. Neben den Namen von Personen, die ihm aufgefallen sind, hat er deren Geburtsdaten notiert, die Examensnoten, die dienstliche Laufbahn, den Zeitpunkt des Parteieintritts sowie politische Aktivitäten und Verdienste. Überzeugte Nationalsozialisten braucht er für eine politisch so wichtige Tätigkeit. Aber gute Juristen sollen sie auch sein. Das trifft nicht häufig zusammen.

Und ein Drittes ist nötig: Fleiß. Eine bestimmte Form des Fleißes: juristischer Fleiß. Dazu gehört mehr als ein unermüdlicher Arbeitseifer. Zügig Ergebnisse liefern, das ist juristischer Fleiß, Akten rasch erledigen. Ernst Lautz weiß aus langjähriger Erfahrung, wie wichtig diese Fähigkeit ist. Er weiß auch, dass die Personalunterlagen darüber oft wenig aussagen oder unzuverlässig sind. Man muss sich auf sein Gespür verlassen.

Einen Namen braucht er noch. Er greift zu den links liegenden, eigentlich aussortierten Akten. Da war eine Akte, die ihm aufgefallen war. Liedmann, Liedger, Litzke oder so ähnlich. Richtig, da ist sie. Liedke.

Schlechte Examensnoten, aber das muss kein Nachteil sein. So einer muss sich besonders anstrengen. Der spurt, weil er weiß, dass man ihm die Noten immer wieder vorhalten kann. Politisch ein eher lauer Parteigenosse, tut nur das Nötigste. Aber nachteilig ist auch das nicht unbedingt. Politische Fanatiker schreiben keine übersichtlichen und präzisen Anklagen. Die können auch den Betrieb stören. Da ist eher einer zu gebrauchen wie dieser Liedke, von dem es in der Akte heißt »... ein ruhiger, gediegener Mensch, pflichtbewusst und von taktvollem Auftreten«. Auch das klingt gut: »Liedke ist ein fleißiger und zuverlässiger Arbeiter.«

Das Foto gibt den Ausschlag: glatte, dunkle, nach hinten gekämmte Haare, schmales Gesicht mit regelmäßigen Zügen, hohe Stirn, klarer Blick, sehr korrekte Kleidung. Typ preußischer Beamter, denkt Oberreichsanwalt Lautz und legt die Personalakte Liedke vom linken auf den rechten Stapel. Dann trägt er den Namen in die Liste ein,

100

steckt sie in einen Umschlag und ordnet die umgehende Versendung an.

So kommt es, dass Friedrich Liedke am Dienstag, den 1. Oktober 1940, um 7.50 Uhr auf den Säuleneingang des Hauses Bellevuestraße 15 zuschreitet, in dem der Volksgerichtshof und die Reichsanwaltschaft ihren Sitz haben.

Er verzögert seine Schritte. Das hat seinen Grund einmal darin, dass er, wie stets, zu früh ist. Um 8 Uhr soll er seinen Antrittsbesuch beim Oberreichsanwalt machen. Das Zögern ist auch dadurch veranlasst, dass gemischte Gefühle ihn bedrängen, Bedrückung und Verunsicherung einerseits, Zuversicht und Erleichterung andererseits.

Es werden neue, schwierige Aufgaben auf ihn zukommen. Zwar hat er bei einer vorübergehenden Abordnung zum Kammergericht auch schon mit politischen Strafsachen wie Hochverrat und Landesverrat zu tun gehabt. Doch das waren Kleinigkeiten im Vergleich zu den Fällen, die beim Volksgerichtshof angeklagt werden. Die Todesstrafe wird immer wieder einmal beantragt werden müssen, zumal in diesen Kriegszeiten. Die Anklagen werden höchsten Ansprüchen genügen müssen. Der Oberreichsanwalt ist bekannt für ein strenges Regiment.

Es ist aber auch eine Auszeichnung, bei der obersten deutschen Anklagebehörde tätig sein zu dürfen. Und mit seinen Vorgesetzten ist er bisher stets gut zurechtgekommen. Vielleicht ergeben sich sogar Aufstiegsmöglichkeiten. Das Wichtigste aber ist: Es droht kein Kriegseinsatz mehr, er gilt weiterhin als unabkömmlich.

Vor sechs Wochen hatte er die dienstliche Mitteilung erhalten, dass er nur noch bis zum Jahresende unabkömmlich gestellt sei. Zum 1. Januar 1941 werde er einberufen. Die Abordnung zur Reichsanwaltschaft hat ihn gerettet. So lange er dort tätig ist, bewahrt ihn der Vermerk »uk« in seiner Personalakte vor dem Krieg. Panische Angst bereitet ihm die Vorstellung, in den Krieg ziehen zu müssen. Er wird das Bild des Tanzes nicht los, den ein wulstig vernarbter Armstumpf aufführt. Es verfolgt ihn bis in seine Träume.

Weiterhin uk, erleichtert beschleunigt Friedrich Liedke seine Schritte. Als er die Treppe zwischen den hohen Säulen betritt, geht ihm noch durch den Kopf: Von Onkel Herrmann hat man nach der Einlieferung in die Anstalt nichts mehr gehört. Ob er noch lebt?

Die Kennkarte

Siegfried Kreidler, Beamter der Kreisverwaltung Nikolsburg im Gau Niederdonau, 48 Jahre alt, Junggeselle, kehrt vom Mittagsmahl in der Gaststätte »Zur Traube« um 13.30 Uhr zurück in sein Dienstzimmer. Das Essen war wie immer ausgezeichnet. Zufrieden setzt sich der beleibte kleine Mann, den Hosengürtel etwas lockernd, an seinen Schreibtisch.

Zwei Passbilder und ein Zettel mit seinen handschriftlichen Notizen liegen vor ihm. Kurz vor 12 Uhr war die junge Frau erschienen und hatte die Ausstellung einer Kennkarte beantragt. Eine sofortige Erledigung kam nicht in Frage. Der pünktliche Beginn der Mittagspause ist für Siegfried Kreidler von unumstößlicher Gesetzmäßigkeit.

Er hätte sie sogleich wieder wegschicken können. Das hatte er aber nicht übers Herz gebracht. Sie hatte sich offensichtlich sehr beeilt. Die geröteten Wangen und der Schweiß auf der Stirn zeugten davon. Auch hatte ihn ihre Freundlichkeit vereinnahmt. Ohnehin ist es ihm unmöglich, gut aussehende Frauen schroff zu behandeln. Er hat eine Schwäche für sie. Daran haben die zahlreichen Fehlschläge nichts geändert, die er bei seinen Bemühungen um Frauenbekanntschaften erlitten hat.

Die junge Frau, offenbar Tschechin, wie der leichte Akzent verriet, verfügte über eine Schönheit, die sich nicht aufdrängte, die aber auch nicht zu übersehen war. Das feine Lächeln harmonierte mit den großen dunklen Augen und den hohen Wangenknochen. Die dunklen Haare waren nach der Mode der Zeit vorn zu einer Welle hochgekämmt und hingen nach hinten lockig halblang herunter. Die dezente und zugleich elegante Kleidung betonte die schlanke Figur: eine perfekt sitzende dunkelblaue Hose und eine weiße, langärmlige, grünblau bestickte Bluse mit spitzem Kragen.

Siegfried Kreidler hatte sich die beiden mitgebrachten Passbilder geben lassen, Angaben zur Person notiert und die junge Frau freundlich gebeten, doch um 14 Uhr wieder zu erscheinen. Die Kennkarte werde dann fertiggestellt sein.

Lenka schaut über den Stadtplatz von Nikolsburg, der seit einiger Zeit Adolf-Hitler-Platz heißt, hinweg zur Turmuhr der Pfarrkirche St. Wenzel. »Es ist fünf vor zwei«, sagt sie zu dem jungen Mann, mit

102

dem sie am Tisch der Konditorei vor zwei geleerten Eisbechern sitzt. »Warte hier auf mich, Mílan, ich bin gleich zurück. Wir sollten dann auch fahren. Schau mal da oben.« Sie zeigt auf erste dunkle Wolken, die von Westen her aufziehen. Er nickt. Sie sind die 20 km von Brečlav mit dem Fahrrad gefahren.

Sie streicht ihm über den Arm. Er erleichtert ihr das Aufstehen, indem er den Stuhl zurücknimmt. Es sind vertraute Gesten. Seit fast zwei Jahren sind sie ein Paar. Mílan Černý hat lange gebraucht, bis er aus dem nächtlichen Erlebnis in der Gastwirtschaft den Schluss gezogen hat, dass Lenka ihn mag und dass er keine Zurückweisung befürchten muss, wenn er sich um sie bemüht.

Sie würden gern heiraten. Aber eine Familie zu gründen, das lassen die Umstände nicht zu. Es ist Krieg. Auch muss Lenka ihre Mutter in der Gastwirtschaft unterstützen. Und Mílan muss schlecht bezahlte Arbeit in der Rüstungsproduktion verrichten.

Als Lenka das Dienstzimmer betritt, hält Siegfried Kreidler die nahezu vollständig ausgefüllte Kennkarte in Händen. Er geht mit ihr noch einmal die Angaben durch. Kennort: Nikolsburg. Kennummer: D 14671. Gültig bis: 28. August 1947. Name: Cermak.

»Cermakova« könne es nicht mehr heißen, belehrt der Beamte sie. Das sei tschechisch und dürfe nicht in einem deutschen Ausweis stehen.

Vorname: Helena. Geburtstag: 28. Oktober 1918. Geburtsort: Lundenburg, Kreis Nikolsburg. Beruf: Haushaltshilfe. Unveränderliche Kennzeichen: fehlen. Veränderliche Kennzeichen: fehlen. Bemerkungen: keine.

Neben das abgestempelte Passbild werden jetzt noch die Abdrücke von Lenkas rechtem und linken Zeigefinger gesetzt. Sie muss unterschreiben. Dann holt der Beamte aus dem drehbaren Stempelhalter nach und nach diverse Stempel und drückt sie auf die Karte: Nikolsburg, 28. August 1942, Der Landrat des Kreises Nikolsburg, Dienststempel. Schließlich setzt er seine Unterschrift darunter: i. A. Kreidler.

Damit wäre alles erledigt. Doch der Beamte zögert die Übergabe der Karte noch etwas hinaus, um mit der schönen jungen Frau ein wenig zu plaudern. Ob sie denn nicht wisse, dass sie schon längst eine solche Karte hätte beantragen müssen, fragt er in einem gespielt

103

drohenden Ton. Seit Kriegsbeginn gebe es einen Ausweiszwang. Lenka geht auf diesen Ton ein, indem sie verschämt den Herrn Amtsvorsteher um Nachsicht bittet. Sie habe das nicht gewusst und werde sich künftig strengstens an alle Vorschriften halten.

Etwas ernsthafter fragt der Beamte dann nach, warum sie gerade jetzt eine Kennkarte benötige. Mit größter Mühe versucht Lenka die Verlegenheit zu verdecken, in die sie diese Frage bringt. Der Grund sei, dass sie ins Protektorat reisen müsse, um dort mit Lieferanten der Gaststätte ihrer Mutter zu sprechen. Bei der Gelegenheit wolle sie auch ihren Vater in Brünn besuchen.

Mílan sieht, wie Lenka quer über den Stadtplatz auf ihn zukommt. Er wundert sich, dass sie entgegen ihrer Gewohnheit den Kopf gesenkt hält. Sie sinnt darüber nach, ob der Beamte ihr die Verlegenheit angemerkt hat. Den wahren Grund hat sie ihm nicht genannt. Der wahre Grund ist Tomáš.

Teil 2:

Der Fall Čermák

Ein friedliches Zimmer

Um einen Spalt ist ein Flügel des hohen Fensters nach innen geöffnet. Der darüber hängende, in verwaschener brauner und gelber Farbe längsgestreifte alte Vorhang aus dünnem, hier und da bereits löcherigem Leinenstoff bauscht sich leicht unter dem sanften Druck der warmen Frühlingsluft. Aus der Wölbung versucht eine Fliege herauszufinden. Ihr gleichmäßiges, kräftiges Brummen macht den Eindruck geduldiger Suche. Es hebt sich heraus aus einem leicht an- und abschwellenden Grundgeräusch, einem dunklen Summen und Pfeifen, das ein naher, aber nicht unmittelbar benachbarter Großstadtverkehr verursacht.

Das durch den Vorhang gedämpfte Sonnenlicht des späten Vormittags verteilt die braungelbe Farbe des Stoffs im schmalen, hohen Raum. Sie erzeugt zusammen mit dem hellen Grau der Wände und der Decke, mit dem Rotbraun des Linoleumfußbodens, mit dem dunklen Ockergelb der Tür, des Schreibtischs, des Stuhls, des Aktenbocks und des Schranks sowie gemeinsam mit der Geräuschkulisse eine Atmosphäre der Ruhe, der Gediegenheit, der Bedachtsamkeit, aber auch der Beklemmung.

Die in der Mitte des Schreibtischs liegende Akte wird unter sachkundig zugreifenden Händen Seite für Seite durchgesehen. Dann setzt die rechte Hand in zügiger Schrift mit leicht kratzender Feder einige Zeilen auf die Rückseite des letzten Blattes, während die linke, übergreifend, den hinteren Teil des Aktendeckels am Zuklappen hindert, damit ungestört verfügt werden kann, was nunmehr mit der Akte geschehen soll. Der Eintrag des vom Tischkalender abgelesenen Datums – 5. 8. 1942 – und das Handzeichen schließen den Vorgang ab. Der Stapel der an diesem Vormittag bereits erledigten Vorgänge auf dem Aktenbock neben dem Schreibtisch wird um eine weitere Akte erhöht. Unmittelbar danach gleitet vom Stapel auf der linken Schreibtisch-

105

seite die oben liegende Akte in die Schreibtischmitte, um in gleicher Weise bearbeitet zu werden. Stück für Stück durchlaufen die Akten im Gleichtakt ein mechanisches Mahlwerk.

Einen Stillstand gibt es nicht. Mit »da-tok – da-tok – da- tok«, verursacht durch das Holzbein des kriegsversehrten Aktenboten, und dem Quietschen der Räder seines Wagens kündigt sich die nächste Aktenlieferung an. Nach seinem missmutig gemurmelten »Guten Morgen« tauscht der Bote die Akten aus. Er wuchtet den großen Stapel der neu zu bearbeitenden Akten auf den Bock und übernimmt die bearbeiteten Akten auf seinen Wagen. Die Tür klappt zu. Die Geräusche, das »da-tok – da-tok – da-tok« und das Quietschen, sind zunächst noch deutlich zu hören, werden schwächer und verstummen schließlich. Es kehrt wieder Frieden ein im Zimmer.

Unnatürlich schmal ist der hohe Raum. Zwischenwände haben den Klassenraum eines Gymnasiums dem neuen Verwendungszweck des Gebäudes angepasst und mehrere Dienstzimmer entstehen lassen. Seit sieben Jahren haben im ehemals Königlichen Wilhelms-Gymnasium in der Bellevuestraße nahe dem Potsdamer Platz der Volksgerichtshof und die ihm zugeordnete Reichsanwaltschaft ihren Sitz.

Ob ihm sein Dienstzimmer gefällt? Diese Frage hat sich Friedrich Liedke nie gestellt. Was sollte Anlass geben für eine solche Frage? Der Dienst ist im zugewiesenen Zimmer zu versehen. Den Raum hat er so belassen, wie er ihn vorgefunden hat. Daher ist auch der alte Stich mit der Ansicht des Berliner Stadtschlosses hängen geblieben, den sein Vorgänger an der Wand gegenüber dem Schreibtischstuhl befestigt hat.

Die einzige Änderung hat dienstliche Gründe gehabt. An der vorher leeren Wand hinter dem Schreibtischstuhl hängen zwei Karten.

Die größere, eine Karte des Großdeutschen Reiches, umfasst ein Gebiet, das im Norden bis Dänemark und Südschweden, im Osten bis zu den Reichskommissariaten Ostland und Ukraine, im Süden bis Kroatien und Italien und im Westen bis Frankreich, Belgien und den Niederlanden reicht. So weit erstreckt sich der Zuständigkeitsbereich des Volksgerichtshofs in politischen Strafsachen.

Daneben hängt seit zwei Tagen eine kleinere Karte. Sie zeigt das Protektorat Böhmen und Mähren sowie die österreichischen Gaue. Staatsanwalt Friedrich Liedke ist ein neuer Aufgabenbereich übertragen worden.

Bisher hatte er sich mit Fällen des Landesverrats zu befassen, die deutsche Reichsangehörige zugunsten Polens begangen haben. Beim Überfall auf Polen war umfangreiches Beweismaterial erbeutet worden. In mühevoller Schreibtischarbeit hatte Staatsanwalt Liedke daraus Anklageschriften gemacht. Die Verfahren gehen dem Ende entgegen. Bloße Restbestände sind die Akten auf seinem Schreibtisch. Seit vorgestern ist er zuständig für den tschechoslowakischen und österreichischen Widerstand. Bald werden die ersten Akten mit polizeilichen Ermittlungsergebnissen auf seinem Schreibtisch liegen.

Er unterbricht seine Arbeit, als das Mittagsgeläut der nahe gelegenen St. Matthäuskirche einsetzt. Gern tut er das nicht. Noch liegen etliche Akten auf der linken Schreibtischseite, und der Aktenstoß auf dem Bock ist bedrohlich hoch. Am liebsten würde er zügig durcharbeiten. Aber das geht nicht. Edith wartet mit dem Mittagessen auf ihn. Sie braucht ihn. Sie braucht das Gespräch am Mittag. Sie muss gesagt bekommen, dass sie durchaus noch für etwas nützlich ist, dass der Tisch hübsch gedeckt ist, dass ihr Essen schmeckt, dass die Wohnung sauber und gepflegt ist. Edith fühlt sich einsam, unnütz, überflüssig. Friedrich Liedke macht sich Sorgen um seine Frau.

War sie früher schlank, so ist sie in den letzten Jahren schmal, fast hager geworden. Die feinen, gleichmäßigen Gesichtszüge wirken wie eingefroren, was den Eindruck ständiger Anspannung macht und die großen, oft traurig blickenden Augen hervortreten lässt. Wenn sie überhaupt einmal lächelt, verraten kleine Falten an den Mundwinkeln die dafür nötige Anstrengung.

Unglücklich macht sie, dass ihr sehnlicher Kinderwunsch weiterhin unerfüllt geblieben ist. Gelegentliche Aushilfstätigkeiten in einem Kindergarten hat sie aufgeben. Der Umgang mit Kindern hat ihren Schmerz nur noch vergrößert. Zu sehen, wie fröhlich, wie neugierig, wie zutraulich kleine Kinder sein können, und zugleich immer denken zu müssen »aber es ist nicht dein Kind«, hat sie nicht

107

aushalten können. Einige Zeit hat es ihr Ablenkung verschafft, dass sie sich um ihre pflegebedürftigen Eltern kümmern musste. Doch die sind nun schon seit zwei Jahren tot.

Ediths Leben ist zu einem eng umgrenzten Dasein in der Wohnung mit gelegentlichen Ausflügen zum Einkaufen, für Besuche des elterlichen Grabes und für Spaziergänge in einem nahe gelegenen Park geworden.

Verloren gegangen ist auch die Hoffnung auf Sicherheit, die sie dazu gebracht hat, sich in dieses Dasein zurückzuziehen. Die Wohnung ist kein sicherer Zufluchtsort mehr, seit britische Bomben auf Berlin niedergehen. Das Heulen der Luftschutzsirenen treibt sie aus der Wohnung, hetzt sie durch das Treppenhaus und scheucht sie in den Keller. Wenn es nachts passiert, fühlt sie sich etwas sicherer, weil ihr Mann dabei ist. Doch immer wieder schrecken die Sirenen sie auch tagsüber auf.

»Was soll dieser Krieg? Warum haben wir ihn angefangen? Jetzt werden wir dafür bestraft. Der Krieg ist verloren.« Friedrich Liedke weiß nicht so recht, was er auf diese Fragen und Klagen seiner Ehefrau sagen soll. Auch ihm macht der Krieg Angst. Aber er vertraut auf den Führer. So wie er Deutschland zu neuer Größe geführt hat, so wird er auch den Krieg siegreich beenden, allen Rückschlägen zum Trotz.

Keinesfalls, so beschwört er Edith, darf sie mit anderen so sprechen wie mit ihm. Das ist Defaitismus und zieht schwere Strafe nach sich. Mit solchen Fällen hat er zu tun.

Viele Sorgen um seine Frau macht sich Friedrich Liedke, und es sind große Sorgen. Sie gehen ihm durch den Kopf, als er seinen beigefarbenen Mantel aus dem Schrank in seinem Dienstzimmer holt und überzieht. Er wendet sich zur Tür, hält dann aber inne.

Das Brummen der Fliege hat einen anderen Klang angenommen. Es klingt heller, sirrend, fast schrill. Die Fliege ist auf den Boden gefallen. Sie liegt auf dem Rücken. Nach letzter verzweifelter Anstrengung sieht es aus, wie sie versucht, auf die Beine zu kommen. Dabei dreht sie sich um sich selbst. Staatsanwalt Friedrich Liedke nimmt ein Blatt Papier vom Schreibtisch. Anfassen mag er die Fliege nicht. Vorsichtig und zunächst mehrfach vergeblich versucht er, das Blatt

108

unter die Fliege zu schieben. Schließlich gelingt es. Mit der linken Hand schiebt er den Vorhang vor dem Fensterspalt zur Seite. Dann führt er mit der rechten Hand das Blatt Papier an die Öffnung heran und schüttelt die Fliege ab. Die Rettungstat scheint gelungen. Das Insekt fliegt torkelnd davon. Er schließt das Fenster und wendet sich zur Tür.

Ein Wiedersehen

»Beáta« – die geflüsterte männliche Stimme spricht sie von hinten an. Auf ihrem morgendlichen Weg zur Arbeit hat Beáta Landová gerade die mächtige Linde passiert. Der Baum überdacht die Einmündung des Feldweges, den sie soeben verlassen hat, in eine gepflasterte Straße. Sie führt ins Zentrum von Hodonín, einer südmährischen Stadt, etwa 25 km nordöstlich von Břeclav gelegen.

Hinter dem Baum tritt eine männliche Gestalt mit einer tief in die Stirn gezogenen Mütze hervor. Beáta erkennt nicht sogleich den Mann, der auf sie zukommt. Es ist fünf Uhr morgens. Noch hat an diesem 23. August des Jahres 1942 die Sonne den Horizont nicht erreicht, und noch haben die vorausgesandten Strahlen die nächtliche Dunkelheit nicht vollständig vertreiben können.

Beáta bleibt stehen und wendet sich um. Mit einigen raschen Schritten ist der Mann bei ihr. Er fasst sie am rechten Ellbogen und dreht sie in ihre bisherige Richtung: »Wir sollten nicht auffallen, komm!« Sie gehen wie einige andere, die auf dem Weg zur Arbeit sind, in die Richtung des Stadtzentrums.

Der um einen Kopf größere Mann hält sie weiter am rechten Arm fest. Unsicher blickt sie mehrfach zu ihm auf. Schließlich fragt sie: »Bogdan? Bogdan Černý?« Er nickt und lässt ihren Arm los. »Beáta, du musst uns helfen. Tomáš geht es sehr schlecht.«

Auf dem 15-minütigen Fußweg zum Krankenhaus von Hodonín, in dem Beáta Landová als Putzfrau arbeitet, erfährt sie in hastiger, gedrängter Kürze, was Tomáš Čermák und Bogdan Černý erlebt haben, seit sie aus Břeclav vor vier Jahren weggingen, und in welcher Notlage sie sich befinden.

Nach dem Streit mit seiner Mutter an jenem Morgen Anfang Juni 1939 erschien Tomáš mit geschultertem Rucksack bei der Familie

109

Černý. Er ließ Bogdan wecken. Viel Mühe musste er nicht aufwenden, um ihn für sein Vorhaben zu gewinnen. Sie wollten wieder Soldaten werden, auf der richtigen Seite kämpfen in dem Krieg, der zu erwarten war. Noch am selben Tag verließen sie Břeclav.

»Einfach so, ohne Abschied«, denkt Beáta. Bittere Erinnerungen werden bei ihr wach. Seinerzeit wollte sie nicht wahrhaben, worauf die Umstände deuteten. Sie konnte nicht glauben, dass sie Tomáš gleichgültig war. Wochenlang, monatelang wartete sie auf ein Lebenszeichen von ihm, vergeblich. Erst jetzt erfährt sie, was seither geschehen ist.

Polen war das Ziel der beiden. Eine mehrtägige Reise, teils zu Fuß, teils mitgenommen von Pferdefuhrwerken und Autos und teils mit der Eisenbahn, führte sie nach Krakau. Dort war eine tschechoslowakische militärische Auslandsgruppe stationiert, der sie sich anschlossen. Die Einheit hatte sich gerade erst formiert. Ihre Ausrüstung war unzulänglich. Der deutsche Überfall auf Polen im September zwang sie zur Flucht.

Ihr neues Ziel war Frankreich und die dortige Fremdenlegion. Sie erreichten es nach wochenlangen Fahrten und Irrfahrten durch die Slowakei, Rumänien, Jugoslawien und Griechenland schließlich per Schiff. Wie andere tschechoslowakische Fremdenlegionäre wurden sie in die neu gebildete tschechoslowakische Exilarmee in Südfrankreich eingegliedert. Ihre Infanterieeinheit beteiligte sich am erfolglosen Abwehrkampf gegen den Westfeldzug der deutschen Armee. Nach dem Waffenstillstand brachten Schiffe der britischen Marine sie zusammen mit mehreren tausend Landsleuten Ende Juni 1940 nach Großbritannien.

Cholmondeley Castle hieß der Ort in der Mitte Englands, an dem die tschechoslowakischen Soldaten zusammengezogen, auf neu formierte Einheiten verteilt und an britischen Waffen ausgebildet wurden. Freiwillig meldeten Tomáš und Bogdan sich für einen Einsatz in ihrer besetzten Heimat. Etwas länger als ein Jahr dauerte die Vorbereitung in Lehrgängen an verschiedenen geheimen Orten in England und Schottland. Sie lernten und übten alles, was sie brauchten für Sabotageakte in der besetzten Tschechoslowakei: Fallschirmspringen, Orientierung im unbekannten Gelände, medizinische Selbstver-

110

sorgung, Kommunikation mit Funkgeräten, Umgang mit Sprengstoff, Bedienung von Pistolen und Handgranaten, Nahkampf.

Ein viermotoriger Handley Page Halifax Bomber der britischen Luftwaffe setzte sie in der Nacht vom 19. auf den 20. August 1942 über dem Waldgebiet Dubrava nordöstlich von Hodonín ab. Das geschah überhastet. Es bestand die Gefahr, dass der Treibstoff für den Rückflug nicht mehr reichte. Der Pilot hatte weite Ausweichmanöver fliegen müssen, weil die Maschine mehrfach von der deutschen Luftabwehr erfasst worden war. Eine sorgfältige Auswahl des Absprungortes war nicht möglich gewesen.

Die beiden Fallschirmspringer verfehlten die Lichtung, die als Landeplatz in Aussicht genommenen war. Dazu trug auch ein böiger Wind bei. Sie gerieten in einen Bestand hoher Tannen. Bogdan kam mit einigen Schrammen noch glimpflich davon. Tomáš dagegen erlitt eine tiefe Fleischwunde im Oberschenkel. Auch stellten sich, nachdem er sich mit Bogdans Hilfe aus dem Geäst einer großen Tanne befreit hatte, heftige Leibschmerzen ein. Offenbar hatte er innere Verletzung erlitten. Nur mühsam und mit Bogdans Unterstützung konnte er gehen. Nach stundenlanger Suche fanden sie eine Notunterkunft im Eingangsbereich eines alten, nicht mehr genutzten Bergwerksstollens. Für den völlig erschöpften Tomáš richtete Bogdan ein Lager ein.

Sie mussten neu planen. An eine gemeinsame Ausführung des Auftrags, die beiden in der Nähe gelegenen Eisenbahnverbindungen von Wien nach Brno und nach Zlín mit Sprengstoffanschlägen zu unterbrechen, war nicht mehr zu denken. Für Tomáš mussten eine gesicherte Unterkunft und, wenn möglich, medizinische Versorgung beschafft werden. Darum wollte Bogdan sich zunächst kümmern. Danach wollte er Verbindung aufnehmen zu einer Widerstandsgruppe in Brno, um von dort Unterstützung für die geplanten Sprengstoffanschläge zu erhalten. Rasches Handeln war nötig. Bei Tomáš stellte sich Wundfieber ein. Auch reichte ihr Proviant nur für einige Tage.

»Wie hast du mich denn gefunden?« Auf diese Frage erhält Beáta nur eine knappe, nichtssagende Antwort: »Wir haben so unsere Verbindungen.« Dann bedrängt Bogdan sie: »Kannst du nicht im Krankenhaus ein Fiebermittel besorgen und Verbandszeug? Es geht

111

Tomáš wirklich sehr schlecht. Lebensmittel brauchen wir auch. Und Tomáš muss irgendwo sicher unterkommen. Bitte hilf uns.«

Beáta verlangsamt ihren Schritt. Das hat nicht allein damit zu tun, dass nur noch eine kurze Strecke bis zum Krankenhaus zurückzulegen ist. Sie ist verwirrt, sie muss sich sammeln. Körper und Gesicht der 26-Jährigen sind angespannt.

Die drei Jahre seit dem letzten Zusammentreffen mit Tomáš, Bogdan und den anderen haben aus Beáta einen anderen Menschen gemacht. Man muss schon sehr genau hinschauen, um in ihr die grell geschminkte, aufreizend gekleidete, aufdringlich fröhliche junge Frau von damals wiederzuerkennen. Die jetzt nicht mehr hellblond gefärbten Haare haben einen dunkelbraunen Ton angenommen. Ein darüber gebundenes Kopftuch verschattet die blauen Augen. Das darin eingesprenkelte Grün hat die Strahlkraft eingebüßt. Die seinerzeit gerundeten Wangen haben sich gestreckt, was mit einem zur Gewohnheit gewordenen Aufeinanderpressen der immer noch vollen Lippen zusammenhängt. Nur schwach zeichnen sich die nach wie vor runden, festen Körperformen in der weiten hellblauen Bluse und in dem locker fallenden, bis über die Knie reichenden grauen Rock ab.

Damals, als Tomáš und Bogdan ohne Abschied davongegangen waren, führte Beáta zunächst ihren umtriebigen Lebenswandel ausgiebiger noch als vorher fort. Neue Männerbekanntschaften sollten ihr helfen, zu vergessen.

Dann starb ihr Vater. Schon seit langem war er krank und pflegebedürftig gewesen. Doch sie erlebte seinen Tod als Schock. Sie hatte nicht damit gerechnet. Sie hatte sich durchaus um ihn gekümmert, aber stets in der sicheren Überzeugung, er werde wieder gesund werden. Eines Tages wird er wieder aufstehen, so hatte sie gemeint. Er wird mich wieder in den Arm nehmen und trösten, wenn es mir schlecht geht, wie er es so oft getan hat nach dem frühen Tod der Mutter.

Der Schock brachte ein Kartenhaus zum Einsturz. Es war ihr unmöglich, ihr Leben in gleicher Weise fortzusetzen. Schlagartig wurde ihr bewusst, dass ihr die vielen Freundschaften und Bekanntschaften keinen Halt boten. Ich bin allein; es gibt niemanden, der mich auffängt. Nur noch dieser Gedanke bestimmte ihr Lebensgefühl. Auch

112

die finanzielle Lebensgrundlage entfiel. Die Krankheit des Vaters hatte hohe Kosten verursacht. Seine Ersparnisse waren aufgebraucht. Um Schulden zu begleichen, musste Beáta das Haus verkaufen. Sie war arm. Sie war ohne Wohnung.

Über eine in Hodonín lebende Kusine erfuhr Beáta davon, dass das dortige Krankenhaus eine Putzfrau suchte. Kurzentschlossen fuhr sie dorthin. Diese Gelegenheit wollte sie nutzen, die Gelegenheit, Břeclav hinter sich zu lassen, dem Gerede über sie zu entfliehen, den scheelen, abschätzigen Blicken zu entgehen. Ungeschminkt und in unauffälliger Kleidung stellte sie sich vor. Sie wurde eingestellt.

Der niedrige Lohn machte es schwer, eine Wohnung zu finden. Gegen eine geringe Miete und das Versprechen, im Haushalt und gelegentlich auf dem Feld zu helfen, konnte sie am Stadtrand auf dem Hof des verwitweten Bauern Ludovic Pawelka eine Bodenkammer beziehen.

Die viele Arbeit machte ihr nichts aus. Sie erleichterte es ihr, zu vergessen, was hinter ihr lag.

Im Verhältnis zu Ludovic Pawelka gab es zunächst einige Schwierigkeiten. Seit dem Tod seiner Ehefrau vor acht Jahren lebte er allein. Die Ehe war kinderlos geblieben. Dass jetzt eine Frau mit ihm unter einem Dach wohnte, abends gemeinsam mit ihm aß und an heißen Sommertagen auf dem Feld in leichter Bekleidung neben ihm arbeitete, weckte Wünsche in ihm.

Seine Bemühungen um Nähe im Gespräch und auch um körperliche Nähe bemerkte Beáta durchaus. Sie kam ihm zwar nicht entgegen, wies ihn aber auch nicht zurück. Sie mochte den 46-Jährigen, der nicht größer war als sie. Ihr gefielen seine be-dächtige Art zu sprechen und sein verschmitztes Lächeln. Der von der schweren Landarbeit sehnig gewordene Körper und das wettergegerbte Gesicht vermittelten den Eindruck eines freundlichen und verlässlichen Mannes.

Als sie ihren Geburtstag mit einer Flasche Wein feierten, kam es dazu, dass sie miteinander schliefen. Dass sie einen Fehler begangen hatte, wurde Beáta beim Frühstück klar. Als sei es selbstverständlich, sprach er davon, wann und wie sie heiraten würden. Damit hatte sie nicht gerechnet. Es lag außerhalb ihrer Vorstellung.

Der Grund dafür war weder der Altersunterschied von zwanzig

Jahren noch die Aussicht, ein entbehrungsreiches, beschwerliches Leben auf einem kleinen Bauernhof führen zu müssen. Es hatte überhaupt nichts mit Ludovic Pawelka zu tun. Für Beáta war ein Dasein als Ehefrau nicht vorstellbar.

Ihre umtriebigen Jahre in Břeclav waren eine Zeit unbewusster Suche gewesen. Gesucht hatte sie einen Mann wie ihren Vater, einen zuverlässigen Mann, einen Mann, dem sie bedingungslos vertrauen und dem sie ihre Liebe schenken konnte, ohne Missbrauch befürchten zu müssen. Aber mit wem auch immer sie trank und tanzte, wen auch immer sie küsste, mit wem auch immer sie schlief – sie wurde enttäuscht, zuletzt von Tomáš.

Freundlich und behutsam bemühte sie sich, Ludovic Pawelka den Heiratsplan auszureden. Er reagierte mit Unverständnis, mit Gekränktheit, Ärger und Wut. Worte richteten nur wenig bei ihm aus. Gesten und Blicke mussten helfen, ihn zu beschwichtigen. Wochen nahm es in Anspruch, bis ein erträgliches Verhältnis hergestellt war, Monate, bis sie wieder freundschaftlich miteinander verkehrten.

Das und weitaus mehr, so geht es Beáta auf dem Weg zum Krankenhaus durch den Kopf, setzt sie aufs Spiel, wenn sie Bogdans Bitten erfüllt. Das Leben riskiert, wer sich am Widerstand beteiligt. Die deutsche Besatzungsmacht greift gnadenlos durch. Beim leisesten Verdacht wird exekutiert, entweder sofort oder nach Folter und Gerichtsurteil. Ein großes Polizeiaufgebot sucht nach Fallschirmagenten und ihren Unterstützern. Nur wenige Wochen ist es her, dass mit dem Fallschirm abgesetzte Widerstandskämpfer Heydrich, den mächtigsten Mann im Protektorat, töteten und dass die deutschen Besatzer mit dem Rachemassaker in Lidice zeigten, wozu sie fähig sind.

Kurz vor der Straßenecke, hinter der das Krankenhaus liegt, bestimmt Beáta Bogdan, stehen zu bleiben, indem sie ihn am rechten Ärmel seiner Jacke fasst. Sie schweigt einige Zeit. Mit gebeugtem Kopf steht sie vor ihm, die Augenbrauen eng zusammengezogen. Dann sagt sie leise: »Heute um fünf, unter der Linde am Feldweg zum Hof.« Ohne ihn dabei anzusehen, wendet sie sich um und geht mit raschen Schritten um die Ecke.

Der Auftritt

Zu spät. Die Tür ist geschlossen. Die Feier hat bereits begonnen. Seine rechte Hand verharrt über dem Griff der Saaltür, dann zieht Friedrich Liedke sie langsam zurück. Zugleich macht er einen Schritt nach hinten. Er wendet sich um. Den linken Arm, in dessen Hand sich ein schmaler Aktendeckel befindet, presst er gegen den Bauch. Darauf stützt er den rechten Ellbogen. In die nach oben geöffnete rechte Hand legt er sein Kinn. Der Kopf ist dabei nach unten geneigt. Angespannt denkt er nach. Wie soll er sich jetzt verhalten?

Das Befürchtete ist eingetreten. Er hat es nicht geschafft, den Auftrag so rasch zu erledigen, dass er noch vor dem Beginn der Feier seinen Platz in einer der hinteren Reihen wieder einnehmen konnte. Dort hatte er sich bereits um Viertel vor zehn einen Platz ausgesucht, von dem aus er das Geschehen im vorderen Teil des Saales beobachten konnte.

Nach und nach fanden sich die Größen aus Justiz und Politik ein, deren Anwesenheit zu erwarten war bei dieser feierlichen Amtseinführung des neuen Präsidenten des Volksgerichtshofs am 29. August 1942: Gerichtspräsidenten, Polizeiführer, leitende Ministerialbeamte, hohe Parteifunktionäre. Sie setzten sich nicht sogleich auf die reservierten Plätze in der ersten Reihe, sondern bildeten kleine Gruppen in wechselnder Zusammensetzung in dem Bereich zwischen der vorderen Sitzreihe und dem Rednerpult.

Gegenüber dunklen Anzügen waren die Uniformen in der Mehrzahl, Parteiuniformen, Polizeiuniformen, Wehrmachtsuniformen, Beamtenuniformen. Entsprechend forsch und zackig liefen die Begrüßungsrituale ab. Sie wurden allerdings nicht mit voller Konzentration absolviert, weil jeder Ausschau hielt nach wichtigeren Gesprächspartnern und alle zugleich auch die Tür im Blick hatten, um den Eintritt der beiden wichtigsten Personen beobachten zu können.

Zunächst erschien der neue Präsident Freisler in der dunkelblauen Uniform für höhere Beamte. Sie sollte schneidig und festlich zugleich wirken. Das unterstrichen der auffällige, über der langen Jacke getragene Gürtel, silberfarben mit zwei dunkelblauen Zwischenstreifen und einem Koppelschloss mit Hoheitsabzeichen, sowie die hellgrauen Besatzstreifen an der Hose.

115

Sofort verwandelte sich das Ensemble kleiner Gruppen in einen Halbkreis, auf den Freisler mit raschem Schritt zuging. Links beginnend begrüßte er der Reihe nach jeden mit Handschlag und wechselte einige Worte. Das geschah, ohne dass sich in seinem Gesicht ein Lächeln auch nur andeutete. Stets sprach er von oben herab, selbst bei denjenigen, die ihm an Körpergröße gleich kamen oder überragten. Schärfe und Kälte der Stimmlage verhalfen ihm dazu, auch ein forsches und forderndes Sprechen sowie ein Hochrecken von Körper und Kopf. Dazu passte das schmale, längliche, knochige Gesicht, das in einer hohen Stirn endete, weil bei dem 48-Jährigen der Ansatz des dunklen, gelockten Haares bis zur Mitte des Schädels zurückgewichen war.

Mit Oberreichsanwalt Lautz, etwa in der Mitte des Halbkreises stehend, sprach Freisler etwas ausführlicher. Als er sich von ihm abgewendet hatte, blickte Lautz suchend im Saal umher. Sein Blick fiel auf Friedrich Liedke. Er winkte ihn herbei. Dringend benötige er den Organisationsplan der Behörde. Freisler wünsche, mit ihm unmittelbar nach der Veranstaltung über notwendige Veränderungen zu sprechen. Der Plan liege in seinem Dienstzimmer auf dem Schreibtisch. Er brauche ihn sofort. »Beeilen Sie sich, Liedke. Hier haben Sie meinen Zimmerschlüssel.«

Halb gehend, halb laufend machte sich Friedrich Liedke auf den Weg zum Dienstzimmer des Oberreichsanwalts im entgegengesetzten Teil des Gebäudes. Ein gewisses Maß an Zurückhaltung, das dazu diente, Aufsehen zu vermeiden, legte er ab, als er am Eingang des Gebäudes vorbeikam. Dort fuhr gerade der Justizminister vor, mit dessen Erscheinen die Feier beginnen konnte. Im Höchsttempo laufend legte er den letzten Rest des Weges zurück.

Dann der Schreck: Auf dem Schreibtisch lag der Organisationsplan nicht. Dort lag gar nichts, die Tischplatte war leer. Hastig durchsuchte er den Aktenstapel auf der Ablage. Wieder nichts. Leise fluchend und an den Händen zitternd öffnete er den Schrank. Die Borde waren beschriftet. Links unten stand »Organisation«. Endlich, Friedrich Liedke nahm den dort liegenden schmalen Aktendeckel an sich und stürzte aus dem Zimmer. Noch einmal musste er umkehren, um die Tür zu verschließen.

116

Dann rannte er die Korridore entlang, von der Angst besessen, den Saal vor Beginn der Feier nicht mehr rechtzeitig zu erreichen. Aber gerade das passierte.

Die Laute, die durch die Saaltür dringen, lassen darauf schließen, dass Justizminister Thierack seine Rede bereits begonnen hat. Friedrich Liedke entschließt sich, deren Ende abzuwarten. Der anschließende Beifall soll ihm dazu verhelfen, unbemerkt eintreten zu können. Die Zeit bis dahin wird er überbrücken müssen.

Er beginnt eine Wanderung auf dem Korridor. Dieser erstreckt sich über 30 Meter von der Saaltür bis zum Gebäudeeingang. Mit langsamen Schritten durchmisst er die Strecke. Dabei lauscht er angestrengt auf das Geräusch der Rede. Was Thierack sagt, ist nicht zu verstehen, nur wie er es sagt, ob laut oder leise, ob langsam oder schnell, ob in hoher oder tiefer Stimmlage. Friedrich Liedke will sich die Anzeichen dafür nicht entgehen lassen, dass es auf das Ende zugeht, um sogleich die Nähe zur Saaltür zu suchen.

Doch das misslingt. Als Thierack seine Rede beendet und der Beifall einsetzt, befindet Friedrich Liedke sich gerade in größtmöglicher Entfernung zur Tür. Er stürzt den Gang hinunter. Seine Angst, die Gelegenheit zum unbemerkten Eintreten zu verpassen, überwältigt seine Sinne. Er hört nicht, dass der Beifall bereits verklungen ist, als er die Tür erreicht. Mit einem Ruck öffnet er sie und tritt ein. Schlimmeres hätte ihm nicht passieren können.

Das Türgeräusch durchbricht die feierliche Stille, die mit dem Ende des Beifalls eingetreten ist. Thierack hat das Rednerpult verlassen und ist auf Freisler zugegangen, der in der Mitte der ersten Reihe gesessen und sich erhoben hat, um dem Minister entgegenzugehen. Sie stehen einander gegenüber. In gestreckter Körperhaltung blicken sie sich fest in die Augen. Freisler ist etwas größer. Dem setzt Thierack das herablassende Lächeln desjenigen entgegen, der das höhere Amt bekleidet. Auch verschafft ihm im Zusammentreffen der Uniformen seine Parteiuniform, zu der Reitstiefel, Schulterklappen, eine Reihe von Orden und eine Armbinde mit Hakenkreuz gehören, ein Übergewicht gegenüber der eher bieder und zivil wirkenden Beamtenuniform Freislers.

Die beiden rechten Hände haben sich gerade zu einem festen

117

Druck verbunden, als Friedrich Liedke die Tür aufreißt und in den Saal eintritt. Schlagartig richten sich die Augen aller Personen im Saal auf ihn.

Entsetzen durchfährt ihn. Er meint, einer Ohnmacht nahe zu sein, merkt dann aber, dass er sich nur wünscht, bewusstlos zu sein. Denn seine Wahrnehmung ist von übermäßiger, schmerzhafter Schärfe.

Ruckartig wenden sich die Köpfe von Freisler und Thierack ihm zu. Ihre Blicke zeigen in rascher Abfolge Überraschung, Unwillen, Verärgerung und schließlich kalte Wut. Bei Freisler schießt diese Wut unter herabgesenkten Augenlidern geradezu hervor.

Die Blicke treffen Friedrich Liedke wie Peitschenhiebe. Er krümmt sich. Verzweifelt versucht er, Blickkontakt mit seinem Vorgesetzten aufzunehmen, dessen Auftrag er doch nur auszuführen hatte. Aber Ernst Lautz, am Rand der ersten Reihe sitzend, hat sich bereits abgewendet. Eine knappe abwehrende Handbewegung stellt klar, dass er unter keinen Umständen in dieser Situation eine Übergabe des Aktenstücks wünscht.

Friedrich Liedke verspürt stechende Schmerzen im Bereich des Bauchs. Er krümmt sich noch weiter. Unter großer Anstrengung wendet er sich den hinteren Reihen zu, um seinen Platz aufzusuchen. Er geht mehr als einhundert Augenpaaren entgegen, die er als grell leuchtende Scheinwerfer empfindet. Wie ein auf die Bühne gezerrter und gestoßener Zuschauer, der sich vor dem Licht und der zudringlichen Neugier des Publikums schützen will, hebt er den seitlich geneigten linken Unterarm in Augenhöhe.

Dann stolpert und taumelt er voran. Aufrecht hält ihn nur noch der unbedingte Wille, sich wieder einzureihen, verschluckt zu werden von der gleichförmigen Zuschauermenge, nur noch deren unerkannter Teil zu sein.

Schließlich erreicht er seinen Platz, den er von einem Sitznachbarn hat freihalten lassen, und sinkt darauf nieder. Weiterhin ist sein Oberkörper gekrümmt. Er starrt auf den Boden vor seinen Füßen. In seinen Ohren rauscht es. Die markigen Dankesworte Freislers klingen wie ein fernes Gemurmel. Ein inneres Zittern breitet sich, vom Magen ausgehend, im ganzen Körper aus. Friedrich Liedke ringt um Fassung. Er hadert mit sich.

Wie konnte ihm das passieren. Er ist doch kein Schwächling. Beruflich steht er seinen Mann. An öffentlichen Gerichtsverhandlungen mitzuwirken, bereitet ihm keine Mühe. In dienstlichen Beurteilungen wird er für sein ruhiges und bestimmtes Auftreten gelobt.

Langsam hebt er den Kopf und wendet ihn nach rechts und nach links. Niemand sieht ihn an, stellt er erleichtert fest, alle schauen nach vorn. Er fällt nicht mehr auf.

Vorsichtig richtet er seinen Oberkörper auf, bis er den Halt der Rückenlehne spürt. Ein wenig zittert es noch in ihm nach. Die Blicke, die der Präsident und der Minister auf ihn geworfen haben, wird er nicht vergessen.

Das Versteck auf dem Heuboden

Tiefe Wagenspuren, vom Regen der vergangenen Nacht aufgeweicht, erschweren Lenka das Fahrradfahren auf dem Feldweg. Sie kommt nur mühsam voran. Mit ganzer Kraft tritt sie abwechselnd auf die linke und dann auf die rechte Pedale. Dabei bewegt sie den Oberkörper mit einem Ruck nach vorn, um die Bewegung zu unterstützen.

Schwer atmend steigt sie am Ende des Weges vor einem breiten Gatter aus Holzlatten ab. An der Seite befindet sich eine Pforte. Diese öffnet sie mit der linken Hand, während sie mit der rechten das Fahrrad am Lenker führt. Beim Aufschwenken der Pforte lässt das Scharnier ein schrilles Quietschen ertönen. Lenka bleibt stehen. Aber es zeigt sich niemand.

Das milde Sonnenlicht des Frühherbstes, es ist der 2. September 1942, beleuchtet den Bauernhof. Über den beiden Gebäuden, dem Wohnhaus und dem rechts davon gelegenen Stall, liegt mittägliche Ruhe.

Mit zögernden Schritten geht Lenka auf das Haus zu, nachdem sie das Fahrrad an der davor stehenden Eiche abgestellt hat. Das Haus ist alt. Das bezeugen die verwitterten, dunkelroten Ziegelsteine, die Risse in den Schindeln auf dem spitzen Dach und die an vielen Stellen abgeblätterte grüne und weiße Farbe der Eingangstür.

Die Tür ist verschlossen. Sie klopft. Es rührt sich nichts. Sie tritt näher heran, um durch die Glasscheibe im oberen Drittel der Tür zu blicken. Mit der Stirn berührt sie das kleine Fenster. Die beiden

119

Hände schirmen die Augen vom Sonnenlicht ab. Angestrengt schaut sie in den hinter der Tür liegenden dunklen Flur.

Die Wände sind ohne Schmuck. Die Mitte des Steinfußbodens bedeckt ein schmaler dunkelroter Teppich. An einem rechts stehenden Garderobenständer hängen zwei Mäntel. Dahinter führt eine Holztreppe nach oben. Am Ende des Flures befindet sich eine Tür, eine weitere auf der linken Seite. Dort steht auch eine große Holztruhe. Auf deren Deckel sind ein Paar schwere Arbeitsstiefel abgestellt. Daneben liegt ein großes, graues Knäuel. Vielleicht eine Katze?

»Was machen Sie da? Verschwinden Sie! Sie haben hier nichts zu suchen.« Die harte männliche Stimme lässt Lenka zusammenfahren. Erschrocken blickt sie auf die links neben ihr stehende Gestalt.

Der ältere Mann, etwa einen halben Kopf kleiner als sie, hat sich offenbar um die Hausecke herum angeschlichen. Er trägt Pantoffeln an den Füßen. Die Arbeitsstiefel auf der Truhe hat er vermutlich zuvor für eine Mittagspause abgelegt, wie auch das Hemd oder die Jacke. Lediglich ein hellbraunes Unterhemd bedeckt den schmalen, sehnigen Oberkörper. Darüber liegen breite Träger einer dunkelblauen Arbeitshose.

Die Worte hat er schneidend hervorgestoßen. Feindselig blitzen die braunen Augen unter zusammengezogenen buschigen Brauen Lenka an. Der ausgestreckte rechte Arm weist ihr den Weg zur Pforte. Alles das drückt mehr aus als nur Ärger über die gestörte Mittagsruhe.

Eingeschüchtert tritt Lenka einen Schritt zurück. »Ich bin doch Tomáš' Schwester. Ich will ihn besuchen. Hat Beáta nichts davon gesagt?«

»Einen Tomáš gibt's hier nicht. Wenn Sie Beáta Landová meinen, die ist nicht da, die ist zur Arbeit. Und jetzt verschwinden Sie von meinem Hof!« Nochmals zeigt der Mann mit seinem rechten Arm zur Pforte.

Lenka fühlt sich wie vor den Kopf geschlagen. Warum ist dieser Mann so abweisend? Beáta hat ihr erzählt, dass sie bei einem freundlichen älteren Bauern wohnt, der eingeweiht ist.

Sie schüttelt den Kopf, wendet sich um und geht zu ihrem Fahrrad. Bevor sie den Lenker ergreift, fällt ihr etwas ein. Sie fasst in die Seitentasche des großen, prall gefüllten Rucksacks, der auf dem Ge-

päckträger befestigt ist. Mit den Fingern ertastet sie einen Gegenstand aus dünner, fester Pappe. Sie zieht eine in der Mitte durchgerissene Spielkarte heraus, die Hälfte einer Karte mit der Pik Dame.

Vor einer Woche hat sie die halbe Spielkarte von Beáta erhalten. »Dein Ausweispapier, falls Ludovic dir nicht glaubt«, sagte Beáta, als sie sich nach einem langen nächtlichen Gespräch am frühen Morgen von Lenka und ihrer Mutter verabschiedete.

Damals hatte Beáta sich zunächst nicht in die Gastwirtschaft getraut. Sie hatte draußen im Schatten von Bäumen auf eine Gelegenheit gewartet, Lenka vor dem Haus anzusprechen. Schließlich hatte sie Lenka von einem Besucher der Gastwirtschaft herausbitten lassen.

Lenka brauchte einige Zeit, um zu wissen, wen sie vor sich hatte. Eine andere Beáta stand vor ihr als die, die sie kannte, eine Person in unauffälliger Kleidung mit einem ungeschminkten Gesicht, die Haare von einem Kopftuch bedeckt. Wenngleich Beáta leise sprach, so war es doch zur Hauptsache die Stimme, an der Lenka sie wiedererkannte.

Im Flüsterton und mit sichernden Blicken nach rechts und links berichtete Beáta von dem Leben, das Tomáš seit seinem Verschwinden geführt hat, und von seiner jetzigen Notlage. Lenka erfuhr, dass er sich auf dem Heuboden im Stall des Bauern Ludovic Pawelka in Hodonín versteckt hält, dass er an schweren inneren Verletzungen leidet und dass er dringend Lebensmittel braucht.

»Wir müssen ihn mitversorgen, weil er keine Lebensmittelkarte hat«, sagte Beáta. »Aber es reicht nicht. Außerdem sieht Ludovic nicht ein, dass er Tomáš miternähren soll. Er hat ohnehin große Angst, dass die Sache auffliegt. Könnt ihr nicht auch helfen? Ich schaff es nicht allein.«

»Will sich Tomáš denn von uns helfen lassen?« fragte Lenka. »Hat er darum gebeten?«

»Ja, das hat er. Er spricht viel von euch, von dir, von eurer Mutter und von den Geschwistern. Es tut ihm leid, dass er damals einfach so davongegangen ist.«

Lenka nahm Beáta mit ins Haus. Sie führte sie durch die Seitentür in die Küche. Dann ging sie in die Gaststube, um ihre Mutter behutsam auf das Zusammentreffen mit Beáta vorzubereiten.

Olga reagierte zunächst heftig. Diese Frau soll verschwinden. Sie *will mit ihr nichts zu tun haben. Lenka ließ sich davon nicht beirren. Sie nahm ihre Mutter in den Arm und sprach weiter auf sie ein.*

Nach und nach wurde Olga bewusst, in welcher Notlage sich Tomáš befand. Das setzte den Schmerz wieder frei, den sein Weggang ihr zugefügt hatte und den Wut und Ärger überdeckt hatten. Sie willigte ein. Als die letzten Gäste gegangen waren, kam sie in die Küche, in der Lenka und Beáta auf sie warteten.

Olga ließ Beáta ihre Abneigung spüren. Sie begrüßte sie nur kurz mit einem Kopfnicken und vermied es, sie anzublicken. Doch ihr Verhalten änderte sich im Laufe des Gesprächs. Sie spürte, wie sehr Beáta um Tomáš bangte. Zum Abschied im frühen Morgengrauen umarmte sie die junge Frau.

Das stundenlange Gespräch der drei Frauen war beherrscht von der Sorge um Tomáš und von der Angst vor den Folgen. Sie waren sich einig: Tomáš brauchte dringend Hilfe, Beáta konnte die Last nicht allein tragen, die Familie musste etwas tun. Sie kannten aber auch die Drohung der nationalsozialistischen Besatzungsmacht, immer wieder ausgestoßen auf Plakaten, in den Zeitungen und über den Rundfunk, nachdem tschechoslowakische Fallschirmagenten Heydrich getötet hatten. Jede Unterstützung solcher Agenten werde unerbittlich verfolgt und mit dem Tode bestraft. Die drei wussten auch von der grausamen Rache der Nationalsozialisten für das erfolgreiche Attentat. Sie hatten von dem Massaker an unschuldigen Bewohnern des Dorfes Lidice gehört.

Olga wollte unbedingt selbst Lebensmittel und eventuell auch Medikamente nach Hodonín bringen. Doch sie musste einsehen, dass sie dafür nicht geeignet war. Der Weg war zu beschwerlich für sie. Sie war unentbehrlich in der Gastwirtschaft. Ihre Abwesenheit dort würde auffallen.

Vielleicht konnte einer der Brüder helfen? Aber sollte man sie hineinziehen? Sie hatten alle bereits eigene Familien.

Lenka? Ein wenig ängstlich war sie schon. Aber sie ließ es sich nicht anmerken. Ja, sie wolle gern etwas für Tomáš tun. Nein, sie habe keine Angst. Und mit den Schwierigkeiten, die am Grenzübergang zum Protektorat auftreten könnten, würde sie schon fertig werden. Wie mit den Grenzposten umzugehen sei, das wisse sie.

Olga wollte es zunächst nicht zulassen, dass sich ihre Tochter in

Gefahr begab. Aber welche andere Möglichkeit gab es? Sie berieten Stunde um Stunde – ohne Ergebnis. Als der Morgen graute, stimmte Olga schließlich zu.

Besprochen wurde noch, wie es weitergehen sollte. Lenka würde sich für die Fahrten nach Hodonín eine Kennkarte besorgen müssen. Olga würde Lebensmittel und Medikamente beschaffen. Das ließ sich über Einkäufe für die Gastwirtschaft erledigen. Auch wollte sie die gute Bekanntschaft mit einigen Gästen nutzen, die als Ärzte oder Sanitäter arbeiteten. Natürlich durfte niemand sonst zu wissen bekommen, worum es ging. Sie versprachen sich in die Hand, Stillschweigen zu bewahren.

Aber was ist mit Ludovic Pawelka? Kann man sich auf ihn verlassen? Beáta war zuversichtlich: »Er wird nichts verraten. Die Besatzer sind ihm zuwider. Er findet es richtig, dass sie bekämpft werden. Immer wieder muss er Milch, Getreide und Schweine abliefern, ohne anständig dafür bezahlt zu werden. Er war ja auch damit einverstanden, dass Tomáš sich auf dem Heuboden versteckt.«

Dann fügte sie hinzu: »Aber ängstlich ist er schon. Als ich ihm gesagt habe, dass ich euch um Hilfe bitten will, hat er protestiert. Sein Hof soll nicht zum Taubenschlag werden. Er will nicht, dass Leute, die er nicht kennt, bei ihm ein und aus gehen. Und woran soll er erkennen, dass es tatsächlich Familienangehörige sind? Wir haben lange diskutiert, und dann hat er von den Karten, mit denen wir oft abends spielen, eine genommen und durchgerissen. Die eine Hälfte hat er eingesteckt und die andere mir mitgegeben. ,Ich will prüfen können, ob die Hälften zusammenpassen‘, hat er gesagt. Wie er auf diese Idee gekommen ist, weiß ich nicht. Er liest manchmal Kriminalromane und Spionagegeschichten.« Aus ihrer Manteltasche holte Beáta die Hälfte einer durchgerissenen Spielkarte hervor und gab sie Lenka.

Jetzt hält Lenka, neben ihrem Fahrrad stehend, die halbe Karte mit der Pik Dame in der Hand und zeigt sie dem abweisend und mürrisch blickenden Ludovic. Er besieht sie sich genau. »Komm mit«, sagt er schließlich, »und nimm deinen Rucksack mit.« Dann geht er voran zum Stall.

Dieser steht in Längsrichtung in einem Abstand von zehn Metern

123

neben dem Haus. Die Bretterwände sind dunkel gestrichen. Es sind nur einige kleine Fenster eingelassen. Das hohe Spitzdach ist wie das Dach des Hauses mit Schindeln bedeckt. Sie betreten den Stall durch ein großes Tor in der Mitte der Längsseite.

Es dauert einige Zeit, bis Lenka sich an das Halbdunkel gewöhnt hat. Sie folgt Ludovic Pawelka, der sich sogleich nach links gewendet hat. Dort stehen landwirtschaftliche Geräte. Auf dem Boden darüber lagert in großen Mengen Heu.

Der Bauer nimmt zwei Finger in den Mund. Ein kurzer, scharfer Pfiff ertönt. Einige Minuten vergehen, bis sich auf dem Boden etwas regt. Langsam wird eine Leiter hervorgeschoben und nach unten gerichtet, ohne dass jemand zu sehen ist. Als die Leiter den Lehmfußboden erreicht hat, zeigt Ludovic Pawelka mit einer knappen Handbewegung dorthin.

»Kannst hochgehen.« Seine Stimme klingt jetzt etwas weniger schroff. Nach kurzer Pause fügt er hinzu: »Aber bleib nicht so lange. Und komm nicht so oft. Ich will keine Scherereien.« Er wendet sich um und verlässt den Stall.

Die letzten Schritte auf der Leiter erleichtert sich Lenka, indem sie den Rucksack von der Schulter nimmt und auf die Bodenfläche wirft. Weiterhin ist niemand zu sehen. Hoch aufgetürmtes Heu versperrt den Weg in den hinteren Bereich. Nach längerer Suche findet Lenka schließlich seitlich unter der Dachschräge einen Durchschlupf. Als sie sich wieder aufrichten kann, steht sie in einem von Heu umgebenen kleinen Zimmer mit einem Tisch, zwei Stühlen, einem Holzregal und einer Matratze. Auf einem der Stühle sitzt Tomáš .

»Na, Schwesterchen, hast du mich gefunden?« Das verschmitzte Lächeln gehört dem Tomáš, den Lenka aus Kindertagen kennt, auch das gelockte, in die Stirn hängende Haar und die wachen, neugierigen, etwas unruhigen Augen. Er steht auf. Sie umarmen sich.

Tomáš löst sich rasch wieder. Er weist ihr den anderen Stuhl zu. Lenka betrachtet ihren Bruder. Sie erkennt, dass Tomáš Schmerzen hat, die er unterdrückt. Das schmale Gesicht wirkt angespannt, die aufrechte Sitzhaltung angestrengt.

Gesicht und Körper drücken aber noch mehr aus. Die vielen Jahre beim Militär haben Spuren hinterlassen. Härte, Entschlossenheit,

124

auch ein Gefühl der Überlegenheit sind ablesbar an der senkrechten Stirnfalte zwischen den Augenbrauen, an der erhobenen Kopfhaltung, an den leicht nach unten gezogenen Mundwinkeln, an den abrupten Handbewegungen.

Tomáš leidet nicht nur an Schmerzen. Er leidet auch daran, dass der Absprung misslungen ist und dass sein jetziger Zustand ihn hindert, seinen Auftrag auszuführen. Sobald es nur irgendwie geht, will er sich an Sabotageaktionen beteiligen.

Den Schmerzen trotzt er täglich einige gymnastische Übungen ab. Auf Papier, das ihm Beáta besorgt, entwirft er Anschlagspläne. Beáta übernimmt es auch, für ihn Briefe mit codiertem Inhalt zu versenden.

Ihm erscheint es selbstverständlich, dass, so wie er, auch andere vorbehaltlos und ohne Rücksicht auf Gefahren bereit sind, sich am Kampf gegen die Besatzer zu beteiligen. Er erwartet, ja, er fordert Unterstützung.

Lenka kommt daher auch gar nicht erst dazu, über ihre Angst vor Entdeckung und ihre Sorgen um ihn und ihre Mutter zu sprechen. Sogleich inspiziert er den Rucksack, den sie auf den Tisch gestellt hat. Er lobt die von der Mutter getroffene Auswahl an Lebensmitteln: Brot, Wurst, Käse, Schmalz, Äpfel, Saft, Schokolade. Ihm fehlen allerdings Zigaretten. Auch reichen die mitgebrachten Schmerztabletten nicht aus. Lenka soll doch möglichst bald wiederkommen, am besten wöchentlich.

Ihr regelmäßiger Besuch könnte auffallen, wendet Lenka ein. Tomáš wehrt ab: »Ach was, sei nicht so ängstlich! Du kannst doch sagen, dass du Beáta besuchst. Sie ist deine Freundin.«

Dann erzählt er von seiner Absicht, Anschläge auszuführen, sobald er wiederhergestellt ist. »Und was ist, wenn sie dich dabei erwischen?« fragt Lenka. »Sie werden dich foltern. Dann sind auch wir dran.«

Tomáš wendet sich auf dem Stuhl zur Seite und greift mit der rechten Hand ins Regal. Er hebt ein Tuch leicht an, so dass Lenka die darunter liegende Militärpistole sehen kann. »Lebend kriegen die mich nicht. Und wenn ich wieder losziehen kann, brauche ich euch nicht mehr. Sei also unbesorgt!«

Um halb vier macht Lenka sich auf den Rückweg. Ludovic Pa-

125

welka hat sie nicht mehr gesehen, auch Beáta nicht, die erst gegen Abend von der Arbeit heimkommt.

Beáta hat eine Flasche Wein aus der Stadt mitgebracht. Sie ahnte, dass Lenkas Besuch, auch wenn er angekündigt war, Ludovic aufregen würde. Es gelingt ihr, ihn beim Wein und beim gemeinsamen Kartenspiel zu besänftigen. Gegen Mitternacht trennen sie sich.

Ludovic Pawelka wacht am Morgen früher auf als sonst. Ein Geräusch hat ihn geweckt, das er zunächst nicht bestimmen kann. Er geht ans Fenster. Jetzt wird ihm klar: Es ist das leicht schurrende Geräusch, welches das Stalltor beim Öffnen und Schließen verursacht. Er sieht noch, wie Beáta das Tor andrückt und vom Stall zum Haus läuft. Dann hört er das Geräusch vorsichtiger Schritte auf der Treppe zur Bodenkammer.

Tafelspitz

Wie wird das gegessen? Das gekochte Fleisch wird wohl aus der Terrine herausgenommen und auf den Teller mit den zerstampften und leicht angebratenen Kartoffeln gelegt werden müssen. Aber was macht man mit der Gemüsebrühe in der Terrine? Als Suppe essen? Unbeachtet lassen? Und was geschieht mit dem Inhalt der beiden kleinen Schüsseln, die neben dem Teller stehen? Füllt man das, was nach Apfelmus aussieht, und die Schnittlauchsoße auf den Teller? Über das Fleisch? Über die Kartoffeln? Oder belässt man Apfelmus und Soße in den Schüsseln und tunkt die Bissen dort hinein?

Und dann auch das noch: »Fangen Sie ruhig schon an«, meint Dr. Ahlers. »Ihr Essen wird sonst kalt. Wer weiß, wann die Schildkröte unseren Tafelspitz bringt.« Der Dritte am Tisch, Dr. Müller-Wabnitz, bekräftigt die Aufforderung durch Nicken.

Aber Friedrich Liedke lehnt sich entschlossen zurück. »Ach nein, ich warte lieber. So lange wird es ja wohl nicht dauern, bis auch Sie ihr Essen bekommen.«

Tatsächlich öffnet sich bald darauf die Pendeltür von der Küche zum Gastraum. Der alte, gebeugte Kellner hat sie mit der linken Hand aufgedrückt. In der rechten Hand trägt er ein Tablett. Mit schlurfenden Schritten nähert er sich langsam dem Tisch der drei Gäste. Bevor er ihn erreicht, wird er überholt von der Küchenhilfe, einer jungen, recht korpulenten, rotwangigen Frau mit Schürze, die ebenfalls ein Tablett trägt. »Damit's rascher geht«, entschuldigt sie ihren Eingriff in die Zuständigkeit des Kellners.

Dr. Ahlers, ein kleiner, etwas beleibter, gemütlich wirkender älterer Herr, beugt sich über den jetzt reich gedeckten Tisch und atmet hörbar durch die Nase ein. »Großartig. Österreichische Küche, lieber Herr Liedke. Einen besseren Tafelspitz als diesen werden Sie nirgendwo bekommen. Greifen Sie zu. Guten Appetit!«

Friedrich Liedke zögert den Griff zum Besteck hinaus, um beobachten zu können, wie sich seine Tischnachbarn verhalten. Dann tut er es ihnen gleich. Er entnimmt das Fleisch der Terrine und legt es auf den Teller. Vom Gemüsesud isst er einige Löffel. Anschließend füllt er die Schnittlauchsoße und das Mus auf den Teller. Vorsichtig probiert er einige Bissen. Das Mus stellt sich als eine Mischung aus Apfelmus und Meerrettich heraus. Es schmeckt eigenartig, aber mit dem Fleisch zusammen angenehm frisch und herzhaft.

Beinahe hätte er übersehen, dass Dr. Ahlers das Weinglas erhoben hat und ihn fragend anblickt. Rasch ergreift auch er sein Glas. Sie stoßen an. »Ja«, beeilt sich Friedrich Liedke zu sagen, »einen solchen Tafelspitz bekommt man wohl nur in Wien«. »Nur beim Baumer in der Schlösselgasse«, ergänzt Dr. Ahlers mit einem breiten Lächeln.

Genießen kann Friedrich Liedke das Essen aber nicht. Alles ist ungewohnt. Er wäre nie auf den Gedanken gekommen, in der Mittagspause zwischen zwei Gerichtsverhandlungen eine Gastwirtschaft aufzusuchen, eine üppige Speise zu bestellen und auch noch Wein zu trinken. Geplant hatte er, in dem mächtigen Gebäude des Wiener Landesgerichts eine ruhige Ecke aufzusuchen und dort seine mitgebrachten Brote zu essen und den Tee aus der Thermoskanne zu trinken.

Doch nach Ende der vormittäglichen Verhandlung bat Senatspräsident Dr. Ahlers ihn zu sich. »Sie sind zum ersten Mal bei einer Verhandlung in Wien dabei?« Friedrich Liedke nickte. »Dann zeigen wir Ihnen einmal, wie hier gespeist wird. Müller-Wabnitz kommt auch mit. Wir treffen uns in zehn Minuten am Eingang. Bis dahin bin ich hoffentlich die anderen Beisitzer los, die beiden Wehrmachtsoffiziere und den SA-Mann. Die reden doch nur über militärisches Zeugs. Ich schick sie in die Gerichtskantine.«

Wie sollte er sich dem entziehen? In Berlin hätte er sich mit eiligen Dienstgeschäften entschuldigen können. Das war hier nicht möglich. Seine Aufgabe bestand lediglich darin, als Staatsanwalt in zwei Verhandlungen vor dem 5. Senat des Volksgerichtshofs aufzutreten.

In Wien und nicht in Berlin wurde verhandelt wegen der Nähe zum Ort der angeklagten Taten und zum Wohnort der Angeklagten. Diese und die Zeugen waren hier besser verfügbar. Auch sollte der Volksgerichtshof Präsenz überall dort im Großdeutschen Reich zeigen, wo sich Widerstand regte. Abschreckung vor Ort, so die Devise.

Deswegen hatte Staatsanwalt Friedrich Liedke schon häufiger zu Verhandlungen außerhalb von Berlin reisen müssen. Nach Wien war er aber tatsächlich zum ersten Mal gefahren.

Das würde, seit er den österreichischen und tschechoslowakischen Widerstand zu bearbeiten hatte, künftig häufiger der Fall sein. Daher könnte es ganz nützlich sein, mit den beiden Berufsrichtern des 5. Senats zu speisen. Vielleicht würde er einige praktische Hinweise erhalten.

Trotz dieser Aussicht folgte Friedrich Liedke der Einladung zum gemeinsamen Mittagessen nur ungern. Das hatte nicht allein damit zu tun, dass er es möglichst vermied, in eine ungewohnte Lage zu geraten. Er fand es auch irgendwie unpassend, nach einem gerade verkündeten Todesurteil eine Gastwirtschaft aufzusuchen. Und dann war da noch der unangenehme Vorfall in der Verhandlung. Der Senatspräsident würde ihn sicherlich beim Essen darauf ansprechen.

Doch weder beim Tafelspitz noch beim Dessert, einem Apfelstrudel, kommt die Verhandlung vom Vormittag zur Sprache. Die beiden Richter ergehen sich in Lobpreisungen der Stadt Wien. Vom Krieg spüre man hier kaum etwas. Die Architektur sei überwältigend. Die Theaterszene übertreffe diejenige von Berlin. Ein Kaffeehausbesuch sei unbedingt zu empfehlen. Auch den Prater müsse man gesehen haben.

128

Zum guten Essen gehört eine gute Zigarre, so Dr. Ahlers. Er lässt sich eine vom Kellner bringen. Dr. Müller-Wabnitz, ein dünner, nervöser Typ im Alter von Friedrich Liedke, fingert eine Zigarette aus einem silbernen Etui. Friedrich Liedke bekennt sich als Nichtraucher, beteuert aber, dass es ihm nichts ausmache, wenn geraucht werde.

Nach dem Anzünden der Zigarre und einem tiefen Zug lehnt Dr. Ahlers sich zurück, wobei er Friedrich Liedke den Kopf zuwendet. »Meine kleine Intervention heute Morgen haben Sie mir doch hoffentlich nicht übel genommen.« Friedrich Liedke hebt abwehrend die Hände und schüttelt den Kopf. »Nein, nein, wie sollte ich. Sie hatten ja völlig recht.« Angestrengt bemüht er sich um ein freundliches Lächeln. Nicht unterdrücken kann er jedoch ein leichtes Zittern der Hände. Rasch verschränkt er sie hinter der Stuhllehne.

Verhandelt wurde am Vormittag gegen den Protektoratsangehörigen Domek Kostka, angeklagt wegen Vorbereitung zum Hochverrat und zur landesverräterischen Feindbegünstigung. Er soll kommunistische Schriften von einer Bekannten seiner Frau weitergereicht haben an den Sohn seines Arbeitgebers.

Es sah nach einer kurzen Verhandlung aus. Senatspräsident Dr. Ahlers ließ durch den Beisitzer Dr. Müller-Wabnitz das Geständnis der Bekannten der Frau des Angeklagten verlesen. Sie war unter einem Decknamen im kommunistischen Widerstand tätig gewesen und bereits zum Tode verurteilt. Routinemäßig befragte Dr. Ahlers den Angeklagten und seinen Verteidiger, ob sie noch etwas vorzubringen hätten.

Der stumpf vor sich hinblickende Verteidiger schüttelte nur den Kopf. Aber Domek Kostka wollte nicht so rasch aufgeben. Es ging um sein Leben. Mit hoher Stimme rief er aufgeregt: »Nur vier Mal hab ich Hefte an den Jan weitergegeben, hohes Gericht. Und das nur aus Gefälligkeit. Er wollte die doch haben von der Nina, mit der meine Frau bekannt war. Was sollte ich denn tun? Jan war der eigentliche Chef in der Schlosserei. Der Alte hat sich kaum einmal blicken lassen. Mit den Kommunisten hab ich nichts zu tun. Der Jan kann das alles bezeugen.«

Der Senatspräsident beugte sich vor. Mit ruhiger, väterlich klingender Stimme sprach er auf den Angeklagten ein. »Das ist ja schön und gut. Aber es ändert nichts daran, dass Sie vorsätzlich kommunistische Propaganda verbreitet haben. Ob aus Gefälligkeit oder welchen Gründen sonst noch, interessiert uns hier nicht.« Dr. Ahlers raffte die vor ihm liegenden Akten zusammen.

Da passierte es. Friedrich Liedke ließ sich hinreißen. Warum nur? Wollte er juristischen Sachverstand beweisen? Wollte er mit Aktenkenntnis glänzen? Wollte er gar dem Angeklagten helfen? Er hätte selbst nicht zu sagen gewusst, was ihn veranlasste, das Wort zu ergreifen.

»Herr Präsident, wir sollten bedenken, dass vielleicht nur Beihilfe in Frage kommt. Nach der subjektiven Theorie des Reichsgerichts ist bloßer Gehilfe, wer keinen eigenen Täterwillen hat, sondern nur die Tat eines anderen fördern will. Das wäre hier wohl der Fall, wenn der Angeklagte nur aus Gefälligkeit gehandelt und nicht selbst politische Ziele verfolgt hat. Den Jan Krupek könnten wir als Zeugen hören. Nach meinen Unterlagen sitzt er hier in Untersuchungshaft.«

Der Senatspräsident sah überrascht hoch. Dann fixierte er Staatsanwalt Liedke durch die Gläser seiner Hornbrille mit kaltem Blick. Dr. Müller-Wabnitz bedachte ihn mit einem spöttischen Lächeln.

Dr. Ahlers räusperte sich. »So, meinen Sie«, sagte er zu Friedrich Liedke. Dann sprach er in den Saal hinein: »Wir machen eine kurze Pause.« Beim Aufstehen forderte er den Staatsanwalt mit einem Wink auf, dem Senat ins Beratungszimmer zu folgen.

Da nur für die fünf Senatsmitglieder Stühle vorhanden waren, musste Friedrich Liedke stehen. »Herr Staatsanwalt«, begann Dr. Ahlers in sanfter Stimmlage und mit aufgesetzter Freundlichkeit, »für sachkundige Hinweise sind wir natürlich stets sehr dankbar. Wir sind ja schließlich auch nur Menschen. Und Sie mögen ja recht haben mit der juristischen Belehrung, die Sie uns erteilt haben.«

Nach einer Pause fuhr er fort, nun mit gepresster, lauter, fast schneidender Stimme: »Aber Querschüsse dulde ich nicht. Welchen Eindruck macht das auf den Angeklagten und die Zuhörer! Der Staat muss als Einheit im Gerichtssaal auftreten. Führerprinzip – verstehen Sie? Die Verhandlung führe ich. Wenn Sie nicht einverstanden sind, teilen Sie mir das unauffällig mit. Reichen Sie mir einen Zettel oder bitten Sie um eine Pause.«

130

Dann kehrte er zu der anfänglichen sanften Sprechweise zurück: »Im Übrigen sollten wir unsere Fürsorge für Hochverräter nicht übertreiben. Die Beihilfe sei Ihnen geschenkt. Aber wer kommunistische Umtriebe unterstützt, verdient keine Milde. § 4 der Gewaltverbrecherverordnung ist Ihnen ja sicherlich bekannt.« Friedrich Liedke nickte. Dr. Ahlers erhob sich. »Gut, machen wir weiter.«

Nach Wiedereintritt in die Verhandlung teilte der Senatspräsident mit, das Gericht gehe davon aus, dass der Angeklagte tatsächlich nur in vier Fällen Schriften weitergegeben habe und dass er keine eigenen politischen Ziele verfolgt habe, sondern nur dem Sohn seines Arbeitgebers gefällig gewesen sei. Eine Vernehmung des Jan Krupek sei daher entbehrlich. Die Beweisaufnahme sei geschlossen. Dann forderte er den Vertreter der Staatsanwaltschaft und den Verteidiger auf, ihre Plädoyers zu halten.

Friedrich Liedke erhob sich. Während er sprach, vermied er es, den Angeklagten oder die Richter anzusehen. Herauszuhören war, dass er sich um eine forsch und fest klingende Stimme bemühte. Ein wenig mechanisch wirkte sein Sprechen. Verstärkt wurde dieser Eindruck noch dadurch, dass er, wie gewohnt, alle Punkte sorgfältig und systematisch abhandelte.

Die Anklage hat sich bestätigt. Der Angeklagt hat sich durch Weitergabe der illegalen kommunistischen Schriften an der Vorbereitung eines hochverräterischen Umsturzes und einer landesverräterischen Feindbegünstigung beteiligt. Was er tat, war ihm auch bewusst. Allerdings hat er sich nur der Beihilfe schuldig gemacht, weil ihm die Verfolgung eigener politischer Ziele nicht nachzuweisen ist. Das kann ihm jedoch letztlich nicht zugutekommen. Wer kommunistische Umtriebe unterstützt, die sich gegen den Bestand des Reiches richten, muss die volle Härte des Gesetzes zu spüren bekommen. Nach § 4 der Verordnung gegen Gewaltverbrecher vom 5. 12. 1939 kann gegen den Gehilfen die gleiche Strafe verhängt werden wie gegen den Täter. Es wird daher beantragt, den Angeklagten zum Tode und zum dauernden Ehrverlust zu bestrafen.

Etwas abrupt setzte sich Friedrich Liedke wieder hin. Es entstand eine Pause, in der der Angeklagte ihn entsetzt anstarrte, der Verteidiger, um Zeit zu gewinnen, seinen Stuhl nur langsam zurück-

131

schob und Senatspräsident Dr. Ahlers ein zustimmendes Kopfnicken und ein wohlgefälliges Lächeln kaum erkennbar andeutete.

Der Verteidiger begann sein Plädoyer stockend. Er konnte sich die Verfahrensvorgänge nicht recht erklären. Vermeiden wollte er es, den Unwillen des Gerichts zu erregen.

Einleitend betonte er, wie schädlich, verwerflich, ja abscheulich die kommunistische Wühlarbeit im Untergrund sei. Dann tastete er sich mit einigen Fragen voran. Ob denn der Angeklagte wirklich dem Typ des Gewaltverbrechers entspreche? Ob nicht berücksichtigt werden könne, dass er an sich ein unpolitischer Mensch sei? Ob bei der Zumessung der Strafe nicht auch die Abhängigkeit des Angeklagten vom Sohn seines Arbeitgebers zu bedenken sei? Die Antworten darauf werde er selbstverständlich dem Gericht überlassen. Einen bestimmten Antrag wolle er nicht stellen. Es erscheine ihm aber nicht ausgeschlossen, dass statt der Todesstrafe eine längere Zuchthausstrafe in Betracht komme.

Der Angeklagte konnte, als er die Gelegenheit zum letzten Wort erhielt, nur stammeln: »Aber, aber nur vier Mal, und doch nur weil der Jan es wollte.«

Nach einer Beratung von nur wenigen Minuten verkündete Dr. Ahlers das Todesurteil. Der Angeklagte sackte in sich zusammen, wurde vom Wachtmeister hochgezerrt und abgeführt, der Verteidiger verabschiedete sich mit einem Nicken des Kopfes vom Gericht und Dr. Ahlers winkte Friedrich Liedke herbei, um die Einladung zum gemeinsamen Mittagessen auszusprechen.

Dieses ist jetzt beendet. Die drei Herren verlassen die Gastwirtschaft und treten hinaus in das ihnen zunächst grell erscheinende, aber doch recht milde herbstliche Licht, das die Sonne an diesem 1. Oktober des Jahres 1942 in die Straßen und Gassen Wiens hineinschickt.

Auf dem nur kurzen Weg von der Schlösselgasse zum Landesgericht kommen sie auf die Verhandlung zu sprechen, die für den Nachmittag angesetzt ist. »Wird auch rasch gehen«, meint Dr. Ahlers. »Klare Beweislage, österreichischer Arbeiter, der im Rüstungsbetrieb Toilettenwände mit Streikaufforderungen beschmiert hat. Da wird wohl nichts anderes als heute Morgen herauskommen.

Ich denke, wir erreichen noch den Zug um 17 Uhr. Das wird zwar eine anstrengende Nachtfahrt. Aber dann sind wir jedenfalls morgen früh wieder zuhause.«

Damit hat Friedrich Liedke nicht gerechnet. Er war darauf eingerichtet, noch eine weitere Nacht in der Pension verbringen zu müssen. Die Aussicht auf eine frühere Heimkehr freut ihn. Er lässt seine Frau ungern allein. Ihre Ängste haben zugenommen. Sie fürchtet, ihn nicht wiederzusehen, wenn er dienstlich verreisen muss. Manchmal hat er seine Schwester Elisabeth bitten müssen, während seiner Abwesenheit bei Edith zu übernachten. Ja, es ist gut, dass er bereits morgen früh wieder daheim sein kann.

Ein unbedachtes Wort

Tapp, tapp, tapp. Unwillkürlich wendet sich der Blick des vorbeigehenden Ludovic Pawelka nach rechts, dorthin wo der Griff eines Handstocks von innen gegen die Scheibe pocht. Im Fenster erscheint der mächtige birnenförmige, haarlose Schädel des Viehhändlers Josef Kreczmar. Er soll hereinkommen. Das sagen die Bewegung des Kopfes nach hinten, das schiefe Lächeln, das einige Zahnlücken freilegt, und der Wink mit der freien Hand.

Warum eigentlich nicht? Warum sollte Ludovic Pawelka nicht in der Gastwirtschaft »Zur Post« einkehren? Er besucht zwar nur selten Gastwirtschaften. Aber was er in der Stadt erledigen wollte, ist getan. Es ist 12 Uhr mittags. In der Gastwirtschaft kann er eine kleine Mahlzeit einnehmen. Auch wird ein heißer Grog ihn an diesem kalten 17. Dezember des Jahres 1942 aufwärmen. Und mit Josef Kreczmar, dem er einige Male Schweine verkauft hat, lässt sich gut plaudern. Der kommt viel herum.

Ludovic Pawelka macht kehrt, geht die fünf Schritte zurück zur Tür und betritt den Schankraum. Drei Kartenspieler im hinteren Teil des Raumes werden gerade vom Wirt mit Bier und Schnaps versorgt. An den übrigen Tischen sitzen hier und dort einzelne Gäste, die ein Mittagessen einnehmen. Es ist recht still.

Den immer etwas lauten Josef Kreczmar kümmert das nicht. Von seinem Tisch am Fenster aus ruft er quer durch den Raum »Ludovic, alter Freund, komm her und setz dich zu mir.« Auf eine vergnügli-

133

che Unterhaltung hatte Ludovic Pawelka gehofft, als er die Gastwirtschaft betrat. Doch was der Viehhändler sich wünscht, das ist ein Zuhörer, dem er sein Leid klagen kann. Breitbeinig sitzt der schwergewichtige Mann auf seinem Stuhl. Zwischen die Beine hat er den Handstock gestellt. Auf dessen Griff ruhen beide Hände und darauf der weit nach vorn über den vorgewölbten Bauch hinweg gebeugte große Kopf. Aus trüben Augen, untermalt von schweren Tränensäcken und hängenden Wangen, blickt er Ludovic Pawelka an.

Die Zeiten sind schlecht, und es geht ihm schlecht. Seit Wochen hat er kein Vieh mehr aufkaufen können. Alles regeln die deutschen Besatzer. Sie schreiben vor, wer wann was zu welchem Preis an wen abzugeben hat. Seine Existenz ist ruiniert.

Der geduldige Ludovic Pawelka erträgt schweigend die Tirade aus Jammern und Klagen, während er zunächst einen Rumgrog trinkt und dann ein Wurstgulasch verspeist. Schließlich erhebt er sich, um seine Zeche beim Wirt an der Theke zu bezahlen.

»Halt, bleib doch!« Josef Kreczmar bemerkt erschrocken, dass er seinen Zuhörer vergrault hat. Rasch ruft er dem Wirt eine Bestellung zu: »Zwei Becherovka, Roman!« Dann zupft er Ludovic Pawelka am Ärmel. »Nun setz dich. Der Magenbitter wird dir gut tun nach dem Wurstgulasch. Erzähl doch mal. Wie geht es dir? Was hast du in der Stadt zu tun?« Etwas unwillig nimmt Ludovic Pawelka wieder Platz.

Bei der Schneiderin ist er gewesen. Sein Mantel für festliche Anlässe muss ausgebessert werden. Der Pelzbesatz am Kragen ist zerschlissen. Damit kann er sich nicht sehen lassen, wenn er, wie in jedem Jahr, Heiligabend mit der Familie seines Vetters im nahe gelegenen Dubňany feiert und dort um Mitternacht die Christmesse besucht.

Reichlich spät war ihm das eingefallen. Die Schneiderin war recht unwirsch gewesen. Bis Weihnachten sei das nicht zu schaffen. Sie habe vorher noch so viele andere Aufträge zu erledigen. Glücklicherweise konnte das vorsorglich mitgebrachte geschlachtete Huhn sie umstimmen.

»Bist schon ein schlauer Fuchs.« Der Viehhändler klopft ihm anerkennend auf die Schulter. Darauf trinken sie beide. Da Ludovic Pawelka seinem Tischgenossen nichts schuldig bleiben mag, bestellt er ebenfalls zwei Becherovka. Der Viehhändler wiederum gibt zwei Glä-

134

ser Bier in Auftrag, damit sich der Schnaps im Magen besser verteilt, wie er meint.

Ludovic Pawelka beschließt, noch etwas zu verweilen, zumal heftiger Schneefall eingesetzt hat und Josef Kreczmar davon absieht, sein Jammern fortzusetzen. Sie vertiefen sich in ein Gespräch über Schweinemast. Welches Getreide eignet sich am besten?

Da verspürt Ludovic Pawelka den leichten Schlag eines Handrückens gegen seine linke Schulter. »Willst du nicht zu deinem Frauchen nach Hause? Sie ist schon auf dem Weg.« Er wendet sich zur Seite und blickt in die spottlustigen Augen des Krankenwagenfahrers Bratko Klavnic.

Ludovic Pawelka schiebt verärgert den zudringlich näher getretenen schlaksigen jungen Mann mit der linken Hand zurück.

»Red doch keinen Quatsch! Sie wohnt nur bei mir! Zur Miete! Und jetzt hau ab, sonst passiert noch was!« Dabei ballt er die rechte Hand zur Faust und erhebt sich etwas von seinem Stuhl.

»Wer's glaubt, wird selig.« Bratko Klavnic wendet sich ab.

Zu seinem Begleiter, dem Krankenhauspförtner, sagt er: »Da hab ich ja wohl in ein Wespennest gestochen.« Beide suchen einen Tisch im hinteren Bereich des Raumes auf, um dort ihr Bier zum Feierabend zu trinken. »Idiot, bist wohl selbst scharf auf sie!«, ruft Ludovic Pawelka wütend hinterher, bevor er sich wieder setzt.

Die Auseinandersetzung hat den Viehhändler neugierig gemacht. Er ist jedoch klug genug, zunächst einmal abzuwarten, bis Ludovic Pawelka sich beruhigt hat. Er erkundigt sich nach dem Zustand seiner Tiere auf dem Hof und nach den Futtervorräten. Auch will er wissen, ob es nach den Herbststürmen am Haus viel zu reparieren gab.

Dann nähert er sich vorsichtig dem Gegenstand seiner Neugier mit einigen Fragen an. Wie Ludovic die Weihnachtstage verbringen wird, was es bei dem Vetter zu essen geben wird und ob der Vetter kleine Kinder hat, die zu beschenken sind. Schließlich fragt er beiläufig: »Was macht eigentlich die junge Frau, die bei dir zur Miete wohnt ... wie heißt sie überhaupt?«

»Beáta, Beáta Landová.«

»Was macht sie denn zu Weihnachten? Hat sie eine Familie, mit der sie feiert?«

135

Ludovic Pawelka schüttelt den Kopf.

»Dann frag doch deinen Vetter, ob du sie mitbringen kannst.«

»Ach, Unsinn! Ich kann doch keine wildfremden Leute mitbringen.«

»Wieso wildfremd? Ihr wohnt doch schon einige Zeit unter einem Dach. Ist sie denn nett?«

»Ja, schon.«

»Ludovic, alter Freund, du bist nun schon seit vielen Jahren Witwer. Und jetzt wohnt bei dir eine nette junge Frau mit im Haus. Sei doch nicht blöd. Du solltest dich an sie heranmachen.« Josef Kreczmar zwinkert mit dem linken Auge. »Oder hast du sogar schon mit ihr geschlafen?«

Ludovic Pawelka weicht dem neugierigen Blick des Viehhändlers aus und schaut etwas verlegen in sein fast leeres Bierglas.

„Mensch, Ludovic, dann steht die Sache doch bestens.« Als Ludovic Pawelka immer noch schweigt und unverwandt in das Glas blickt, hakt Josef Kreczmar nach: »Hat sie vielleicht einen anderen?«

Nach einer Pause spricht Ludovic Pawelka, weiterhin ins Bierglas schauend, halblaut vor sich hin: »Dieser verdammte Fallschirmspringer.«

»Was für ein Fallschirmspringer?« Josef Kreczmar legt die rechte Hand ans Ohr, damit ihm nichts entgeht. Mit der linken Hand winkt er dem gerade vorbeigehenden Wirt. »Bring uns noch zwei Bier, Roman.«

»Nein, für mich nichts mehr.« Mit einem Ruck erhebt sich Ludovic Pawelka von seinem Stuhl. Seiner Geldbörse entnimmt er einen Geldschein, der ihm passend erscheint, und legt ihn auf den Tisch. »Ich bin spät dran. Die Kühe müssen gemolken werden.« Mit schnellem Griff holt er seinen Mantel von der Garderobe, streift ihn über, geht zur Tür, winkt dem Viehhändler von dort noch einmal kurz zu und verschwindet.

Der Viehhändler und der Wirt schauen sich verwundert an. Am Fenster geht Ludovic Pawelka vorbei. Verbissen und wütend stemmt er sich mit vorgebeugtem Oberkörper und mit kurzen, schnellen Schritten gegen das Schneegestöber.

Im Stuwerviertel

Ein erholsamer Spaziergang sollte es werden. Aber Friedrich Liedke kommt auf seinem Weg durch das abendliche, vorweihnachtliche Wien nicht zur Ruhe. Von seiner Umgebung nimmt er nur wenig wahr. Sein Blick ist nach unten gerichtet.

Seit einer Stunde geht er ziel- und planlos durch die Straßen. Wo er ist, weiß er nicht. Er schaut sich um: Zwei- bis vierstöckige Wohnhäuser, dazwischen ein Eingang zu einem Park. Er betritt den Park. Gleich rechts steht eine Bank unter einer Eiche. Dort im Schutz des großen Baumes nimmt er Platz. Durchatmen möchte er. Es gelingt nicht.

Von einer nahe gelegenen Kirche ertönen acht Glockenschläge. Jetzt ist es soweit. Die beiden Gehilfen des Scharfrichters werden Domek Kostka packen, auf die Richtbank legen und dort festhalten. Dann wird Scharfrichter Johann Reichhart den Mechanismus des Fallbeils auslösen, das mit glattem Schnitt den Kopf vom Körper trennt. Anschließend wird in einem Protokoll die ordnungsgemäße Vollstreckung des Todesurteils bestätigt werden.

Doch es ist nicht die Hinrichtung des Domek Kostka, was Friedrich Liedke nicht zur Ruhe kommen lässt, auch nicht seine Mitwirkung an dessen Verurteilung zum Tode.

Hinrichtungen gehören zum Alltag des Volksgerichtshofs im Jahr 1942. Wohl jeder zweite Angeklagte endet unter dem Fallbeil. Friedrich Liedke erklärt sich das damit, dass nur die schwersten politischen Straftaten beim Volksgerichtshof angeklagt werden und dass die Gefährdung des Staates im Krieg zu harten Abwehrmaßnahmen zwingt. Zwar hätte er im Fall Kostka eine Zuchthausstrafe für ausreichend gehalten. Doch war es nicht auch vertretbar, die Beihilfe zu kommunistischer Umsturzpropaganda für ebenso gefährlich zu halten wie das unmittelbare Betreiben? Welchen Sinn hätte es gehabt, sich dieser vertretbaren Ansicht des Senats entgegenzustellen?

Was Friedrich Liedke verstört, das ist seine Feigheit. Feige hat er heute gehandelt, als es um die Hinrichtung des Domek Kostka ging.

Die Frau sprach ihn von der Seite an, als er den Sitzungssaal nach der Urteilsverkündung in einem Landesverratsverfahren verließ. Zunächst ging er rasch weiter. Er verstand nicht, was sie sagte. Auch

137

wollte er seine Ruhe haben nach diesem anstrengenden Tag. Der Vormittag war ausgefüllt gewesen mit Besprechungen, die er mit Vertretern der örtlichen Wiener Staatsanwaltschaft und Polizei zu führen hatte. Die nachmittägliche Verhandlung hatte sich bis 18 Uhr hingezogen.

Die Frau folgte ihm. Sie weinte. Darauf blieb er stehen. In gebrochenem Deutsch versuchte sie, sich verständlich zu machen. Immer wieder versagte ihre Stimme vor Aufregung. Betont ruhig fragte er nach. Allmählich wurde ihm klar, wer diese kleine, einfach gekleidete, verhärmte Frau war und was sie von ihm wollte.

Vor ihm stand die Ehefrau des im September verurteilten Tschechen Domek Kostka. Seit Wochen hatte sie täglich das Wiener Landesgericht aufgesucht. Jeden dort hatte sie angesprochen. Um Gnade für ihren Mann hatte sie gefleht. Jeder hatte sie abgewiesen. Mit der Sache habe man nichts zu tun. Schließlich hatte ihr ein mitleidiger Wachtmeister gesagt, dass der Staatsanwalt aus dem Verfahren gegen ihren Mann am 22. Dezember im Gericht sei.

Jetzt flehte sie Friedrich Liedke an. Ihr Mann darf nicht sterben. Wie soll sie die beiden kleinen Kinder ernähren? Sie ist eigentlich schuld, weil es ihre Bekannte gewesen ist, die ihrem Mann die kommunistischen Hefte gegeben hat. Sie ist bereit, für ihren Mann zu sterben. Dem Gnadenantrag des Verteidigers muss stattgegeben werden. Wann ist mit einer Entscheidung zu rechnen? Auf jeden Fall muss das Weihnachtsfest abgewartet werden. Es wird doch sicherlich niemand in der Weihnachtszeit hingerichtet. Sie möchte ihren Mann unbedingt Heiligabend besuchen, um mit ihm gemeinsam für seine Rettung zu beten.

Mit einem schnellen Griff verhinderte Friedrich Liedke, dass die Frau vor ihm auf die Knie sank. Sie stand mit gesenktem Kopf vor ihm. Er trat einen Schritt zurück. Das, was zu sagen war und was er auch sagen wollte, erforderte Abstand.

»Frau Kostka«, wollte er sagen, »Ihr Mann hat schweres Unrecht begangen. Seine Strafe hat er verdient. Der Gnadenantrag ist abgelehnt worden. Er wird heute noch hingerichtet werden. Es tut mir zwar leid für Sie und Ihre Kinder. Aber die Gerechtigkeit muss ihren Lauf nehmen.«

Von der Ablehnung des Gnadenantrags wusste er aus der Akte. Er hatte selbst daran mitgewirkt. Wie vorgeschrieben, war ihm wie auch Senatspräsident Dr. Ahlers der Antrag zur Stellungnahme vorgelegt worden. Wie üblich, hatten sie sich mit Standardformulierungen gegen eine Begnadigung ausgesprochen. Im Urteil seien alle relevanten Gesichtspunkte angemessen gewürdigt worden. Für eine andere Beurteilung gebe der Antrag keinen Anlass. Danach hatte der Reichsminister der Justiz mit Ermächtigung des Führers beschlossen, vom Begnadigungsrecht keinen Gebrauch zu machen.

In der Akte hatte auch gestanden, dass die Hinrichtung heute, am 22. Dezember 1942, um 20 Uhr erfolgen sollte. Davon wusste der Verurteilte in diesem Augenblick, in dem Friedrich Liedke dessen Ehefrau gegenüber stand, bereits seit vier Stunden. Denn der Zeitpunkt der Hinrichtung war sechs Stunden vorher zu verkünden.

Es war auch nicht daran zu zweifeln, dass die Hinrichtung stattfinden würde. Bei seiner Abreise gestern war Friedrich Liedke dem Scharfrichter auf dem Bahnsteig für den Zug nach Wien begegnet. Der viel beschäftigte Johann Reichhart hatte offenbar zuvor in Berlin zu tun gehabt. Mit dem Lüften seines Hutes und leichter Verbeugung hatte er gegrüßt.

Sie kannten sich aus Dienstgeschäften. Zwar hatte Friedrich Liedke bisher noch keiner Hinrichtung beiwohnen müssen. Doch hatte er mehrmals mit dem Scharfrichter Angelegenheiten besprechen müssen, die dessen Vertrag betrafen, und er hatte Hinrichtungstermine mit ihm abzustimmen gehabt.

Friedrich Liedke war mit einer knappen Erwiderung des Grußes an ihm vorbeigeeilt. Dabei hatte er unwillkürlich einen Schritt zur Seite gemacht. Johann Reichhart kannte das. Wer von seinem Beruf wusste, wollte möglichst wenig mit ihm zu tun haben. Daher machte er auch nicht den Versuch, den Staatsanwalt anzusprechen. Sie würden ohnehin nicht gemeinsam fahren. Der Staatsanwalt durfte die zweite Klasse benutzen. Der Scharfrichter musste sich mit einer Bahnfahrt dritter Klasse begnügen.

Sie waren sich noch einmal heute Mittag begegnet, als Friedrich Liedke den Verhandlungssaal aufgesucht hatte. Johann Reichhart war ihm entgegengekommen. Der Scharfrichter war auf dem Weg zum Gefängnistrakt im hinteren Bereich des Landesgerichts gewesen, um dort Vorbereitungen zu treffen. Vor allem musste die Funktionstüchtigkeit des Fallbeils überprüft werden. Er hatte bereits die Kleidung getragen, in der er sein Dienstgeschäft auszuführen pflegt: dunkle Hose, langer dunkler Rock, weißes Oberhemd mit Fliege und hoher schwarzer Zylinder. Wiederum hatten sie einen kurzen, wortlosen Gruß ausgetauscht.

Domek Kostka würde also in zwei Stunden hingerichtet werden. Das wusste Friedrich Liedke. Er brachte es aber nicht fertig, das zu sagen, was zu sagen war und was er sagen wollte. Er wich aus. Er log.

Noch sei nichts entschieden. Der Gnadenantrag werde bearbeitet. Über das Ergebnis könne er nichts sagen. Er habe es eilig, dringende Dienstgeschäfte. Ohne die Frau noch einmal anzuschauen, ging er mit schnellen Schritten an ihr vorbei.

Auf der Bank im dunklen Park hadert Friedrich Liedke mit sich. Wie hatte er nur so feige, so schwach sein können. Er versucht eine Rechtfertigung, verwirft sie aber auch gleich wieder. Nein, er hat nicht aus Mitleid mit dieser Frau gehandelt. Ihr Unglück hat er ja eher noch vergrößert. Er war der Situation einfach nicht gewachsen.

Aber müsste nicht dafür gesorgt sein, dass es gar nicht erst zu einer solchen Konfrontation mit Angehörigen kommt? Müsste der Staat ihn nicht vor einer solchen Begegnung schützen? Auch diese Fragen helfen Friedrich Liedke nicht weiter. Er sieht ein, dass er die Schuld bei sich suchen muss. Der Staat braucht souveräne, standhafte, konsequente Staatsanwälte und Richter, die in einer solchen Situation nicht irgendwelchen Gefühlsregungen nachgeben. Ja, es liegt an ihm. Er hat es immer noch nicht gelernt, sich die nötige Härte anzueignen.

Friedrich Liedke erhebt sich und betritt wieder die Straße. Es muss ein Ende haben mit diesen quälenden Gedanken. Er braucht Ablenkung. Von einem Passanten lässt er sich den Weg zum Prater beschreiben.

Nach einem Fußmarsch von einer halben Stunde ist er fast dort angekommen. Er sieht bereits das Riesenrad, hört Musik und spürt die Nähe einer Menschenmenge. Doch er geht nicht weiter darauf zu. Seine Füße schlagen eine andere Richtung ein. Er kann es sich selbst nicht recht erklären. Ein noch unbestimmtes Gefühl führt ihn am Prater vorbei in das dahinter liegende Stadtviertel.

»Na Schatzi, wie wär's mit uns beiden?« Die Frau tritt auf ihn zu, hakt sich bei ihm ein und passt sich seinen Schritten an.

Erschrocken macht er einen Schritt zur Seite. »Hast doch wohl keine Angst vor mir?« Spöttisch, aber auch freundlich blicken ihn zwei dunkle Augen aus einem hohen Pelzkragen an. Die Frau ist fast so groß wie er. Ein breites, herausforderndes Lächeln liegt auf den vollen, rot geschminkten Lippen. Sie zieht ihn zu sich heran, so dass sein rechter Arm ihren Oberkörper berührt. »Ich will doch nur ein bisschen nett zu dir sein.«

Friedrich Liedke weiß nicht, wie er sich verhalten soll. Er setzt seinen Weg fort. Sie bleibt bei ihm eingehakt. Er lässt sie gewähren.

Er hätte damit rechnen müssen. Vielleicht wollte er auch, dass es dazu kam. In Kantinengesprächen war immer wieder einmal vom Stuwerviertel die Rede gewesen. Was dort betrieben wurde, ließ sich leicht erschließen aus zugeblinzelten Andeutungen, aus halblaut erzählten Witzen und aus grobem Geprahle.

In Berlin wäre es ihm nie in den Sinn gekommen, ein Rotlichtviertel aufzusuchen. Aber Berlin ist etwa 600 Kilometer entfernt. Bei seinen Aufenthalten in Wien hat Friedrich Liedke das Gefühl, in einer anderen, freieren Welt zu sein. Hier ist er ein Fremder. Er muss nicht befürchten, erkannt zu werden.

Dass er jetzt in diese Situation geraten ist, erklärt er sich mit Neugier. Doch es gelingt ihm nicht, das sexuelle Verlangen zu unterdrücken.

Schon seit vielen Monaten hat er keinen Geschlechtsverkehr mehr mit Edith gehabt. Es liegt nicht daran, dass sie sich ihm entzieht. Beide haben sie in einem unausgesprochenen Einverständnis die Versuche eingestellt, sich sexuell zu nähern. Das vergebliche Bemühen um die Zeugung eines Kindes, ihre Niedergeschlagenheit, seine berufliche Anspannung, alles das hat diesen Zustand der Erschöpfung herbeigeführt.

Die Frau an seiner Seite drückt weiterhin seinen rechten Arm an ihren Oberkörper, so dass er meint, durch den Mantel hindurch ihre Brust zu spüren. Sein Glied versteift sich.

141

»Komm, lass uns was trinken.« Sie hat die Führung übernommen und lenkt die gemeinsamen Schritte zum Eingang eines dreistöckigen Hauses. Das Schild neben dem Eingang ist rot beleuchtet: Hotel und Gaststätte Paris.

Der Raum, den sie betreten, ist nur schwach beleuchtet. Friedrich Liedke erkennt eine Theke und einige Tische, an denen hier und dort Menschen sitzen. Weiterhin folgt er der Frau. Nachdem sie an einem Garderobenständer ihre Mäntel aufgehängt haben, steuert sie auf einen Tisch in der Ecke zu. Im Vorbeigehen gibt sie an der Theke eine Bestellung auf.

»Ach, komm doch lieber an meine Seite.« Sie fasst ihn am Ärmel, als er sich auf einen Stuhl ihr gegenüber setzen will, und zieht ihn zu sich auf die Bank an der Wand. Als er sitzt, rückt sie eng an ihn heran. Sie wendet sich ihm zu, so dass ihre Brust wieder seinen Arm berührt. Krampfhaft hält er seinen Kopf geradeaus gerichtet, aber immer wieder verfängt sich sein seitwärts gerichteter Blick in dem weiten, von Rüschen eingerahmten Ausschnitt ihrer weißen Bluse.

Ein Sektkelch und zwei Gläser werden auf den Tisch gestellt. Sie übernimmt das Einschenken. Beim Zuprosten erfährt er, dass sie Lilly heißt. Nach dem zweiten Glas haucht sie ihm einen Kuss auf das Ohrläppchen. »Na, magst du mich?« Dann spürt er ihre Hand im Schritt seiner Hose. Sie umfasst das steife Glied und reibt ein wenig daran. »Ist das heiß. Ich glaub, das muss dringend gelöscht werden.«

Erschrocken, geradezu entsetzt fährt er hoch. Dabei verrückt er den Tisch, so dass die Gläser umfallen. Dringend verlangt er an der Theke die Rechnung, die er sogleich, ohne sie sich näher anzusehen, mit einem großen Geldschein bezahlt. Er eilt zur Garderobe und reißt seinen Mantel herunter. Hinter sich hört er schrille Laute: »Halt! Stopp! Was läufst du weg, du Feigling!«

Er flieht. Zunächst rennt er. Als die Leute sich nach ihm umschauen, verlangsamt er das Tempo etwas. Mit langen, schnellen Schritten durcheilt er zielgerichtet die Straßen. Sein Orientierungssinn ist jetzt hellwach. Nach einer dreiviertel Stunde hat er den rettenden Ort erreicht, die kleine Pension in der Nähe des Landesgerichts.

Er wirft sich auf das Bett und öffnet die Hose. Nach kurzem, heftigen, schmerzhaften Reiben entlädt sich sein Glied in das bereit gehaltene Taschentuch.

Pläne

Olga schaut von ihrem Platz hinter der Theke auf die große Standuhr an der gegenüberliegenden Wand. Viertel vor zehn zeigen die messingfarbenen Zeiger hinter dem gewölbten Glas an. Bald kann sie die letzten Gäste bitten, das Lokal zu verlassen. »Silvester schließen wir um 22 Uhr« steht auf dem Schild an der Eingangstür.

Es sitzen ohnehin nur noch vier Gäste an einem der Tische. Sie werden aber bis 22 Uhr ausharren. Es sind die Trinker, haltlose, einsame Männer, die bei ihren alten Eltern und auf deren Kosten leben oder von ihren Ehefrauen in eine Bodenkammer verbannt worden sind. Auf sie wartet niemand. Rätselhaft ist, wie sie an Geld für den Alkohol kommen, ohne den sie nicht mehr existieren können. Sie brauchen den Nebel, der ihr jämmerliches Dasein verhüllt, und sie brauchen die Wärme, die ihre eingefrorene Zunge für ihr großsprecherisches Reden auftaut. Am Tisch geht es laut zu.

»Olga, dein Schnaps ist viel zu teuer«, ruft einer von ihnen, als sie auf Bestellung die vier Gläser auf dem Tisch nachfüllt.

»Ach, František, was soll ich machen, ich muss ihn teuer einkaufen.« – »Brenn doch schwarz. Machen doch viele.«

Da meldet sich ein anderer aus der Runde zu Wort: »Vorsicht, Vorsicht, Leute! Neulich haben die Deutschen in Hodonín die Gastwirtschaften durchsucht. Da sind einige erwischt worden.« – »Ach was, erwischt wird man nur, wenn man sich blöd anstellt.« Nun überbieten sie sich mit Ideen und Vorschlägen. Jeder behauptet, sich bestens auszukennen mit dem Schwarzbrennen. Und sie wissen genau, wie man dabei nicht entdeckt wird.

Olga belässt es bei einer abwinkenden Handbewegung. »Ihr redet Unsinn. Trinkt mal lieber aus. Es ist Zeit für den Heimweg. Also zum Wohl! In zwei Stunden haben wir das neue Jahr. Trinkt darauf, dass 1943 alles besser wird.«

Dabei denkt sie: auch darauf, dass die Gäste wieder kommen, die ich mir wünsche, die Bauern, die Handwerker, die Ladenbesitzer.

143

Schon seit längerem bleiben sie weg. Für Gaststättenbesuche fehlt ihnen das Geld. Allen geht es schlecht in diesem dritten Kriegsjahr. Olga weiß nicht, wie lange sie die Gastwirtschaft noch betreiben kann. Von Gästen wie diesen wird sie auf Dauer nicht existieren können. Sie fürchtet schon das Palaver, das es gleich beim Bezahlen geben wird.

Karg ist daher auch die Mahlzeit, die Lenka für sich und ihre Mutter in der Küche zubereitet. Aus Kartoffeln, Bohnen, einigen Scheiben Wurst und einem Kompott aus eingemachten Pflaumen wird ihr Silvesteressen bestehen.

Eine Stunde vor Mitternacht wird Mílan kommen. Nach vielen Wochen der Trennung werden sie sich endlich wiedersehen. Für zwei Tage ist er beurlaubt worden von dem Rüstungsbetrieb in der Nähe von Praha, in dem er nun schon seit einem Jahr arbeiten muss. Jetzt ist er noch bei seinen Eltern. Ungeduldig schaut Lenka immer wieder auf die Uhr.

Zuvor ist noch etwas zu erledigen, was sie bedrückt. Sie wird mit ihrer Mutter beim Essen über Tomáš reden müssen. Sie wird ihr berichten müssen, was sie bei ihrem Besuch in Hodonín vor Weihnachten erfahren hat. Die Sorgen der Mutter werden noch größer werden. Während der Weihnachtstage hatte Lenka sie damit nicht belasten wollen. Aber länger aufschieben kann sie es nicht.

Als sie sich mit ihrem Korb durch die schmale Öffnung in das Versteck auf dem Heuboden hineingezwängt hatte, sah sie ihren Bruder stehend vor sich. Er umarmte sie kurz und forderte sie zum Sitzen auf. Er selbst blieb stehen. Seine straffe, aufrechte Haltung sollte demonstrieren: Es geht mir besser; ich bin bald wieder einsatzbereit. Das sagte er ihr dann auch. »Ein, zwei Wochen brauche ich noch, dann geht es endlich wieder los.«

»Tomáš«, wandte Lenka ein, »das ist doch viel zu gefährlich. Sie werden dich fangen. Dann sind wir auch dran. Wir hatten so gehofft, dass du im Versteck bleibst, bis der Krieg zu Ende ist. Das kann nicht mehr lange dauern. Die Deutschen sind überall auf dem Rückzug.«

»Mich fängt niemand, jedenfalls nicht lebend.« Tomáš nahm die Pistole aus dem Bord, strich sanft über den Lauf und legte sie wieder zurück. »Ich bin Soldat. Ich hab einen Auftrag. Ich werd wieder Verbindung zu den anderen aufnehmen. Wenn das nicht klappt, schaff

144

ich's auch allein. Ich hab noch Sprengstoff dabei für Anschläge auf die Bahn. Ihr müsst keine Angst haben. Lebensmittel brauch ich jetzt nicht mehr von euch. Ich komm allein zurecht. Vielen Dank, und grüß die Mama von mir.«

Lenkas weitere Versuche, ihn umzustimmen, schnitt er mit einer knappen Handbewegung ab, die zugleich deutlich machte, dass sie gehen solle. Es blieb bei einer wortlosen Umarmung zum Abschied.

Olga legt Messer und Gabel beiseite, als sie von Lenka erfährt, was Tomáš vorhat. Sie stützt ihre Ellbogen auf den Tisch und lässt den Kopf in die geöffneten Hände sinken, so dass die Augen bedeckt sind. So verharrt sie einige Zeit. Dann hebt sie mit einem energischen Ruck den Kopf wieder hoch. Sie vermeidet es, ihre Tochter anzuschauen. Beide setzen das Essen fort.

Eine halbe Stunde später ist bereits der Abwasch erledigt. Beide holen ihre Mäntel und Stiefel herbei. Olga will mit der Familie ihres Bruders Marek den Jahreswechsel begehen. Lenka und Mílan wollen einen langen Spaziergang machen.

Es klopft an der Seitentür. Mílan kommt herein. Das Jungenhafte ist aus Gesicht und Körperhaltung bis auf kleine Spuren von schüchterner Verlegenheit verschwunden. Er bleibt an der Tür stehen. Lenka läuft ihm entgegen. Ihre heftige Umarmung beendet seine Zurückhaltung. Er drückt sie mit seinen kräftigen Armen an sich und streicht ihr immer wieder über das Haar. Küssen mögen sie sich aber nicht, weil Olga zuschaut.

In der sternklaren Nacht verlassen sie auf schneebedeckten Wegen den Ort. Nach einer halben Stunde sind sie eingetaucht in die Stille eines Tannenwaldes.

Sie sprechen über das, was in ihren Briefen nicht zu lesen war, weil ihnen die Worte gefehlt hatten oder weil es zu frisch ist. Lenka berichtet von ihrem letzten Zusammentreffen mit Tomáš und von den Sorgen, die sie und ihre Mutter sich machen.

Mílan schweigt zunächst. Sie will wissen, was er davon hält. Er überlegt, ob er sie einweihen soll. Ihre Ängste werden noch größer werden und ihr Wissen wird auch sie in Gefahr bringen. Aber sie gehören zusammen. Sie haben sich versprochen, keine Geheimnisse voreinander zu haben.

145

Lenka erfährt, dass er Tomáš und seinen Bruder Bogdan bewundert. Sie kämpfen, während er sich bisher feige herausgehalten hat. Das soll sich ändern. Mit drei anderen tschechischen Arbeitern in der Rüstungsfabrik hat er sich zusammengeschlossen. Sie wollen Sabotage betreiben, indem sie dort produzierte Munition unbrauchbar machen. Wie das technisch unauffällig zu bewerkstelligen ist, haben sie herausgefunden. Im neuen Jahr wollen sie ihren Plan umsetzen.

Jetzt schweigt Lenka. Vieles geht ihr durch den Kopf. Über ein Zusammenleben im neuen Jahr möchte sie eigentlich mit Mílan sprechen, darüber wie sie es erreichen können, eine gemeinsame Wohnung zu finden, zu heiraten, eine Familie zu gründen. Natürlich weiß sie, dass das Wunschträume sind. Aber vielleicht geht der Krieg ja tatsächlich bald zu Ende. Das wird sicherlich nicht einfach so geschehen, das weiß sie auch. Widerstand gegen die Besatzer ist nötig. Sie will sich nicht ducken, sie will tapfer sein. Doch sie hat Angst.

»Sei bitte vorsichtig«, sagt sie leise mit gesenktem Kopf und drückt dabei seine Hand. Dann bleibt sie stehen, zieht ihn zu sich heran und küsst ihn lange und innig. »Ich glaub, das neue Jahr hat begonnen. Es muss ein gutes Jahr werden. Mílan, versprich mir, wir bleiben zusammen, für immer.« – »Das weißt du doch. Natürlich bleiben wir zusammen.« Er drückt sie fest an sich. Minutenlang stehen sie eng zusammen, eingekapselt von der ringsum herrschenden Stille. Schließlich lösen sie sich voneinander. Sie machen sich auf den Heimweg.

Als sie eine Stunde später miteinander schlafen, wiederholen und bekräftigen ihre Körper das Versprechen, für immer zusammenzubleiben. Er ist tief eingedrungen. Immer wieder zieht sie sich leicht zurück und ergreift ihn dann umso gieriger. In heftiger werdenden Bewegungen treiben sie dem Höhepunkt entgegen. Jetzt will Mílan sich, wie sonst auch, zurückziehen. Doch sie umschlingt mit ihren Beinen seine Hüfte. »Bleib, Mílan, bitte, bitte bleib bei mir.« Sie will nicht mehr an die vielen Gefahren denken, sie will keine Angst mehr haben, sie will ihr Leben mit Mílan leben, und wenn sie ein Kind bekommen sollte, dann will sie dieses Kind.

Ein Kind vom Lebensborn?

Das Frühstücksei ist keine Selbstverständlichkeit im Kriegswinter 1942/43. Edith Liedke hat Vorsorge getroffen. Kochen und Backen an den Weihnachtstagen und den Tagen danach hat sie so organisiert, dass zwei Eier für das Neujahrsfrühstück übrig geblieben sind. Eier und Kaffee sind gekocht. Der Tisch ist gedeckt. Edith erwartet ihren Mann, der gleich aus dem Badezimmer kommen wird.

Sie sitzt am Fenster auf dem alten, grüngepolsterten Ohrensessel, der aus ihrem Elternhaus stammt und ihr seit Kindheitstagen vertraut ist. Ihr Blick ist durch den Gardinenspalt auf die Straße gerichtet. Doch ihre Gedanken sind noch beim gestrigen Silvesterabend.

Verbracht haben sie ihn bei der Familie Stoll. Es war ein kurzer Weg. Sie mussten nur um die nächste Straßenecke gehen. Hans und Hildegard Stoll wohnen mit ihren drei Kindern in der Perleberger Straße.

Das hatte Edith vor vier Wochen erfahren. Beim Einkaufen war sie mit Hildegard Stoll zusammengetroffen. Auf Anhieb hatten sich beide wiedererkannt. Viele Jahre lang hatten sie als Kinder benachbarter Familien zusammen gespielt, bis Hildegards Familie weggezogen war.

Sie hatten Kindheitserinnerungen ausgetauscht, und Hildegard hatte berichtet, dass sie seit zwei Monaten in der Perleberger Straße wohnen, nachdem sie ausgebombt worden sind. Sie hatten sich zu einem Kaffeetrinken verabredet. Dabei hatte Hildegard die Einladung für Silvester ausgesprochen. Ihr Mann werde auch da sein. Er habe für die Feiertage Heimaturlaub bekommen.

Bilder vom gestrigen Abend treten Edith vor Augen. Ein Lächeln deutet sich auf ihren Lippen an. Welch eine ungewohnte Freude war es für sie gewesen, sich mit den drei Kindern zu beschäftigen. Alle drei bejubelten die kleinen Geschenke, die sie mitgebracht hatte. Beim »Mensch ärgere dich nicht« ergab sich sogleich eine vertraute Runde. Der sechsjährige Markus und die neunjährige Anneliese haben dann zugeschaut, wie sie mit dem Ältesten, dem zwölfjährigen Helmut, Mühle und Dame gespielt hat. Anschließend haben der Große und der Kleine beim Spielen mit Annelieses Puppen mitgemacht. Als Markus es dann doch nicht geschafft hat, bis Mitternacht

147

aufzubleiben, hat sie ihn ins Bett gebracht und ihm ein Märchen vorgelesen.

Aufgestört wird sie durch das Geräusch, das ihr Ehemann beim Heranrücken mit dem Stuhl an den Tisch verursacht. Immer noch ein wenig lächelnd setzt sie sich zu ihm. Beim Frühstücken tauschen sie ihre Eindrücke vom Silvesterabend bei Stolls aus. Ja, es war ein schöner Abend.

Friedrich Liedke war nicht entgangen, wie ungewohnt bestimmend seine Frau für die Gestaltung des Abends gesorgt hatte. Sie widmete sich sogleich den Kindern. Das gab ihm und Hans Stoll Gelegenheit, sich zum Gespräch in eine Ecke des Wohnzimmers zurückzuziehen, während die Gastgeberin sich um Getränke und eine kleine Mahlzeit kümmerte und gelegentlich hier und dort zuschaute und zuhörte.

Edith und die Kinder – auch Friedrich Liedke geraten diese Bilder vor Augen. Er überlegt, wie er ein Thema anschneiden kann, das ihn schon seit Monaten beschäftigt. Mehrere Anlässe hat es gegeben, über dieses Thema nachzudenken, zuletzt das Gespräch mit Hans Stoll.

Begonnen hat es damit, dass ein Kollege sich in der Mittagspause zu ihm setzte, als er auf einer Bank in dem kleinen Park neben dem Gebäude des Volksgerichtshofs in der Bellevuestraße das mitgebrachte Brot verzehrte. Er mochte diesen Kollegen nicht, der, selbst groß und blond, immer so auftrat, als wolle er die Überlegenheit der nordischen Rasse demonstrieren, und der sich mit der Zahl von sechs Kindern brüstete.

Mit unangenehmer Vertraulichkeit rückte er an Friedrich Liedke heran. Es sei doch bedauerlich, dass die Liedkes immer noch keine Kinder hätten. Ob Frau Liedke unfruchtbar sei? Der Kollege solle einmal über eine Neuverheiratung nachdenken. Das neue Scheidungsrecht mache es leicht, sich von einer unfruchtbaren Frau zu trennen.

Kaum einmal in seinem bisherigen Leben hatte Friedrich Liedke so reagiert, wie er es jetzt tat. In einem Wutausbruch wies er den Kollegen zurecht. Wie dieser dazu komme, sich in sein Privatleben einzumischen. Er liebe seine Frau und denke nicht im Traum an eine Scheidung.

Der Kollege rückte von ihm weg und hob beschwichtigend die Hände. Nein, natürlich habe er sich nicht aufdrängen wollen. Er freue sich, dass die Liedkes sich immer noch so gut verstünden. »Im Übrigen«, so fügte er beim Aufstehen hinzu, »wenn es denn mit eigenen Kindern nicht klappt, kann man ja auch ein Kind annehmen. In Heimen gibt es rassisch wertvolle Kinder, die man adoptieren kann.«

Trotz der wegwerfenden Handbewegung, die Friedrich Liedke dem Kollegen hinterherschickte, blieb in seinem Gedächtnis haften, was dieser zuletzt gesagt hatte. Vermutlich hatte der Kollege die Kinderheime gemeint, über die seit einiger Zeit gemunkelt wird. Sie sollen von der SS betrieben werden. Mütter haben angeblich dort die Möglichkeit, außerehelich gezeugte Kinder heimlich zur Welt zu bringen. »Lebensborn« soll die Einrichtung heißen. Es wird auch erzählt, dass SS-Männer dazu angehalten würden, möglichst viele Kinder auch außerhalb der Ehe zu zeugen. Genaues weiß aber niemand. Es scheint strikte Geheimhaltung angeordnet worden zu sein.

Drei Monate nach diesem Gespräch, im September 1942, bot sich Friedrich Liedke eine Gelegenheit, der Sache weiter nachzugehen. Der Ankündigung eines Verhandlungstermins hatte er entnommen, dass zu den gerichtlichen Beisitzern ein alter Bekannter gehörte. Von Werner Feulner hatte er nach dem Zusammentreffen anfangs der zwanziger Jahre nichts mehr gehört. Der hatte offenbar eine steile Karriere gemacht im neuen Staat.

»SS-Brigadeführer Feulner« war auf dem Terminszettel zu lesen. Von einem SS-Führer im Generalsrang war zu erwarten, dass er Genaueres über den Lebensborn weiß und dass er vielleicht auch Einfluss nehmen kann, wenn eine Adoption in Betracht kommt.

Allerdings sah Friedrich Liedke der Begegnung etwas beklommen entgegen. Sie hatten sich seinerzeit im Unfrieden getrennt, als er sich geweigert hatte, weitere Kurierfahrten für Feulner zu machen. Dieser hatte ihm daraufhin die Feme für den Fall des Verrats angedroht.

Doch die Besorgnis erwies sich als unbegründet. Als sie vor der Verhandlung aufeinander trafen, begrüßte Werner Feulner ihn überaus freundlich. Ihm ging es gut; er war mit sich selbst zufrieden.

149

Das war ablesbar an der Leibesfülle, den Rundungen im Gesicht und dem gönnerhaften Lächeln. Sie verabredeten sich für ein Gespräch nach der Verhandlung in einem Café.

Dort tauschten sie zunächst Berichte über das aus, was sie in der Zwischenzeit erlebt hatten. Dann versuchte Friedrich Liedke sich vorsichtig an das ihn interessierende Thema heranzutasten. Wie früher, erwies sich Werner Feulner aber auch jetzt als der Überlegene. Er unterbrach sehr bald das umständliche Gerede und sagte Friedrich Liedke auf den Kopf zu, dass dessen Ehe kinderlos sei und dass er Näheres über den Lebensborn wissen wolle, um herauszubekommen, ob dort Kinder für eine Adoption zur Verfügung stünden. »Stimmt's?« Friedrich Liedke konnte nur noch nicken.

Bereitwillig gab Werner Feulner in jovialem Ton Auskunft. Der Lebensborn fördere außereheliche Geburten. Gelegentlich wollten Mütter das Kind nicht behalten. Dann sei eine Adoption möglich. Es gebe zahlreiche Heime in Deutschland und in den besetzten Gebieten

Schließlich nahm Werner Feulner auch die Frage vorweg, ob er etwas für die Liedkes tun könne. »Warum nicht? Ich gehöre dem Verein an. Wie übrigens alle höheren SS-Führer. Sag Bescheid. Ich will dann mal sehen, was sich machen lässt.« Friedrich Liedke dankte ihm herzlich.

Sie wechselten das Thema. Als es ans Bezahlen ging, übernahm Friedrich Liedke eilfertig die Rechnung für beide.

Schon damals drängte es ihn, mit Edith über die Möglichkeit einer Adoption zu sprechen. Das könnte sie aus ihrer Lethargie reißen, dachte er, es könnte ihr neuen Lebensmut geben. Seine Frau sollte wieder, wenn nicht fröhlich, so doch jedenfalls frohgemut, munter, zuversichtlich sein. Er liebte seine Frau. Aber er zögerte. Er war unsicher, wie sie reagieren würde. Vielleicht wollte sie kein von anderen gezeugtes Kind. Vielleicht wollte sie mit dem Lebensborn nichts zu tun haben. Friedrich Liedke wagte es nicht, das Thema anzusprechen.

Doch nun hat ihn das Gespräch mit Hans Stoll am gestrigen Silvesterabend ermutigt. Er will beim Frühstück mit Edith darüber sprechen.

Nur beiläufig erwähnte Hans Stoll den Lebensborn, als er von seiner Tätigkeit als Wehrmachtsoffizier in Norwegen berichtete. Man hatte ihn, den Bauingenieur, einberufen, um ihn mit der Aufgabe zu betrauen, den Bau von Festungsanlagen zu überwachen. Sie wurden dort an der norwegischen Küste errichtet, wo man eine Landung alliierter Verbände erwartete. Zugleich hatte er aber auch als Leutnant eine Kompanie der Wehrmacht zu befehligen.

Die Disziplin der Soldaten ließ zu wünschen übrig. Nach der Besetzung hatten keine Kriegshandlungen mehr stattgefunden. Die Soldaten langweilten sich. Es kam zu eigentlich unerwünschten Kontakten mit der Bevölkerung. Norwegische Frauen wurden schwanger.

Seit kurzem, so berichtete Hans Stoll, errichtet der Lebensborn Heime in Norwegen, in denen diese Frauen die Kinder anonym zur Welt bringen können. Die SS wolle Abtreibungen verhindern und sich diesen rassisch wertvollen Nachwuchs sichern. Ja, meinte Hans Stoll auf Friedrich Liedkes Nachfrage, er könne sich gut vorstellen, dass es Kinder in diesen Heimen gebe, die adoptiert werden könnten.

Sie mussten es nicht aussprechen, sie mussten sich nicht einmal dabei anschauen; es war klar, worum es ging. Deutlich klangen in beider Ohren die Laute, die Edith und die Kinder beim Spielen von sich gaben.

Langsam und konzentriert löst Friedrich Liedke die Schale vom Frühstücksei. Gleichermaßen vorsichtig nähert er sich dem Thema. Er gibt zunächst wieder, was Hans Stoll über Kinderheime in Norwegen berichtet hat. Dann greift er weiter aus. Er bezieht sein Zusammentreffen mit Werner Feulner ein. Er spitzt zu. Er bedrängt seine Frau.

Heime wie die in Norwegen gebe es auch im Reich, sogar in der Nähe von Berlin. Man suche dringend Eltern für Kinder, deren Mütter sie nicht behalten wollten. Die Heime würden vom Verein Lebensborn betrieben. Die Organisation liege in den Händen der SS. Mit einem hohen Tier bei der SS sei er von früher bestens bekannt. Vor einiger Zeit seien sie zufällig zusammengetroffen. Bei dieser Gelegenheit habe er schon einmal vorgefühlt. Jetzt schaut er hoch.

151

»Wir könnten uns um eine Adoption bemühen, Edith. Was hältst du davon?«

In ihren feinen Gesichtszügen spiegelt sich beim Zuhören zunächst noch die Erinnerung an das Spielen mit den Kindern am gestrigen Abend. Das ändert sich, als das Wort »Lebensborn« fällt. Das geschieht nicht sofort. Das Lächeln schwindet. Die Wangen werden schmal. Beherrscht wird der Gesichtsausdruck wieder von den großen, ernst blickenden Augen. Zugleich verraten senkrechte, sich vertiefende Linien an den Mundwinkeln eine wachsende Anspannung.

Edith verharrt in der zuletzt eingenommen Position beim Beschmieren eines Brotes und schweigt. Dann wirft sie plötzlich das Messer auf den Tisch. Abrupt steht sie auf. Beinahe kippt ihr Stuhl dabei um. Sie geht im Zimmer hin und her, verfolgt von den Blicken ihres Ehemannes. Friedrich Liedke ist erschrocken. So hat er seine Frau noch nie erlebt.

»Mit diesem Verein und mit diesen Leuten will ich nichts zu tun haben. Es ist so schrecklich, was man davon hört. Das ist doch ein Bordell für SS-Männer. Die sollen möglichst viele Kinder zeugen. Ob ehelich oder nichtehelich, das spielt überhaupt keine Rolle. Nur rassereine Kinder zählen für die. Schrecklich!«

Friedrich Liedke will beschwichtigen. »Das stimmt doch gar nicht. Das sind alles nur Gerüchte. Die kümmern sich um Mütter in einer schwierigen Lage. Die wollen nur ...« Der Satz bleibt unvollendet, weil Edith den Raum verlässt und dabei die Tür heftig zuzieht.

Nach einigen Minuten kehrt sie zurück. Sie hat sich wieder gefasst und setzt das Frühstück fort. Ohne ihren Ehemann anzusehen, sagt sie: »Mach dir um mich keine Sorgen. Ich komme schon zurecht. In nächster Zeit werde ich mich um Hildegards Kinder kümmern. Ich hab ihr das versprochen. Sie erwartet das vierte Kind.«

Nachts um drei

Ein großes Holzregal, vollgestellt mit alten, verstaubten Aktenordnern, ein rechteckiger Tisch, vier einfache Stühle und ein metallener Spind – das ist das gesamte Mobiliar des Hinterzimmers in der

Polizeistation Hodonín. Das kleine, zum Hinterhof gelegene Fenster lässt nur wenig Licht herein. Obwohl mittäglicher Sonnenschein herrscht, den der Schnee auf dem Hof noch verstärkt, ist das Licht der Deckenlampe nötig, damit der Raum ausreichend beleuchtet ist. Neben dem Regal hängt ein Kalender, der als Datum »Donnerstag 7. Januar 1943« anzeigt.

Drei Männer unterschiedlichen Alters betreten den Raum. Sie tragen Zivil. Alle drei gehören der Gestapo an. Der älteste und ranghöchste, Kriminalkommissar Eugen Panskus, 54 Jahre alt, setzt sich auf den Stuhl an der schmalen Tischseite. Den beiden anderen weist er Plätze an den längeren Tischseiten zu.

Links von ihm sitzt der 43-jährige Kriminaloberassistent Horst Rohrbach. An der rechten, der Tür zugewandten Seite nimmt der Jüngste Platz, der 31 Jahre alte Kriminalassistentenanwärter Siegfried Brettschneider.

»Hier sind wir hoffentlich ungestört«, eröffnet Kommissar Panskus das Gespräch. »Ich höre. Bitte in zeitlicher Abfolge berichten.« Er lehnt sich zurück, rutscht dabei auf dem Sitz nach vorn, faltet die Hände über dem sich deutlich vorwölbenden Bauch zusammen und schaut mit halb geschlossenen Augen durch die Gläser seiner Hornbrille vor sich auf den Tisch. Auch das rundliche Gesicht und die Halbglatze tragen dazu bei, dass er das Bild eines gemütlichen älteren Herrn abgibt.

Oberassistent Rohrbach und Assistentenanwärter Brettschneider schauen sich an. Rohrbach ist der äußeren Erscheinung nach in jeder Hinsicht Bürokrat. Er trägt ebenfalls eine Brille. Die dunklen, glatten Haare sind sorgfältig gescheitelt. Strenge Züge und eine blasse Hautfarbe bestimmen den Eindruck, den das längliche Gesicht vermittelt. Mit seinem schmalen Körper nimmt er eine betont aufrechte Sitzposition ein. Die Hände liegen übereinander auf dem Tisch. Rohrbach nickt Brettschneider zu. Er soll beginnen.

In dessen ebenfalls aufrechter Sitzhaltung kommt nicht die Korrektheit des Bürokraten, sondern die Anspannung des jungen, ehrgeizigen Kriminalbeamten zum Ausdruck, der darauf brennt, Erfolge vorzuzeigen. Er überragt die beiden anderen um Haupteslänge. Die blonden, vorn zu einer leichten Tolle hochgekämmten Haare, die Ha-

kennase und der breite Mund formen ein Gesicht, in dem sich eine Neigung zur Rücksichtslosigkeit, wenn nicht gar Brutalität abzeichnet. Auf körperliche Stärke lassen die breiten Schultern und die großen Hände schließen.

»Vor einem halben Jahr hab ich hier angefangen. Die Informationslage war schlecht. Mein Vorgänger hat sich viel zu wenig um Zuträger bemüht. Ich hab mir gedacht, dass man Informanten dort haben muss, wo die Leute zusammenkommen, zum Beispiel in Gastwirtschaften.«

Das mehrmalige Hochklappen des Zeigefingers der rechten Hand auf dem Bauch des Kommissars verrät Ungeduld. Brettschneider spricht schneller.

»Da ich aus der Gegend stamme, weiß ich, dass viele Wirte Schnaps schwarz brennen. Ich hab daher vor Silvester mit den Männern der örtlichen Polizei Razzien durchgeführt und dabei etliche erwischt. Die hab ich dann unter Druck gesetzt. Ich hab mit Entziehung der Schankerlaubnis und Bestrafung gedroht, wenn sie mir nicht sofort brauchbare Informationen liefern. Das hat ganz gut funktioniert. Besonders interessant war das, was der Wirt der Gastwirtschaft ‚Zur Post‘ erzählte. Der hat aufgeschnappt, dass ein Gast, ein Bauer, von einem Fallschirmspringer gesprochen hat. Der Bauer heißt Ludovic Pawelka. Er hat einen kleinen Hof am Stadtrand.«

Durch Anheben der rechten Hand auf dem Tisch zeigt Oberassistent Rohrbach an, dass er fortzufahren wünscht. »Vernünftigerweise hat der Kollege Brettschneider in einer so wichtigen Angelegenheit sogleich seine vorgesetzte Dienststelle, also uns beim Grenzkommissariat in Zlín informiert. Es könnte sich ja um einen Fallschirmagenten handeln, der sich auf dem Bauernhof verborgen hält. Ich habe die Beobachtung des Bauernhofs angeordnet. Ein sofortiger Zugriff erschien mir nicht angebracht. Dadurch könnten uns Beteiligte und Unterstützer entgehen. Außerdem sind wir ja angehalten, bei Fallschirmagenten die Leitstelle in Prag einzuschalten.«

Rohrbach wendet sich mit Kopf und Oberkörper dem Kommissar zu. »Mir wurde gesagt, dass Sie diese Sachen bearbeiten, dass Sie aber noch bis zum sechsten Januar in Urlaub sind. Ich habe daher den Kollegen Brettschneider angewiesen, bis dahin die Beobachtung mit

154

den örtlichen Polizeikräften fortzuführen und nur bei Fluchtgefahr einzuschreiten.«

Kommissar Panskus runzelt ein wenig die Stirn. Ihm gefällt nicht der Vorwurf, den er beim Hinweis auf seinen Urlaub heraushört. Er behält jedoch seine Körperhaltung bei und knurrt vor sich hin: »Ergebnis?«

Brettschneider ergreift wieder das Wort, nachdem Rohrbach ihn durch einen Blick und kurzes Kopfnicken dazu aufgefordert hat. »Unser Beobachtungsposten ist in einem Waldstück, fünfzig Meter vom Hof entfernt. Näher können wir nicht heran, weil um die Gebäude herum freies Gelände ist. Im Haus wohnt nicht nur der Bauer, sondern noch eine Frau. Beáta Landová heißt sie. Arbeitet als Putzhilfe im Krankenhaus. Sie wohnt angeblich auf dem Hof zur Miete. Wir sind ziemlich sicher, dass sich in der Scheune neben dem Haus eine weitere Person aufhält. Mehrfach haben wir gesehen, dass die Landová vom Haus in die Scheune gegangen ist. Sie hat offenbar Sachen zum Essen rübergebracht. Einmal hielt sie einen Kochtopf in den Händen. Außerdem haben wir manchmal nachts einen Lichtschein auf dem Dachboden der Scheune gesehen.«

»Habt ihr rund um die Uhr beobachtet? Ist jetzt jemand dort?« Unerwartet scharf artikuliert Kommissar Panskus seine Fragen. Brettschneider gerät in Verlegenheit. »Leider hab ich nicht genügend Leute. Ich kann auch niemandem zumuten, stundenlang im Wald zu stehen. Es ist viel zu kalt. Außerdem wird der in der Scheune sich hüten, bei dieser Kälte und dem vielen Schnee sein Versteck zu verlassen.«

»Also ist zur Zeit niemand dort«, stellt Panskus wiederum in scharfem Tonfall fest. Er hebt seinen Kopf und blickt zunächst Brettschneider und dann Rohrbach an. Die dicken Gläser der Brille lassen den Blick besonders kalt erscheinen. »Wir müssen rasch zugreifen, bevor der Bursche uns entgeht. Wenn wir ihn haben, werden wir schon das Nötige über Helfer und Kontakte aus ihm herausquetschen. Alle drei werden festgenommen. Wir müssen sie überraschen. Das geht tagsüber nicht. Da kann es Lärm geben, und dann entwischt uns vielleicht einer. Wir brauchen für den Einsatz drei Polizeikräfte. Zunächst nehmen wir uns den Bauern und die Frau vor. Heimliche

155

Türöffnung und dann rasches Zupacken, Fesseln und Knebeln. Einer bleibt bei den beiden. Alle anderen gehen in die Scheune. Höchste Vorsicht. Diese Fallschirmagenten sind gefährlich. Die sind gut ausgebildet und können mit Waffen umgehen. Zugriff heute Nacht drei Uhr.«

Auf die überraschten Blicke der beiden anderen am Tisch lächelt der Kommissar süffisant: »Mach ich immer so, ist der beste Zeitpunkt für Festnahmen. Nachts um drei schläft der Mensch.«

Dann fragt er noch: »Gibt's einen Hund auf dem Hof?« – »Nein, Herr Kommissar«, antwortet Brettschneider. »Umso besser. Wir treffen uns heute nach um halb drei hier in der Polizeistation.«

Anschließend erkundigt der Kommissar sich noch nach einem guten Speiselokal. Seit seiner Abreise aus Prag am frühen Morgen hat er nichts mehr gegessen. Er freut sich auf eine kräftige Mahlzeit.

Zwölf Stunden später gelangen die sechs Männer ohne Schwierigkeiten in das Haus des Bauern Pawelka. Der Dietrich, den Assistentenanwärter Brettschneider mitgebracht hat, erweist sich als unnötig; die Haustür ist nicht abgeschlossen. Kommissar Panskus bleibt im Flur. Die Arbeit erledigen die Jüngeren.

Drei überwältigen Ludovic Pawelka in seinem Schlafzimmer. Zwei stürmen die Treppe hinauf. Sie treffen Beáta Landová, die Geräusche gehört hat, im Bett sitzend an. Sie kommt nicht dazu, überhaupt nur einen Laut von sich zu geben. Die derb zupackende Hand Brettschneiders verschließt ihr den Mund. Beide werden geknebelt und an Küchenstühle gefesselt. Ein Polizist übernimmt die Bewachung. Die anderen begeben sich zur Scheune.

Mit einer Handbewegung befiehlt Kommissar Panskus einem Polizisten, das Scheunentor vorsichtig zu öffnen. Dieser zieht das Tor äußerst behutsam auf. Gleichwohl ist ein leises Knarren zu hören. Der Polizist hält inne und sieht den Kommissar fragend an. Der überlegt kurz. Dann bedeutet er mit einem Kopfnicken dem Polizisten, weiterzumachen. Er hofft, dass das Knarren übertönt wird von den Geräuschen, welche die Tiere im rechten Teil der Scheune verursachen.

Als der Spalt groß genug ist, betreten die fünf nacheinander die Scheune. Der auf dem Gelände vor der Scheune liegende Schnee gibt

156

so viel Helligkeit durch die Toröffnung hindurch ab, dass sie sich grob orientieren können. Zu erkennen ist im linken Teil der Scheune ein mit Heu angefüllter Dachboden, zu dem eine Leiter hinaufführt. Ein gemeinsames Handeln ist nicht möglich.

Der Kommissar schaut sich um. Wo ist Brettschneider? Als der Blickkontakt hergestellt ist, zeigt er mit dem rechten Zeigefinger nach oben. Brettschneider nickt. Mit langsamen Schritten nähert er sich der Leiter. Nicht allein aus Vorsicht verhält er sich so. Er hat auch Angst. Was ist, wenn ihn oben jemand mit gezogener Pistole erwartet?

Am Fuß der Leiter nimmt er die Stablampe in die linke Hand. Bevor er mit der rechten den Holm packt, vergewissert er sich noch einmal, dass seine Pistole griffbereit am Gurt hängt.

Stufe um Stufe, jeweils mit kurzer Pause zum Horchen, steigt er die Leiter hinauf. Nachdem der Schritt auf den Boden getan ist, zieht er seine Waffe und entsichert sie. Dann befühlt er die Heuwand vor ihm. Schließlich findet er den Durchschlupf an der Seite. Mit einem entschlossenen Schritt tritt er hindurch. Von unten hört man das Anknipsen der Lampe und den lauten Ruf »Hände hoch!« Dann tritt Stille ein. Danach sind Schritte vernehmbar. Schließlich ruft Brettschneider von oben herunter: »Der Vogel ist ausgeflogen.«

»Verdammter Mist!« flucht der Kommissar. »Ihr Hornochsen! Ein bisschen Beobachten genügt eben nicht!« Es dauert einige Zeit, bis er sich beruhigt hat. Dann gibt er Anweisungen: »Bei Tagesanbruch Verfolgung aufnehmen. Im Schnee dürften genügend Spuren vorhanden sein. Auch Spürhunde einsetzen. Rohrbach übernimmt das Kommando.«

Beim Verlassen der Scheune ruft er Brettschneider zu sich. „Immerhin haben wir zwei Vögel gefangen. Die werden schon singen. Zeigen Sie mal, dass Sie wissen, wie man solche Leute vernimmt, Brettschneider.«

Die Rollkur

Mit einer kleinen Schere schneidet Edith Liedke die rechte obere Ecke der braunen Tüte ab. Den Inhalt, graue Körner, schüttet sie in ein Glas. Darauf gießt sie lauwarmes Wasser aus einem Messbecher. Sie rührt die Flüssigkeit mit einem Teelöffel um, bis sich die Körner aufgelöst haben. Dann reicht sie das Glas ihrem Mann.

157

Friedrich Liedke konnte an diesem Freitagmorgen nicht aufstehen. Es ist bereits elf Uhr. Mühsam hat er sich im Bett hochgeschoben. Halb sitzt er, halb liegt er. Ermöglicht wird ihm diese Position durch das zusammengerollte und unter den Rücken geschobene Kopfkissen. Sein Kopf lehnt am Kopfteil des Ehebettes. Das Gesicht ist seiner Frau zugewandt, die auf einem Stuhl neben dem Bett sitzt.

Weißlich grau ist seine Gesichtshaut. An den Wangen zeichnen sich senkrechte Falten ab. Die Augen sind rot umrändert. Die linke Hand hat Friedrich Liedke unter die Jacke des Schlafanzugs geschoben. Sie ruht auf dem oberen Bauch und soll dort Wärme spenden. Sein Magen schmerzt.

Seit jeher quält ihn der Magen. Das Kind hat einen empfindlichen Magen, hieß es früher. Immer wieder machte sich der Magen bemerkbar in der Schulzeit, im Studium, in der Ausbildung und im Beruf. Besonders dann, wenn Prüfungen anstanden, Zeitdruck ihn bedrängte oder er sich von anderen kontrolliert fühlte.

Aber er hatte im Laufe der Zeit gelernt, damit umzugehen. Lange Spaziergänge halfen ihm, auch ein Glas Rotwein vor dem Zubettgehen und der Haferbrei, den Edith ihm zum Frühstück zubereitete. Nach einigen Tagen ging es ihm in der Regel besser. Bislang hatte er noch keinen Arbeitstag wegen seines Magenleidens versäumt.

Doch mit den Magenbeschwerden, die er bisher kannte, ist der Schmerz nicht vergleichbar, der ihn seit zwei Tagen im Griff hat. Der Magen hat sich zu einem schweren Klumpen zusammengeballt. Er presst gegen die Bauchdecke, verknappt die Atemluft und drückt auf den Unterleib, der sich vorwölbt. Ein säuerlicher Geschmack füllt die Mundhöhle aus.

Den gestrigen Arbeitstag hat Friedrich Liedke nur unter allergrößter Anstrengung überstanden. Heute Morgen gelang aber nicht einmal mehr das Aufstehen. Er knickte in den Beinen ein, musste sich am Bettpfosten festhalten und fand nur mit Ediths Hilfe zurück ins Bett. Es ließ sich nicht vermeiden: Edith musste seine Dienststelle anrufen, um mitzuteilen, dass er krankheitsbedingt nicht erscheinen könne. Auf sein Drängen fügte sie allerdings hinzu, er werde sich am Wochenende sicherlich erholen und am Montag wieder seinen Dienst wahrnehmen.

Friedrich Liedke trinkt die milchige Flüssigkeit in einem Zug aus. Sie schmeckt nach Kräutern. Er schließt die Augen und rutscht wieder ins Bett hinein, bis sein Kopf auf dem Kissen liegt. Edith hat ihm erklärt, wie er sich jetzt zu verhalten hat. Jeweils zehn Minuten soll er auf dem Rücken, danach auf der linken Seite, dann auf dem Bauch und dann auf der rechten Seite liegen. Sie wird ihm immer Bescheid geben, wenn die Zeit abgelaufen ist.

Diese Rollkur hat Dr. Augustin empfohlen. Edith hat ihn heute Morgen aufgesucht. Er wohnt nur fünf Minuten entfernt am Ende der Birkenstraße. Eigentlich praktiziert er nicht mehr. Er ist bereits 76 Jahre alt. Doch er wird weiterhin um Rat gefragt. Denn es gibt kaum noch praktizierende Ärzte in der Umgebung. Die Wehrmacht hat sie sich geholt.

In seinem alten Medizinschrank fand Dr. Augustin noch eine Packung mit zehn Tüten für eine Rollkur. Geld wollte er dafür nicht haben. Er gab ihr noch den Rat mit auf den Weg, darauf zu achten, dass ihr Mann das Mittel genau nach Vorschrift anwende. Das Mittel beruhige die gereizte Magenschleimhaut. Dafür sei aber nötig, dass die gesamte Schleimhaut gleichmäßig erfasst werde.

Friedrich Liedke schließt, auf dem Rücken liegend, die Augen. Er wartet darauf, dass das Mittel den schweren Klumpen in seinem Bauch auflöst, dass der Druckschmerz nachlässt, dass sein Körper zur Ruhe kommt. Doch Gegenteiliges tritt ein.

Verstörende Bilder schieben sich vor seine Lider. Er versucht, ihnen durch Seitwärtsbewegung der Augen zu entgehen. Das gelingt nur teilweise. Die Bilder flackern immer wieder auf. Das macht sie umso bedrängender. Zugleich bohren sich Bruchstücke von Geräuschen und Stimmen in sein Ohr.

»Scharfrichter, walten Sie …!« Einem jungen Mann wird die über die Schultern gelegte blaue Jacke heruntergerissen. Die Ringe auf der metallenen Stange kreischen beim heftigen Zurückziehen des Vorhangs. Ein Brett klackt auf den Tisch. Es schließt sich um den entblößten Hals. Ein kurzes metallisches Sirren, ein heftiger Schlag. Das Blut zischt aus der Halsschlagader heraus. Holzschuhe, die der junge Mann getragen hat, lösen sich von den erschlafften Füßen und knallen auf den steinernen Boden. Erneut das Kreischen der Ringe.

Vor den nun wieder geschlossenen Vorhang tritt eine große, dunkel gekleidete Gestalt mit einem Zylinder auf dem Kopf. »Das Urteil ist vollstreckt!«

Nichts hilft, auch nicht das Hin- und Herwenden des Kopfes, nicht das Bedecken der Augen mit den Händen, nicht das Zuhalten der Ohren.

Aus der Küche ruft Edith ihm zu, dass es an der Zeit sei, sich auf die Seite zu legen. Mit einem Ruck dreht er sich auf die linke Seite, hoffend, dass die Bilder und Geräusche zurückbleiben. Doch sie lassen sich nicht abschütteln. Mit kurzer Verzögerung vollziehen sie die Bewegung nach. Friedrich Liedke wird die Erinnerung an den vorgestrigen Tag nicht los.

Seit Beginn des neuen Jahres hatte er damit rechnen müssen. Was er bisher hatte vermeiden können, sah der Geschäftsverteilungsplan des Jahres 1943 nun auch für ihn vor. Er hatte an Hinrichtungen mitzuwirken. Am 5. Januar fand er die Akte mit dem ersten Termin auf seinem Schreibtisch vor: Mittwoch, 15. Januar 1943, 18 Uhr.

Er war es also, der dem Verurteilten sechs Stunden vorher die Hinrichtung anzukündigen hatte. Seine Aufgabe war es, unmittelbar vor der Hinrichtung den Urteilsspruch zu verlesen und die Ablehnung des Gnadengesuchs mitzuteilen. Er hatte den Scharfrichter aufzufordern, das Urteil zu vollstrecken. Ihm oblag es, nach der Enthauptung die Hinrichtung als ordnungsgemäß beurkunden zu lassen.

Friedrich Liedke bezweifelte nicht die Notwendigkeit von Todesurteilen. Er hatte zwar das Gefühl, dass seit einiger Zeit sehr häufig und oft aus geringfügigem Anlass zum Tode verurteilt wurde. Doch es blieb bei einem Gefühl. Ernsthafte Bedenken oder gar Vorbehalte ergaben sich daraus nicht für ihn. Nicht er als Staatsanwalt verhängt Todesurteile, sagte er sich, sondern die Richter, immerhin Richter der höchsten deutschen Gerichtsbarkeit. Die werden wissen, was sie tun. Und es ist Krieg, sagte er sich noch. Die Kriegslage ist bedrohlich. Härte ist nötig, wohl auch von Seiten der Justiz.

Nicht das juristische Töten machte ihm zu schaffen, sondern die Konfrontation mit dem tatsächlichen Töten. Bei der Hinrichtung am Mittwochabend befiel ihn eine Erstarrung der Sinne. Die Augen blieben auf einen Punkt fixiert. Die Gehörgänge zogen sich krampfartig zusammen.

Nun, im Bett liegend, muss er erkennen, dass seine Sinne durchaus alles wahrgenommen haben. Sie haben es ihm nur kurzzeitig vorenthalten. Jetzt führen sie ihm in ständiger, unaufhaltsamer Wiederholung all das Schreckliche vor, das er nicht hatte sehen und hören wollen.

Er spürt Ediths Hand auf der Stirn. »Du hast ja Fieber! Soll ich ein Fiebermittel besorgen?« Friedrich Liedke wehrt ab: »Nein, nein, das ist nicht weiter schlimm. Ich muss nur ein wenig schlafen. Danach geht's mir bestimmt besser.« Besorgt bleibt sie einige Zeit neben dem Bett stehen und beobachtet ihn. Schließlich sagt sie: »Schlaf nur. Ich lass dich in Ruh. Ich werd Hildegard besuchen und ihr die Kinder für einige Stunden abnehmen.«

Der Schlaf verweigert ihm zunächst die ersehnte Ruhe. In fiebrigen Träumen quälen ihn weiterhin Bilder und Geräusche von der Hinrichtung, jetzt grotesk verzerrt in einem sich immer schneller drehenden Wirbel. Er wälzt sich von der einen Seite zur anderen auf einem von Schweiß durchnässten Laken. Schließlich umhüllt ihn die völlige Erschöpfung mit traumloser Dunkelheit.

Gegen fünf Uhr nachmittags erwacht er. Geweckt haben ihn Laute, die aus dem Wohnzimmer durch die nur angelehnte Tür zu ihm ins Schlafzimmer gelangen. Er kann sie nicht recht deuten. Größte Mühe bereitet es ihm, sich auf die Bettkante zu setzen. Er schlüpft in seine Pantoffeln und geht mit schleppenden Schritten zur Tür.

Angelehnt an den Türrahmen sieht Friedrich Liedke, dass seine Frau nach vorn gebeugt im grünen Ohrensessel am Fenster sitzt. Sie hält sich ein Taschentuch vor den Mund, das ihr helfen soll, das Weinen und Schluchzen zu unterdrücken.

»Edith, was ist passiert?« Sie nimmt das Taschentuch weg und lässt ihrem Schmerz freien Lauf. Es dauert einige Zeit, bis er den gestammelten Worten entnehmen kann, was sie erschüttert. Hildegard wird in den nächsten Tagen mit den Kindern aus Berlin wegziehen, weil die Bombardierungen immer schlimmer werden. Die Schwiegereltern, die in einem Dorf in der Uckermark leben, werden sie aufnehmen, bis der Krieg vorbei ist.

161

»Jetzt bin ich wieder allein«, klagt Edith, nachdem sie sich ein wenig beruhigt hat.

Hotel Metropol

Vom Franz-Josefs-Kai aus, den Donaukanal im Rücken, hat man das imposante Gebäude in seiner ganzen Länge im Blick. Über dem hohen Untergeschoss stapeln sich vier Stockwerke. Ein breiter Mittelrisalit mit einem zusätzlichen Dachgeschoss lässt den Bau besonders standfest und wuchtig erscheinen.

Die Gestalt des Gebäudes spiegelt dasjenige wieder, was eine menschliche Gestalt selbstbewusst erscheinen lässt. Unübersehbar ist dieses mächtige Haus. Es verlangt, anerkannt zu werden. Es fordert dazu auf, mit wichtigen Aufgaben betraut zu werden.

Im Jahr 1873 begrüßte das Gebäude als das prächtigste Luxushotel im ersten Wiener Bezirk ein internationales Publikum zur Weltausstellung. Mehr als sechs Jahrzehnte nahm es die Aufgabe wahr, gut betuchten Gästen aus dem In- und Ausland eine vornehme Unterkunft zu bieten.

Dann wurde es zum Zentrum polizeilicher Macht. Die Gestapo besetzte 1938 das Gebäude und machte es zu ihrem Hauptquartier. Nicht mehr »Hotel Metropol« sollte es genannt werden. »Geheime Staatspolizei – Staatspolizeileitstelle Wien« war jetzt die offizielle Bezeichnung. Doch der Sprachgebrauch der Menschen lässt sich nicht per Dekret regeln. Die Bevölkerung beließ es bei »Hotel Metropol«. Aber jeder, ob betroffen oder nicht betroffen, wusste, dass die luxuriöse Unterkunft für wohlhabende Reisende sich in einen Ort des Schreckens verwandelt hatte.

»Los! Los! Runter vom Wagen! Nicht sprechen! Beeilung!« Laute Rufe gellen am frühen Morgen des 24. Februar 1943 durch die Salztorgasse, die am hinteren Teil des Gebäudes liegt. Mit trappelnden Schritten bewegen sich dunkle Gestalten, von Uniformierten eskortiert, auf ein geöffnetes Tor zu. Sie sind dünn bekleidet. Zum Schutz vor Kälte haben sie die Arme um die Oberkörper geschlungen.

Sie werden durch den Hintereingang in das Gebäude geführt. Früher benutzten diesen Eingang Händler, die das Hotel mit Waren verschiedenster Art versorgten. Jetzt wird menschliche Ware an-

geliefert, Häftlinge, die aus dem Polizeigefängnis zum Verhör in die Gestapozentrale gebracht werden.

Über eine Treppe steigen sie hinab in das Untergeschoss. In den Zellen dort müssen sie darauf warten, denen zugeführt zu werden, die etwa eine Stunde später das Gebäude betreten.

Die Kriminalbeamten, die Wachtmeister, die Sekretärinnen gelangen von der entgegengesetzten Seite, vom Morzinplatz aus, durch den Haupteingang in den mächtigen Bau. Hüte, Mützen, Handschuhe, Stiefel, gefütterte Jacken und Pelzmäntel schützen sie vor der Kälte. Die Dunkelheit beginnt dem Grau des Wintermorgens zu weichen.

Kriminaloberassistent Rudolf Behringer genießt es, durch das hohe Portal mit den vier Säulen zu gehen. Er durchschreitet es mit großen Schritten und tritt dabei kräftig auf, um die Schritte nachklingen zu lassen. Die erhabene Gestalt des Eingangs bringt zum Ausdruck, was er fühlt. Hier hat eine unwiderstehliche Macht ihren Sitz, und er gehört zu denen, die sie ausüben.

Über den breiten Treppenaufgang gelangt er in den zweiten Stock. Er schließt sein Dienstzimmer auf, legt Hut und Mantel ab und setzt sich hinter den Schreibtisch. Es ist fünf vor acht. Um acht Uhr wird ihm die Gefangene Olga Cermak vorgeführt werden.

Der mittelgroße, schlanke 32-jährige Brillenträger mit einem Bürstenhaarschnitt, der ihn größer erscheinen lassen soll, sitzt aufrecht auf dem Stuhl. In dem Gesicht, das dreieckförmig auf ein spitzes Kinn zuläuft, fallen die stark gebogenen Augenbrauen auf. Sie lassen ihn hochmütig erscheinen.

Tatsächlich fühlt sich Rudolf Behringer den Kollegen überlegen, die in den Zimmern neben seinem Zimmer sowie darüber und darunter tagtäglich so wie er Vernehmungen durchführen und dabei Geständnisse aus den Gefangenen herausprügeln. So etwas hat er, der Jahrgangsbeste in der kriminalistischen Ausbildung, nicht nötig. Handgreiflich muss er nicht werden. Seine Methoden sind andere. Zu seiner Arbeitsweise gehört, dass er immer gut vorbereitet ist. So auch heute.

Auf der rechten Seite des Schreibtisches sind Protokollabschriften abgelegt, die er sich von anderen Kommissariaten der Gestapo besorgt hat. Unterstreichungen und Randbemerkungen zeigen, dass Kriminaloberassistent Behringer die Protokolle penibel durchgearbeitet hat. Vor ihm in der Mitte des Schreibtischs steht eine Schreibmaschine. Darin ist das Vernehmungsformular bereits eingespannt, das er gleich ausfüllen wird.

Pünktlich um acht Uhr meldet sich ein Polizeibeamter und führt die Gefangene ins Zimmer. Vor dem Schreibtisch steht in gebückter Haltung eine ältere Frau in einem dunkelblauen Kleid aus grobem Stoff. Sie hält den Kopf gesenkt und blickt auf den Boden. Ein Gummiband fasst im Nacken das ungewaschene graue Haar zusammen. Nur noch an einigen wenigen Stellen schimmert die ursprüngliche dunkle Haarfarbe durch. Im blassen Gesicht sind die Wangen eingefallen. Der Frau fällt das Atmen schwer. Mühsam unterdrückt sie einen Hustenreiz.

Rudolf Behringer fordert die Frau auf, Platz zu nehmen auf dem Stuhl vor seinem Schreibtisch. Den Polizeibeamten weist er an, das Zimmer zu verlassen und vor der Tür zu warten. Unmittelbar darauf erscheint ein älterer Justizbediensteter, der bei Bedarf Dolmetscherdienste leisten soll.

Die Frau nickt auf die Frage des Kriminalbeamten, ob sie die deutsche Sprache beherrsche. Sie könne natürlich, so fügt er hinzu, jederzeit den Wunsch äußern, dass tschechisch gesprochen werde. »Wir wollen ja genau verstehen, was Sie sagen.« Auf sein Handzeichen setzt sich der Justizbedienstete auf einen Stuhl, der in einer Zimmerecke neben der Tür steht.

Dann nimmt sich Behringer die eingespannte Seite des Vernehmungsprotokolls vor. Angaben zur Person sind dort einzutragen. Da die Gefangene weiterhin nach unten blickt und auf die erste Frage nach dem Namen nichts sagt, gibt er die Antwort vor und tippt diese, nachdem sie genickt hat, ein. So verfährt er bei allen folgenden Zeilen. Die Antworten kann er dem Festnahmeprotokoll entnehmen, das auf der rechten Schreibtischseite oben liegt. Stumm und ergeben nickt die Frau alle Eintragungen ab.

»Familienname: Cermak, geborene Hanak
Vorname: Olga
Geboren am: 23. 6. 1883

164

In: Lundenburg
Familienstand (auch Zahl der Kinder): verheiratet, aber getrennt
  lebend, 6 Kinder
Stand, Beruf: Gastwirtin
Wohnort und Wohnung: Lundenburg, Feldstraße Nr. 46
Staatsangehörigkeit: Deutsches Reich
Name, Stand und Wohnung der Eltern: Josef und Anna Hanak,
  geborene Slezak, beide verstorben
Parteiverhältnisse: gehört angeblich keiner politischen Partei an
Festnahme: durch die Grenzpolizei Lundenburg
Wegen: Verdachts der Begünstigung von Fallschirmspringern
Ort der Festnahme: in der Wohnung
Zeit der Festnahme: 5. 2. 1943«

Rudolf Behringer lehnt sich zurück. »Kommen wir zur Sache.
Mich interessiert Ihr Sohn. Was hat er so gemacht? Wann haben Sie
ihn zuletzt gesehen?« Olga verharrt in gebeugter Haltung, den Blick
nach unten gerichtet. Sie schweigt weiterhin.

Der Beamte klopft mit einem Stift in der rechten Hand im Sekun-
dentakt auf den Tisch. Das hat er sich als Vernehmungstaktik zu-
rechtgelegt. Das Klopfgeräusch soll Gefahr drohend klingen und ihn
ungeduldig erscheinen lassen. Dabei ist Behringer keineswegs unge-
duldig. Er setzt auf Zeit. Damit hat er bisher meistens Erfolg gehabt.

»Sie wissen, was mit ihm passiert ist?« Er setzt das Klopfen fort.
Schließlich antwortet Olga mit einem leichten, zögerlichen Nicken des
gesenkten Kopfes. »Wollen Sie es mir nicht erzählen?« Die Abstände
zwischen den Klopfgeräuschen werden kürzer. Olga bleibt bei ihrem
Schweigen.

Schließlich stößt der Beamte mit einem scharfen Ruck seinen Stuhl
zurück und steht auf. Was er erwartet hat, tritt ein. Olga zuckt
zusammen. Sie hat im Polizeigefängnis von den Vernehmungsmetho-
den der Gestapo gehört. Sie lässt den Kopf noch weiter sinken und
hält die rechte Hand schützend darüber. Doch Behringer hat nicht
die Absicht, zu schlagen. Er geht im Zimmer auf und ab.

»Nun gut, dann will ich Ihnen einmal eine Geschichte erzählen.
Sie handelt von einer Mutter, die ihren Sohn aufhetzt gegen die

Deutschen, obwohl sie doch selbst Deutsche ist, seit das Sudetenland zum Reich gehört. Sie schickt ihn nach England. Er soll den Partisanenkampf lernen. Er soll lernen, wie man Überfälle aus dem Hinterhalt verübt, Sprengstoffattentate begeht, Lebensmittel vergiftet, Minen verlegt und so weiter. Dann setzen ihn die Engländer mit dem Fallschirm im Hinterland ab, und er versteckt sich. Die Mutter kümmert sich um ihn und sorgt dafür, dass er Lebensmittel und Zigaretten erhält. Ihm soll es doch gut gehen. Er soll doch Eisenbahnlinien in die Luft sprengen und Deutsche töten.«

Der Kriminalbeamte bleibt neben der Gefangenen stehen. Nach einer Pause fällt von oben herab auf ihren gesenkten Kopf wie ein Peitschenhieb die laut und scharf gesprochene Frage: „War's nicht so?« Olga rührt sich nicht. Sie schweigt weiterhin. Der Kriminalbeamte setzt seine Wanderung durch das Zimmer fort.

»Aber manchmal kommt es anders, als man denkt. Der Fallschirmspringer verletzt sich beim Absprung. Er braucht Medikamente. Auch darum kümmert sich die Mutter. Es geht ihm besser. Er macht sich auf, Schienen in die Luft zu sprengen. Doch man ist ihm auf der Spur – mit Hunden. Er wird gestellt in dem Bahnwärterhäuschen, in das er sich verkrochen hat. Aufgeben soll er, wird ihm zugerufen, herauskommen soll er. Doch was macht er, feige wie er ist? Ein Knall, das war's. Schade, wir hätten ihn gern lebend gefangen. Aber wir haben ja die Anstifterin, die Mutter, die für alles verantwortlich ist, auch für den Tod ihres Sohnes.«

»Nein«, bricht es aus Olga heraus. Sie bäumt sich dabei auf. »Nein, das ist nicht wahr.«

»Oh, sie kann ja doch sprechen. Was ist denn wahr?« Der Beamte setzt sich wieder auf seinen Stuhl hinter dem Schreibtisch und sieht der Gefangenen auffordernd in die Augen. Sie ist zwar in die gebückte Haltung zurückgefallen, hat aber das Gesicht gehoben. Es ist das faltenreiche Gesicht einer verzweifelten, gebrochenen alten Frau. Die oberen Augenlider zittern, auf den unteren haben sich Tränen angesammelt.

Ihre Worte kommen stockend. Sie spricht mit leiser, brüchiger Stimme und atmet dabei schwer. Immer wieder wird sie von Hustenanfällen geschüttelt.

166

»Tomáš hab ich zuletzt 1939 gesehen. Er kam vom Militär nach Hause. Wir gerieten in Streit. Er war nicht bereit war, zu helfen. Ständig trank er Alkohol in schlechter Gesellschaft. Dann hatte er auch eine Beziehung zu einer Frau, die einen schlechten Ruf hatte. Ich hab ihn zur Rede gestellt und ihm gesagt, dass er nicht bleiben kann, wenn er sich weiterhin so verhält. Daraufhin hat er seine Sachen gepackt und ist gegangen. Wohin, weiß ich nicht. Ich habe erst im Sommer des letzten Jahres wieder von ihm gehört. Die Frau, die jetzt in Hodonín wohnt, ach nein, ich meine Göding, hat mir erzählt, dass er bei ihr lebt. Das ist alles. Was Tomáš in der Zeit zwischen 1939 und 1942 getan hat, weiß ich nicht. Ich weiß auch nicht, wie er nach Göding gekommen ist und was er tun wollte. Ich hab ihm auch keine Lebensmittel oder Medikamente geschickt.«

Als Olga geendet hat, senkt sie abermals ihren Kopf. Kriminaloberassistent Behringer zieht mit einem selbstsicheren, spöttischen Lächeln aus dem Stapel zu seiner Rechten ein Blatt hervor. Mit dem Blatt in der Hand nimmt er seine Wanderung durch das Zimmer wieder auf.

»Was ich hier lese, hört sich aber ganz anders an. Beáta Landová – so heißt doch diese Frau?« Olga nickt: »Also die hat uns gesagt, dass Sie durchaus Bescheid wussten. Sie hat Ihnen im Sommer 1942 alles erzählt. Tomáš hält sich bei ihr versteckt. Er ist ein Fallschirmagent und will Anschläge auf Bahnlinien verüben. Beim Absprung hat er sich verletzt. Er braucht Medikamente und Lebensmittel. Und die haben Sie ihm durch Ihre Tochter geschickt. Das hat uns die Frau Landová gesagt. Außerdem glaube ich Ihnen nicht, dass Sie keine Ahnung davon hatten, was Tomáš von 1939 bis 1942 gemacht hat. Darüber spricht man doch in der Familie, wenn einer in den Krieg zieht und ins Ausland geht. Und Sie behaupten, drei Jahre lang kein Lebenszeichen vom eigenen Sohn gehabt zu haben. Und dann wollen Sie Ihrem verletzten Sohn auch keine Medikamente und keine Lebensmittel geschickt haben. Das alles können Sie mir nicht erzählen.«

Den letzten Satz hat Behringer mit lauter Stimme gesprochen. Dann brüllt er sogar: »Mir nicht!« Olga zittert. Sie schweigt weiterhin. Der Beamte wandert erneut durch das Zimmer. Minutenlang geht er hin und her, ohne etwas zu sagen. Schließlich setzt er sich

167

wieder auf seinen Stuhl. Er dreht am Rad der Schreibmaschine, um einen neuen Bogen einzuspannen. »Nun gut, machen wir ein Protokoll. Nichts gewusst, nichts gesehen, nichts gehört, nichts getan. Aber glauben Sie ja nicht, dass Sie damit durchkommen. Wir sehen uns wieder und zwar bald.«

Nachdem das knappe Protokoll fertiggestellt ist, lässt Behringer die Gefangene abführen. Den Dolmetscher fordert er auf, vor der Tür zu warten. In seiner Frühstückspause möchte er allein sein und es sich etwas bequem machen. Er legt die Beine auf den Schreibtisch und verzehrt das mitgebrachte Brot.

Um zehn Uhr sitzt Kriminaloberassistent Behringer wieder in korrekter aufrechter Haltung hinter seinem Schreibtisch. Die nächste Gefangene wird hereingeführt. Der Dolmetscher nimmt erneut seinen Platz ein.

Der Beamte weist die Gefangene an, sich auf den Stuhl vor seinem Schreibtisch zu setzen. Die junge Frau, die ihm an Größe gleichkommt, schaut ihn, aufrecht sitzend, unverwandt aus erschrocken, ungläubig und starr blickenden Augen an. Die dunklen Haare hängen ungepflegt zu den Seiten herab und reichen bis auf die Schultern. An den Enden kräuseln sie sich. Die blasse Gesichtshaut spannt sich über den hervortretenden Wangenknochen. Die Frau trägt ein dunkelgraues Kleid aus grobem Stoff mit einem am Hals geschlossenen spitzen Kragen. Ihre Hände liegen verkrampft gefaltet im Schoß.

Behringer ist die Situation unangenehm. Er fühlt sich stets unbehaglich gegenüber Frauen, die gleich groß oder gar größer sind. Auch gelingt es ihm nicht, dem verschreckten, starren Blick der Gefangenen standzuhalten. Und dann hat er damit zu kämpfen, dass in ihm ein Mitleidsgefühl aufsteigt, das er mit seiner Berufsauffassung ganz und gar nicht vereinbaren kann. Erregt wird das Mitleid durch letzte, von Gefangenschaft, Hunger und Kälte noch nicht vollständig getilgte Spuren einer sanften, ebenmäßigen Schönheit im Gesicht der Frau.

Rasch erledigt er die Eintragungen auf der ersten Seite des Vernehmungsprotokolls, aus denen hervorgeht, dass er Helena Cermak, geboren am 28.10.1918, deutsche Reichsangehörige, wohnhaft in Lundenburg, Feldstraße 46, vor sich hat. Dann steht er auf, um nicht länger ins Gesicht der Frau sehen zu müssen. Er geht im Zimmer hin *und her. Dabei hält er die Hände hinter dem Rücken verschränkt. Seinen Blick richtet er abwechselnd gegen die Decke oder auf den Fußboden. Wenn er Fragen stellt, bleibt er kurz stehen.*

Lenka antwortet in einem gleichbleibenden, mechanisch klingenden Tonfall. Dabei blickt sie weiterhin starr geradeaus. Sie wirkt abwesend. Für den Beamten ist die Vernehmung ähnlich unergiebig wie die vorherige. Drohungen und der Hinweis auf die Aussage von Beáta Landová bleiben ohne Wirkung. Seit 1939, so sagt sie aus, hat sie ihren Bruder nicht mehr gesehen. Von Beáta Landová weiß sie zwar, dass er sich in Göding aufgehalten hat. Sie hat ihm aber weder Medikamente noch Lebensmittel gebracht.

Wütend fertigt Rudolf Behringer das Protokoll an. »Das haben Sie alles mit Ihrer Mutter abgesprochen. Aber das wird Ihnen nichts nützen. Warten Sie nur ab. Ich kriege Sie noch – beide!«

Zwei Tage später wird Kriminaloberassistent Behringer gegen Mittag gemeldet, dass die Gefangene Beáta Landová aus Zlín eingetroffen sei. Er lässt sie sich sofort vorführen.

Zweifellos ist sie geschlagen worden. Auf der oberen linken Stirnseite ist die noch frische Narbe einer Platzwunde erkennbar. Sie verschwindet im Haaransatz. Vermutlich reicht sie weit über den Schädel. Über die Unterarme rechts und links, die die nur halblangen Ärmel des schäbigen schwarzen Kleides unbedeckt lassen, ziehen sich dunkelblaue Streifen von Hämatomen.

Zweierlei ärgert Behringer. Wozu diese primitive Prügelei, wenn es doch auch andere Methoden gibt, um das herauszubekommen, was man wissen will. Und wenn schon geschlagen wird, dann sollte jedenfalls dafür gesorgt werden, dass keine sichtbaren Spuren zurückbleiben.

Die Kollegen in Zlín müssen kräftig zugeschlagen haben. Die vor ihm sitzende Frau ist völlig verängstigt. Sie hat ihre Schultern angespannt hochgezogen. Ihr unruhiger Blick wandert hin und her zwischen seinem Gesicht und seinen Händen.

Der Beamte redet beruhigend auf sie ein. »Ich will gar nicht viel von Ihnen. Ich will nur wissen, ob das stimmt, was Sie in Zlín ausgesagt haben und was hier in dem Protokoll steht. Danach haben Sie zusammen mit Ludovic Pawelka den verletzten Fallschirmagenten versteckt und versorgt. Sie haben dessen Mutter und Schwester davon berichtet. Beide wussten also, dass Tomas Cermak Sabotageakte plante. Und beide haben sich an der Versorgung mit Lebensmitteln und Medikamenten beteiligt. Die Mutter hat die Sachen besorgt und die Tochter hat sie ihrem Bruder gebracht. Das ist doch die Wahrheit oder?«

Die Gefangene senkt den Kopf und blickt in ihren Schoß. Auch lässt sie die Schultern fallen. Sie verharrt einen Augenblick in dieser Position. Dann nickt sie zögerlich.

»Na schön, dann müssen Sie das nur noch einmal bestätigen, wenn ich gleich zwei Personen kommen lasse, die Sie gut kennen.« Behringer gibt dem an der Tür wartenden Polizeibeamten ein Zeichen, der daraufhin den Raum verlässt.

Es tritt Stille ein. Der Kriminalbeamte blättert in seinen Unterlagen. »Ach, hier sehe ich gerade, dass gegen Sie bereits Anklage erhoben wurde. Anklage beim Sondergericht Brünn. Ist das so?« Beáta Landová, immer noch nach unten blickend, nickt wieder. »Tja«, kommentiert Behringer gedehnt, »im Protektorat geht eben doch alles etwas rascher als bei uns.« Er blättert weiter.

Nach einigen Minuten klopft es. Auf Behringers »Herein!« betritt der Polizeibeamte das Zimmer. Er erstattet Meldung. Die Häftlinge Olga und Helena Cermak stehen jetzt für die Vernehmung zur Verfügung.

Die Beförderung

Lautz selbst ist am Telefon, als Friedrich Liedke den Hörer seines Dienstapparates von der Gabel nimmt. Ungewohnt freundlich ist dessen Stimme. Er möge doch vorbeikommen. Dass der Oberreichsanwalt dann dem »sofort« ein »wenn möglich« voranstellt, lässt zusätzlich hoffen. Vielleicht wartet auf Friedrich Liedke ein anderes Gespräch als das übliche.

Zu den Üblichkeiten in der Reichsanwaltschaft beim Volksgerichtshof gehört es, regelmäßig zum Behördenleiter gerufen zu werden, um, vor seinem Schreibtisch stehend, Beanstandungen entgegenzunehmen. Die Akte ist nicht ordentlich geführt, die Bearbeitung hat viel zu lange gedauert, es sind unnötige Reisekosten verursacht worden, die Anklage enthält Zeichensetzungsfehler und so weiter. Vielleicht ist es dieses Mal keine dieser Standpauken. Friedrich Liedke hat da so eine Ahnung.

Doch er will Erwartungsfreude gar nicht erst aufkommen lassen. Man weiß ja nie! Mit der ihm eigenen stetigen Schrittfolge, das rechte Maß zwischen Gemächlichkeit und Übereilung suchend, begibt er sich auf den Weg durch die Gänge zum Büro seines obersten Vorgesetzten. Seine Körperhaltung ist durchaus straff. Doch es sind leichte Veränderungen in den letzten Monaten eingetreten, geringfügig zwar, aber bei genauer Beobachtung doch sichtbar. Oberkörper und Kopf sind ein wenig nach vorn gebeugt. Die Schultern hängen etwas. Das Schwingen der Arme beim Gehen wirkt leicht zögerlich.

Der Oberreichsanwalt empfängt ihn in seinem Dienstzimmer mit weiteren Freundlichkeiten. Er steht auf, geht ihm einige Schritte entgegen und weist ihm mit »Setzen Sie sich doch, mein lieber Liedke« den Platz vor seinem Schreibtisch zu. Dann bietet er ihm eine Zigarette aus einem silbernen Etui an. Als Friedrich Liedke dankend ablehnt, bittet er um Nachsicht dafür, dass er sich selbst eine anzündet.

Nach einem kräftigen Zug nimmt Ernst Lautz wieder Platz hinter seinem Schreibtisch. Er ergreift ein Blatt Papier, das direkt vor ihm liegt, hält es hoch und wedelt ein wenig damit. »Gerade eingetroffen. Jetzt ist die Sache perfekt. Glückwunsch Liedke.« Nachdem er das Blatt zurückgelegt hat, drückt er mit der linken Handfläche auf den Stift eines Drehaschenbechers, der sich mit einem Schleifgeräusch öffnet. Bedächtig klopft Lautz Asche ab und lässt den Stift zurückschnellen. Dem Schleifgeräusch folgt ein sattes Klacken.

»Aber der Reihe nach.« Der Oberreichsanwalt zieht erneut an seiner Zigarette. »Sie wissen ja nicht mehr als das, was ich vor einiger Zeit angedeutet habe.« Lautz lehnt sich zurück. Aus gerundeten Lippen stößt er Rauch nach oben aus. Friedrich Liedke weiß aus Erfahrung, dass er sich auf einen längeren Monolog gefasst machen muss.

»Also, ich hatte Ihnen ja gesagt, dass es gewisse Möglichkeiten für einen Aufstieg gibt. Die Wiener Sachen laufen aus dem Ruder. Die tschechischen und österreichischen Verfahren nehmen überhand.

Das wissen Sie ja selbst. Sie und die Kollegen der Abteilung haben in den letzten Monaten ganz schön schuften müssen.«

Mit einer kleinen Pause gibt Lautz seinem Gast die Gelegenheit, zustimmend zu nicken. Erneut benutzt er den Drehaschenbecher.

»Wir hatten schon überlegt, eine Zweigstelle in Wien zu errichten, aber …«, Lautz macht mit der freien linken Hand eine abwertende Bewegung, »… zu kompliziert, zu viel Organisationskram. Deswegen erweitern wir jetzt die Abteilung hier. Damit wird sie so groß, dass wir Arbeitsgruppen bilden wollen. Und dafür brauchen wir Leiter. Erste Staatsanwälte, Besoldungsgruppe A 2 c.«

Wiederum legt der Oberreichsanwalt eine Pause ein. Seine linke Hand übernimmt die Zigarette von der rechten. Die ist jetzt frei für eine schwungvolle Bewegung mit ausgestrecktem Zeigefinger, der sich gegen Friedrich Liedke richtet.

»Dabei habe ich auch an Sie gedacht, Liedke. Sie haben sich ja in den letzten Jahren wirklich wacker geschlagen. War aber gar nicht so leicht, die Sache durchzuziehen. Freisler hat Schwierigkeiten gemacht. Als ich ihn darauf angesprochen habe, hat er gemeint, Sie seien politisch lau und farblos. ›Braver Ackergaul, mehr nicht‹ hat er gesagt. Ich habe Sie natürlich in Schutz genommen und ihm gesagt, dass Sie politisch absolut zuverlässig sind. Und dann habe ich ihm noch klar gemacht, dass wir Leute wie Sie dringend brauchen, die in der Lage sind, mit Fleiß und Durchblick diese Flut an Verfahren zu bewältigen. Gemurrt hat er trotzdem noch, und ich war mir nicht sicher, ob er nicht doch interveniert. Aber auf dem Dienstweg ist alles glatt gegangen. Und auch auf der Parteischiene hat Freisler nichts unternommen.«

Lautz nimmt wieder das Blatt Papier in die Hand und liest vor: »Parteikanzlei München, 2. März 1943. Der Ernennung des Staatsanwalts Friedrich Liedke zum Ersten Staatsanwalt bei der Reichsanwaltschaft beim Volksgerichtshof wird zugestimmt. – Also Glückwunsch! Ab 1. 4. übernehmen Sie eine Gruppe in der Abteilung, und Sie werden stellvertretender Abteilungsleiter.«

Der Oberreichsanwalt streckt bereits die rechte Hand aus und erhebt sich etwas von seinem Stuhl. Dann lässt er sich aber zurückfallen. Die Zigarette wechselt von der linken Hand wieder in die rechte. Lautz nimmt sich die Zeit für einen tiefen Zug. Dann drückt er den Rest der Zigarette im Drehaschenbecher aus und lässt diesen zurückschnappen. Er beugt sich über den Schreibtisch, wobei er die Unterarme auf der Platte übereinander legt. Mit vorgerecktem Kopf blickt er Friedrich Liedke scharf in die Augen.

»Aber Liedke, damit das klar ist: Ich verlasse mich auf Sie. Sie stehen jetzt an der juristischen Front und übernehmen Führungsaufgaben. Ich verlange absolute politische Zuverlässigkeit. Zeigen Sie, dass Sie ein hundertprozentiger Nationalsozialist sind. Weder von Freisler noch von sonst jemandem möchte ich irgendetwas Nachteiliges über Sie hören. Gnade Ihnen Gott, wenn Beschwerden kommen.«

Mit einem Ruck erhebt er sich. Der drohend ernste Gesichtsausdruck weicht einem Lächeln. Er geht um den Tisch herum und reicht Friedrich Liedke, der sich ebenfalls erhoben hat, die rechte Hand zum Glückwunsch. In beiderseits betont aufrechter Haltung, die Hände in hartem Griff verschränkt, stehen sie sich gegenüber. Friedrich Liedke blickt seinem Vorgesetzten fest in die Augen und spricht das Erwartete: »Herr Oberreichsanwalt, ich werde mein Bestes geben!«

Den Weg zu seinem Dienstzimmer legt Friedrich Liedke mit geradezu beschwingten Schritten zurück. Ein Lächeln, aus dem Zufriedenheit und Stolz spricht, deutet sich auf seinen Lippen an.

Überrascht stellt er fest, dass ein ihm entgegenkommender Kollege sich offenbar beeilt, ihm beim Grüßen zuvorzukommen. Seine Beförderung hat sich also bereits herumgesprochen.

Das Hochgefühl trägt ihn auch noch auf dem abendlichen Nachhauseweg. Mit federndem Schritt nimmt er sogar, ganz ungewohnt, immer gleich zwei Stufen auf der Treppe bis zur Wohnung im zweiten Stock.

Überrascht hält er vor den letzten Stufen inne. Ihn erwartet, wie stets, seine im Rahmen der geöffneten Tür stehende Frau, aber anders als sonst mit einem strahlenden Gesicht. Hat sie bereits von seiner Beförderung erfahren?

Nein, der Grund ist ein anderer. Auf dem linken Unterarm hält sie eine kleine schwarze Katze mit weißen Pfoten und einem weißen Tupfer zwischen den Ohren. Mit der rechten Hand streicht Edith sanft über den Rücken des Tieres.

173

»Woher kommt die denn?« Friedrich Liedke merkt sofort, dass seine Frage unpassend ist. Edith geht überhaupt nicht darauf ein. Glücklich lächelnd blickt sie auf die Katze herab. »Ist sie nicht niedlich?« Sie dreht sich um und bringt die Katze zum Ohrensessel am Fenster. Auf der Sitzfläche liegt ein Kissen. Darauf legt sie die Katze vorsichtig ab. Dann wendet sie sich ihrem Mann, unverändert lächelnd, zu. »So, jetzt lass uns etwas essen.«

Beim Abendessen erfährt Friedrich Liedke, wie Edith zu der Katze gekommen ist. Vor einigen Tagen hat sie das streunende Tier auf einem Trümmergrundstück am Ende der Straße gesehen. Es wirkte auf sie verwirrt und ausgehungert. Sie hat der Katze Milch, Brotstücke und zerkleinerte Essensreste hingestellt. Das hat sie dann täglich wiederholt. Die Katze ist zutraulich geworden, und heute hat sie es zugelassen, von Edith angefasst und mitgenommen zu werden.

Immer wieder schaut Edith zu der Katze hinüber, die sich auf dem Kissen eingerollt hat. »Ich glaube, sie fühlt sich wohl bei uns.«

»Was hältst du davon, wenn wir sie Jasmin nennen?« fragt Friedrich Liedke seine Frau. Sie schaut ihn überrascht an. »Wieso kommst du gerade auf den Namen?« Er erzählt ihr von seinem Kindheitserlebnis auf dem Bauernhof seiner Großeltern. Gerührt streichelt sie mit ihrer linken Hand den Rücken seiner rechten. »Ja natürlich, Jasmin soll sie heißen.«

Was für ein glücklicher Abend, denkt Friedrich Liedke. Die kleine Katze hat Ediths Schwermut geheilt, und ich kann ihr jetzt mit der Nachricht von meiner Beförderung noch eine Freude bereiten.

Ein wenig abwesend hört Edith seinem Bericht vom Gespräch mit dem Oberreichsanwalt zu. Sie freut sich weiterhin an dem friedlichen Bild, das die auf dem Kissen ruhende Katze bietet. Nur ganz allmählich dringen seine Worte zu ihr durch. Sie wendet ihm ihren Blick zu. Wie ungewohnt lebhaft und freudig erregt er redet. Von »Gehaltserhöhung« und »Anerkennung« spricht er, von »Aufstieg« und schließlich von »großer Verantwortung«.

Sie lächelt ihn an. »Wie schön für dich.« Nach einer Pause, in der sich ihr Lächeln abschwächt und schließlich verschwindet, fragt sie mit leiser Stimme: »Ist es wirklich nötig, dass so viele Menschen sterben müssen?«

Auf Nachfrage erfährt er, dass Edith schon seit langem die kleinen Meldungen in der Zeitung aufmerksam liest, in denen mitgeteilt wird, wer auf Grund einer Verurteilung durch den Volksgerichtshof hingerichtet worden ist. Sie hat begonnen, zu zählen. In jüngster Zeit ist die Zahl drastisch angestiegen.

Friedrich Liedke bemüht sich um eine überzeugende Erklärung. Im Krieg müsse leider mit Härte durchgegriffen werden, und die Kriegslage habe sich zugespitzt. Edith deutet ein zustimmendes Kopfnicken nur an. Die vorher so gelöste Stimmung stellt sich nicht wieder ein.

Gegen Mitternacht wecken Geräusche die beiden. Es wird an Holz gekratzt, Stoff zerreißt, lautes Fauchen ist zu hören. Sie stürzen ins Wohnzimmer. Die Katze ist außer Rand und Band. Sie jagt zwischen den Fenstervorhängen und der Tür zum Flur hin und her. An den Vorhängen springt sie hoch und krallt sich darin fest. Den unteren Teil der Tür bearbeitet sie wild mit ihren Krallen. Beide versuchen vergeblich, das Tier zu fangen.

Schließlich geht Edith zur Tür. »Ich glaube, sie will nicht bei uns bleiben«, sagt sie traurig. »Sie braucht ihre Freiheit.« Sie öffnet die Tür zum Flur und danach die Wohnungstür. »Du kannst wieder ins Bett gehen«, ruft sie in die Wohnung zurück. Sie streift ihren Mantel über. »Ich bringe sie hinunter.«

Leben und Sterben in der Liesl

Immer wieder diese Schritte, diese Tritte der Stiefel von Wärtern, die ihre Runde machen. Seit Stunden hört Lenka die Kontrollgänge auf den langen Korridoren vor den Zellen. Die metallischen Trittgeräusche durchhallen alle Stockwerke. Vollständig aus Eisen sind Treppenhaus und Gänge in der Liesl.

Liesl, so nennen alle das Wiener Polizeigefängnis, die Gefangenen, die Wärter und auch diejenigen, die außerhalb der Mauern leben. Den Namen verdankt das Gefängnis der Elisabethpromenade, an der es zu Kaiserzeiten errichtet wurde. Der Volksmund hielt daran fest, auch als die Straße 1919 in Roßauer Lände umbenannt wurde.

Es sind nicht nur die Schritte der Wärter, die Lenka nicht schlafen lassen. Sie fühlt sich schwindlig und fiebrig. Ihr ist übel. Und es quält sie die Erinnerung an die Vernehmung vor einer Woche, als sie

175

und ihre Mutter Beáta gegenübergestellt wurden und als sie eingestehen mussten, dass sie von Tomáš' Plänen wussten und dass sie ihn versorgt hatten. Elend hatte Olga ausgesehen, gebeugt, blass, schwach, und immer wieder wurde sie von schweren Hustenanfällen geschüttelt. Wie soll sie alles, was jetzt noch auf sie beide zukommt, durchstehen? Lenka hat Angst um ihre Mutter. Sie hat den Handrücken in den Mund geschoben, um das Wimmern wieder herunterzupressen, das aus ihrem Inneren emporquillt.

»Was ist los mit dir? Geht's dir schlecht?« Waltraud Kolster, die in dem zweistöckigen Bett unter ihr schläft, ist aufgestanden und fragt sie im Flüsterton. Die beiden Frauen, die im Bett an der gegenüberliegenden Zellenwand liegen, sollen nicht wach werden.

Fünf Jahre älter als Lenka ist Waltraud. Schon mehrfach ist sie, die Gewerkschaftsarbeit im Untergrund betreibt, in der Liesl gewesen. Sie hat Erfahrung. Sie weiß, wie verzweifelt die Gefangenschaft machen kann. Behutsam legt sie die Hand auf Lenkas Kopf. »Oh, du hast ja Fieber.«

Flüsternd erzählt Lenka von den Sorgen um ihre Mutter. Auch spricht sie davon, dass ihr oft übel ist, vor allem morgens, und dass sie unter Schwindelgefühlen leidet.

Waltraud überlegt einen Augenblick. »Könnte es sein, dass du schwanger bist?« Erschrocken fährt Lenka hoch. Sie stützt sich auf den rechten Unterarm, schaut ihre Mitgefangene entsetzt an und bringt zunächst kein Wort heraus.

Daran hat sie in den vergangenen Wochen überhaupt nicht gedacht. Alle diese schrecklichen Ereignisse haben ihr Denken vollständig vereinnahmt, die Festnahme, der Transport nach Wien, die Trennung von ihrer Mutter im Gefängnis, die Unterbringung mit anderen in einer engen Zelle, die Verhöre. Ja, richtig, ihre Regelblutung ist ausgeblieben. Aber das hat sie sich mit der Aufregung und mit den Strapazen erklärt. – Doch, sie muss es sich eingestehen, möglich ist es schon, dass sie schwanger ist.

Weiterhin flüsternd beraten die beiden, was zu tun sei. Lenka ist verwirrt, ängstlich, kraftlos. Ihre ältere Mitgefangene nimmt das Heft in die Hand.

Waltraud Kolster kennt die Verhältnisse, und sie ist ohne Furcht.

176

Die mehrfachen Verhaftungen, die Verhöre durch die Gestapo und die Schikanen an ihrem Arbeitsplatz in einer Metallfabrik haben ihren Willen zum Widerstand nicht brechen können. Standhaft ist sie. Davon zeugen auch die gedrungene Gestalt, die kräftigen Arme, das breite, von starken Wangenknochen und den graublauen Augen beherrschte Gesicht. Zugleich hat sie ein mütterliches Wesen. Sie hilft, wo sie kann. Unter den gefangenen Frauen in der Liesl ist sie eine Autorität, von allen anerkannt. Auch das Wachpersonal hat Respekt vor ihr.

»Wir müssen herausbekommen, ob du krank oder schwanger oder beides bist«, flüstert sie Lenka zu. »Das ist hier in der Liesl schlecht zu machen. Die haben keine vernünftige Krankenabteilung. Manchmal holen sie einen Arzt von außerhalb, aber das dauert viel zu lange. Schwerkranke schieben sie lieber ab in die Krankenabteilung der Haftanstalt beim Landesgericht. Sie haben es nicht gern, wenn hier jemand stirbt. Beim Landesgericht sind die Ärzte in Ordnung. Man wird da auch ganz gut versorgt. Wir müssen sehen, dass du dahin kommst. Ich mach jetzt gleich großen Radau und sag denen, dass du schwer krank bist. Laut stöhnen musst du, denk daran.« Lenka nickt schwach.

Waltraud weckt die beiden Frauen in dem anderen Bett und weiht sie ein. Dann hämmert sie mit beiden Fäusten gegen die metallene Zellentür. »Hilfe! Hilfe! Sanitäter! Hier stirbt jemand! Hilfe!« Die Schläge dröhnen durch das Haus. Aus den Nachbarzellen ertönen unwillige Laute derjenigen, die aus dem Schlaf gerissen wurden. Unbeirrt setzt Waltraud ihre Trommelschläge fort, bis eilige Schritte auf dem Korridor zu hören sind. Sie nähern sich rasch. Ein Schlüssel wird eilig ins Schloss der Zellentür gestoßen.

Zwei Stunden später liegt Lenka in einem Bett mit einer von einem Laken umhüllten Matratze und einer wärmenden Federdecke. Fast schockartig befällt sie ein Gefühl der Erleichterung. In den vergangenen Wochen hat sie die kalten Nächte auf Holzpritschen unter dünnen, verdreckten, filzigen Wolldecken zubringen müssen. Sie versucht es, aber sie kann es nicht verhindern, dass Schlafanfälle ihr immer wieder für einige Zeit das Bewusstsein rauben. Auch wenn sie wach ist, kann sie ihre Umgebung nur schemenhaft wahrnehmen. Sie bemerkt, dass sich ein rundliches Gesicht mit einer Hornbrille über sie beugt. »Hat noch keinen Zweck«, hört sie, »besser heute Nachmittag ...«.

Dr. Eduard Herberger ist vor 25 Jahren Arzt in der Krankenabteilung der Untersuchungshaftanstalt des Landesgerichts Wien geworden, weil er die Risiken der Selbstständigkeit scheute und ein ruhiges, beschauliches Leben führen wollte. Er ging gern ins Theater, besuchte häufig Kaffeehäuser, um dort mit Freunden Schach zu spielen, und schätzte gutes Essen und guten Wein. Ihm gefiel, dass die Dienstzeiten klar geregelt waren und dass im Umgang mit den dortigen Patienten kein besonderer Eifer erwartet wurde.

Weniger behagten ihm die Veränderungen an seinem Arbeitsplatz in den vergangenen fünf Jahren. Nach dem Anschluss Österreichs an das Reich war die Leitung der Krankenabteilung mit einem jungen, forschen Parteigenossen besetzt worden, der sofort ein neues Regiment einführte. Der Befehlston trat an die Stelle kollegialer Verständigung. Die Gefangenen galten nicht mehr als Patienten, sondern als minderwertige Kriminelle, die in aller Regel simulierten, um sich der Strafe zu entziehen. Die möglichst rasche Rückkehr in die Zelle wurde als Behandlungsziel ausgegeben, wozu quälende Prozeduren sich besonders gut eigneten.

Dem Gemütsmenschen Dr. Eduard Herberger gehen diese Neuerungen gegen den Strich. Zu offenem Widerstand fühlt er sich allerdings auch nicht berufen. Er belässt es bei einem inneren Grollen und kleinen Gesten der Freundlichkeit gegenüber den Kranken.

Nachmittags gegen vier Uhr rüttelt er sanft an Lenkas Schulter. Der Tiefschlaf entlässt sie erst, nachdem er das mehrfach getan hat. »Ich muss Sie jetzt untersuchen. Bitte setzen Sie sich doch erst einmal auf die Bettkante, dann könnten wir beginnen.« Die rundliche Gestalt, das volle Gesicht mit dem leichten Lächeln und die ruhige, tiefe Stimme bringen sie dazu, vorsichtig Vertrauen zu fassen. Unter großen Mühen erhebt sie sich.

Dr. Herberger nimmt sich Zeit. Die Untersuchung dauert fast eine Stunde. Dann darf Lenka sich wieder hinlegen. Der Arzt stellt einen Stuhl neben das Kopfende ihres Bettes. Darauf nimmt er Platz. Er beugt sich vor und spricht mit gedämpfter Stimme zu Lenka. Nie-

178

mand sonst soll zuhören, nicht die anderen kranken Gefangenen im Saal und auch nicht das Pflegepersonal.

„Sie leiden an einer schweren Erkältung und einer hochgradigen Erschöpfung. Ihre Kräfte sind aufgebraucht. Sie müssten sich dringend erholen. Doch damit kann ich Sie nicht hierbehalten. Das ist gegen die Vorschriften. Ich will Ihnen aber jedenfalls etwas Schlaf gönnen, und Sie sollen morgen noch etwas Vernünftiges zu essen bekommen. Aber länger als bis morgen Abend können Sie nicht dableiben.« Nach einer Pause fügt er hinzu: »Ach ja, es spricht alles dafür, dass Sie schwanger sind. Ich vermute im dritten Monat.«

Lenka, die sich hochgestützt und dem Arzt zugewandt hat, fällt zurück. Sie blickt starr gegen die Zimmerdecke. In ihren Augen quellen Tränen hervor, die sie rasch mit dem Schließen der Lider zu verdecken versucht. Beide schweigen. Als Dr. Herberger merkt, dass sie wieder eingeschlafen ist, streicht er ihr leicht mit der Hand über den Oberarm, bevor er sie verlässt.

Am folgenden Tag gegen Abend bringt ein Gefangenentransportwagen, ein »Grüner Heinrich«, wie die Wiener sagen, Lenka ins Polizeigefängnis zurück. Der Fahrer hält vor dem Eingangstor. Ein Wärter, der mitgefahren ist, begleitet sie durch die schwere Eisentür bis zur Aufnahmekanzlei. Lenka muss auf einer Holzbank Platz nehmen, um dort darauf zu warten, dass sie zu ihrer Zelle gebracht wird.

Der Wärter will gerade den Aufnahmebereich verlassen, als ihm zugerufen wird: »Halt, bleib! Wir haben noch einen dringenden Fall für Euch!« Er setzt sich neben Lenka auf die Bank.

Nach einigen Minuten holt ein Aufseher Lenka ab. Neben ihm geht sie durch mehrere Gittertüren, die umständlich auf- und wieder zugeschlossen werden müssen. Jeweils fallen die Türen mit dröhnendem Krach ins Schloss. Schließlich erreichen sie den Treppenaufstieg. Lenka sieht über sich ein Gewirr aus Netzen, Stangen und Gittern, das über mehrere Stockwerke reicht. Stufe um Stufe steigt sie neben dem Wärter hinauf. Als sie den dritten Stock erreicht haben, verlassen sie das Treppenhaus. Der Wärter schließt eine weitere Gittertür auf. Lenka schaut vom Korridor aus über das Absperrgitter in den offenen inneren Bereich nach unten.

179

Im Erdgeschoss herrscht Unruhe. Mehrere Wärter sind zu sehen, die eine Person auf einer Trage transportieren. Das ist doch ihre Mutter! Erschrocken hebt Lenka die Hände und legt sie an die Wangen. Um Gottes willen, ja, das ist ihre Mutter! Steif liegt sie auf der Trage, die Arme rechts und links neben dem Körper, das Gesicht zur Seite geneigt. Hat sie die Augen geöffnet? Lenka kann das nicht erkennen. »Mama! Mama!« schreit sie hinunter. Ihre Hände verkrallen sich am Absperrgitter.

Schon sind die Wärter mit der Trage verschwunden. Ihr Begleiter reißt sie vom Gitter los. Mit hartem Griff am Oberarm führt er sie zu ihrer Zelle.

Als Medizinalrat Dr. Herberger an diesem Abend seinen Dienst beschließt, legt er ein Schreiben an die Leitstelle Wien der Geheimen Staatspolizei in das Fach für die ausgehende Post. Es enthält einen ärztlichen Befund: »Schutzhaftgefangene Olga Cermak wurde am 5. März 1943 um 18 Uhr im sterbenden Zustand vom Polizeigefangenenhaus mit einer Lungenentzündung in die hiesige Krankenabteilung eingeliefert. Sie ist am selben Tag an den Folgen dieser Erkrankung um 19 Uhr 15 gestorben.«

Die Anklage

Schnell muss es gehen. Immer muss es schnell gehen. Wie anders sollte die Sturzflut der Akten in diesem vierten Kriegsjahr gebändigt werden?

Doch heute, am 31. März 1943, zwingt sich Staatsanwalt Friedrich Liedke zu besonderer Eile. Morgen wird er seinen Dienst als Erster Staatsanwalt antreten. Es ist also der letzte Tag an seinem alten Arbeitsplatz. Sein Nachfolger soll sich an einen leeren Schreibtisch setzen können. Den Ehrgeiz hat er.

Er schaut auf seine Taschenuhr, die er stets beim morgendlichen Dienstbeginn neben die Schale mit den Stiften legt. 14 Uhr 30, es wird knapp werden. Noch liegen vier Akten auf der linken Seite des Schreibtischs.

Er blättert die letzten Seiten dieser Akten durch. Bei dreien wird es rasch gehen. Ein Verhandlungstermin ist zu bestätigen, ein Haftbefehl muss beantragt werden, und es ist über den Antrag der Ehe-

180

frau eines Untersuchungshäftlings auf Sprechbewilligung zu entscheiden. Aufwändiger wird die vierte Sache zu bearbeiten sein, in der die Anklageschrift anzufertigen ist. Friedrich Liedke zieht die drei anderen Sachen vor.

Nach einer halben Stunde greift er zur letzten Akte. Auf dem Deckel steht zu lesen: Strafsache gegen Cermak, Helena, berufslos, aus Lundenburg, wegen Landesverrats.

Die Akte durchzulesen, Seite für Seite, das kommt nicht in Frage. Es würde viel zu viel Zeit in Anspruch nehmen. Schon seit langem kann Friedrich Liedke sich nicht mehr die Zeit für eine vollständige Durchsicht der vielen Akten nehmen, die sich auf seinem Schreibtisch stapeln. Er hat gelernt, mit zielsicherem Griff in der Akte das zu finden, was er für eine zügige Bearbeitung braucht.

Rasch gefunden ist in der Sache Cermak der Schlussbericht der Geheimen Staatspolizei, Staatspolizeileitstelle Wien vom 26. März 1943, angefertigt und unterschrieben vom Kriminaloberassistenten Rudolf Behringer. Friedrich Liedke nimmt einen Bleistift zur Hand. Seine Arbeitstechnik ist ihm zu fester Gewohnheit geworden. Beim Durchlesen markiert er mit dünner Unterstreichung, die sich später leicht wieder wegradieren lässt, diejenigen Passagen, die ihm für die Anklage wichtig erscheinen. Auf dem Rand notiert er, gleichfalls in zarter Schrift, Rechtsvorschriften, die ihm relevant erscheinen. Seine Überlegungen dazu bespricht er mit sich selbst, indem er fortwährend halblaut vor sich hin redet.

„Helena Cermak ... 1918 geboren, also 25 Jahre alt ... deutsche Reichsangehörige, Tschechin ... Bruder mit Lebensmitteln und Medikamenten versorgt ... Fallschirmagent, von den Engländern abgesetzt, hat sich versteckt gehalten, Sprengstoffanschläge auf Bahnlinien geplant ... mehrere Monate lang versorgt ... Geständnis ... klarer Fall von Landesverrat in der Form der Feindbegünstigung, Paragraph 91 b ... hat es unternommen, im Kriegszustand einer feindlichen Macht Vorschub zu leisten ... eindeutig gegeben ... der konnte ja sonst nicht leben ... wie sollte der sich Lebensmittel beschaffen? ... hatte ja keine Marken ... das wusste die ... Volksgerichtshof zuständig, selbstverständlich, Paragraph 5 Absatz 1 Nummer 2 Zuständigkeitsverordnung.«

Friedrich Liedke lehnt sich zurück. Er ist beruhigt. Das ist zu schaffen. Die Anklage zu schreiben, wird nicht schwierig sein. Er wird sie handschriftlich anfertigen und an den Schreibdienst weiterleiten. Dann wäre für heute alles geschafft.

„Ach so, die sitzt ja wohl noch bei der Polizei in Schutzhaft ... also U-Haft beantragen ... und auch ohne Verteidiger ... also noch Antrag auf Verteidigerbestellung ... das wär's dann aber.«

Er klappt die Akte zu. Etwas frische Luft könnte er jetzt brauchen. Mit einem kräftigen Ruck zieht er den rechten Flügel des Fensters auf. Ein Kälteschwall dringt ins Zimmer ein und verdrängt die stickige, trockene Luft aus dem Heizkörper unterhalb des Fensters. Friedrich Liedke atmet tief ein. Er reckt sich und schließt dabei die Augen.

Schwanger – wie kommt dieses Wort in seinen Kopf? Er wird es wohl gerade gelesen haben. Nachdem er an den Schreibtisch zurückgekehrt ist, liest er nach: »Die Beschuldigte ist im dritten Monat schwanger.« Unterstrichen hat er den Satz nicht. Juristisch hat er ja auch keine Bedeutung.

Oder doch? Die Frau wird hingerichtet werden, das ist ziemlich sicher. Todesstrafe oder lebenslange Zuchthausstrafe steht auf Feindbegünstigung. Aber praktisch kommt nur noch die Todesstrafe in Frage, wenn jemand einen Fallschirmagenten unterstützt hat, nachdem solche Leute Heydrich getötet haben, den stellvertretenden Reichsprotektor. Schwangerschaft als Milderungsgrund? Kaum vorstellbar. Mit der Tat hat das nichts zu tun. Sie ist ja auch erst später schwanger geworden. Außerdem kommt die Sache zum Senat von Dr. Ahlers. Da ist mit Milde kaum zu rechnen.

Und was ist mit dem Kind? Dem wird schon nichts passieren. Friedrich Liedke kennt § 485 Absatz 2 der Reichsstrafprozessordnung: An schwangeren oder geisteskranken Personen darf ein Todesurteil nicht vollstreckt werden. Das Kind wird also unbehelligt zur Welt kommen. Dann allerdings wird die Frau hingerichtet werden. Ein Kind ohne Mutter. Wohl auch ohne Vater. Verheiratet ist sie jedenfalls nicht. Ein Waisenkind also.

Gedankenverloren durchstreift Friedrich Liedke mit dem Daumen der linken Hand die Seiten der Akte. An einer Stelle bleibt er hängen, weil die Seitenfolge von einem eingehefteten Briefumschlag unterbrochen wird. Dem Umschlag entnimmt er einen Ausweis, die Kennkarte für Helena Cermak.

Das Ausweisbild berührt ihn. Der Kopf und der Oberkörper der jungen Frau heben sich deutlich vor dem dunklen Hintergrund ab. Ihre Augen sind zur Seite und nach oben gerichtet und sie lächelt. Man könnte meinen, sie schaue einer schönen Zukunft entgegen. Die freie Stirn unter dem hochgekämmten dunklen Haar, ein Strahlen in ihren Augen und die vollen Rundungen der Lippen verstärken dieses Bild. Und nun dieses Schicksal. Friedrich Liedke empfindet Mitleid.

Er blättert weiter in der Akte. Jetzt sucht er gezielt nach weiteren Bildern. Irgendwo werden auch die üblichen Fotos zu finden sein, die bei der erkennungsdienstlichen Behandlung gemacht werden.

Da sind sie, Blatt 12, drei Fotos: eine Ansicht von der Seite, eine von vorn und ein Porträt wie im Ausweis. Ganz anders sieht sie jetzt aus. Traurig, müde, ein wenig verzweifelt blicken die Augen. Haarsträhnen verdunkeln die Stirn. Die Lippen sind aufeinander gepresst.

Friedrich Liedke nehmen diese Bilder gefangen. Er schaut hin und her, vom Ausweisbild zu den Polizeifotos und wieder zurück. Das Schicksal der jungen Frau berührt ihn. Das kennt er nicht. Bisher hat er seine Fälle eigentlich immer rein juristisch betrachten können. Ob es daran liegt, dass sie ein Kind erwartet? Er nimmt sein halblaut geführtes Selbstgespräch wieder auf.

»Könnte man nicht ... Hilfe für einen Familienangehörigen ... ist doch irgendwie verständlich ... fast ein Notstand ... es bliebe aber wohl bei Nichtanzeige nach Paragraph 139 ... kann auch mit dem Tod bestraft werden ... aber Chance auf lebenslang ist größer ... ach was, alles Unsinn ... das kommt nie durch ... die Anklage schlagen sie mir um die Ohren.«

Abrupt steht er auf. Leicht vorgebeugt und weiterhin vor sich hin sprechend durchmisst er sein Dienstzimmer von der Tür bis zum Fenster mit zögernd gesetzten langen Schritten.

„Vielleicht wusste sie ja gar nicht so genau, was er vorhatte ... kein Vorsatz? ... aber sie hat's doch gestanden.« Er hat das Fenster erreicht, macht eine Kehrtwendung und schreitet zurück zur Tür.

»Minder schwerer Fall nach Absatz 2? ... unbedeutender Nachteil für das Reich? ... außerdem schwere persönliche Verluste ... Bruder tot, Mutter verstorben ... und dann noch schwanger.«

Vor der Tür bleibt er kurz stehen. Dann schüttelt er energisch den Kopf. »Unfug ... hat doch alles in der Anklage nichts zu suchen ... an der Feindbegünstigung ist nicht zu rütteln ... alles andere gehört in die Verhandlung ... vielleicht ist da ja noch was zu machen.«

Mit raschen Schritten kehrt er zum Schreibtisch zurück. Er legt sich einen leeren Bogen zurecht und setzt den Federhalter an. »Die berufslose Helena Cermak, geboren am 28. Oktober 1918 in Lundenburg, zuletzt in Lundenburg, Feldstraße 46 wohnhaft gewesen, ledig, nicht bestraft, am 5. Februar 1943 in Lundenburg vorläufig festgenommen, seither in Schutzhaft im Polizeigefangenenhaus Wien IX, Roßauer Lände 7-9, bisher ohne Verteidiger, klage ich an ...«

Vor Gericht

Endlos erscheinen Lenka die verwinkelten Gänge. Sie ist froh, dass es der alte, grauhaarige Wachtmeister gewesen ist, der sie aus ihrer Zelle geholt hat und der sie jetzt in dem riesigen Wiener Justizgebäude zum Verhandlungssaal bringt. Er gehört zu den wenigen Wärtern, die mit den Gefangenen respektvoll umgehen und auch einmal ein freundliches Wort verlieren. In seiner Barttracht und seinem bedächtigen Wesen ähnelt er dem letzten österreichischen Kaiser, was ihm den Spitznamen »Franz Josef« eingetragen hat. Mutige unter den Gefangenen nennen ihn sogar so.

Lenka gehört nicht zu den Mutigen. Sie spricht ohnehin kaum, seit sie von der Liesl in die Untersuchungshaftanstalt des Landesgerichts verlegt wurde. Die Verhandlung und das drohende Urteil rücken immer näher.

Jetzt haben der Wachtmeister und sie am Ende des Ganges die Tür erreicht, die für gefangene Angeklagte in den Verhandlungssaal führt. »Saal XIII« steht auf dem Türschild und »Kleiner Schwurgerichtssaal«. So stand es auch auf dem Blatt, das Lenka vor einer Woche in die Zelle gereicht wurde. In diesem Saal sollte sie am 21. Juli 1943 um 9 Uhr erscheinen.

184

Der Wachtmeister schließt die Tür auf. Er fasst sie leicht am linken Oberarm und lässt sie vorantreten. »Wird schon nicht so schlimm werden«, brummt er in seinen vollen Bart. »Setz dich schon mal. Wird noch ne Viertelstunde dauern, bis es losgeht.«

Lenka setzt sich auf die Bank. Direkt davor befindet sich eine hölzerne Barriere. Der Saal erscheint ihr nicht wesentlich heller als der Gang, den sie gerade verlassen hat. Die Wände sind bis fast an die Decke mit dunklem Holz vertäfelt. Gleichermaßen dunkel ist das Mobiliar an der links von ihr befindlichen Stirnseite des Saales, der lange Tisch und die hohen Stühle. Dort wird wohl das Gericht Platz nehmen.

Schräg gegenüber sitzt ein Mann mittleren Alters an einem Tisch über eine Akte gebeugt. Er hat nur kurz aufgeblickt, als Lenka mit dem Wachtmeister den Saal betrat, und sich gleich wieder der Akte zugewendet. Zu einem dunklen Anzug trägt er ein weißes Hemd mit einer silbergrauen Krawatte. Über die rechte Seite des Tisches hat er eine Robe gelegt.

Lenka lässt ihren Blick weiterwandern. Die Fenster auf der gegenüberliegenden Seite erhellen den Raum nur wenig. Halb zugezogene Vorhänge sorgen dafür, dass lediglich einige Strahlen der morgendlichen Julisonne eindringen können. In ihnen bewegen sich kleine Staubpartikel auf und ab, was die Stille im Raum noch bedrückender macht.

Die Zuschauerbänke auf der rechten Seite liegen im Halbdunkel. Fünf Menschen sitzen getrennt voneinander auf den hinteren Bänken. Lenka schaut von der einen Person zur nächsten. Ganz hinten rechts sitzt eine ältere Frau. Sie löst, als Lenkas Blick auf ihr ruht, die im Schoß gefalteten Hände und hebt ein wenig die rechte Hand. Ein Gruß? Lenka strengt ihre Augen an, um zu erkennen, wer das ist.

Tante Míla! Im freudigen Schreck des Erkennens richtet Lenka ihren etwas gebeugten Rücken ruckartig auf. Das bemerkt der links neben ihr sitzende Wachtmeister. Er nimmt die Blickverbindung zwischen ihr und der Zuschauerin wahr. Umständlich beugt er sich nach vorn und nestelt an den Schnürsenkeln seiner Stiefel. Lenka überlegt: Soll das ein Zeichen sein?

Vorsichtig erhebt sie sich von der Bank. Langsam setzt sie einen Fuß vor den anderen, jedes Geräusch vermeidend. Gleichermaßen zögernd verlässt Tante Míla ihren Platz und nähert sich der Anklagebank.

185

An der seitlichen Barriere zwischen der Anklagebank und dem Zuschauerraum treffen sie zusammen. Lenka muss sich herabbeugen, um ihre tiefer stehende Tante umarmen zu können. Graue Haare umrahmen das vertraute Gesicht. Aus den so liebevoll blickenden dunklen Augen lösen sich Tränen.

»Nicht weinen, Tante Míla, es wird schon nicht so schlimm werden.« Lenka blickt sich um. Der Wachtmeister ist weiterhin mit seinen Stiefeln beschäftigt. »Was ist mit Mílan?« flüstert sie ihrer Tante zu. »Hast du etwas von ihm gehört?«

»Nicht sprechen!« Erschrocken fährt Lenka zusammen. Die Stimme kommt von der anderen Seite des Saales, von dem mit der Akte befassten Mann, der jetzt herüberblickt. Zugleich spürt sie ein heftiges Ziehen am linken Ärmel ihres Pullovers. Der Wachtmeister holt sie zurück zu ihrem Platz auf der Anklagebank.

Lenka wendet ihren Kopf noch einmal Tante Míla zu, die an der Barriere stehen geblieben ist. Die schüttelt den Kopf und hebt bedauernd die Schultern, bevor sie sich umdreht, um ihren Platz in der letzten Reihe wieder aufzusuchen.

Lenka blickt ihr nach. Tante Míla ist nicht besonders groß, aber von aufrechter, schlanker Gestalt. Das akkurat sitzende, selbst geschneiderte Kostüm betont die Festigkeit dieser Gestalt. Lenka verschafft es ein wenig Erleichterung, ihre Tante in der Nähe zu wissen.

Bald darauf öffnet sich die hinter dem Zuschauerraum befindliche Saaltür. Zwei ältere Männer treten ein. In dem einen erkennt Lenka den Justizbeamten wieder, der bei ihrer Vernehmung durch die Gestapo als Dolmetscher zur Verfügung stand. Der andere trägt eine Robe. Es ist ihr Verteidiger, Rechtsanwalt Kurt Menzel.

Beide gehen durch den Gang zwischen den Zuschauerbänken bis nach vorne durch. Sie nehmen Platz auf der Bank vor der Barriere, hinter der Lenka und der Wachtmeister sitzen. Rechtsanwalt Menzel begrüßt Lenka mit einem Kopfnicken. Sie kennen sich von der gestrigen Begegnung.

Am späten Nachmittag hatte ein Wärter sie aus der Zelle herausgeholt und in einen Besucherraum geführt. Dort wartete Anwalt Menzel bereits, an einem Tisch sitzend, auf sie, ein kleiner gebeugter Siebzigjähriger. Regelmäßig wiederholte er eine Handbewegung, die darin be-

186

stand, dass er sein fast weißes Haar zurückstrich, das ihm immer wieder nach vorn ins müde, zerfurchte Gesicht fiel.

Er stellte sich vor als der Verteidiger, den der Volksgerichtshof ihr beigeordnet hat. Erst am heutigen Tag sei ihm die Anklage zugestellt worden. Sie müssten über die morgige Verhandlung sprechen.

Sie saßen sich an dem kleinen, wackeligen Tisch gegenüber. Er versuchte, beruhigend auf sie einzuwirken, indem er seine rechte Hand auf den linken ihrer Unterarme legte, mit denen sie sich auf dem Tisch abstützte. Doch die Geste half nicht viel. Was wird passieren? Wie werden sie mich verurteilen? Muss ich sterben?

Es war nicht leicht für sie, ihn zu verstehen. Offenbar saß sein Gebiss nicht richtig. Er nuschelte. Die Anklage ist leider sehr schwerwiegend, verstand sie. Der Volksgerichtshof urteilt meistens sehr hart, wenn es um Fallschirmagenten geht. Man muss versuchen, die Richter dazu zu bringen, die Sache als minder schweren Fall anzusehen. Sie wollte doch nur ihrem Bruder helfen, und der ist ja gar nicht dazu gekommen, irgendwelche Sabotageakte auszuführen. Sie sollte nur keine »Sperenzchen« in der Verhandlung machen. Am besten ist es, wenn sie bei ihrem Geständnis vor der Polizei bleibt. Auch die Schwangerschaft könnte sich günstig auswirken. Den Bauch sollte sie deutlich vorzeigen. Mit einem festen Druck seiner rechten Hand auf ihren linken Unterarm, der sie aufmuntern sollte, verabschiedete er sich.

Jetzt blickt sie auf seinen weißbehaarten Hinterkopf. Dieser alte Mann wird ihr nicht helfen können.

Die hohe Tür hinter dem Richtertisch öffnet sich. Alle im Saal stehen auf, der Mann auf der gegenüberliegenden Seite, der inzwischen seine Robe angezogen hat, die Zuschauer, der Verteidiger, der Dolmetscher, der Wachtmeister und Lenka. Ein Strahl der Morgensonne beleuchtet wie ein Scheinwerfer die Personen, die nacheinander den Saal betreten.

Voran geht ein rundlicher kleiner Mann. Der Sonnenstrahl lässt die rote Robe hell aufleuchten und die Gläser seiner Hornbrille funkeln. Dr. Ahlers heißt er, und er ist die wichtigste Person, der Vorsitzende des Gerichts. Das weiß Lenka von ihrem Verteidiger. Ihm folgt, ebenfalls in roter Robe, ein größerer hagerer Mann. Es schließen sich drei Uniformierte an. Nachdem alle fünf ihre Positionen hinter dem Rich-

187

tertisch eingenommen haben, Dr. Ahlers in der Mitte, setzt dieser sich auf seinen Stuhl mit der erhöhten Rückenlehne. Die anderen vier nehmen auf ihren Stühlen Platz. Daraufhin setzen sich auch alle anderen im Saal. Dr. Ahlers erklärt die Verhandlung gegen Helena Cermak für eröffnet.

Mit monotoner Stimme stellt er die Anwesenheit der Verfahrensbeteiligten fest. Lenka erfährt, dass der ihr schräg gegenüber sitzende Mann von der Reichsanwaltschaft ist und »Liedke« heißt. Einen Justizbeamten, der im Zuschauerraum hinten gesessen hat, fordert Dr. Ahlers auf, die Zeugen in den Saal zu führen.

Mit forschen Schritten durchmisst Kriminaloberassistent Rudolf Behringer den mittleren Gang zwischen den Zuschauerbänken. Nachdem der Vorsitzende dessen Personalien aufgenommen hat, blättert er in der vor ihm liegenden Akten. »Da war doch auch noch eine Zeugin gela-den«, spricht er halblaut vor sich hin.

»Darf ich?« greift der neben ihm sitzende andere Richter in roter Robe ein. Nach dem Umblättern einiger Seiten tippt er mehrfach mit dem Zeigefinger auf ein Blatt. »Ach ja«, sagt Dr. Ahlers, »das hat sich erledigt.« Er hebt die Akte leicht an und verliest eine Mitteilung der Gestapoleitstelle Wien: »Die als Zeugin in der Strafsache gegen Helena Cermak geladene Beata Landova wurde durch das Sondergericht beim deutschen Landgericht Brünn am 17. 3. 1943 wegen Verbrechens gemäß § 1 der Verordnung des Reichsprotektors in Böhmen und Mähren zur Abwehr der Unterstützung reichsfeindlicher Handlungen vom 3. 7. 1942 zum Tode, dauernden Verluste der bürgerlichen Ehrenrechte, zur Tragung der Kosten des Strafverfahrens und Einziehung ihres Vermögens verurteilt. Die Todesstrafe wurde am 30. 6. 1943 vollstreckt.«

Lenka erfasst mit schnellem Griff das Geländer der Barriere vor ihr. Ihre Finger krallen sich um das Holz. Sie werden weiß. Es müsste schmerzen, so heftig drückt sie zu. Aber den körperlichen Schmerz empfindet sie nicht. Er wird übertönt von einem inneren Schrei, der nicht heraus kann. »Beáta, tot, wie schrecklich! Muss ich jetzt auch sterben? Ich will nicht sterben!«

Dr. Ahlers führt währenddessen die Verhandlung routiniert weiter. Er stellt die Personalien des Kriminalbeamten fest, belehrt ihn über

188

seine Pflicht zur wahrheitsgemäßen Aussage und schickt ihn wieder aus dem Saal. Er möge warten, bis er hereingerufen werde. Es könne aber auch sein, dass man seine Aussage gar nicht benötige.

Danach wendet er sich Lenka zu, die immer noch wie betäubt dasitzt. Erst als der Wachtmeister neben ihr an ihrem Ärmel zupft, wird ihr klar, dass sie aufzustehen hat. Dr. Ahlers lässt sich von ihr die Personalangaben in der Akte bestätigen. Sie darf sich wieder setzen. Der Vertreter der Reichsanwaltschaft wird aufgefordert, die Anklage zu verlesen.

Lenka hält ihren Kopf gesenkt. Sie fühlt sich vom Schwall der Worte übergossen. Nur wenig davon dringt in ihr Bewusstsein: »... klage ich an ...Verbrechen ...Fallschirmagent Tomas Cermak ...mit Lebensmitteln versorgt ...dessen deutschfeindliche Tätigkeit unterstützt.«

Erneut wird sie aufgefordert, aufzustehen. Sie soll sich zur Sache äußern. Was soll sie sagen? Dass sie nicht sterben will? Aber das wird man nicht hören wollen. Sie schweigt.

»Wir wollen von Ihnen wissen, ob das alles richtig ist, was sie vor der Polizei gesagt haben, dass sie Ihren Bruder, den Fallschirmagenten Tomas Cermak, von September 1942 bis Ende des Jahres regelmäßig in seinem Versteck in Göding aufgesucht haben, dass Sie ihn mit Lebensmitteln versorgt haben und dass Sie ihm auch Medikamente gebracht haben. Stimmt das so, wie es im Polizeiprotokoll steht?«, fragt Dr. Ahlers. Lenka nickt. »Ich will das von Ihnen auch hören!« Leise und mit gesenktem Kopf sagt Lenka: »Ja, das stimmt.« Der Vorsitzende fragt weiter: »Haben Sie auch alles verstanden, was der Vertreter der Reichsanwaltschaft vorgelesen hat? Sie verstehen und sprechen doch Deutsch? Oder soll der Dolmetscher für Sie übersetzen?« »Ich habe alles verstanden«, antwortet Lenka mit leiser, tonloser Stimme.

Dr. Ahlers lehnt sich zurück. »Schön, das erspart uns einiges an Arbeit und Zeit. Den Zeugen Behringer brauchen wir dann wohl nicht mehr.« Er blickt nach links und dann nach rechts. Der Vertreter der Reichsanwaltschaft und der Verteidiger nicken.

»Gibt es noch Fragen oder sind noch Erklärungen abzugeben?« Wiederum wendet sich Dr. Ahlers nach links und nach rechts. Der Verteidiger hebt zögernd die rechte Hand. »Herr Verteidiger, bitte ...«

Etwas mühsam erhebt sich der alte Mann. Er stützt sich auf dem Tisch vor ihm ab. »Herr Senatspräsident, wenn Sie gestatten, möchte ich um Berücksichtigung des Umstandes bitten, dass sich die Angeklagte in einem fortgeschrittenen Zustand der Schwangerschaft befindet.« Ein Hustenanfall zwingt ihn zu einer Pause. Er atmet hörbar ein, bevor er mit brüchiger Stimme fortfährt: »Außerdem bitte ich das Gericht, festzustellen, dass der Bruder der Angeklagten nicht mehr dazu gekommen ist, die geplanten Anschläge auszuführen, so dass die Tat der Angeklagten keine schwereren Folgen gehabt hat.«

Dr. Ahlers lässt sich Zeit mit seiner Antwort. Er wartet, bis der Verteidiger, ein wenig ächzend, wieder auf der Bank Platz genommen hat. »So sehr ich es schätze, dass Sie sich für die Angeklagte ins Zeug legen,« beginnt er mit sanfter Stimme, die dann aber spöttische, schließlich hämische Schärfe annimmt, »so sollten wir doch gewisse bewährte juristische Weisheiten, auch hier im schlamperten Wien, nicht vernachlässigen. Der Blick ins Gesetz erleichtert bekanntlich die Rechtsfindung. Bei Ihrem Hinweis auf die nicht so schweren Folgen hatten Sie wohl den minder schweren Fall im Auge. Doch was lesen wir in Paragraph 91 b Absatz 2? Er greift nur unter zwei Bedingungen ein. Erstens, wenn die Tat nur einen unbedeutenden Nachteil für das Reich und seine Bundesgenossen und nur einen unbedeutenden Vorteil für die feindliche Macht herbeigeführt hat, und zweitens ...«, Dr. Ahlers hebt die Stimme, »zweitens, wenn die Tat schwerere Folgen auch nicht herbeiführen konnte. Konnte, Herr Rechtsanwalt! Dass das verbrecherische Vorhaben des Bruders der Angeklagten dank des rechtzeitigen Zugriffs durch die Polizei nicht mehr zur Ausführung gelangte, wollen wir gern feststellen. Aber entscheidend ist, dass Schlimmes hätte passieren können ... können!«

Nach einer Pause beugt sich der Vorsitzende nach vorn, während Rechtsanwalt Menzel zum wiederholten Mal sein weißes Haar aus der Stirn streicht. »Im Übrigen«, fährt Dr. Ahlers fort, »was die Schwangerschaft der Angeklagten betrifft, so wollen wir sie gern zur Kenntnis nehmen. Sie ist ja auch nicht zu übersehen.« Er blickt vom Verteidiger hoch zu Lenka, die weiterhin hinter der Barriere steht. Auf ihrem grauen, langen Pullover zeichnet sich die Rundung des Bauches ab. »Irgendeinen Zusammenhang mit der Tat vermag ich aber beim besten Willen nicht zu erkennen, zumal sie doch wohl erst danach schwanger geworden ist. Wir wollen aber gern bei der Verhandlung auf ihren Zu-

190

stand Rücksicht nehmen und ihr eine Pause gönnen. Wenn wir jetzt die Beweisaufnahme beenden können, unterbreche ich die Verhandlung für eine Viertelstunde. – Oder gibt es immer noch Fragen?«

Der Verteidiger hebt abwehrend die rechte Hand. Dr. Ahlers blickt nach links. »Herr Staatsanwalt?«

Staatsanwalt Liedke nimmt eine merkwürdige Position ein. Sein Kopf ist weit nach vorn gebeugt. Er vermeidet den Blickkontakt mit dem Vorsitzenden. Rücken und Gesäß sind etwas angehoben, als mache er sich bereit zum Aufstehen. Doch er scheint mit sich zu kämpfen. Soll er sich erheben oder soll er sich wieder setzen?

Dr. Ahlers kommentiert die Unentschiedenheit: »Was ist nun? Kommt da noch was oder nicht?« Der Spott in der Stimme bringt den Staatsanwalt zu einem Entschluss. Er stützt sich mit beiden Händen von der Tischplatte ab und richtet sich auf. »Herr Senatspräsident, ich habe noch einige Fragen an die Angeklagte.« – »Die seien Ihnen gestattet.«

Sie stehen sich auf eine Entfernung von etwa zehn Metern gegenüber, Lenka und der Staatsanwalt. Sie nimmt einen mittelgroßen, schlanken Mann wahr, eher 50 als 40 Jahre alt, mit einem schmalen, ernsten, aber nicht finsteren oder gar bösartigen Gesicht, an dem die hohe Stirn und die tief liegenden Augen auffallen. Was wird er von ihr wollen? Lenkas Hände, mit denen sie das Geländer der Barriere umfasst, zittern leicht.

»Angeklagte, wie war das Verhältnis zu Ihrem Bruder Tomas? Hatten sie ein gutes Verhältnis zu ihm?«

Lenka zögert mit der Antwort. »Ich … ich mochte ihn. Aber es gab auch Streit. Er hat uns im Streit verlassen. Wir haben lange nichts von ihm gehört. Dann hatten wir große Angst, als uns gesagt wurde, dass er mit dem Fallschirm abgesprungen ist. Aber er war in Not. Ich wollte ihm nur helfen, damit er überlebt. Er ist doch mein Bruder.«

»Waren Sie mit dem einverstanden, was er vorhatte?«

Wieder zögert Lenka. Worauf soll das hinauslaufen? Eine Falle? Oder eine Chance? »Nein, das war ich nicht. Er bringt uns alle in Gefahr, habe ich ihm gesagt. Und er hat versprochen, dass er nichts unternimmt, solange wir ihn versorgen. Ich habe ihm gesagt, er soll ganz damit aufhören. Anfang Januar bin ich dann noch einmal zu ihm gefahren. Da hatte er aber schon sein Versteck verlassen. Ich habe noch

191

versucht, ihn im Wald zu finden, um ihn davon abzubringen, die Schienen zu sprengen. Aber ich habe ihn nicht mehr gefunden.«

»Wie sollen wir Ihnen das glauben?«

»Beáta ... Beáta Landová und meiner Mutter habe ich das erzählt.« Lenka senkt den Kopf. »Aber die leben ja beide nicht mehr.«

Stille tritt ein. Lenka blickt wieder auf. Der Mann ihr gegenüber steht etwas starr und verkrampft da. Sein Gesicht ist leicht gerötet. Schließlich räuspert er sich. »Keine weiteren Fragen, Herr Senatspräsident.« Er setzt sich.

»Da sind wir aber froh«, sagt Dr. Ahlers in einem halb spöttischen, halb drohenden Tonfall. »Dann kann ich ja wohl die Beweisaufnahme schließen. Wir machen jetzt die angekündigte Pause. Danach erwarte ich die Schlussvorträge der Staatsanwaltschaft und der Verteidigung.«

Erneut spürt Lenka ein Zupfen am Ärmel. Sie kann sich wieder setzen, bedeutet ihr der alte Wachtmeister.

Der Antrag des Staatsanwalts

Völlige Stille tritt ein, nachdem das schurrende Geräusch verklungen ist, das die über den Fußboden gezogenen Stuhlbeine verursacht haben. Staatsanwalt Friedrich Liedke hat sich wieder hingesetzt. Sein Blick ist starr auf den Tisch gerichtet. Er sitzt leicht vorgebeugt. Die Arme sind angewinkelt. Die Hände liegen flach auf dem Tisch. Unbewegt verharrt er in dieser Position.

Schließlich hebt er vorsichtig den Kopf. Er hat erwartet, dass Dr. Ahlers dem Verteidiger das Wort erteilt, doch das geschieht nicht. Friedrich Liedke schaut hinüber zum Richtertisch. Ihn mustern zwei Augenpaare. Im Blick des Vorsitzenden vermischen sich Verwunderung und Spott. Beim Beisitzer Dr. Müller-Wabnitz kommt noch eine an Verachtung grenzende Herablassung hinzu.

Dr. Ahlers räuspert sich. »Vielleicht verrät uns der Vertreter der Reichsanwaltschaft noch, welchen Antrag er zu stellen gedenkt.«

Schockartig durchfährt es Friedrich Liedke. Tatsächlich, er hat vergessen, sein Plädoyer mit einem Antrag zu beschließen. Wie konnte ihm das passieren? Es lag wohl an seiner Unentschiedenheit. Warum hat er sich nur darauf eingelassen, auch einiges zugunsten der Angeklagten vorzutragen?

»Zweifellos haben wir es mit einem Fall der Feindbegünstigung nach Paragraph 91 b des Reichsstrafgesetzbuchs zu tun«, so hatte er das zuvor Gesagte zusammengefasst, »also mit einem schändlichen Verbrechen.«

Nach einer Pause fuhr er fort: »Nun hat die Angeklagte hier erklärt, dass sie ihrem Bruder nur widerstrebend geholfen habe. Sie will ihm das Versprechen abgenommen haben, keine Sabotageakte auszuführen, solange ihn die Familie versorgt. Und sie behauptet, dass sie ihn, nachdem er sein Versteck verlassen hat, gesucht habe, um ihn von der Tat abzuhalten. Können wir ihr das glauben? Ich meine ja, denn im Übrigen hat sie ein offenes und vorbehaltloses Geständnis abgelegt. Zumindest können wir ihre Einlassung nicht widerlegen. Das lässt ihre Tat in einem etwas milderen Licht erscheinen. Ferner mag Berücksichtigung finden, dass sie aus geschwisterlicher Verbundenheit gehandelt hat. Auch dass sie in ihrem Zustand der Schwangerschaft ein hartes Los getroffen hat, weil ihre Mutter in der Zwischenzeit verstorben ist. Das alles ändert zwar nichts daran, dass sie schwere Schuld auf sich geladen hat. Es sollte aber doch mitbedacht werden, wenn über die Strafe zu entscheiden ist.«

Die letzten Sätze waren ihm schwer gefallen. Er brachte sie nur stockend hervor. Ein leises, verwirrtes »Ja, also …« schickte er hinterher. Dann setzte er sich langsam wieder hin.

Jetzt, das ist Friedrich Liedke völlig klar, jetzt muss etwas geschehen. Alle blicken auf ihn. Er muss handeln. Er muss entschlossen aufstehen und etwas sagen. Sofort.

Der Zwang versetzt ihn in einen Alarmzustand. Höchste Anspannung herrscht in seinem Kopf und zugleich völliger Kontrollverlust. Es scheint darin etwas explodiert zu sein. Hell ist es dort, grellhell. Gedanken stürzen von allen Seiten auf ihn ein, durchkreuzen sich, bekämpfen sich, tauchen blitzartig auf und verschwinden sogleich wieder. Ein Chaos. Ein Wirbel. Ein Wirrwarr. Er bekommt keine Ordnung hinein. Und es muss doch alles schnell gehen!

– Todesstrafe, was denn sonst? Dieser Senat verurteilt in solchen Fällen immer zum Tod. Wie stehe ich denn da, wenn ich lebenslanges Zuchthaus beantrage?

– Aber sie hat doch nur etwas getan, was viele getan hätten, dem Bruder in Not geholfen.

– Sie wird sterben, aber ihr Kind wird leben. Ein mutterloses Kind. Edith und ich, wir hätten gern ein Kind. Vielleicht ... nein, schrecklich, so etwas überhaupt nur zu denken, um Himmels willen, das hat mit der Sache überhaupt nichts zu tun, weg mit diesem Gedanken, nur weg damit.

– Immerhin hat sie doch versucht, ihren Bruder von der Tat abzuhalten. Das gilt doch auch sonst als Milderungsgrund.

– Wenn ich lebenslanges Zuchthaus beantrage, das wird sich doch herumsprechen. Lautz wird davon erfahren und Freisler. Was kommt da auf mich zu?

– Einmal solltest du standhaft sein, Friedrich Liedke, endlich, endlich einmal!

– Das ist doch klar, wie der Senat die Milderungsgründe aushebelt. Müller-Wabnitz wird das Urteil schreiben, und ich weiß doch, wie der seine Urteile abfasst. Der lässt die Milderungsgründe nicht etwa weg. Nein, das macht der nicht. Aber dann heißt es gleich anschließend: Alle diese Milderungsgründe müssen vor den staatspolitischen Notwendigkeiten zurücktreten, und so weiter, und so weiter, also Todesstrafe. Dagegen kann ich gar nichts machen.

– Das Todesurteil ist nicht das letzte Wort. Es gibt ja noch das Gnadenverfahren. Da können doch die Milderungsgründe immer noch berücksichtigt werden.

»Verzeihung, Herr Senatspräsident, ich bitte um Entschuldigung für mein Versäumnis.« Friedrich Liedke steht kerzengerade hinter seinem Tisch. Er blickt starr geradeaus auf die gegenüberliegende Wand. »Ich beantrage, die Angeklagte zum Tode zu verurteilen, ihr die bürgerlichen Ehrenrechte auf Dauer abzuerkennen und ihr die Kosten des Verfahrens aufzuerlegen.« So rasch wie er aufgestanden ist, setzt er sich wieder hin.

Dr. Irma Seidl

Wieder sitzt Lenka an dem kleinen, wackeligen Tisch in dem Raum der Haftanstalt, in dem Gespräche mit Verteidigern stattfinden. Noch ist sie allein mit dem Wärter, der sie aus der Zelle herausgeholt und hergebracht hat.

Sie erwartet nichts, sie hat keine Hoffnung mehr. Der alte Anwalt wird kommen, aber er wird nichts ändern können. Er hat auch nicht verhindern können, dass sie vor drei Tagen zum Tode verurteilt wurde.

Mit brüchiger, zittriger Stimme hat er sich nach dem Antrag des Staatsanwalts bemüht, die Tat als minder schweren Fall darzustellen. Und er hat zum Schluss das Gericht um eine milde Strafe gebeten, auch um des Kindes willen, das bald zur Welt kommen werde.

Vergeblich. Lenka hat noch die markige Stimme des Vorsitzenden im Ohr, mit der er das Todesurteil begründete: »Alle diese Milderungsgründe müssen hinter staatspolitischen Notwendigkeiten zurücktreten. Die Sicherheitsinteressen des Staates und der Volksgemeinschaft verlangen gebieterisch, dass jede, aber auch jede Unterstützung feindlicher Fallschirmagenten mit schwerster Strafe gesühnt wird. Allein die Todesstrafe ist schuldangemessen und trägt den lebenswichtigen Belangen der deutschen Volksgemeinschaft Rechnung.«

Wozu noch dieses Gespräch mit dem Verteidiger? Lenka sitzt vorgebeugt. Ihre Ellbogen hat sie auf den Tisch gestützt. Das Gesicht ist hinter den Händen verborgen. Zu sehen sind von ihrem Kopf nur die ungekämmten, verfilzten dunklen Haare, die auch den Nacken bedecken.

Eine Hand legt sich auf ihre rechte Schulter. »Guten Morgen. Ich bin Irma Seidl. Ich will Ihnen helfen.« Lenka löst ihr Gesicht aus den Händen. Sie blickt hoch zu einer Frau, die unbemerkt eingetreten ist und jetzt neben dem Tisch steht.

Die Frau, etwa 50 Jahre alt, ist nicht besonders groß, aber von kräftiger Statur. Streng wirkt sie. Die dunkelblonden Haare sind straff nach hinten gekämmt und zu einem Knoten zusammengebunden. Das Gesicht wird von einer dunkel gerahmten Brille beherrscht. Die silbernen Knöpfe lassen ihr dunkelblaues Kleid wie eine Uniform erscheinen.

Die Wiener Rechtsanwältin Dr. Irma Seidl hat sich behaupten müssen in den vergangenen Jahren. Im neuen großdeutschen Reich sollen Frauen keine juristischen Berufe mehr ausüben, so will es der Führer. Sie hat darum kämpfen müssen, ihre Zulassung zu behalten. Sie hat gelernt, sich von Behörden und Parteistellen nicht einschüchtern zu lassen. Sie hat erfahren, wie wichtig es ist, bereits standhaft zu erscheinen, um standhaft bleiben zu können.

Beim ersten Anblick hat sich Lenka erschrocken aufgerichtet. Besänftigend wirken dann aber die freundlich blickenden Augen und das warme Lächeln der Frau, die sich ihr gegenüber hingesetzt hat. In ruhigen Worten erklärt ihr die Anwältin, warum sie gekommen ist.

Tante Míla hat sie beauftragt. Einen Tag nach dem Urteil ist sie in der Kanzlei erschienen. Sie hat eine Tasche mit Geld auf den Tisch gelegt. Das ist alles, was die Familie erübrigen kann. Ob das reicht, damit Frau Dr. Seidl das jetzt noch Mögliche tut, um ihre Nichte vor dem Tod zu bewahren?

Irma Seidl hat die Tasche beiseitegeschoben, hat sich angehört, was Tante Míla zu berichten wusste, und hat manches noch erfragt. Die Anwältin hat gelernt, mit ihrem Entsetzen, mit ihrer Wut und ihrer Empörung umzugehen. Allerdings nicht so, wie die vielen anderen Anwälte, die auf das Unrecht nur noch mit juristischer Routine reagieren. Was sie juristisch weiß und kann, dient ihr dazu, den Zorn zu bändigen. Mit beruflicher Kälte ummantelt sie ihn. Er bleibt aber dasjenige, was sie antreibt.

Ja, sie wird alles in ihrer Kraft Stehende tun, um die Vollstreckung der Todesstrafe noch abzuwenden, das versprach sie Tante Míla. Aber es bleibt nur noch die Möglichkeit einer Begnadigung. Sie muss mit Lenka sprechen, um den Antrag vorzubereiten.

Jetzt sitzt sie Lenka gegenüber, die wieder in ihre gebeugte Haltung zurückgefallen ist. »Nicht aufgeben«, spricht Irma Seidl mit fester Stimme auf sie ein, »wir müssen kämpfen. Es gibt noch Hoffnung.« Es gelingt ihr, Lenka in ein Gespräch zu ziehen. Sie will wissen, wie es ihr geht, wie es dem noch ungeborenen Kind geht, was sie braucht. Einen Kamm, eine Haarbürste und Seife wird sie beim nächsten Besuch mitbringen, verspricht sie.

Und dann bereitet sie Lenka darauf vor, dass es ihr schwer fallen wird, alles zu akzeptieren, was im Gnadengesuch stehen wird. Aber es wird nötig sein, der Mutter die Hauptverantwortung zuzuschieben. Sie, so wird es dort heißen, hat die Tat geplant und organisiert. Nur auf das unnachgiebige Drängen der Mutter hin hat Lenka die Fahrten durchgeführt. »Ihre Mutter würde das verstehen, glauben Sie mir«, dringt Irma Seidl auf Lenka ein.

Auch wird es nötig sein, sich zum Deutschen Reich zu bekennen, die

196

Familie als durch und durch deutschfreundlich darzustellen, Verbundenheit mit der deutschen Kultur und der deutschen Sprache herauszukehren und die Verehrung des Führers zum Ausdruck zu bringen. Ja, es wird darin stehen müssen, dass sie »den festen Willen« hat, »durch rastlose, aufopfernde Arbeit für Volk und Staat Sühne zu leisten für die Tat«. Lenka nickt. Sie weiß, das alles wird nötig sein, um überhaupt noch auf eine gemeinsame Zukunft für sie und ihr Kind hoffen zu können.

»Was ist mit Mílan?« fragt sie ängstlich. »Hat meine Tante etwas von ihm gehört?«

»Die Zeit ist abgelaufen«, meldet sich der auf einem Stuhl in der Ecke sitzende Wärter. »Beenden Sie das Gespräch!«

»Ich bin aber noch nicht fertig.« Die Anwältin erzwingt ein unwilliges, aber doch nachgiebiges Brummen durch ihre harte, feste Stimme, eine abwehrende Handbewegung und einen scharfen Blick durch die dunkel eingefasste Brille.

Es gibt keine guten Nachrichten von Mílan. Die Widerstandsgruppe in der Fabrik, der er sich angeschlossen hat, ist verraten worden. Man weiß nicht, ob er verhaftet worden ist oder fliehen konnte.

»Ich möchte, dass das Kind ,Mílan' heißt, wenn es ein Junge wird. Und wenn es ein Mädchen wird, dann soll es ,Olga' nach meiner Mutter heißen und ,Anna' nach meiner Großmutter.« Lenka fasst die Anwältin bei den Händen und sieht sie mit weit geöffneten Augen an. »Wenn ich doch sterben muss – können Sie dann dafür sorgen, dass das Kind zu meiner Familie kommt, am besten zu Tante Míla?«

Irma Seidl gibt den Händedruck zurück. »Ich werde mich darum bemühen, mit aller Kraft«, verspricht sie. »Aber wir wollen doch die Hoffnung nicht aufgeben.« Sie steht auf, zieht Lenka mit hoch und umarmt sie. Etwas zögerlich, aber dann umso fester umfasst Lenka die kräftige Frau. Sie legt den Kopf an ihre Schulter und bricht in heftiges Weinen aus. »Ach Kindchen«, sagt Irma Seidl leise, »es wird schon werden.«

Ohne Befürwortung

Der Blick fällt sofort auf die Akte, die auf dem Schreibtisch oben links in der Ecke liegt, abgesondert von allen anderen Akten. Seit drei Wochen liegt sie dort. Unbearbeitet. Sie wird heute bearbeitet werden müssen. Länger kann sie dort nicht liegen bleiben. Im Reichsjustizministerium würde es auffallen, wenn die Reichsanwaltschaft einen Gnadenvorgang, der nahezu abgeschlossen ist, erst nach einem Monat oder noch später weiterreicht.

Erster Staatsanwalt der Reichsanwaltschaft beim Volksgerichtshof Friedrich Liedke, der an diesem 31. August 1943 um fünf vor acht sein Dienstzimmer betreten hat, greift entschlossen zu der Akte, nachdem er sich auf seinen Schreibtischstuhl gesetzt hat. Dann zögert er. Er legt die geschlossene Akte noch einmal vor sich auf den Tisch. »Gnadenheft« steht in großen Buchstaben darauf. Weiter: »Oberreichsanwalt beim Volksgerichtshof«. Und: »Strafsache gegen Cermak, Helena«. Schließlich: »Betrifft: Prüfung des Gnadenantrags auf Grund des Urteils vom 21. 7. 43, Berichterstattung angeordnet«.

Er wusste, dass die Sache noch einmal auf ihn zukommen würde. Mit einem Gnadenantrag war zu rechnen gewesen. Für das Betreiben des Gnadenverfahrens war die Reichsanwaltschaft zuständig. Dass die Sache von ihm zu bearbeiten war, lag nahe. Er hatte die Anklage verfasst, und er hatte an der Verhandlung teilgenommen. Dabei hätte er so viel darum gegeben, sich nicht nochmals mit diesem Verfahren und mit dieser Angeklagten befassen zu müssen.

Welche Mühe hatte ihm doch schon die Anklage bereitet. Wie quälend war sein Auftritt vor dem Senat gewesen. Den schließlich hervorgebrachten Antrag auf Todesstrafe hat er, so kommt es ihm im Nachhinein vor, nicht selbst gesprochen, sondern ein ihn imitierender Schauspieler. Mit krampfartig zuckenden Kopfbewegungen hat er danach seinen Blick so gesteuert, dass er weder die junge Frau auf der Anklagebank noch den Vorsitzenden und seinen Beisitzer hinter dem Richtertisch ansehen musste.

Gestern, als während der Dienstzeit alle den Luftschutzkeller aufsuchen mussten, hat er sich einen Bombentreffer herbeigewünscht. Feuer sollte oben ausbrechen, ein Feuer, das auch diese Akte verbrennt, die er jetzt beklommen aufschlägt.

Die erforderlichen Stellungnahmen sind eingetroffen, stellt Friedrich Liedke fest.

Als erste diejenige des Leiters der Untersuchungshaftanstalt. Das macht Oberregierungsrat Bauer immer so. Er wartet gar nicht erst den

198

Gnadenantrag ab, sondern schickt gleich nach dem Todesurteil seinen üblichen Text: »Die Führung der Verurteilten ist der Hausordnung entsprechend. Besondere Umstände, welche für eine Befürwortung eines eventuellen Gnadenerweises sprechen würden, sind hier nicht bekannt.«

Friedrich Liedke blättert weiter in der Akte. Blatt 7, die Stellungnahme von Senatspräsident Dr. Ahlers, unmittelbar nach Eingang des Gnadengesuchs angefertigt: »Ohne Befürwortung«. Das war zu erwarten. Noch nie hat Dr. Ahlers eine Begnadigung befürwortet.

Immerhin hat er sich die Mühe gemacht, einen kurzen Vermerk hinzuzufügen: »Die Angeklagte hat der Verhandlung ohne jegliche Bewußtseinstrübung folgen können. Ihre Schwangerschaft hat zu keinerlei geistiger Beeinträchtigung geführt. Selbstverständlich hätte der Senat andernfalls entsprechende Maßnahmen getroffen.«

Was er damit sagen will, ist Friedrich Liedke klar. Geradezu unverschämt ist die Behauptung im Gnadenantrag der Wiener Rechtsanwältin Dr. Irma Seidl, die Angeklagte sei wegen einer Schwangerschaftspsychose nicht in vollem Umfang verhandlungsfähig gewesen. Eine aus der Luft gegriffene, haltlose Behauptung, die unerhörter Weise auch die Verhandlungsführung des Vorsitzenden in Zweifel zieht.

Staatsanwalt Liedke ist allerdings ebenfalls der Meinung, dass die Verhandlungsfähigkeit der Angeklagten nicht beeinträchtigt gewesen ist. Gleichwohl ist er beeindruckt von dem Gnadenantrag. Die Anwältin hat alle Register gezogen. Was nur irgendwie zugunsten ihrer Mandantin sprechen kann, hat sie zusammengetragen. Sie hat juristisch argumentiert, um Verständnis geworben, an mitmenschliche Gefühle appelliert. Ein solches Engagement hat Friedrich Liedke noch in keinem Gnadenverfahren erlebt.

Die Anwältin tut noch mehr. Sie bedrängt ihn. In einem persönlichen Brief hat sie eindringlich darum gebeten, dass in dem hoffentlich nicht eintretenden Fall einer Hinrichtung das Kind der Familie übergeben werden möge. Außerdem will sie unbedingt mit ihm sprechen. Sie will auch nach Berlin kommen, falls ein Treffen in Wien nicht möglich sein sollte. Telefonisch und mit einem Telegramm hat sie um einen Termin nachgesucht.

Das bereitet Friedrich Liedke Unbehagen. So nahe möchte er die Sache nicht an sich herankommen lassen. Sich mit Personen auseinandersetzen zu müssen, das liegt ihm nicht. Es soll bei der gewohnten juristischen Arbeit bleiben, bei der Beschäftigung mit Schriftstücken. Er hat Frau Dr. Seidl hingehalten, es gebe zurzeit keine freien Termine. Auch deswegen muss er das Gnadenverfahren jetzt unbedingt voranbringen, damit er ihr mitteilen kann, dass die Sache bereits an das Reichsjustizministerium abgegeben worden ist. – Er wendet sich wieder der Akte zu.

Umfangreich geäußert haben sich die Sicherheitsbehörden, zunächst die Gestapo-Leitstelle in Wien und dann die Prinz-Albrecht-Straße 8, die Behörde des Chefs der Sicherheitspolizei und des SD in Berlin.

Etwaige Milderungsgründe hat schon das Gericht bedacht, so heißt es in der Stellungnahme aus Wien, daher ist eine Begnadigung ausgeschlossen. Dort denkt man auch schon daran, was nach der Hinrichtung geschehen soll. »Gegen die Überlassung der Leiche nach der Urteilsvollstreckung an die Angehörigen zur Durchführung einer schlichten Bestattung bestehen Bedenken, da die Möglichkeit besteht, dass die Bestattung und das Grab der Hingerichteten von Mitgliedern tschechisch-oppositioneller Kreise propagandistisch ausgewertet werden könnten.« Dagegen wird es für vertretbar gehalten, das Kind in die Obhut der Familie zu geben.

Die Berliner Sicherheitspolizei schließt sich den Ausführungen der Wiener Kollegen in vollem Umfang an. Der Verfasser hat aber offenbar noch etwas Zusätzliches getan. Auf Blatt 19 der Akte, dort wo in der Stellungnahme aus Wien vom Verbleib des Kindes die Rede ist, findet Friedrich Liedke am Rand einen handschriftlichen Vermerk aus zwei Buchstaben und einem Fragezeichen: »LB?« Was könnte das heißen? Steht LB für »Lebensborn«? Das erscheint denkbar. Vielleicht soll vor der Übergabe an die Familie geprüft werden, ob das Kind stattdessen in ein Lebensbornheim gegeben werden soll, weil es rassisch wertvoll ist.

Rasch schlägt Friedrich Liedke die Akte zu. Er legt sich ein Blatt Papier zurecht. Jetzt ist es an ihm, zum Gnadenantrag Stellung zu nehmen.

Es fällt ihm schwer, sich zu konzentrieren. Eigentlich müsste er

200

nun Punkt für Punkt die im Gnadengesuch angeführten Gründe noch einmal durchgehen. Doch das ängstigt ihn. Er fürchtet, wieder in die schon mehrfach erlebte Verwirrung zu geraten, in dieses Chaos aus Für und Wider, aus Mitleid und dienstlichem Zwang, aus Selbstachtung und Selbsterniedrigung, aus Anteilnahme und Distanz, aus Gegenwartsmut und Zukunftsangst, aus dem Willen zum Entschluss und der Unfähigkeit zur Entscheidung. Es kündigt sich bereits diese säuerliche Übelkeit an, die zunächst den Magen ergreift und dann langsam höher steigt.

Er lehnt sich zurück. Warum soll er sich quälen? Der Stand der Dinge ist eindeutig. Haftanstaltsleitung, Gericht und Gestapo wollen die Hinrichtung. Was er auch immer schreibt, es wird nichts ändern. Der Bescheid aus dem Ministerium wird lauten: „In der Strafsache gegen die vom Volksgerichtshof am 21. Juli 1943 zum Tode verurteilte Helena Cermak habe ich mit Ermächtigung des Führers beschlossen, von dem Begnadigungsrecht keinen Gebrauch zu machen. Der Reichsminister der Justiz Dr. Thierack.« Soll er gegen die Wand rennen und sich eine blutige Nase holen? Die junge Frau tut ihm leid, aber ihr Schicksal ist besiegelt.

Mit einem Ruck beugt sich Friedrich Liedke nach vorn. Er stößt geradezu mit der Schreibfeder auf das Papier: »Ohne Befürwortung«. Dann verfügt er noch, dass die Akte unverzüglich an das Reichsjustizministerium weiterzuleiten ist, und legt sie auf den Aktenbock. Hoffentlich wird sie bald abgeholt, damit er sie nicht mehr sehen muss.

Ein Unfall

»Was sollte ich denn machen? Der lief mir doch direkt rein!« Verzweifelt hebt der Fahrer die Hände und schaut die Fahrgäste an, die alle die Straßenbahn verlassen haben und einen Kreis bilden. Er umschließt den vorderen Teil der Bahn, den halb darunter liegenden Körper und den auf den Stufen zu seiner Kabine zusammengesunken sitzenden Fahrer. »Ich hab doch sofort gebremst!« Er lässt die Hände wieder sinken. »Was sollte ich denn machen?« Er schüttelt immer wieder den Kopf.

Außer dem Fahrer sagt niemand etwas. Es wagt auch niemand, sich der am Boden liegenden männlichen Gestalt zu nähern. Jeder sieht, dass der Mann tot ist. Das rechte vordere Rad der Straßenbahn hat den Oberkörper erfasst und zur Hälfte zerdrückt. Der zwischen den Rädern liegende Kopf ist zwar unversehrt. Er ruht jedoch schlaff auf der Erde. Das Gesicht ist schwer zu erkennen, weil darüber der Schatten des Wagens liegt, den die Straßenbeleuchtung verursacht. Alle warten auf das Eintreffen der Polizei aus der nahe gelegenen Wache.

Zwei Kellnerinnen mit weißen Servierschürzen treten aus dem Gasthof »Zum goldenen Löwen« heraus, der nur 50 Meter von der Unfallstelle entfernt liegt. Sie nähern sich der Menschenansammlung. Das weithin hörbare Kreischen der Straßenbahnbremse hat sie neugierig gemacht. Sehen können sie zunächst nichts, weil die Menschen dicht an dicht stehen. Die Größere und Jüngere von beiden reckt sich immer wieder auf die Zehenspitzen, um über die vor ihr Stehenden hinwegblicken zu können. Schließlich sagt sie erschrocken zu der anderen, die zu ihr hochblickt: »Du, Maria, ich glaub, das ist der Gefängnisarzt, der da liegt. Der war doch grad noch bei uns.«

»O nein!« Die als Maria angesprochene Frau, etwa 45 Jahre alt, von kräftiger, rundlicher Figur, bahnt sich, die Menschen nach rechts und links beiseite schiebend, einen Weg durch die Menge. Die Jüngere bleibt zurück. Nach einigen Minuten taucht Maria wieder auf. Ihre Haare sind auf dem Weg zur Unfallstelle und zurück in Unordnung geraten. Die Schürze ist verrutscht. Sie packt ihre Kollegin am Arm. Keuchend stößt sie hervor: »Du hast Recht, Josefine. Das ist Dr. Herberger. Wie schrecklich! Ich hab ihn doch grad noch bedient. Komm, lass uns gehen! Ich kann mir das nicht länger ansehen.«

Auf dem Rückweg zum Gasthof legt Josefine einen Arm um Marias Schultern. Sie gehen nur langsam voran. Immer wieder einmal bleiben sie stehen. Maria erzählt, was sie an diesem Abend des 4. Oktober 1943 erlebt hat.

Dr. Eduard Herberger erschien gegen 19 Uhr im Gasthof »Zum goldenen Löwen«. Sein Lieblingsplatz an einem kleinen Tisch in der rechten hinteren Ecke des Gastraums war frei. Er schritt zügig darauf zu, hängte seinen Mantel an den Garderobenhaken dahinter und winkte Maria herbei. Sie kennen sich seit vielen Jahren. Dr. Herberger ist Stammgast. Er lässt sich am liebsten von Maria bedienen.

Alles schien seinen gewohnten Gang zu nehmen. Doch als Maria an den Tisch trat und ihn begrüßte, merkte sie sofort, dass alles anders war als sonst. Der »Doktor«, wie sie ihn nannte, zeigte nicht wie sonst sein breites, joviales Lächeln. Aufgelöst und konfus wirkte er. Die Augen blickten hierhin und dorthin, ohne aber irgendetwas zu fixieren. Die Mundwinkel zuckten. Er bestellte nicht, wie üblich, ein Abendessen. Nur trinken wollte er. Eine Flasche Rotwein sollte Maria bringen, und auch einen Schnaps. Den Schnaps trank er sofort aus. Gleichermaßen hastig machte er sich daran, die Rotweinflasche zu leeren. Nach gut einer Stunde bestellte er eine zweite.

Besorgt erkundigte sich Maria, ob etwas passiert sei. Zunächst winkte Dr. Herberger ab. Als sie aber wieder einmal an seinem Tisch vorbeikam, bat er sie, sich zu ihm zu setzen. Sie musste ihn zunächst vertrösten, weil zu viel zu tun war. Etwas später konnte sie es jedoch einrichten. Der Besuch in der Gaststätte hatte nachgelassen. Zudem hatte Josefine versprochen, für eine halbe Stunde auch an Marias Tischen zu bedienen.

Es war für Maria nicht leicht, zu verstehen, was der Arzt sagte. Seine Sprache war teils schwerfällig, wofür der Alkohol sorgte, teils aber auch hektisch, weil er auf das Äußerste erregt war. Zwischendurch brach er in Schluchzen aus, das er jedoch sofort mit einem Schluck aus dem Weinglas hinunterspülte. Vorsichtig fragte Maria hier und dort nach. Bei seinen Antworten fasste er mit seiner linken Hand auf ihren rechten Unterarm und drückte ihn fast schmerzhaft. Nach und nach erfasste Maria ein Geschehen, das vor einer Woche begonnen und mit dem heutigen Tag geendet hatte und das Dr. Herberger zu einem verzweifelten Menschen gemacht hatte.

Es ging um eine Gefangene, eine junge Tschechin. Am Montag, den 27. September, wurde die hochschwangere Frau in die Krankenabteilung der Haftanstalt gebracht, weil heftige Wehen eingesetzt hatten. Dr. Herberger kannte sie. Er hatte vor einigen Monaten ihre Schwangerschaft festgestellt und sich darum gekümmert, dass sie in der Krankenstation ein wenig zu Kräften kam.

Jetzt war er in der heiklen Situation, die Geburt des Kindes ärztlich betreuen zu müssen. Besonders gut kannte er sich damit nicht aus. Nur drei oder vier Mal hatte er bei einer Entbindung mitgewirkt. Doch er musste gelassen und beherrscht wirken. Denn die junge Frau war in einem äußerst angespannten Zustand. Sie war zum Tode verurteilt und musste damit rechnen, dass das Urteil nach der Geburt des Kindes an ihr vollstreckt wurde. Es war ihr erstes Kind. Acht Monate Haft hatten sie geschwächt. Wo der Vater des Kindes sich aufhielt und ob er überhaupt noch lebte, wusste sie nicht. Sie hoffte inständig, dass das Kind ihrer Familie übergeben würde. Aber fest zugesagt hatte man ihr das nicht. Gleichwohl lächelte sie ein wenig bei der Einlieferung in die Krankenabteilung, als sie Dr. Herberger wiedererkannte. Er lächelte zurück. »Wir schaffen das schon«, versicherte er ihr.

Bei der Geburt umklammerte sie fest seine Hand. Alles glückte. Es kam ein gesundes Mädchen zur Welt. »Olga Anna soll es heißen«, sagte sie dem Arzt, als er ihr das Kind in den Arm legte.

Dr. Herberger tat alles, um Mutter und Kind möglichst lange in der Krankenabteilung zu halten. Er beschrieb in den Unterlagen den Zustand der beiden als höchst bedrohlich. Das Kind habe ein viel zu geringes Gewicht, und die Mutter leide unter erheblichen Nachwirkungen der Geburt. Er ordnete sogar die Beschaffung von Medikamenten an, die er letztlich aber gar nicht verabreichte. Unerträglich war ihm die Vorstellung dessen, was nach der Entlassung mit den beiden geschehen würde. Sie würden getrennt werden. Die junge Mutter würde geköpft werden. Das Kind würde vielleicht in ein Heim gegeben werden.

Nach einer Woche kam ihm sein Vorgesetzter, der junge, parteitreue Leiter der Krankenabteilung, auf die Schliche. Er stellte ihn am Montagvormittag bei Dienstbeginn zur Rede. Noch für denselben Tag ordnete er die Entlassung von Mutter und Kind an. Und er drohte: »Das wird Konsequenzen für Sie haben, Herr Kollege!«

Am Nachmittag erschien eine Krankenschwester aus einem Wiener Kinderheim. Sie hatte den Auftrag, das Kind mitzunehmen. Dr. Herberger konnte gerade noch verhindern, dass sie unmittelbar zu der Tschechin mit dem Kind gelangte. Auf dem Flur fragte er sie aus. Warum das Kind nicht der Familie überlassen wird, wollte er wissen, was mit dem Kind im Heim geschieht und ob man der Mutter nicht seelischen Schmerz ersparen kann.

Klare Antworten konnte die Krankenschwester nicht geben. Ihr war nur gesagt worden, dass sie das Kind mit einem Wagen des Heims abholen soll. Der Fahrer wartete an der Straße neben dem Gefängnis.

Dann meinte sie noch, gehört zu haben, dass das Kind nur kurze Zeit im Heim bleiben wird. Geplant sei der Weitertransport ins Lebensbornheim »Alpenland« im Schloss Oberweis bei Gmunden.

Was das bedeutet, wollte Dr. Herberger wissen. So ganz genau wusste sie das auch nicht. Aber eine Vermutung hatte sie schon. Dort wird man das Kind auf Rassemerkmale untersuchen. Wenn es arisch ist, wird es zu einer parteitreuen deutschen Familie kommen. Andernfalls könnte es sein, dass es der Familie der Mutter übergeben wird.

»Und wenn es in diesem anderen Fall nicht der Familie der Mutter überlassen wird, was dann?« fragte Dr. Herberger. Die Krankenschwester schaute ihn nicht an, als sie mit einem Schulterzucken antwortete.

Dr. Herberger fasste sie bei ihren Schultern. »Das alles verkraftet die Mutter nicht. Sie hofft inständig, dass das kleine Mädchen bei ihrer Familie aufwächst. Wir dürfen ihr diese Hoffnung nicht nehmen. Bitte sagen Sie ihr, dass das Kind nur noch einmal gründlich untersucht werden soll und dann zu ihren Angehörigen gebracht wird«, beschwor Dr. Herberger die Krankenschwester. »Bitte tun Sie das. Sie wird in den nächsten Tagen hingerichtet werden. Wir sollten ihr zusätzliche Qualen ersparen.« Erleichtert atmete er auf, als die Krankenschwester nickte.

Er hielt sich im Hintergrund, als die Schwester zu der Tschechin ging, die auf einem Stuhl saß und ihr Kind im Arm hielt. Die beiden Frauen sprachen lange miteinander. Schließlich übergab die Mutter das Kind zögerlich. Dr. Herberger mochte nicht länger hinschauen. Er wendete sich ab. Es half ihm nicht. Umso deutlicher hörte er das bitterliche Weinen der jungen Frau.

Die beiden Kellnerinnen sind auf ihrem Weg zurück von der Unfallstelle am Eingang des Gasthofs »Zum goldenen Löwen« angelangt. Als Josefine auf den Türgriff fasst, hält Maria sie fest.

»Wart noch ein bisschen. Ich kann noch nicht, ich fühl mich nicht gut.« Sie treten zur Seite unter die große Linde neben dem Gasthaus. »Er wollte nicht mehr im Gefängnis arbeiten, hat er gesagt. Er wollte weg, ein anderes Leben führen.« Maria berichtet ihrer Kollegin, wie Dr. Herberger bei Wein und Schnaps wild und wütend gestikulierend und *mit immer schwerer werdender Zunge Verwünschungen ausstieß und Zukunftsphantasien entwickelte, bevor er sich dann auf den Heimweg machte.*

Sofort krank melden wollte er sich und unter keinen Umständen an seinen Arbeitsplatz zurückkehren. Todeskandidaten für die Hinrichtung gesund machen, nein, das wird er nie mehr tun. Dem oberschlauen Nazi-Chef wird er die Brocken vor die Füße werfen. Weggehen wird er, weg aus Wien. Im Oberösterreichischen, in einer Kleinstadt hat er einen Vetter. Zu dem wird er ziehen. Dort wird er sich als Arzt niederlassen. Er will nichts mehr mit diesen Grausamkeiten zu tun haben. Frauen die Kinder wegnehmen und sie dann töten, wie schrecklich!

»Er hat sich richtig in Rage geredet. Glaub mir, Josefine, und dabei hat er immer noch mehr getrunken. Beim Weggehen hat er geschwankt, hatte Mühe, die Tür zu finden. Ich hätt ihn so nicht gehen lassen dürfen. Ich hätt ihm keinen Alkohol mehr geben dürfen. Es ist meine Schuld.« Maria schlägt die Hände vors Gesicht und lässt sie dann wieder sinken. »Ob's wirklich ein Unfall war? Oder ob er sich umbringen wollte?«

»Unsinn, Maria, natürlich war das ein Unfall, und du hast überhaupt keine Schuld. Wär ja noch schöner, wenn wir auf die Gäste aufpassen müssten.« Josefine fasst Maria energisch am Ärmel ihrer Bluse und zieht sie zum Eingang. »Komm, wir müssen arbeiten. Der Chef wartet sicher schon auf uns.«

Klosterheide

Friedrich und Edith Liedke verlassen den Bahnhof von Klosterheide. Ihr Zug, der sie von Löwenberg hierher gebracht hat, fährt weiter nach Rheinsberg. Sie biegen nach rechts in den Kramnitzer Weg ein, überqueren die Schienen und sind nach wenigen Metern rechts und links von Kiefern eingeschlossen. Der Weg ist von einer dünnen, glänzenden Schneeschicht bedeckt. Ein leises Knirschen begleitet die Fußtritte. Seinen Glanz erhält der Schnee von dem schmalen blauen Streifen über den beiden, den die Kiefern frei geben und den die Morgensonne erhellt. Es ist etwa elf Uhr an diesem Freitag, eine Woche vor Heiligabend im Kriegswinter 1943.

Die beiden schreiten zügig voran. Wintermäntel, Handschuhe und Pelzmützen schützen sie vor der Kälte. Gefreut hat sich Friedrich Liedke, als seine Frau nach dem Verlassen des Bahnhofs mit ihrer rechten Hand seine linke erfasst hat und sie seither festhält. Er fühlt sich ihr näher als sonst bei ihren Spaziergängen, die gewöhnlich so verlaufen, dass sie sich bei ihm einhakt. Sie befinden sich ja auch nicht auf einem ihrer üblichen Spaziergänge. Sie sind auf dem Weg zu einem Heim, um von dort ein Kind abzuholen.

Viel Geduld hat Friedrich Liedke in den vergangenen Monaten aufbringen müssen, bis diese Reise von Berlin über Löwenberg nach Klosterheide zum Lebensbornheim »Kurmark« möglich wurde. Sie sollte, das war seine Hoffnung, den körperlichen und seelischen Leiden seiner Frau ein Ende bereiten.

Im Sommer erkrankte Edith Liedke schwer. Heftige, lang andauernde Migräneanfälle quälten sie. Auch wurde eine Herzschwäche festgestellt. Zudem war sie erschreckend mager geworden. Immer tiefer versank sie in Schwermut und Traurigkeit. Vergeblich bemühte sich ihr Mann um sie. Nichts half, weder Gespräche noch Ausflüge noch Kinobesuche. Es gelang ihm nicht einmal mehr, dem verhärmten, von großen, traurigen Augen beherrschten Gesicht ein Lächeln abzugewinnen.

Der elende Zustand seiner Frau weckte Entschlusskraft bei Friedrich Liedke. So konnte es nicht weitergehen. Es musste etwas geschehen, etwas grundlegend Neues, eine Wende, ein neuer Anfang. Edith würde wieder gesund werden können, davon war er überzeugt, wenn ein Kind ins Haus käme. Sie war früher Kindergärtnerin gewesen. Sie liebte Kinder. Sie verstand es, auf Kinder einzugehen, und Kinder erwiderten ihre Zuneigung.

Welche Möglichkeit gab es? Eigentlich nur die eine: ein Kind aus einem Lebensbornheim. Vor mehr als einem Jahr hatte ihm SS-Brigadeführer Werner Feulner, den er seit seiner Kindheit in Jüterbog kannte, Hilfe zugesagt. Doch Edith hatte seinerzeit den Vorschlag empört zurückgewiesen. Also musste er es jetzt mit Geduld, Beharrlichkeit und Einfühlungsvermögen erreichen, dass sie ihren Widerstand aufgab. Darum bemühte Friedrich Liedke sich in den Herbstmonaten des Jahres 1943.

Zunächst erwähnte er im Gespräch mit seiner Frau beiläufig, wie gut die medizinische Versorgung in Lebensbornheimen sei. Auch Ehefrauen von SS-Angehörigen, darunter Ehefrauen aus dem Kollegenkreis, würden deswegen dort ihre Kinder zur Welt bringen. In Lebensbornheimen seien also keineswegs nur Mütter nichtehelicher Kinder untergebracht. Schon gar nicht könne von einer Zuchtanstalt für außereheliche Kinder von SS-Männern oder gar von SS-Bordellen die Rede sein.

Dann sprach er mit ihr über das schwere Los von Frauen mit nichtehelichen Kindern. Die Gesellschaft verachte sie, auch wenn sie keinerlei Schuld treffe. Für diese Frauen sei der Lebensborn doch eine segensreiche Einrichtung. In den Heimen könnten die Kinder anonym zur Welt gebracht werden.

Schließlich schilderte er das Schicksal der nichtehelich geborenen Kinder, deren Mütter sich nicht um sie kümmern könnten oder wollten. Sie müssten in Heimen aufwachsen, wäre da nicht die Möglichkeit, sie in familiäre Pflege zu geben. Auch darin bestehe die Aufgabe des Lebensborn, solche Kinder zu vermitteln.

Edith hörte ihm, wann immer er das Gespräch auf den Lebensborn brachte, aufmerksam zu. Er verbuchte es schon als Erfolg, dass sie nicht mehr, wie noch im Jahr zuvor, heftig protestierte. Aber irgendwelche Anzeichen dafür, dass sie mit seinem Vorhaben einverstanden sein könnte, gab es nicht. Ihre Miene blieb starr und ablehnend bei diesen Gesprächen.

Der Zufall kam ihm zu Hilfe. Bei einem Spaziergang im Park an einem sonnigen Nachmittag im Oktober traf Edith auf einen etwa drei Jahre alten Jungen mit seinem Dreirad. Er war seinen Eltern weit voraus gefahren. Das Kind wollte Edith ausweichen und kippte dabei mit dem Dreirad um. Sie half dem weinenden Jungen auf, klopfte den Schmutz von den Hosenbeinen und strich ihm tröstend über den Kopf. Die Eltern bedankten sich herzlich bei ihr.

Edith war zunächst unsicher, ob es tatsächlich die Eltern waren. Es könnten, so dachte sie, auch die Großeltern sein. In dem Gespräch, das sich entwickelte, erfuhr sie, dass das bereits etwas ältere Ehepaar ohne eigene Kinder geblieben war und dass es den Jungen vor drei Jahren in Pflege genommen hatte. Bald darauf sei auch die Adoption

208

vollzogen worden. »Wir sind so dankbar, dass es uns der Lebensborn ermöglicht hat, den Kleinen zu uns zu nehmen«, sagte die Frau glücklich lächelnd. »Er ist unser Ein und Alles.« Edith sah den dreien noch einige Zeit hinterher.

Allein dieses von der warmen Oktobersonne beleuchtete Bild der kleinen Familie sorgte dafür, dass Friedrich Liedkes Bemühungen letztlich doch erfolgreich waren. Nach Ediths Zustimmung wandte er sich erneut an Werner Feulner. Vor einigen Tagen erreichte sie ein Telefonanruf aus dem Lebensbornheim „Kurmark" in Klosterheide. Sie könnten ein drei Monate altes Mädchen in Pflege nehmen. Eine nachfolgende Adoption sei möglich. Sie müssten ihre Wohnung für die Unterbringung und Versorgung des Kindes herrichten. Am 17. Dezember gegen Mittag sollten sie das Kind abholen. Ein Kinderwagen mit Decken und Kissen werde gestellt. Auch werde ihnen Milchnahrung für die Reise mitgegeben werden.

Nach einem Fußmarsch von etwa einem halben Kilometer sehen Edith und Friedrich Liedke linkerhand das Gelände des Heimes. Sie gehen auf das dreiflügelige Portal des Hauptgebäudes zu. Beide erfasst ein merkwürdiges Gefühl, in dem sich Feierlichkeit und Beklommenheit mischen. Sie sind beeindruckt von der imposanten Architektur des vierstöckigen, von einem Kuppelturm gekrönten Gebäudes. Hohe Fahnenmasten flankieren den Eingang. Der Weg dorthin führt an einer durch einen Sockel erhöhten Steinskulptur vorbei, die eine Mutter mit drei Kindern darstellt. Sie verstärken ihren Händedruck, als sie das Gebäude betreten.

Im Büro der Heimleitung ist nur das Vorzimmer besetzt. Der Leiter befindet sich auf einer Dienstreise, erfahren sie von seiner Sekretärin. Es sei aber alles vorbereitet.

Die etwa 50 Jahre alte Frau Haase bittet die beiden, vor ihrem Schreibtisch Platz zu nehmen. Die schmale, hochgewachsene Frau trägt ein dunkles Kostüm. Die graublonden Haare sind nach hinten gekämmt und dort zu einem Knoten im Nacken zusammengefasst. Mit strengem, aber nicht unfreundlichem Gesichtsausdruck erklärt sie den weiteren Ablauf.

Das Ehepaar Liedke soll sich zunächst einen Eindruck von dem Baby verschaffen, das ihnen eine Schwester oben im ersten Stock im

209

Raum rechts vom Treppenaufgang zeigen wird. Herr Liedke soll dann zur Erledigung der Formalitäten wieder zu ihr herunterkommen. Frau Liedke kann sich in der Zwischenzeit näher mit dem Kind vertraut machen. Die Schwester wird mit ihr gemeinsam das Baby wickeln und füttern. Man wird danach das Kind dem Ehepaar für einen Spaziergang im Park hinter dem Heim überlassen. Schließlich werden ihnen der Kinderwagen und Reiseproviant übergeben. Den Zug um 14 Uhr 15 werden sie sicherlich erreichen.

Erwartungsfroh, aber auch ein wenig ängstlich steigen Edith und Friedrich Liedke die Treppe zum ersten Stock hinauf. Die Tür zum rechts liegenden Raum ist geöffnet. Mit vorsichtigen Schritten tasten sie sich hinein. An den Wänden rechts und links stehen jeweils sechs Kinderbetten. Zwischen ihnen und im mittleren Gang bewegen sich drei Schwestern in heller Kleidung mit weißer Haube. Eine tritt auf sie zu. »Guten Tag. Sie sind die Eheleute Liedke? Ich bin Schwester Hertha. Und hier, gleich rechts, liegt die kleine Gerda. Oh ich sehe, sie wird gerade wach.«

Schwester Hertha beugt sich über das Bett, fasst behutsam unter Kopf und Rücken des Kindes und hebt es heraus. »Na, wie gefällt Ihnen unser süßes, braves Mädchen?« Sie legt das Baby an ihren Bauch. Es ruht auf ihrem rechten Unterarm und wird seitlich von ihrer linken Hand gehalten. Der freundliche, erwartungsvolle Blick der Schwester wandert hin und her, vom Kind auf ihrem Arm zu den Eheleuten und wieder zurück.

Edith und Friedrich Liedke sind nicht in der Lage, irgendetwas zu sagen. Gebannt schauen sie auf das Kind, das in seinem Strampelanzug einige zuckende Bewegungen mit Armen und Beinen macht. Noch sind die Augen und der Mund geschlossen, als seien sie zusammengepresst. Ein wenig zerknautscht wirkt das runde Gesicht. Als erstes lösen sich die Lippen voneinander. Dann zeigt sich am linken Auge ein kleiner Spalt, der sich allmählich vergrößert. Es folgt das rechte Auge. Schließlich blicken zwei große hellblaue Augen zur Zimmerdecke.

Edith Liedke fühlt sich genötigt, etwas zu sagen. Doch ihr fallen keine Worte ein, so ergriffen ist sie vom Anblick des Kindes. Ein leises, unartikuliertes, langgezogenes »Oh« geht über ihre Lippen. Und sie lächelt. Ein solches Lächeln hat Friedrich Liedke bei seiner Frau seit vielen Jahren nicht mehr gesehen.

Die zuckenden Bewegungen des Kindes werden heftiger. Es gibt meckernde Laute von sich, die so klingen, als könnten sie gleich in ein Weinen und Schreien übergehen. Schwester Hertha wird energisch. »Zeit zum Wickeln und Füttern. Da können wir Sie nicht gebrauchen, Herr Liedke. Sie sollten schon einmal mit Frau Haase das Nötige regeln.«

Die Sekretärin erwartet ihn bereits. Sie lässt sich von ihm die beiden Geburtsurkunden aushändigen, die mitzubringen waren, seine und die seiner Frau. Die Angaben dort überträgt sie in ihre Unterlagen. Dann blickt sie hoch. »Ich nehme an, dass es bei Ihrem Wunsch bleibt, das Kind in Pflege zu nehmen.« Friedrich Liedke nickt. »Gut. Folgendes kann ich Ihnen über das Kind mitteilen. Es trägt den Vornamen Gerda. Was die Mutter betrifft, so sind wir zu vollständiger Verschwiegenheit verpflichtet. Da wir hier eine eigenständige standesamtliche Funktion wahrnehmen, können wir Ihnen bereits eine Geburtsurkunde des Kindes mit Ihrem Familiennamen ausstellen. Sofern Sie wünschen, kann auch ein anderer Vorname eingetragen werden.« Friedrich Liedke räuspert sich: »Meine Frau und ich, wir würden das Kind gern Ingrid nennen.« Frau Haase nickt: »Das lässt sich machen. Also: Ingrid Liedke, geboren in Klosterheide am 27. September 1943.«

Friedrich Liedke stutzt. Ein Schreck durchfährt ihn. Dieses Datum ist ihm doch vor einigen Tagen schon einmal begegnet. Richtig, bei der letztmaligen Durchsicht der Strafverfahrensakte Helena Cermak. Sie war nach der Hinrichtung noch einmal auf seinen Schreibtisch gelangt. Es war nur noch die Verfügung zu treffen, dass die Akte weggelegt wird. Aus Scham und aus schlechtem Gewissen wollte er das möglichst rasch erledigen. Aber seine Neugier war stärker. Er ging die Seiten durch, die nach der Ablehnung des Gnadengesuchs hinzugefügt worden waren.

Am 27. September 1943, das besagte eine ärztliche Mitteilung aus der Krankenabteilung des Wiener Gefängnisses, hat die Verurteilte ein gesundes Mädchen zur Welt gebracht.

Was mit dem Kind geschehen ist, ließ sich der Akte nicht entnehmen. Ansonsten ergab sich, dass das Urteil am 8. Oktober 1943 »ohne Besonderheiten« vollstreckt wurde. Der Leichnam wurde an das Ana-

211

tomische Institut der Universität Wien übergeben, weil die Gestapo einer Überlassung an die Angehörigen widersprochen hatte.

Friedrich Liedke will sicher gehen. Er beugt sich vor und fragt nach: »Wo, bitte, ist das Kind geboren?« Frau Haase bestätigt, mit dem Zeigefinger auf eine Stelle in dem vor ihr liegenden Papier weisend: »Hier, bei uns in Klosterheide.« Ein rein zufälliges Zusammentreffen von Daten also. Er lehnt sich erleichtert zurück.

Der Schreck wirkt noch etwas nach, als er das Sekretariat verlässt. Nicht auszudenken, was wäre, wenn sie das Kind einer Mutter bekämen, an deren Tötung er mitgewirkt hat! Aber so ist es ja nicht.

Als er die Treppe erreicht, kommen Schwester Hertha und seine Frau herunter. Edith hält glücklich lächelnd das in dicke Decken gehüllte Kind im Arm. »Wir können sie jetzt Ingrid nennen«, ruft er ihr entgegen. »Dann können Sie jetzt mit Ingrid einen kleinen Spaziergang im Park machen.« Schwester Hertha öffnet für sie den hinteren Ausgang.

Die Bäume und Büsche der Parkanlage sind mit Schnee bedeckt. Soweit sie Lücken lassen, werden diese vom tiefen Blau des dahinter liegenden Sees gefüllt. Edith und Friedrich Liedke gehen mit langsamen Schritten auf den Parkwegen voran. Sie vermeiden jede rasche Bewegung. Die kleine Ingrid soll sich Schritt für Schritt an sie gewöhnen. Edith hat sie sich an die linke Schulter gelegt. Friedrich Liedke, neben den beiden gehend, schaut herüber. Das runde Gesicht der Kleinen strahlt Zufriedenheit aus. Nur dann, wenn Schnee und Sonnenlicht sie blenden, kneift sie die Augen zusammen. Sonst schaut sie mit ihren großen blauen Augen in die Welt.

Wie konnte ich nur glauben, dass es das Kind der Tschechin sein könnte, denkt Friedrich Liedke. Es hat blaue Augen und die ersten Haare, die sich zeigen, sind hell, während die Frau im Gerichtssaal dunkle Haare und braune Augen hatte.

Aber, so fällt ihm dann ein, den leiblichen Vater kennt er ja nicht. Und hat er nicht einmal gehört, dass sich bei Kindern, die mit blauen Augen geboren werden, die Augenfarbe noch ändern kann? Irgendwie besteht auch, wenn er genau hinschaut, eine Ähnlichkeit im Schwung der Augenbrauen.

Friedrich Liedke bleibt einen Schritt zurück. Er schüttelt leicht den

212

Kopf. Welch ein Unfug! Geburtsort Klosterheide hieß es doch! Es ist völlig ausgeschlossen, dass das Kind in Ediths Armen das Kind der Tschechin ist. Er schließt wieder zu den beiden auf.

Eine halbe Stunde später kehren sie in das Haus durch den Hintereingang zurück. Auf dem Flur begegnet ihnen eine ältere Schwester, die einen neugierigen Blick auf das Kind wirft. »Ach, das ist ja unsere kleine Gerda. Wie schön für sie, dass sie jetzt Eltern gefunden hat. Herzlichen Glückwunsch Ihnen beiden, nein allen drei.« Friedrich Liedke erwidert ihr Lächeln. »Wir haben ihr den Namen Ingrid gegeben.« Die Schwester streicht dem Kind mit zwei Fingern über die gerundeten Wangen. »Wie gut sie jetzt aussieht. Wir mussten sie damals nach ihrer langen Reise ganz schön aufpäppeln.«

»Wieso Reise?« fragt Friedrich Liedke erstaunt. »Von woher ist sie denn gekommen?« Die Schwester blickt nachsinnend zu Boden. »Von woher war das noch? Irgendwie aus dem Bayerischen oder dem Österreichischen. Genau weiß ich das nicht mehr. Ist ja auch egal. Jedenfalls ist das Kind jetzt bei Ihnen in besten Händen. Alles Gute.« Mit einem freundlichen Nicken verabschiedet sie sich.

Schlagartig ist der schreckliche Gedanke wieder da: Und wenn es doch das in Wien geborene Kind der Tschechin ist? Friedrich Liedke muss Gewissheit haben.

Schwester Hertha kann sie ihm nicht verschaffen. Sie arbeitet erst seit vier Wochen im Heim. Nein, sie hat nichts davon gehört, dass die Kleine woanders zur Welt gekommen ist und hierher gebracht wurde.

Gemeinsam mit Edith trifft sie Reisevorbereitungen. Die beiden packen Decken und Kissen in den Kinderwagen. Ingrid wird noch einmal gewickelt und gefüttert. Friedrich Liedke entfernt sich zwischendurch. Er habe noch rasch etwas im Sekretariat zu erledigen.

Frau Haase blickt verwundert von ihrem Schreibtisch hoch. Wieso Herr Liedke auf den Gedanken komme, dass Klosterheide nicht der Geburtsort sei. Als er berichtet, was er von der Schwester erfahren hat, runzelt sie die Stirn. Sie wird energisch. »Erstens, Herr Liedke. Was ich Ihnen mitgeteilt habe, muss genügen. Sie haben keinerlei Anspruch auf weitere Auskünfte. Zweitens. Wir tun alles, um unsere Mütter und unsere Kinder zu schützen. Dementsprechend verfügen wir auch über weitreichende standesamtliche Befugnisse. Im Übrigen: Wieso interessiert Sie

213

das?" Verlegen antwortet er: »Ach, nur so, ich war einfach nur etwas neugierig. Entschuldigen Sie bitte.«

Auf dem Fußweg vom Heim zum Bahnhof schläft Ingrid friedlich im Kinderwagen. Edith summt halblaut Kinderlieder vor sich hin. Friedrich Liedke schaut seine Frau von der Seite an. Sie sieht glücklich aus. Ihn dagegen quält der Gedanke, dass das Kind in dem Wagen von einer Frau stammen könnte, deren Tod er mitverschuldet hat. Niemals, so nimmt er sich fest vor, niemals wird er Edith oder sonst irgendjemandem diesen Verdacht offenbaren.

Teil 3:

Der Fall Liedke

Die Festnahme

Wer so klopft, lässt sich nicht aufhalten. Die seitliche Faust schlägt dreimal dumpf und heftig gegen die Tür.

Friedrich Liedke schreckt hoch. Er ist eingeschlafen und wollte doch wach bleiben. Seit einer Stunde sitzt er auf dem alten grünen Ohrensessel am Wohnzimmerfenster. Gegen vier Uhr nachts ist er aufgestanden. Er hat Edith versprochen, um Brot anzustehen. Gestern, am 25. Mai 1945, hatte sie von Nachbarn gehört, dass vielleicht am heutigen Samstag in der Bäckerei an der Straßenecke Brot ausgegeben wird. Durch die rechte untere Scheibe des Wohnzimmerfensters, die allein noch heil geblieben ist, während die anderen Fensterteile mit Pappe abgedichtet sind, hatte er die Bäckerei im Blick. Sobald dort Menschen zu sehen waren, wollte er nach unten eilen und sich anstellen. Doch dann ist er eingenickt.

Die Erschöpfung hat ihn in den Schlaf gezwungen. Seit vielen Wochen schläft er kaum noch. Körperlich und seelisch ist er dem nicht gewachsen, was um ihn herum und was mit ihm geschehen ist. Friedrich Liedke ist ein kraftloser, apathischer Mensch geworden.

Er hat keine Arbeit mehr. Der Dienstbetrieb der Reichsanwaltschaft beim Volksgerichtshof ist in den ersten Monaten des Jahres 1945 zusammengebrochen. Anfang Februar zerstörten Bomben das Dienstgebäude in der Bellevuestraße. Der Versuch, die Dienststelle zunächst nach Potsdam, dann nach Bayreuth zu verlagern, endete im Chaos, weil die Truppen der Kriegsgegner immer näher rückten.

Seit Mitte April sind sie zu dritt gefangen in ihrer Wohnung, er, seine Frau Edith und ihre Tochter Ingrid, die mittlerweile einundhalb Jahre alt ist. Eine Möglichkeit, Berlin zu verlassen, gibt es nicht mehr. Die Stadt ist eingeschlossen. Sie sind der Gewalt des Krieges ausgesetzt, der nach und nach sein schreckliches Füllhorn über ihnen ausschüttet. Seit langem schon fielen die Bomben von oben, die heulend und sirrend die krachenden Einschläge an-

215

kündigten. Es folgten die Artillerie- und Panzergeschosse, die ihren dröhnenden Treffern ein Pfeifen vorausschickten. Ihnen schloss sich das Rattern der Maschinengewehre an. Dann knallten Gewehrschüsse durch die Straßen. Schließlich blickten sie in die Mündungen von Pistolen.

Das Leben und die Wohnung sind ihnen erhalten geblieben, mehr nicht. Das weitere Überleben ist nicht gesichert. Dringend müssten Schäden an der Wohnung beseitigt werden. Brennmaterial müsste besorgt werden, damit jedenfalls notdürftig gekocht werden kann. Vor allem aber brauchen sie Lebensmittel und Wasser. Tatkraft wäre nötig, handwerkliches Geschick, auch Schläue und Härte im Umgang mit anderen.

Über keine dieser Fähigkeiten verfügt Friedrich Liedke. Was er konnte, wird jetzt nicht mehr gebraucht. Was jetzt gebraucht wird, kann er nicht. Er ist in eine Schreckstarre verfallen, aus der er sich nicht mehr zu lösen vermag.

Immer wieder kommt ihm der Gedanke an Selbstmord. Viele bringen sich und ihre Familienangehörigen in diesen Tagen um, weil ihre Welt eingestürzt ist und weil sie Angst vor den russischen Soldaten haben. An Selbstmord denkt Friedrich Liedke noch aus einem weiteren Grund. Ihn drückt die Ungewissheit über die Herkunft ihres Kindes nieder.

Er wagt es aber nicht, seiner Frau die Selbstmordgedanken zu offenbaren oder gar ihr einen gemeinsamen Selbstmord vorzuschlagen. Er weiß, sie wäre entsetzt.

Seit Ingrid zu ihnen gehört, ist Edith Liedke wie verwandelt. Ihre Schwermut ist verflogen. Sie kämpft. Das Kind ist zum Mittelpunkt ihres Lebens geworden. Hingebungsvoll, mutig und entschlossen tut sie alles, um dieses Kind vor Unheil zu bewahren. Damit sorgt sie zugleich für das Überleben der Familie.

Sie ist es, die Lebensmittel besorgt, notfalls aus geplünderten Geschäften. Sie bringt russische Soldaten davon ab, Decken und Bettwäsche aus der Wohnung wegzuschleppen. Sie beschafft Hammer, Nägel und Pappe, um damit die Fenster abzudichten. Ihr ist es auch gelungen, einer Vergewaltigung zu entgehen. Ingrid dient ihr als Schutz. Das kleine Kind auf dem Arm der Mutter hat die russischen Soldaten bisher stets veranlasst, ihr Vorhaben aufzugeben.

Friedrich Liedke ist sich völlig im Klaren über seine Situation. Er weiß um sein Versagen. Umso mehr tiefer versinkt er in Apathie. Er muss sich daraus befreien. Er will heute Morgen einer der ersten bei der Brotausgabe sein.

Aber jetzt stehen drei Männer im Wohnzimmer. Sie haben den Tisch beiseitegeschoben, der die schief in den Angeln hängende Wohnungstür absichern sollte. Mit raschen, schweren Stiefeltritten sind sie durch den Flur geschritten. Nun stehen sie direkt vor ihm. Friedrich Liedke ist aufgesprungen.

Vor sich hat er einen Offizier der Roten Armee, wie er an der goldfarbenen Umrandung der Dienstabzeichen auf der Uniform erkennt, sowie zwei mit Lederjacken bekleidete Zivilisten. Einer der Zivilisten spricht ihn an: »Guten Morgen, Herr … Herr …« Verschreckt und beflissen ergänzt er: »… Liedke«. Befriedigt nickt der Fragesteller und schaut dabei auf einen Zettel in seiner rechten Hand. Erreicht hat er auf diese Weise die Identifizierung. In knappen Worten weist er Friedrich Liedke an, Schuhe und Mantel anzuziehen. Er müsse mitkommen.

Der Offizier und der andere Zivilist sehen sich derweil im Wohnzimmer um. Sie sprechen russisch miteinander, während sie Schranktüren und Kommodenschubladen öffnen. Der mit Friedrich Liedke befasste Zivilist, offenbar der Dolmetscher, schaut zu ihnen hinüber und fragt ihn scharf: »Haben Sie irgendwelche Waffen?« Er verneint mit Kopfschütteln. Er will dann fragen, worum es gehe. Bevor er etwas sagen kann, öffnet sich die Schlafzimmertür.

Edith tritt mit Ingrid auf dem Arm ins Wohnzimmer. Die Kleine hat noch die Augen geschlossen und wimmert leise. Der Offizier, der gerade eine Schublade durchwühlt, schaut hoch. Mit rasch ausgestrecktem rechten Arm und scharfer Stimme weist er sie ins Schlafzimmer zurück: »Dawai!«. Sie wagt nicht, zu widersprechen. Langsam zieht sie die Tür hinter sich nur so weit zu, dass sie um einen Spalt geöffnet bleibt.

Friedrich Liedke traut sich nicht mehr, seine Frage zu stellen. Er wird vom Dolmetscher, der seinen linken Oberarm gepackt hat, in den Flur geführt. Dort zieht er Schuhe an und streift sich seinen Mantel über. Sie verlassen die Wohnung, gefolgt vom Offizier und dem anderen Zivilisten.

Sofort öffnet sich die Schlafzimmertür wieder. Edith eilt ans Fenster. Gebückt schaut sie durch die untere Scheibe. Sie erkennt eine schwarze Limousine vorm Haus. Der uniformierte Fahrer steht neben dem Wagen. Als die vier Personen erscheinen, öffnet er für den Offizier die Beifahrertür. Einer der beiden Männer in Lederjacken schiebt Friedrich Liedke in den hinteren Teil des Wagens. Dann setzen sich beide rechts und links von ihm auf den Rücksitz. In zügiger Fahrt verschwindet der Wagen aus dem Blickfeld. Edith sieht noch, wie sich ein Vorhang an einem Fenster auf der gegenüberliegenden Straßenseite bewegt. Es hat wohl noch jemand beobachtet, wie ihr Mann abgeholt wurde.

Aufenthaltsort unbekannt

In dichten Schwaden stürzt der Regen aus bauchigen, dunkelblauen Wolken herab auf den Friedhof von Jüterbog. Der Wärter, kurz zuvor noch mit dem Ausheben einer Grube beschäftigt, hat sich unter die schützenden Zweige einer Fichte geflüchtet. Seine Aufmerksamkeit erregt eine seltsame Figur, etwa 30 Meter entfernt, deren genaue Wahrnehmung ihm der Regen erschwert. Ein grauhäutiges Wesen mit vier Beinen, zwei kurzen und zwei langen, und einem schwarzen Kopf verharrt vor einer Grabstelle mit einem Holzkreuz.

Nach einigen Minuten bewegen sich die beiden kurzen Beine. Ein Kind schlüpft unter einem großen, grauen Mantel hervor, eilt zum Kreuz und stellt ein Glas mit einem Deckel darunter. Rasch kehrt es in den Schutz des Mantels zurück. Wiederum steht das vierbeinige Wesen einige Minuten still. Dann setzt es sich langsam in Bewegung. Es schlägt die Richtung zum Ausgang des Friedhofs ein.

*Als die Regenwolken sich verzogen haben, sucht der Friedhofswärter neugierig die Grabstelle auf. Das Holzkreuz trägt die Inschrift »Edith Liedke * 18. 6. 1908 † 6. 9. 1948«. In dem darunter stehenden Glas befindet sich eine aus schwarzem und weißem Knetgummi geformte Katze.*

Währenddessen erreichen die fünfjährige Ingrid Liedke und ihre

218

Tante die Goethestraße. Den weiten Kleppermantel ihrer Tante hat Ingrid verlassen, als der Regen aufhörte. Sie läuft voraus. Elisabeth Liedke folgt ihr mit langsamen Schritten, nachdenklich nach unten blickend. In der rechten Hand hält sie den durchnässten schwarzen Schal, mit dem sie ihren Kopf vor dem Regen geschützt hat.

Ingrid stemmt sich mit ganzer Kraft gegen das schwere schmiede-eiserne Gartentor zu dem Haus, in dem sie nun, nachdem ihre Mutter gestorben ist, allein mit ihrer Tante wohnt, die sie »Tante Lisa« nennt. Ächzend und kreischend öffnet sich das Tor. Die grüne Farbe ist größtenteils abgeblättert. Sie musste dem Rost weichen, den nun die Regennässe dunkelbraun gefärbt hat. Ingrid hält das Tor einige Zeit für ihre Tante geöffnet. Doch dann wird sie ungeduldig, als sie sieht, wie langsam Tante Lisa vorankommt. Krachend fällt das Tor gegen den Pfosten. Ingrid läuft durch den Garten zum Haus und um das Haus herum. Sie sucht die Katze. Jedenfalls die ist ihr geblieben, denkt Elisabeth Liedke.

Die Öffnung des Gartentores bereitet auch ihr einige Mühe. Dringend müsste es repariert werden. Die seitliche Verankerung hat sich gelockert. Es hängt schief. Nicht viel besser steht es um den Zaun. Aus den Pfeilern haben sich Steine gelöst. Die Holzplanken dazwischen sind morsch. Einige liegen auf der Erde.

Bekümmert schaut sie auch auf den Garten rechts und links des Weges, der auf das Haus zuführt. Es ist Mitte Oktober. Die Beete müssten umgegraben und die Sträucher beschnitten werden. Es wäre so wichtig, alles zu tun, damit im nächsten Jahr Kartoffeln, Erbsen, Bohnen und Beeren geerntet werden können. Seit drei Jahren ist der Krieg zu Ende, aber die Versorgung ist weiterhin schlecht. Doch wie soll sie die viele Arbeit im Garten und im Haus schaffen, nun da sie mit Ingrid allein ist und auch noch ihrer täglichen Arbeit als Lehrerin nachgehen muss?

Elisabeth Liedke hat ohnehin schwere Jahre hinter sich. 1943 hatte sie ihre Tätigkeit als Lehrerin in Finsterwalde aufgegeben, um ihren an Krebs erkrankten Vater in Jüterbog zu pflegen. Sie kehrte in ein Haus zurück, das die Erinnerung an eine freudlose Kindheit wachrief. Als begebe sie sich wieder in Gefangenschaft, so fühlte sie sich. Dass sie ihren früher so harten und strengen Vater jetzt im Zustand eines hilfs-

219

bedürftigen Kindes vorfand, änderte daran nur wenig. Es half auch nicht viel, dass der damals so gefühlskalte Vater sich nun bemühte, ihr seine Dankbarkeit zu bezeigen. Der bettlägerige Kranke, der vernachlässigte Haushalt und der verwilderte Garten verlangten ihr alles ab, was sie an körperlicher Kraft und psychischer Stärke besaß.

Anfang Januar 1945 starb Wilhelm Liedke. Leichter wurde das Leben für seine Tochter dadurch nicht. Das Haus in der Goethestraße füllte sich mit neuen Mitbewohnern. Sie gehörten zum Strom der Flüchtlinge aus dem Osten, der sich auch über Jüterbog ergoss. Bereitwillig bot Elisabeth Liedke einigen die Unterkunft an. Weitere wurden ihr zugewiesen. In jedem Zimmer wohnten drei oder vier Personen. Manche blieben nur für einige Tage und zogen weiter gen Westen. Sofort nahmen Neuankömmlinge ihre Plätze ein.

Es waren nicht immer angenehme Hausgenossen, mit denen sie es zu tun bekam. Haushaltsgegenstände und Lebensmittel verschwanden. Um die Nutzung der Küche wurde manchmal handgreiflich gestritten. Für das Reinigen der Toilette waren stets »die anderen« zuständig. Tagtäglich musste die Hausherrin bis zur Erschöpfung ausgleichen, vermitteln, überzeugen, auch überreden. Oft war sie auf sich allein gestellt, wenn es darum ging, für Sauberkeit im Haus zu sorgen oder Brennmaterial zu beschaffen. Ihr gehe es doch gut, wurde ihr vorgehalten. Sie besitze noch das Haus. Man selbst habe im Osten alles zurücklassen müssen.

Es kam noch schlimmer. Am 20. April 1945 besetzten russische Truppen Jüterbog. Betrunkene Soldaten durchstreiften die Straßen und drangen in die Häuser ein. Schnaps wollten sie haben, Uhren, Schmuck, Fahrräder und Frauen. Wer sich wehrte, begab sich in höchste Gefahr. Als sie sich schützend vor eine im Haus wohnende Vierzehnjährige stellte, wurde sie niedergeschlagen und ebenfalls vergewaltigt. Sie musste sich Nahrungsmittel in den umliegenden Dörfern von Bauern erbetteln, die eher widerwillig die alte Lederaktentasche ihres Vaters, dessen Füllfederhalter, ihren Fotoapparat, einen Briefbeschwerer aus Elfenbein und ähnliche Dinge als Gegenleistung akzeptierten.

Erst im Frühsommer kehrte ein wenig Ordnung ein. Die Versorgungslage verbesserte sich leicht. Soweit das noch möglich war, machte sie sich daran, den Garten zu bestellen. Und sie schleppte mit

220

einem Handwagen aus den Wäldern der Umgebung Holz herbei, um für den Winter vorzusorgen. Sie wollte nicht noch einmal so hilflos der Kälte ausgesetzt sein wie im letzten Kriegswinter.

Anfang September 1945 erfuhr sie, dass dringend Lehrer gesucht wurden, nachdem die sowjetische Militärverwaltung die Weiterbeschäftigung von Parteigenossen untersagt hatte. Sie war unbelastet.

Ein Beitritt zur NSDAP war für sie nicht in Frage gekommen. Mit den nationalsozialistischen Heilsversprechen hatte sie nichts anfangen können. Ihrem besonnenen, nüchternen Verstand waren Prahlerei und Großmannssucht der Nationalsozialisten zuwider gewesen. Mathematik und Physik als Lehrfächer hatte sie studiert und dann viele Jahre in Finsterwalde unterrichtet. Aufforderungen der Schulleitung, der Partei beizutreten, hatte sie ignoriert.

Ihre Bewerbung hatte Erfolg. Als der Betrieb der Oberschule in Jüterbog am 1. Oktober 1945 aufgenommen wurde, gehörte Elisabeth Liedke dem Kollegium an. Die Freude, ihren Beruf wieder ausüben zu können, half ihr, die wachsende Last zu tragen. Weiterhin war das Haus bis unters Dach von Flüchtlingen bewohnt. Wintervorräte mussten angelegt werden. Hinzu kam die Sorge um ihren Bruder und dessen Familie.

Seit seiner Festnahme Ende Mai war er verschwunden. Ihre Schwägerin Edith harrte mit der kleinen Ingrid in der Berliner Wohnung aus, jeden Tag auf ein Lebenszeichen von ihm hoffend.

Im Frühjahr 1946 nutzte Elisabeth Liedke den wiedereröffneten Eisenbahnverkehr, um die beiden zu besuchen. Sie traf eine Mutter an, die sich für ihr Kind aufopferte. Edith versetzte alles, was irgendwie entbehrlich war, auf dem Schwarzmarkt, um Lebensmittel zu beschaffen. Da sie mit den Händen geschickt war, nähte sie aus Soldatenmänteln Jacken und Hosen, die sie gegen Brennmaterial eintauschte. In der Bäckerei an der Straßenecke half sie in nächtlicher Arbeit aus, was ihr einige Brote einbrachte, die sie am frühen Morgen für sich und die Nachbarin mit nach Hause nehmen konnte, bei der Ingrid schlief.

Über das Aussehen ihrer Schwägerin war Elisabeth erschrocken. Nur noch Haut und Knochen, dachte sie bei sich. Auch erlebte sie während des Besuchs mit, dass Edith einen Schwächeanfall erlitt. Beim Hantieren in der Küche fiel ihr eine Schüssel aus der Hand. Sie musste sich setzen und rang dabei nach Atem. »Das Herz will manchmal nicht

221

so recht. Aber wart nur, gleich geht's mir wieder besser«, sagte Edith lächelnd.

Viele Jahre lang war dieses feine, weiche Lächeln verschwunden. Mit Ingrid war es zurückgekehrt.

»Du musst auf deine Gesundheit achten. Denk an das Kind«, hielt Elisabeth ihr vor. »Das Beste wäre, ihr würdet beide mitkommen nach Jüterbog. Ich sorg dafür, dass ihr bei mir wohnen könnt. Du kannst im Haus und im Garten helfen. Die Versorgung ist dort viel besser als hier. Ich verdiene jetzt ja auch etwas.«

Nein, das kam für Edith nicht in Frage. Sie mussten doch hier, in der Berliner Wohnung auf Friedrich warten. Bald würde sich klären, wo er ist. Sicherlich würden demnächst Antworten auf die Briefe eintreffen, die sie an die sowjetische Militärverwaltung geschrieben hat. Vermutlich war er in einem der Internierungslager, über die gerüchteweise geredet wurde, vielleicht in Sachsenhausen, im Norden von Berlin, im ehemaligen Konzentrationslager. Sie hatte sogar den Versuch gewagt, dort vorzusprechen. Weit vor dem Lager hatten aber russische Posten mit vorgehaltenem Gewehr sie und andere Frauen gezwungen, umzukehren. Nein, an einen Wegzug aus Berlin war nicht zu denken, bevor Friedrich nicht heimgekehrt war.

Das änderte sich zwei Jahre später, im Frühjahr 1948. Edith brach zusammen. Ihre Kräfte waren erschöpft. Dem Kampf ums Überleben in der Großstadt war sie nicht mehr gewachsen. Sie erkrankte an Tuberkulose. Es gelang ihr nicht mehr, aufzustehen. Elisabeth holte sie und Ingrid nach Jüterbog. Bald hatten sie im Haus genügend Platz. Die Mitbewohner zogen aus, als sich Ediths Erkrankung herumsprach.

Im Sommer 1948 besserte sich Ediths Zustand. Für die drei war jetzt ausreichend Nahrung vorhanden. Der Garten lieferte Obst und Gemüse. Mit Elisabeths Gehalt konnte eingekauft werden, was sonst noch für ein einfaches Leben nötig war. Für immer längere Zeiträume konnte Edith das Bett verlassen. Sie half, soweit sie konnte, im Garten und in der Küche.

Ingrid war jetzt fast fünf Jahre alt. Auf den Schoß nehmen ließ sie sich nicht mehr. Sie war dafür nicht nur zu groß, sondern auch zu lebhaft. Davon zeugten die lockigen, vom Kamm nur schwer zu bändigenden dunkelbraunen Haare und vor allem die blaugrünen Augen, die stets auf Entdeckungen aus waren.

Nach der Enge der Großstadtwohnung war die neue Umgebung für Ingrid eine Befreiung. Zunächst eroberte sie sich den Garten. Tante Lisa erlaubte ihr, in einem eigenen kleinen Beet Erbsen, Karotten und Blumen auszusäen. Dann erkundete sie Schritt für Schritt die Nachbarschaft.

Als dort Katzen geboren wurden, wollte sie unbedingt eine davon für sich haben, eine schwarze mit weißen Tupfern auf den Vorderpfoten und auf dem rechten Ohr. Der Nachbar war einverstanden. Mit beharrlichem Betteln, Versprechungen und Trotz erreichte sie, dass auch Tante und Mutter zustimmten. Fürsorglich kümmerte sie sich um die Katze, die sie auf Bitten ihrer Mutter »Jasmin« nannte.

In der letzten Augustwoche verschlechterte sich Ediths Zustand rapide. Hohes Fieber stellte sich ein. Atemnot und schwere Hustenanfälle quälten sie. Sie mochte keine Nahrung mehr zu sich nehmen. Der herbeigerufene Arzt konnte wenig ausrichten. Die nötigen Medikamente waren nicht zu beschaffen.

Ingrid wollte ihre Mutter trösten, sie streicheln, sich zu ihr ins Bett legen. Aber das durfte sie nicht. Sie sollte sich nicht anstecken. Die Türschwelle durfte sie nicht überschreiten. So setzte sie sich immer wieder dorthin mit Jasmin auf dem Arm und schaute die Kranke an, die im Fieber nur noch wenig von ihrer Umwelt wahrnahm. Als Elisabeth Liedke am frühen Morgen des 6. September 1948 nach ihrer Schwägerin sah, war sie verstorben.

Danach wich Ingrid nicht mehr von der Seite ihrer Tante. Sie hatte Angst, auch noch diese zu verlieren. Elisabeth wusste nicht recht, was sie mit dem verstörten und verängstigten Kind machen sollte. Sie musste ja unterrichten. Der Versuch scheiterte, Ingrid vormittags in den wiedereröffneten Kindergarten zu geben. Die Erzieherinnen schafften es nicht, das Kind zurückzuhalten, wenn die Tante sich verabschiedete.

Es blieb nur die Möglichkeit, Ingrid mit in die Schule zu nehmen. Der Schulleiter erklärte sich damit für einige Wochen einverstanden. So saß das Mädchen beim Mathematik- oder Physikunterricht still in einer der hinteren Reihen, malte, knetete Figuren und hörte zwischendurch aufmerksam zu. Nach Unterrichtsschluss gingen beide immer zunächst zum Friedhof. Stets hatte Ingrid etwas dabei, was sie der Mutter auf das Grab legte. Heute war es die aus Knetgummi geformte Jasmin gewesen.

»Tante Lisa, haben wir Milch für Jasmin?« Mit der Katze auf dem Arm kommt Ingrid hinter dem Haus hervor. »Ja, sicher.« Elisabeth lächelt ihre kleine Nichte an.

Sie wird sich jetzt allein um das elternlose Kind kümmern müssen. Die Mutter wird sie nicht ersetzen können, das weiß sie. Deren weiche Zärtlichkeit wird Ingrid entbehren müssen. Die letzten Monate und Jahre haben Elisabeth hart werden lassen. Dessen ist sie sich bewusst. Und sie ist sich darüber im Klaren, dass auch künftig Härte nötig sein wird, um zu überleben. Aber sie wird dem Kind zuverlässigen Schutz bieten. Sie wird es behüten. Sie wird Verantwortung für dieses Kind tragen, jedenfalls so lange wie der Vater nicht zurückgekehrt ist.

Als sie das Haus betritt, liegt zu ihren Füßen ein Brief, den der Postbote durch den Schlitz in der Tür gesteckt hat. Der braune Umschlag lässt ein amtliches Schreiben vermuten. Noch im Mantel setzt sich Elisabeth an den Küchentisch. Die Rentenversicherung beantwortet ihre Anfrage. Vor drei Wochen hat sie sich erkundigt, ob Ingrid eine Waisenrente zusteht. Das sei nicht der Fall, heißt es in dem Schreiben. Eine Rentenberechtigung könne sich aus der Versicherung des Vaters ergeben. Doch dieser, so sei zu vermuten, lebe noch. Lediglich der Aufenthaltsort sei unbekannt.

»Ist das ein Brief von meinem Papa?« Mit der Katze auf dem Arm steht Ingrid in der Küchentür. Elisabeth weiß nicht, was sie sagen soll. Noch nie hat sie bisher mit Ingrid über deren Vater gesprochen.

Von Edith weiß sie, dass Ingrid keine Erinnerung an ihn hat. Gelegentlich hat Ingrid nachgefragt. Ihre Mutter hat daraufhin nur gesagt, dass der Vater im Krieg von den Russen verschleppt worden sei und sicherlich bald zurückkommen werde. Damit hat sich das Mädchen zufrieden gegeben.

Elisabeth möchte es dabei belassen. Sie fürchtet, dass sie dem Kind zu viel zumutet, wenn sie Näheres vom Schicksal seines Vaters, ihres Bruders, erzählt. »Nein, nein«, sagt sie in beiläufigem Ton beim Zusammenfalten des Briefes, »das ist nichts Wichtiges. Lass uns doch mal nach der Milch für Jasmin schauen.« Sie erhebt sich und zieht ihren grauen Mantel aus.

224

Im Schattenreich

Wieder tritt ihm im Halbdunkel des Gefangenentransportwagens dieses Bild vor Augen. »Fahrt über den Styx«, das war der Titel einer Radierung von Gustave Doré. Das Bild war abgedruckt in dem Buch mit griechischen Sagen, das er vom Vater zu seinem zwölften Geburtstag geschenkt bekam. Immer wieder hat er sich damals dieses düstere Bild angeschaut. Es zog ihn unwiderstehlich an.

Charon, der Fährmann ins Totenreich, führt mit wehendem Umhang das Ruder im aufgewühlten Wasser des Styx, in dem Sterbende treiben. Einige haben noch Kraft für den verzweifelten, aber vergeblichen Versuch, das Boot zu besteigen. Darin steht ein Paar, das sich erschrocken und ängstlich umschaut. Die hellgrauen Töne in der Mitte des Bildes gehen zu den Rändern hin in Dunkelgrau und Schwarz über. Eine Welt der Schatten zwischen Leben und Tod.

Nur als Schatten wahrnehmbar sind für Friedrich Liedke die anderen sieben, mit denen er im Transportwagen sitzt, jeweils vier auf den längsseitig angebrachten Bänken. Die schmalen, vergitterten Fensteröffnungen sperren bis auf einen kleinen Rest das Morgenlicht aus. Die Gefängniswärter haben sie in den Wagen hineingestoßen. Gleich wird der Fahrer den Motor starten. Es ist halb elf. Sie werden an diesem 12. Mai 1950 ihren Richtern zugeführt.

Immer häufiger hat sich ihm in den vergangenen Monaten das Bild von Doré gezeigt. Zunächst war es eine nur kurz aufflackernde Erinnerung. Dann wurde es zu einem halbbewussten ständigen Begleiter, der nur auf Anlässe wartete, um mit allen Einzelheiten überdeutlich vor Augen zu treten.

Als Fahrt über den Styx nahm er im Februar den Transport in finsteren, mit Menschen vollgestopften Viehwagen vom Lager Sachsenhausen zum Bahnhof der sächsischen Kleinstadt Waldheim wahr. Dort wurde er mit vielen anderen Gefangenen aus russischen Internierungslagern in verschlossene Lastwagen umgeladen, die sie bei Dunkelheit in das große Zuchthaus der Stadt brachten. Am Tor empfing sie, gleich dem vielköpfigen Höllenhund Cerberus, ein Spalier von Volkspolizisten, das sie unter Beschimpfungen und Schlägen auf ihrem Weg ins Schattenreich durchschreiten mussten. Dort schor man ihnen die Köpfe. Sträflingskleidung mussten sie an-

225

ziehen. Zu fünft wurden sie in dunklen Einzelzellen zusammengepfercht.

Nur noch als Schatten seiner selbst vegetierte Friedrich Liedke dahin. Das Fehlen der Haare ließ seine Stirn höher und breiter aussehen. Wie ein auf der Spitze stehender Kegel wirkte der Kopf, den ein dünner Hals mit dem schmächtigen Körper verband. Die großen Augen hatten sich tief in die Höhlen zurückgezogen. Dafür stach die spitze Nase umso weiter hervor. Die dünnen Lippen lagen fest aufeinander und bildeten einen geraden Strich, der den Eindruck machte, unveränderbar zu sein.

Wie er die fünf Jahre im Lager Sachsenhausen überstanden hat, war ihm selbst ein Rätsel. Nach einem Jahr hatte ihn der Lebensmut verlassen. Dafür hatten der Hunger, die Kälte, die Isolierung von der Außenwelt und die Ungewissheit darüber gesorgt, was die russische Besatzungsmacht mit den Internierten vorhatte.

Sie seien alle Faschisten und Kriegsverbrecher, hieß es. Das war ihm auch in einer Vernehmung drei Tage nach seiner Festnahme vorgehalten worden. Er sei Parteiaktivist gewesen und habe als Staatsanwalt stets für die härteste Anwendung der nationalsozialistischen Gesetze auch gegen sowjetische Bürger gesorgt. So übersetzte der Dolmetscher die Worte des russischen Vernehmers. Das war dann in einem Protokoll festgehalten worden. Dabei war es aber geblieben. Eine Verurteilung durch ein sowjetisches Militärtribunal erfolgte in seinem Fall und in vielen anderen Fällen nicht. Es geschah gar nichts. Sie wurden nur gefangen gehalten, unter härtesten Bedingungen.

Ihm half im Lager auch nicht die Gemeinschaft der Leidensgenossen. Er war unfähig, Anschluss zu finden. Schon immer war er für sich gewesen. Jetzt wurde der Abstand zu anderen noch größer, weil er den Derbheiten in der engen Welt gefangener Männer nicht gewachsen war. Oft dachte er an Frau und Kind, was aber stets nur Trauer und Schmerz statt Trost und Hoffnung in ihm hervorrief. Nicht allein der Verlust der Geborgenheit in seiner kleinen Familie quälte ihn, sondern auch weiterhin die ungewisse Herkunft seiner Tochter. Das Lager Sachsenhausen verließ Friedrich Liedke als gebeugter, ausgemergelter, antriebsloser, schwermütiger Mensch.

Die Tage in Waldheim verliefen zunächst nicht wesentlich anders als zuvor diejenigen in Sachsenhausen. Gefangenenalltag, der von unruhigem Schlaf, kargen Mahlzeiten, gereiztem Zusammensein in der Zelle und halbstündigem Hofgang bestimmt war.

Ende März ein Ereignis. Die Gefangenen erhielten Gelegenheit, eine Postkarte an Angehörige zu schreiben. Es sollte ein bloßes Lebenszeichen sein. Der Text war vorgegeben. Im ersten Satz war zu berichten, dass man »gesund und munter« sei. Weiter war noch mitzuteilen, dass alle acht Wochen ein Brief geschrieben und auch empfangen werden könne, dass aber Paketsendungen und Besuche nicht möglich seien. Dann noch die Grüße, mehr war nicht erlaubt.

Friedrich Liedke schrieb an seine Ehefrau in der Birkenstraße 54 in Berlin-Moabit. Der erster Satz auf der Postkarte lautete: »Liebe Edith! Mitteilen kann ich Dir, daß ich gesund und munter bin.« Ob die Karte überhaupt ankommt, fragte er sich. Vielleicht liefert der neue Staat DDR gar keine Post nach Westberlin aus.

Was mit den Gefangenen im Waldheimer Schattenreich geschehen sollte, offenbarte sich ihnen erst nach zwei Monaten. Tausende Internierter hatte die sowjetische Besatzungsmacht an die DDR-Behörden zum Zweck härtester Bestrafung übergeben. Im April 1950 setzten sich die Räder einer gewaltigen Maschinerie in Bewegung. Von der Öffentlichkeit durch Zuchthausmauern abgeschirmt, stieß sie im kurzen Zeittakt massenhaft Vernehmungsprotokolle, Anklagen und Urteile aus.

Friedrich Liedke saß am 4. Mai seinem Vernehmungsbeamten gegenüber, er auf einem niedrigen Hocker neben der Eingangstür einer halbdunklen Einzelzelle, die als Vernehmungsraum diente, der Beamte hinter einem Schreibtisch auf der gegenüberliegenden Seite unter dem kleinen Zellenfenster. Parteimitglied, Blockleiter, Staatsanwalt beim Volksgerichtshof, ja, das ist er alles gewesen, räumte er ein. Was sollte er auch anderes sagen? Der Beamte wusste offenbar Bescheid über seine Lebensdaten und seine Berufslaufbahn.

Vorgehalten wurde ihm das Protokoll seiner Vernehmung nach der Festnahme. Als »überzeugter Nazist« habe er »die faschistischen Gesetze rücksichtslos gegen Nazi-Gegner angewendet«. Das sei doch so richtig, oder?

Mit hängenden Schultern und gesenktem Kopf saß Friedrich Liedke auf dem Hocker, eigentlich gewillt, auch dieses hier mit sich geschehen zu lassen. Doch es regte sich ein letzter Rest an Widerstandskraft. Hatte er nicht stets juristisch korrekt gearbeitet? Immer den Rahmen dessen eingehalten, was die Gesetze vorgaben? Gewissenhaft erledigt, womit ihn höhere Stellen beauftragten?

Er hob den Kopf. Er wollte sich wehren, irgendwie. Auch das müsse noch ins Protokoll aufgenommen werden, sagte er: »Ich habe fast nur mit Spionagesachen zu tun gehabt. Angeklagt wurden ausschließlich Reichsangehörige, die durch Unterlagen überführt wurden, die in Polen gefunden worden waren. In den Gerichtsverhandlungen habe ich stets nur solche Strafen beantragt, die dem Gesetz entsprachen und angemessen waren. Außerdem habe ich noch in einigen wenigen Fällen den österreichischen Hochverrat bearbeitet. Die Anklagen in diesen Verfahren betrafen beim Volksgerichtshof nur höhere Funktionäre. In diesen Sachen habe ich aber nicht an Gerichtssitzungen teilgenommen und daher auch keine Strafanträge gestellt.«

Der Beamte zeigte keine Reaktion. Er schrieb ungerührt weiter an dem Protokoll, mit dessen Anfertigung er sofort begonnen hatte. Offensichtlich kam es ihm allein darauf an, die Vernehmung möglichst rasch zu beenden. Als er Friedrich Liedke das Protokoll zur Unterschrift vorlegte, fand dieser seine Äußerung darin wörtlich wiedergegeben. Nach nur zwanzig Minuten wurde er in die düstere Zelle zu den vier Mitgefangenen zurückgebracht.

Nichts von seiner Äußerung enthielt dann allerdings die Anklage, die ihm gestern ausgehändigt wurde, nachdem er zusammen mit etwa 250 anderen Gefangenen in einem großen, dunklen Raum untergebracht worden war. Sie wussten, dass ihre Gerichtsverhandlung unmittelbar bevorstand. Es hatte sich herumgesprochen, dass jeweils zwei Tage vor der Verhandlung die Betroffenen abgesondert wurden.

Als »Hauptverbrecher« gemäß Kontrollratsdirektive Nr. 38 in Verbindung mit Kontrollratsgesetz Nr. 10 bezeichnet ihn die Anklage. Sie teilt nicht mit, was in diesen Vorschriften der alliierten Besatzungsmächte steht. Friedrich Liedke kann sie nicht kennen, denn sie sind erst nach seiner Festnahme erlassen worden.

Die Anklage wirft ihm nichts Konkretes vor, sondern nur allgemein, er habe durch seine Tätigkeit in der Partei und als Staatsanwalt

»mit voller Überzeugung daran mitgewirkt, die nationalsozialistische Gewaltherrschaft mit allen ihm zur Verfügung stehenden Mitteln auszubauen und zu festigen«. Als Erster Staatsanwalt bei der Reichsanwaltschaft soll er »maßgebenden Einfluss auf den Verlauf der gegen Gegner des Nationalsozialismus angesetzten Verhandlungen ausgeübt und durch brutalste Strafanträge aus politischen Beweggründen heraus die gröblichsten Verbrechen gegen die Menschlichkeit begangen haben«. Zum Schluss heißt es lapidar: »Der Beschuldigte gibt im Wesentlichen den geschilderten Sachverhalt zu. Gründe, die zu seinen Gunsten wirken, liegen nicht vor.«

Der Motor springt an. Erneut beginnt eine Fahrt über den Styx. Der Gefangenentransportwagen überquert nur die öffentliche Straße und hält dann auf der gegenüberliegenden Seite vor dem Eingang des Häftlingskrankenhauses, in dem die Gerichtsverhandlungen stattfinden. Auch auf dieser kurzen Strecke sollen die Gefangenen nicht gesehen werden. Niemand soll wissen, dass im Zuchthaus Waldheim Tausende in Massenverfahren abgeurteilt werden.

Die mit eisernen Handschellen gefesselten Gefangenen werden aus dem dunklen Wagen herausgeholt und durch dunkle Gänge zu dem Zimmer geführt, in dem die für sie zuständige Strafkammer tagt. Vor der Tür mit dem angehefteten Zettel »4. Große Strafkammer« hält der Wärter an, der Friedrich Liedke begleitet. Hier sind sie richtig.

Er muss sich auf das Schlimmste gefasst machen. Unter den Gefangenen kursiert das Gerücht, dass diese Kammer vor einigen Tagen das erste Todesurteil gefällt hat. Es soll ein Jurist verurteilt worden sein, ein Wehrmachtsrichter.

Friedrich Liedke bleibt auch nach dem Betreten des Raumes im Schattenreich. Zugezogene Vorhänge dämpfen das Licht der Maisonne. Schwaden von Zigarettenqualm bewegen sich träge in der verbrauchten Luft. Nur schemenhaft erkennbar sind die sieben Personen hinter dem Tisch an der Stirnwand. Keine nimmt Notiz von ihm. Sie schreiben, schichten Aktenberge um oder blättern in einer Akte. Offenbar sind sie noch mit einer gerade beendeten Verhandlung beschäftigt. Rechterhand stehen einige leere Stühle aus dunklem Holz. Zuschauer gibt es nicht.

Ein kleiner grauhaariger Mann fasst ihm an den linken Arm und

229

zieht ihn zu sich auf die Bank links vom Eingang. Kölling, so heißt er. Er ist sein Verteidiger, sagt er.

Eine fünfminütige Stille beendet der in der Mitte des Tisches sitzende große, hagere Mann, offenbar der Vorsitzende des Gerichts. Er eröffnet die Verhandlung gegen Friedrich Liedke. Seine Worte wirken so, als habe jemand eine Maschine in Gang gesetzt.

Friedrich Liedke kommt ein Weihnachtsgeschenk aus Kindheitstagen in den Sinn. War die Esbittablette unter dem Wasserkessel der Dampfmaschine entzündet, dann ratterte nach einiger Zeit ein Räderwerk los. Es trieb alle möglichen Figuren, Hebel und Werkzeuge an. Hier hämmerte und klopfte es, da drehte sich eine Turbine, dort ruckelte ein Wagen vorwärts.

Gleichermaßen mechanisch agieren die sieben Personen hinter dem Tisch. Ruckartig steht der rechts sitzende Staatsanwalt auf, verliest monoton die Anklage und fällt zurück auf seinen Stuhl. Die Protokollführerin an der linken Seite zuckt immer wieder einmal mit der Hand für eine rasche Notiz. Dann regt sich die Person rechts vom Vorsitzenden, wohl der beisitzende Richter. Eher ein Murmeln als ein Sprechen bringt der auf- und zuklappende Mund hervor. Verlesen werden, so versteht Friedrich Liedke nach einiger Zeit, die Protokolle seiner Vernehmung nach der Festnahme und hier in Waldheim. Wieder zuckt die Hand der Protokollführerin. Ob er zur Beweislage noch etwas zu erklären habe, fragt ihn schließlich der Vorsitzende.

Ehe er sich eine Antwort auch nur überlegen kann, spürt er die Hand des Verteidigers auf seinem Unterarm. Er werde das für ihn erledigen, flüstert Herr Kölling. Schon steht der kleine Mann. Gleichermaßen mechanisch wie die anderen Personen leistet er seinen Beitrag. Rasch, fast gehetzt wirkend, gibt er eingeübte Floskeln von sich. Der Angeklagte sei nur Mitläufer gewesen. Andere hätten ihn verführt. Er habe in gutem Glauben gehandelt.

Schlag auf Schlag folgen im Takt der Maschine die weiteren Akte. Der Staatsanwalt steht auf und beantragt die Todesstrafe. Der Verteidiger steht auf und beantragt ein milderes Urteil. Der Vorsitzende erteilt Friedrich Liedke das letzte Wort. Dessen Zögern nutzt er, um mitzuteilen, dass das Gericht nunmehr beraten werde und die übrigen Verfahrensbeteiligten daher den Raum zu verlassen hätten.

Nach nur fünf Minuten werden sie wieder hereingerufen. Der Vorsitzende verkündet: »Der Angeklagte Friedrich Liedke, geboren am 27. 1. 1901, ist schuldig der Menschlichkeitsverbrechen gemäß Artikel II Ziffer 1c und 2a Kontrollratsgesetz Nr. 10 und zugleich Haupt-schuldiger gemäß Artikel II Ziffer 1 Kontrollratsdirektive Nr. 38. Er wird wegen dieser Verbrechen zum Tode verurteilt. Die bürgerlichen Ehrenrechte werden ihm für dauernd aberkannt. Im Übrigen treffen ihn die Beschränkungen der Ziffern c bis i Artikel VIII Kontrollratsdirektive Nr. 38. Sein Vermögen wird eingezogen. Die Kosten des Verfahrens trägt der Angeklagte.«

Die anschließende Urteilsbegründung beschränkt sich auf einige rasch dahingesprochene, kaum verständliche Sätze. Friedrich Liedke erfährt außerdem, dass er das Urteil mit der Revision anfechten kann. Ob er das wolle, fragt ihn der Vorsitzende. Die Betäubung, die ihn in der vergangenen halben Stunde ergriffen hat, lässt gerade noch ein schwaches Nicken zu. Der Vorsitzende erklärt die Verhandlung für beendet.

An der eisernen Handfessel zieht ihn der Wärter aus der Bank hoch. Der Verteidiger bleibt sitzen. Er wird auch für die weiteren Sitzungen benötigt.

Zurück im Zellenhaus erfährt Friedrich Liedke, dass er eine neue Unterkunft erhält. Er wechselt in den Trakt für Todeskandidaten. Sie dürfen allein in einer Zelle wohnen.

Nazi-Kind

Vorsichtig öffnet Ingrid die Wohnzimmertür um einen Spalt. Sie weiß, dass ihre Tante nicht gestört werden will. Auf dem großen Tisch liegen Hefte, geordnet zu mehreren kleinen Stapeln. Elisabeth Liedke sitzt gebeugt über einem geöffneten Heft mit einem Rotstift in der rechten Hand.

Die Mathematikarbeiten der sechsten Klasse müssen noch heute, am 20. Juni 1950, korrigiert werden. Außerdem muss sie noch die Zensuren für die Abschlusszeugnisse festlegen. Das Schuljahr geht zu Ende. Der Klassenlehrer will die Liste morgen haben.

Nur mit leiser Stimme traut Ingrid sich, zu einer Frage anzusetzen: »Tante Lisa?« Als ihre Tante zwar etwas unwillig, aber doch nicht un-

freundlich zu ihr hinüberschaut, vergrößert sie den Türspalt und setzt den rechten Fuß in das Zimmer. Sie bleibt aber, halb verdeckt, an der Tür stehen, so als schäme sie sich.

»Stimmt das?« Sie muss schlucken, ehe sie weitersprechen kann. „Bin ich ein Nazi-Kind? Und ist mein Papa ein Faschist und ein Kriegsverbrecher?«

»Wie kommst du denn darauf?« Elisabeth Liedke legt den Rotstift beiseite. Sie wendet sich auf dem Stuhl vom Tisch ab und breitet die Arme aus. »Komm doch mal her und erzähl mir, was los ist.«

Laut aufschluchzend stößt Ingrid die Tür auf. Sie stürzt sich in die Arme ihrer Tante und verbirgt ihr Gesicht an deren Schulter. Sanft streicht Elisabeth ihr über das Haar. »Wer sagt denn so etwas?« Es dauert lange, bis Ingrid unter Tränen stammelnd hervorbringen kann: »Der, der Robert, der Robert hat das gesagt.«

Elisabeth steht auf, führt das Kind zum Sofa, bringt es dazu, dass es sich hinlegt, und setzt sich daneben. »Was ist denn passiert?« Sie nimmt Ingrids linke Hand in ihre Hände und drückt sie ein wenig. Allmählich beruhigt sich das Mädchen.

Vor zwei Stunden saß Ingrid mit ihrer Freundin Gisela vor dem Haus auf dem Gartenzaun. Über die Schule sprachen die beiden. Im September ist es endlich so weit; Ingrid wird auch zur Schule kommen. Schade nur, dass sie nicht dieselbe Klasse besuchen wird wie Gisela, denn die wird dann schon in die zweite Klasse gehen.

Eigentlich ist es ganz schön in der Schule, erzählte Gisela. Die Lehrer sind ganz nett. Bis auf den Herrn Frieden, der schlägt manchmal, und dann heißt der auch noch so.

Manfred und Peter, die neben den Mädchen auf dem Bürgersteig Fußball spielten, konnten das bestätigen. Sie besuchen dieselbe Klasse wie Gisela. Manfred hatte kürzlich eine Ohrfeige von Herrn Frieden bekommen, nur weil er in seinem Heft über den Rand geschrieben und ein wenig mit Tinte geschmiert hatte.

Seine nachträgliche Wut legte Manfred in den Schuss mit seinem faustgroßen blauen Ball. Peter, der in dem aus zwei Steinen bestehenden Tor stand, warf sich vergeblich auf den Boden. Der Ball rollte auf dem Bürgersteig auf die Gruppe von vier Jungen zu, die gerade von der Schillerstraße in die Goethestraße einbog. Der Größte der vier, ein kräftiger rotblonder Junge, nahm den Ball auf. Vergeblich warteten Manfred und Peter darauf, dass er ihnen den Ball zurückwerfen würde. Er behielt ihn bei sich und kam mit den anderen Drei langsam näher. »Das gibt sicher wieder Streit«, sagte Gisela leise zu Ingrid.

Die Vier aus der Schillerstraße sind dafür bekannt. Ihr Anführer ist der große Robert. Was er sagt, wird getan. Zur Gruppe gehören noch Jürgen, der wie Robert schon in der zweiten Klasse ist, und zwei aus Giselas Klasse, Heinz und Werner.

Robert und der auch recht kräftige Jürgen gingen voran, Heinz und Werner folgten. »Na, ihr Kleinen, wollt ihr den Ball wiederhaben?« Robert grinste Manfred und Peter an. »Den müsst ihr schon zurückgewinnen. Was haltet ihr davon, wenn wir Treibball spielen? Die Sieger dürfen den Ball behalten. Ihr könnt ja die beiden Weiber mitspielen lassen. Da ist der Ball euch ja so gut wie sicher. Gegen die haben wir doch keine Chance.« In sein meckerndes Lachen stimmten seine drei Begleiter ein.

Robert bestimmte auch gleich die Regeln. Zwei Bäume am Straßenrand im Abstand von etwa 100 Metern, das sollten die Endpunkte sein. In der Mitte dazwischen stellen sich die Mannschaften auf der Straße 20 Meter voneinander entfernt auf. Natürlich sollte Roberts Mannschaft beginnen. Der Ball wird möglichst weit geworfen. Von dort, wo er aufprallt, wird zurückgeworfen. Wird der Ball gefangen, dann darf die Abwurfstelle drei Schritte nach vorn verlegt werden. In fester Reihenfolge müssen alle aus der Mannschaft nacheinander werfen. Fliegt der Ball weiter als dort, wo der Baum im Rücken der Mannschaft steht, dann hat die werfende Mannschaft gewonnen.

Los geht's! Robert duldete keinen Widerspruch. Und dann sagte er noch zu den Vieren aus der Goethestraße: »Glaubt ja nicht, dass ihr mit dem Ball weglaufen könnt, wenn ihr ihn habt! Wir kriegen euch!«

Sein erster Wurf trieb Manfred, Peter, Gisela und Ingrid gleich etliche Meter zurück. Manfred konnte mit seinem Wurf nur wenig dagegen halten. Roberts Mannschaft rückte weiter vor.

Das wiederholte sich bei den weiteren Würfen. »Los Werner, jetzt du noch, dann haben wir sie«, schrie Robert. Doch es gelang nicht. Bevor der Ball, von Werner geworfen, am Baum vorbeifliegen konnte, fing Ingrid ihn auf.

Jetzt war sie an der Reihe zu werfen. Zunächst nahm sie Anlauf,

233

um die drei Schritte nach vorn zu tun. Das brachte ihre Mannschaft ein gutes Stück voran. Denn Ingrid war schnell und gewandt, sie konnte weit springen. Erneut nahm sie Anlauf, um nun zu werfen. Robert rückte mit seiner Mannschaft vor. Was sollte die Kleine, die noch nicht einmal zur Schule ging, schon ausrichten?

Staunend mussten sie erleben, dass der Ball weit über sie hinwegflog. Wie war das möglich? Missmutig zogen sie sich zurück.

Das erlebte Roberts Mannschaft nun in ständiger Wiederholung. Sie rückte Stück um Stück vor, musste sich aber nach Ingrids Wurf stets wieder zurückziehen. Gelegentlich war es nötig, das Spiel zu unterbrechen, weil ein Auto vorbeikam. Danach ging es auf gleiche Weise weiter.

Für Robert war es ein unlösbares Rätsel, wie dieses Mädchen es schaffte, so weit zu werfen. Sie war doch viel kleiner als er und hatte viel dünnere Arme. Seine Miene wurde immer finsterer.

Ingrid dagegen hatte immer mehr Spaß an dem Spiel. Sie spürte, wie es ihr gelang, durch noch schnelleren Anlauf und eine noch kräftigere Drehung der Hüfte den Ball weiter und immer weiter zu werfen. Dabei beflügelte sie der Stolz, ihre Mannschaft vor der Niederlage zu bewahren.

Schließlich begann Robert zu streiten. Man darf keine drei Sprünge, sondern nur drei Schritte nach dem Fangen machen! Außerdem läuft Ingrid beim Abwurf zu weit vor!

Auch das half aber nichts. Seine Mannschaft schaffte es nicht, den Ball am Baum vorbeizuwerfen. Stets verhinderte Ingrid den Sieg und damit den Gewinn des Balles.

Robert verlor die Lust. Wütend warf er den Ball in einen Garten. »Holt ihn euch doch, diesen blöden Ball!« Beim Weggehen drehte er sich noch einmal um und zeigte mit dem Finger auf Ingrid. »Und mit dir will ich nichts mehr zu tun haben, du Nazi-Kind! Dein Vater ist ein Faschist und ein Kriegsverbrecher!«

Elisabeth Liedke weiß nicht recht, was sie sagen soll, nachdem Ingrid ihr unter Tränen nach und nach erzählt hat, was passiert ist. Wie kommt Robert darauf, so etwas zu sagen, fragt sie sich.

Sicherlich weil er wütend war. Die Schimpfwörter sind ihm möglicherweise gerade so eingefallen. Von bösen Faschisten und üblen Kriegsverbrechern ist ja heutzutage überall die Rede, auf Plakaten und Spruchbändern, in Zeitungen und im Radio. Vielleicht hat er aber auch

234

zuhause etwas aufgeschnappt. Sein Vater ist Volkspolizist und aktives Mitglied der SED. Der könnte etwas wissen. Über Ingrids Herkunft aus einem Lebensbornheim? Unwahrscheinlich, aus der Geburtsurkunde ergibt sich nichts. Das wäre wohl auch nicht so wichtig. Wichtiger könnte sein, was mit Ingrids Vater geschehen ist. Vielleicht ist Friedrich mittlerweile abgeurteilt und Roberts Vater weiß davon.

Elisabeth Liedke fällt wieder ein, was sie vor drei Tagen in der Zeitung gelesen hat. In der Überschrift war von der »Aburteilung der faschistischen Kriegsverbrecher« die Rede gewesen. Berichtet wurde von der Räumung der sowjetischen Internierungslager. Dreieinhalbtausend »Nazi-Aktivisten und Kriegsverbrecher« seien in die Haftanstalt Waldheim in Sachsen gebracht worden, um dort von der Justiz der DDR abgeurteilt zu werden. Das zuständige Landgericht Chemnitz habe in Verhandlungen vor Ort die Verbrechen mit »harten und gerechten Strafen« gesühnt. Der Bericht führte jeweils nur in einem Satz fünf Fälle mit den Namen der Angeklagten an. Weitere Namen wurden nicht genannt. Auch über Art und Höhe der Strafen schwieg sich der Artikel aus. Ob Friedrich unter den Verurteilten ist, hatte sie sich gefragt, und ob auch Todesstrafen verhängt worden sind.

Auf keinen Fall wird sie mit Ingrid über ihre Ahnungen und Vermutungen sprechen. Das Kind würde nur noch ängstlicher und verwirrter werden. Sie muss es beruhigen. Auch die Geburt im Lebensbornheim und die Adoption wird sie nicht ansprechen. Edith wollte es nicht, und sie wird sich daran halten.

»Robert war nur wütend, weil er nicht gewonnen hat. Du kennst ihn doch. Dann verliert er die Beherrschung und sagt die dümmsten Sachen. Natürlich bist du kein Nazi-Kind. Dein Papa hat früher beim Gericht gearbeitet. Der ist kein Faschist. Im Krieg ist er verschleppt worden. Ich weiß nicht, wo er ist, aber vielleicht kommt er ja bald wieder.«

»Tante Lisa«, fragt Ingrid leise, »wenn mein Papa wiederkommt, darf ich dann trotzdem bei dir bleiben? Wir können doch beide bei dir wohnen.«

»Ja, natürlich darfst du bei mir bleiben.« Elisabeth fasst Ingrids Hand noch etwas fester und zieht das Mädchen sanft vom Sofa hoch. »Und jetzt zeigst du mir einmal, wie weit du werfen kannst. Ich glaube, oben auf dem Dachboden liegt noch ein Ball in einer Kiste.«

235

Ausschließlich Spione

Acht Schritte hin, acht Schritte zurück. Acht Schritte hin, acht Schritte zurück. Seit nunmehr sechs Wochen durchmisst Friedrich Liedke Tag für Tag seine Zelle. Gelegentlich verschafft er sich eine Abwechslung mit zehn kleinen Schritten oder sechs großen Schritten. Sein Oberkörper ist dabei vorgebeugt. Die Schultern hängen herunter. Der nach unten gerichtete Blick ist leer. Es wäre ohnehin schwierig, in der halbdunklen Zelle etwas in den Blick zu nehmen. Friedlich Liedke will aber auch gar nicht sehen. Er will seine Gedanken einfangen, endlich wieder einfangen.

Seit Wochen, seitdem er nach seiner Verurteilung zum Tode in diese Zelle gebracht wurde, rasen sie wie eine in Panik geratene Rinderherde durch seinen Kopf. Sie stampfen in wildem Tempo voran, brechen abrupt nach rechts aus, biegen dann wieder nach links ab, verkeilen sich ineinander, verfolgen sich in wirbelnder Kreisbewegung, halten kurz inne, bäumen sich auf, wenden sich nach rückwärts und beginnen erneut ihre Jagd.

Er, Friedrich Liedke, ein Menschlichkeitsverbrecher. Todesstrafe. Wofür? Ja, es waren harte Urteile, damals beim Volksgerichtshof. Aber es war doch Krieg. Außerdem, womit hat er denn zu tun gehabt? Spione waren es zur Hauptsache, Spione für Polen. Massenhaft Spione. Wie ungeheuer groß war doch die Zahl der Verfahren gewesen, die er damals bewältigen musste, als die beschlagnahmten Akten des polnischen Geheimdienstes eintrafen. Spione waren es, die bezahlt wurden. Vaterlandsverräter. Überall auf der Welt werden solche Leute bestraft. Besonders, wenn Krieg herrscht.

Sicher, da gab es einige andere Fälle, Hochverrat, Feindbegünstigung, Wehrkraftzersetzung. Waren es viele? Nein, das können nur wenige gewesen sein. Er kann sich kaum an sie erinnern. Hat er Wesentliches dazu beigetragen? Nein, eigentlich nicht. Das waren doch Selbstläufer. Ob er nun hier und dort eine Verfügung vornahm oder einen Antrag stellte, das war ziemlich bedeutungslos. Meistens waren es sowieso nur verfahrenstechnische Maßnahmen, die er zu treffen hatte. Verbindung oder Trennung von Verfahren, Anordnung der Anfertigung von Abschriften, Aktenversendung und ähnliches.

Ausgerechnet er, er soll sterben. Er, ein kleines Licht, ein Rädchen im Getriebe. Was hatte er denn eigentlich zu sagen gehabt? Fast nichts. Weisungen hatte er auszuführen, Anordnungen zu befolgen. Sie kamen von Vorgesetzten. Denen hat er vertraut. Es gab doch keinen Grund anzunehmen, dass Unrecht befohlen wurde. Und jetzt soll er sterben, während sein Vorgesetzter, der Oberreichsanwalt Lautz, weiterleben wird. Denn das hat sich herumgesprochen, dass der in den Nürnberger Prozessen mit zehn Jahren Haft davongekommen ist.

Dem fiebrigen Gedankenwirrwarr, den das Urteil ausgelöst hat, ist ein dunkler, klagender Grundton quälender Ungewissheit beigemischt. Was ist mit seiner Familie? Ohne Antwort ist sein Lebenszeichen geblieben, die Postkarte, die er Ende März an seine Frau schreiben durfte. Was bedeutet das? Vieles kommt in Frage, Schlimmes und weniger Schlimmes. Vielleicht leben Edith und Ingrid gar nicht mehr. Vielleicht wohnen sie nicht mehr in der Birkenstraße. Vielleicht wurde die Karte nicht nach Westberlin geschickt. Vielleicht wurde ihm die Antwort nicht ausgehändigt.

Stiefeltritte nähern sich der Zelle. Friedrich Liedke bleibt stehen. Der Schlüssel wird in das Schloss geschoben, das beim Drehen knirscht und kreischt. Der Wärter streckt seinen Arm durch den Türspalt in die Zelle. Er wedelt mit dem Papier, das er in der Hand hält. »Hier, das Urteil. Eine Stunde Zeit zum Durchlesen. Danach hol ich Sie raus. Sie können dann ihre Revisionsbegründung schreiben.«

Er stellt sich mit dem Rücken zur Wand unter das Zellenfenster. Nur so fällt genügend Licht auf die drei Seiten, so dass er den Text entziffern kann. Das Lesen bereitet ihm Mühe, weil das Licht schwach ist und seine Hände zittern. Auch zwingt ihn die weiterhin tosende Jagd der Gedanken in seinem Kopf, immer wieder einmal neu anzusetzen oder Sätze mehrfach zu lesen.

Viele Sätze haben so oder ähnlich bereits in der Anklage gestanden. Vorgeworfen werden ihm nicht einzelne Handlungen. Vorgeworfen wird ihm, dass er als Parteimitglied, als Blockleiter und vor allem als Staatsanwalt beim Volksgerichtshof das verbrecherische nationalsozialistische Regime unterstützt und gefördert habe. Der Volksgerichtshof habe allein dazu gedient, politische Gegner auszumerzen. Seine Urteile seien erwiesenermaßen Menschlichkeitsverbrechen. An ihnen habe der Angeklagte mitgewirkt. Deswegen werde er als Hauptschuldiger im Sinne der Kontrollratsdirektive Nr. 38 zum Tode verurteilt.

Eine Strafmilderung komme nicht in Frage. Der Angeklagte könne sich nicht damit herausreden, dass er das Unrecht nicht erkannt habe. Denn er habe Rechtswissenschaft studiert. Daher sei er in der Lage gewesen, Recht und Unrecht zu unterscheiden.»Die Millionen Toten, die die Nazi-Gewaltherrschaft verursacht hat, fordern Gerechtigkeit«, heißt es zum Schluss.

Erneut Stiefeltritte vor der Zellentür. Eine Stunde ist vergangen. Er hat sie nur für das Lesen des Urteils verbraucht. Noch hat er gar nicht überlegen können, was er zur Begründung der Revision schreiben wird.

Der Wärter führt ihn auf den Gang hinaus und schreitet zügig voran. Friedrich Liedke taumelt hinter ihm her. Ihm fehlt die Kraft, in gleichem Tempo zu folgen. Unwillig dreht sich der Wärter um. Er packt den Gefangenen am Ärmel und zieht ihn voran. »Los, kommen Sie schon! Die anderen warten.«

Sie biegen um eine Ecke in eine Seitennische ein. Dort sind Tische und Stühle aufgestellt. Acht Gefangene haben bereits Platz genommen. Der Wärter drückt Friedrich Liedke auf den einzigen noch freien Stuhl. Dann nimmt er Aufstellung neben einem Kollegen, der im Befehlston erklärt, was zu tun ist.

Nachdem die Gefangenen ihr Urteil gelesen haben, wird ihnen eine weitere Stunde Zeit gegeben für die Anfertigung einer Revisionsbegründung. Vor ihnen liegen ein Stift und ein Formular. Der Kopf des Formulars ist ausgefüllt mit dem Namen des Angeklagten und mit dem Datum des heutigen 24. 6. 1950, mit dem Aktenzeichen und dem Urteilsdatum. Es folgt die gedruckte Zeile: »Meine eingelegte Revision begründe ich wie folgt:« Der verbleibende Platz auf dieser Seite sowie die Rückseite stehen zum Beschreiben zur Verfügung. Unten auf der Rückseite ist zu unterschreiben. Damit sie über die Rechtsgrundlagen informiert sind, werden ihnen die maßgeblichen Passagen aus dem Kontrollratsgesetz Nr. 10 und der Kontrollratsdirektive Nr. 38 vorgelesen.

Der Wärter, der die Ankündigung gemacht hat, beginnt mit dem Vorlesen. Lustlos und mit monotoner Stimme betet er den Text herunter. Friedrich Liedke versucht zuzuhören. Es gelingt ihm nicht.

238

Er kann sich nicht konzentrieren. Fragen bedrängen ihn, viele Fragen.

Hat er überhaupt Zeit, um zuzuhören? Läuft die vorgegebene Zeit von einer Stunde bereits oder beginnt sie erst zu laufen, wenn der Wärter das Vorlesen beendet hat? Welche Regeln gelten für das Revisionsverfahren? Sind es die Regeln der Reichsstrafprozessordnung, die er kennt? Dann wäre das Revisionsgericht an die Tatsachenfeststellungen gebunden, die im Urteil stehen, und er dürfte sich nur gegen die Anwendung des Rechts auf diese Tatsachen wehren. Kann das sein? Aber im Urteil steht ja gar nicht im Einzelnen, was er gemacht haben soll. Da steht nur Allgemeines. Wie soll er sich dagegen wehren?

Erschrocken denkt Friedrich Liedke daran, wie rasch die Stunde vergangen ist, die ihm für das Lesen des Urteils gewährt worden war. Er ergreift entschlossen den Stift und schreibt das nieder, was ihm die Todesangst diktiert. Sie sollen wissen: Es ist Unrecht, wenn sie ihn töten. Diesem Gedanken versucht er eine juristische Form zu geben. Die Litanei des Wärters wird zu einem bedeutungslosen Geräusch im Hintergrund.

»Ausschließlich Spione waren es, mit denen ich bei der Reichsanwaltschaft beim Volksgerichtshof zu tun gehabt habe. Sie verrieten gegen Geld deutsche Staatsgeheimnisse an Polen. Manche haben für beide Seiten gearbeitet, und einige haben sogar betrogen, indem sie Nachrichten erfunden haben. Die Spione wurden nicht aus politischen Gründen verfolgt. Spionage wird in jedem Land der Welt bestraft, insbesondere in Kriegszeiten. Ihre Aburteilung kann daher kein Verbrechen gegen die Menschlichkeit sein. Jedenfalls habe ich nie und nimmer das Bewußtsein gehabt, verbrecherisch zu handeln. An der Verfolgung von Widerstandskämpfern oder sonstigen Gegnern des Nationalsozialismus war ich nicht beteiligt.«

Er setzt den Stift ab. Ihm wird klar, dass der letzte Satz falsch ist. Die Verfahren gegen den tschechischen und österreichischen Widerstand fallen ihm ein. Plötzlich hat er die schwangere tschechische Angeklagte vor Augen und das Baby, das er mit Edith aus Klosterheide abgeholt hat.

Der Stift fällt ihm aus der Hand. Er verbirgt sein Gesicht in den Händen. Ist er doch schuldig? Ist es nicht ein besonderes Zeichen seiner Schuld, wenn das Kind von dieser Frau stammt? Minutenlang verharrt er so.

Allmählich gewinnt der Überlebenswille wieder die Oberhand. Und wenn er schuldig, schwer schuldig ist, so muss er doch erst recht weiterleben. Seine Familie braucht ihn. Das Kind braucht ihn. Für dieses Kind hat er doch nun eine besondere Verantwortung.

Erneut greift er zum Stift. Er wird nicht umhin können, sich zu den Hochverratssachen zu äußern, hat er sie doch bei seiner polizeilichen Vernehmung erwähnt. Als äußerst geringfügig wird er seinen Beitrag dazu darstellen. Und dann gehört unbedingt noch hinein, wie ungerecht es wäre, wenn er mit dem Tod bestraft würde, während Lautz mit zehn Jahren Haft davongekommen ist. Er schreibt weiter.

»Mit Hochverratssachen war ich nur in wenigen Fällen befasst. Meine Tätigkeit beschränkte sich auf rein technische Maßnahmen ohne jeden Einfluss auf die Ergebnisse. Es ging dabei etwa um die Verbindung oder Trennung von Verfahren oder um die Weiterleitung der Akten an zuständige Organe. Derartige Handlungen können keine Menschlichkeitsverbrechen sein, denn sonst müßten auch Schreibkräfte und Sekretäre bestraft werden, die mit solchen Akten zu tun hatten. Im Hinblick auf die Strafzumessung ist zu berücksichtigen, daß mein Vorgesetzter und Behördenleiter, der Oberreichsanwalt Lautz, zu zehn Jahren Haft verurteilt wurde. Damit ist es nicht zu vereinbaren, wenn ich als sein Untergebener, der seinen Weisungen in gutem Glauben gefolgt ist, mit dem Tode bestraft werde.«

Nochmals unterbricht Friedrich Liedke das Schreiben, um über einen Schlusssatz nachzudenken. Dafür ist gerade noch Platz unten auf der Rückseite des Formulars.

»Abschließend betone ich noch einmal, daß ich absolut gutgläubig gewesen bin, daß ich niemals Widerstandskämpfer verfolgt habe und daß die Spionageverfahren sich gegen Menschen richteten, denen es um Geld ging und die genau wussten, was sie riskierten.«

Jetzt fehlt nur noch seine Unterschrift. Er schaut sich um. Andere schreiben noch. Vielleicht reicht die verbleibende Zeit, um das Geschriebene durchzulesen. Er wendet das Blatt und geht Satz für Satz durch.

Manche Formulierungen erscheinen ihm jetzt etwas schroff. Er befindet sich in völliger Abhängigkeit vom Revisionsgericht. Dessen

240

Richter entscheiden, ob er sterben muss oder weiterleben darf. Ihre Macht ist groß. Die Willkür der Justiz in diesem neuen Staat DDR hat er am eigenen Leibe zu spüren bekommen. Sollte er sich da nicht besser etwas zurückhalten? Es könnte von Nachteil sein, wenn der Eindruck entstünde, er empöre sich über das Urteil oder er wolle das Gericht belehren. Der Text müsste abgeschwächt werden.

Aber welche Möglichkeit hat er noch, um etwas zu ändern? Platz ist auf dem Blatt nicht mehr vorhanden. Ein neues Blatt wird er sicherlich nicht erhalten. Es lohnt gar nicht erst zu fragen. Eine rüde Antwort ist ihm gewiss.

Nach einigem Nachdenken findet er eine Lösung. An einigen Stellen fügt er »m. E.« ein. Manchmal reicht der Platz, um die Buchstaben dazwischen zu klemmen. Ansonsten setzt er sie über die Zeile und zeigt mit einem Pfeil an, wo sie hineinzulesen sind. »Meines Erachtens«, so hofft er, wird das Gericht milde stimmen.

Eine Nachricht

Die Drei sind mit ihren Fahrrädern hinter der Straßenecke verschwunden. Elisabeth Liedke lässt, in der Straßenmitte stehend, den rechten Arm sinken, mit dem sie hinterher gewinkt hat. Sie wendet sich dem geöffneten Gartentor zu. Mit langsamen Schritten geht sie, nachdem sie das Tor hinter sich geschlossen hat, auf das Haus zu.

Hoffentlich geht alles gut, denkt sie. Es ist das erste Mal seit Ediths Tod, dass sie Ingrid einen ganzen Tag lang nicht in ihrer Nähe haben wird. Erst am Abend wollen die Drei, Ingrid, ihre Freundin Gisela und deren großer Bruder Jörg, wieder zurück sein.

Sie haben sich auf den Weg gemacht zum Gottower See, um dort zu baden. Besser könnte das Wetter dafür nicht sein. Schon jetzt, um halb neun an diesem 3. Juli 1950, verbreitet die Sonne eine angenehme Morgenwärme, und sie stellt einen heißen Tag in Aussicht.

Ob die beiden Mädchen die Strecke von fast 25 Kilometern bewältigen können? Ingrid hatte ihre Tante ausgelacht. Natürlich schaffen sie das. Gisela und sie sind doch schon groß. Und mit ihren Fahrrädern sind sie in den vergangenen Wochen viel unterwegs gewesen.

Es beruhigt Elisabeth Liedke, dass der 17-jährige Jörg dabei ist. Er ist zuverlässig und besonnen. Wenn er merkt, dass es zu viel wird für die

241

Mädchen, wird er schon umkehren. Gestern hat er sich die Räder noch einmal gründlich angesehen. Er hat auch Werkzeug und Flickmaterial dabei.

Ach ja, es wird schon gut gehen. Sie betritt das Haus. Wie fröhlich Ingrid heute Morgen aufgestanden ist. Gemeinsam haben sie Brote für die Fahrt geschmiert und den Korb mit Proviant und Badesachen gepackt. Zum Glück kann Ingrid schwimmen.

Sorgen macht Elisabeth sich gleichwohl. Es sind die Sorgen einer Mutter. Das wird ihr klar, als sie im Flur des Hauses am Spiegel vorbei geht. Sie wirft einen kurzen Blick hinein, sie sieht sich, bleibt stehen und sieht deutlicher, wen sie vor sich hat.

Der hohe, holzgerahmte, von feinen Rissen durchzogene und an den Rändern bereits blinde Spiegel zeigt eine große, etwas knochige, ernst blickende Frau mittleren Alters. Die 45 Lebensjahre lassen sich an einigen Falten im schmalen Gesicht und an Grauverfärbungen im dunklen Haar ablesen. Die Gesichtszüge wirken harmonisch zusammen: hohe Wangen, eine ausgeprägte Stirn, eine gerade Nase und farbkräftige graublaue Augen. Darin kommt Lebenskraft zum Ausdruck sowie Ruhe und Besonnenheit, aber auch erfahrenes Leid und der Wunsch, die Welt auf Abstand zu halten.

Elisabeth Liedke ist immer noch eine ansehnliche Frau. Aber sie wird keine Verbindung mehr eingehen, sie wird keine Familie gründen. Das steht für sie aus vielen Gründen fest. Abrupt hatte eine Freundschaft geendet, in der Liebe möglich erschien. Ihr Freund, ein Kollege an der Schule in Finsterwalde, wurde eingezogen und fiel nach wenigen Wochen an der Front. In der Zeit mit ihrem pflegebedürftigen Vater war sie vereinnahmt. Die Schrecken der Zeit vor und nach dem Ende des Krieges haben sie gelehrt, niemandem zu vertrauen. Auch wirkt das furchtbare Erlebnis der Vergewaltigung durch russische Soldaten bis jetzt nach.

Sie ist jedoch nicht unglücklich. Keineswegs. Ihr Leben ist erfüllt. Ihre kleine Nichte füllt es aus.

Vor dem Spiegel stehend, aber jetzt nach unten schauend, hängt Elisabeth ihren Gedanken nach. Wie sehr mir Ingrid doch ans Herz gewachsen ist, denkt sie. Und sie überlegt. Ins Herz gewachsen, so müsste es eigentlich heißen. Ingrids Platz ist mitten in ihrem Herzen.

242

Elisabeth macht sich daran, Ingrids Zimmer aufzuräumen. Aufgeschlagen neben dem Bett liegt »Max und Moritz«. Gestern Abend hat Ingrid ihr daraus vorgelesen, mühsam Wort für Wort buchstabierend. Sie hat ihren ganzen Ehrgeiz darein gelegt. Sie wollte auch selbst vorlesen und sich nicht immer nur von Tante Lisa vorlesen lassen. Wie das Mädchen, das doch erst in zwei Monaten zur Schule kommt, es geschafft hat, sich das Lesen beizubringen, ist Elisabeth ein Rätsel.

Ehrgeizig und aufgeweckt ist das Kind, außerdem lebhaft und geradezu bewegungssüchtig. Elisabeth räumt das Sprungseil und die Jonglierbälle in die Kiste mit Sportsachen. Dann macht sie das Bett zurecht und geht in den hinteren Teil des Hauses, wo Küche und Waschküche liegen. Vieles ist dort in den letzten Wochen vor den Ferien liegen geblieben. Sie macht sich daran, die Wäsche zu sortieren, den Herd anzuheizen und den Waschbottich bereitzustellen.

Während der Arbeit hört sie das Geräusch, das die Klappe des Briefschlitzes in der Haustür verursacht. Doch erst nachdem sie die Wäsche erledigt hat, schaut sie nach. Sie hält eine beschmutzte und zerknitterte Postkarte in der Hand.

Das Adressenfeld ist mit zahlreichen Strichen, Vermerken und Stempeln versehen. Nur mit Mühe ist noch zu erkennen, dass die Karte Edith Liedke in der Birkenstraße 54 in Berlin-Moabit erreichen sollte. Dort konnte sie nicht ausgeliefert werden. Offenbar ist sie dann an verschiedene Berliner Postämter weitergereicht worden, um Edith Liedke unter einer anderen Wohnanschrift ausfindig zu machen. Zuletzt hat jemand mit Rotstift die Adresse in Jüterbog darüber geschrieben. Als Absender ist Friedrich Liedke mit Waldheimer Anschrift eingetragen.

Elisabeth wendet die Karte. Oben rechts steht: »Waldheim, den 23. 3. 1950«. Dann heißt es weiter: »Liebe Edith! Mitteilen kann ich Dir, daß ich gesund und munter bin. Ich kann jetzt alle 8 Wochen schreiben. Auch kann ich alle 8 Wochen einen Brief empfangen. Der Empfang von Paketen und Besuchen ist z. Z. nicht möglich. Herzliche Grüße, auch an unsere liebe Ingrid, von Deinem Friedrich«.

Gebannt auf die Karte blickend, geht Elisabeth in die Küche zurück. Sie setzt sich an den Tisch und legt die Karte darauf ab. Ihr Herz schlägt heftig. Bis in den Kopf hinein spürt sie die Schläge.

243

Friedrich ist also in Waldheim. Sie hat es geahnt. Gesund und munter will er sein. Das glaubt sie nicht. Der Text ist vorgeschrieben worden, wie so vieles vorgeschrieben wird in diesem neuen Staat.

Vor mehr als drei Monaten hat er die Karte geschrieben. Was ist seitdem passiert? Von Verurteilungen, auch von Todesurteilen war kürzlich in der Zeitung zu lesen. Ob er überhaupt noch lebt?

Elisabeth ist besorgt und bekümmert. Ihr Bruder tut ihr leid. Die Freudlosigkeit des Elternhauses hat zwar verhindert, dass geschwisterliche Zuneigung oder gar Liebe entstehen konnte. Auch hat sie sich später daran gestört, dass er allzu rasch bereit war, sich den politischen Verhältnissen anzupassen. Aber sie fühlt sich ihm verbunden, ihm als Teil seiner kleinen Familie. Die Herzlichkeit ihres Verhältnisses zu Edith und Ingrid hatte auch auf das Verhältnis der Geschwister abgefärbt.

Doch was ist, wenn Friedrich gar nicht verurteilt worden ist oder nur eine geringe Strafe erhalten hat? Er wird nach Jüterbog kommen. Sie könnten zu dritt hier wohnen. Das ginge sicherlich. Ingrid hätte ihren Vater zurück. Aber welche Rolle bliebe dann für sie? Elisabeth schmerzt dieser Gedanke und mehr noch der, dass Friedrich sich auch eine eigene Wohnung suchen und Ingrid mitnehmen könnte.

Grübeleien helfen nicht weiter. Wichtig ist allein das, was getan werden muss. Energisch schiebt Elisabeth die Karte beiseite, um Platz zu schaffen. Sie holt einen Briefbogen und ihren Füllfederhalter aus dem Wohnzimmer. Friedrich, wenn er denn noch lebt, muss eine Antwort erhalten. Ihm muss Mut zugesprochen werden. Er soll erfahren, dass es seiner Tochter gut geht. Aber sie wird ihm nicht vorenthalten können, dass seine Frau gestorben ist. Elisabeth zieht die Kappe ab und setzt die Feder an.

»Jüterbog, den 3. Juli 1950

Lieber Friedrich!
Deine Nachricht vom 23. März haben wir erst jetzt erhalten. Edith ist mit Ingrid schon vor zwei Jahren zu mir gezogen. Leider ist Edith bald danach an ihrer Herzschwäche und an einer Lungenentzündung gestorben. Ingrid geht es gut. Sie ist ein liebes, kluges und hübsches Mädchen. Anfang September kommt sie zur Schule. Ich arbeite wieder in meinem Beruf als Lehrerin in Jüterbog und kann für Ingrid sorgen. Wir hoffen

beide sehr, daß es Dir wirklich gut geht und daß Du bald zu uns kommen kannst.«

Sie setzt den Federhalter ab. Soll sie noch mehr schreiben? Nein, entscheidet sie, es ist wichtiger, dass er den Brief rasch erhält. Sie setzt »Herzliche Grüße von Deiner Schwester Elisabeth« darunter, faltet den Bogen zusammen, steckt ihn in einen Umschlag und schreibt die Adresse und ihren Absender darauf. Sie wird sich sogleich auf den Weg zur Post machen.

Friedrichs Karte legt sie ganz unten in eine Mappe mit alten Briefen, die sie erhalten hat. Es ist besser, so überlegt sie, wenn Ingrid erst einmal nichts erfährt. Es würde sie nur beunruhigen.

Ein komischer Vogel

Im Tabakwarengeschäft von Paul Brammert stehen für Stammkunden, die noch ein wenig plaudern wollen, ein Stuhl und ein Standaschenbecher vor der Ladentheke bereit. Herbert Griebel, Wärter im nahe gelegenen Zuchthaus Waldheim, gehört zu den Stammkunden. Nachdem er die bereitgelegte übliche Packung Juno von der Theke genommen hat, setzt er sich in den knarrenden Stuhl. Die verblichene helle Farbe zeugt davon, dass er einst in einer Küche seinen Platz hatte.

Es ist kurz nach 17 Uhr. Herbert Griebel hat Feierabend. Auf dem Weg zu seiner Wohnung kehrt er regelmäßig hier ein. Bis vor einem Jahr waren er und Paul Brammert noch Kollegen. Warum dieser den Dienst quittiert hat, weiß niemand so ganz genau. »Ich hab die Schnauze voll«, hat er zu den Kollegen gesagt. »Ich kann die Mauern nicht mehr sehen. Wir sind doch genauso eingesperrt wie die Gefangenen.« Es gibt aber auch das Gerücht, dass er sich aus Paketen für Gefangene bedient hat und deswegen entlassen wurde.

Das Tabakwarengeschäft in der Nähe der Anstalt, das Paul Brammert kurz danach eröffnete, lief zunächst recht gut. Neben den früheren Kollegen, die bei ihm einkauften, waren es vor allem die Besucher der Gefangenen, die für den Umsatz sorgten. Das hat sich seit Anfang des Jahres 1950, also vor etwa einem halben Jahr, geändert, seitdem statt der gewöhnlichen Räuber, Mörder, Betrüger und Vergewaltiger »faschistische Kriegsverbrecher«, wie es heißt, dort einsitzen. Sie dürfen keinen Besuch empfangen. Es bleibt also nur das Zuchthauspersonal als Kundschaft. Damit lässt sich nicht genug Geld verdienen.

Der 58-jährige dickliche Brammert legt die Unterarme auf die Theke und streckt seinen runden Kopf nach vorn. Mit neugierigen Augen blickt er auf seinen gleichaltrigen ehemaligen Kollegen, der sich mit nervösen Bewegungen eine Zigarette anzündet.

»Mit den Prozessen ist doch jetzt Schluss, Herbert, oder nicht? Da müssten doch auch Besuche wieder möglich sein. Und was ist mit den Todeskandidaten, Herbert? Steht der Galgen schon?«

Herbert Griebel nimmt einen ersten tiefen Zug aus der Zigarette. Nikotin und Alkohol haben Spuren hinterlassen in seinem hageren Gesicht. Die Falten, die ungesunde Hautfarbe und die hervorstehenden geröteten Augen verraten, dass er mit dem Leben nicht gut zurechtkommt. Er lebt allein und hat es daher nicht eilig, nach Hause zu kommen.

Eine seitlich weit ausholende Handbewegung mit der Zigarette bereitet seine Antwort vor. Eigentlich dürfte er über Vorgänge in der Anstalt nichts sagen. Aber das schert ihn jetzt nicht. Schließlich ist der Paul Brammert doch immer noch irgendwie ein Kollege.

»Hast wohl Recht, Paul. Wird wohl bald wieder losgehen mit Besuchen. Die Revisionen sind abgebügelt. Nun müssen sie ihre Strafen absitzen. Da müssten eigentlich auch wieder Besuche erlaubt sein.« Er nimmt sich eine Pause für einen weiteren tiefen Zug aus der Zigarette.

»Was mit den Todeskandidaten passiert, Paul, keine Ahnung. Man redet viel. Aufhängen, Erschießen, Giftspritze. Genaues weiß keiner. Von einem Galgen hab ich jedenfalls noch nichts gesehen. Die Leute sind ja in meinem Revier. Die sind arm dran. Da ist einer dabei, Paul, das ist vielleicht ein komischer Vogel, kann ich dir sagen.«

Ein Hustenanfall unterbricht ihn. Er nimmt nochmals einen Zug aus der Zigarette und fährt fort. »Mit dem hab ich in diesen Tagen Sachen erlebt, Paul, das glaubst du nicht.« Herbert Griebel genießt die Aufmerksamkeit seines Zuhörers. Er lehnt sich zurück, legt den Kopf in den Nacken und stößt den Rauch gegen die Ladendecke aus.

»Muss Richter oder Staatsanwalt gewesen sein. War wohl ein höheres Tier bei den Nazis. Volksgerichtshof, hab ich gehört. Als seine Revision abgeschmettert wurde, das hat er noch geschluckt, da hat er nicht viel gesagt. Aber dann kriegte er ne Karte von seiner Schwester. Seine Frau ist gestorben. Na, da hätt'st du ihn mal hören sollen. Geschrien und gejammert hat er. Mit der Faust gegen die Wand gekloppt. Ist sonst ein ruhiger Typ. Hat nie viel gesagt. Aber jetzt, ich sag dir, Paul, der war gar nicht zu bändigen. Und dann hat er immer gerufen: ,Ich bin schuld! Es ist alles meine Schuld!' Immer wieder hat er das geschrien und ist dabei in der Zelle hin und her gerannt. Ich rein zu ihm und sag: ,Was ist denn hier los? Warum schreien Sie so?'

Der ruft: ,Es ist meine Schuld, ich bin schuld, dass meine Tochter keine Mutter mehr hat.' ,Na hören Sie mal, sag ich, ,das ist doch Quatsch. Ihre Frau ist an Herzschwäche und Lungenentzündung gestorben. Das stand doch auf der Karte.' Aber der ließ sich nicht beruhigen, rannte weiter hin und her und schrie. Ich musste den ernsthaft ermahnen und Schläge androhen, damit der still wurde. Der hätte mir ja den ganzen Laden rebellisch gemacht.«

Herbert Griebel beugt sich nach vorn, damit er den Standaschenbecher erreichen kann. Mit dem Zeigefinger klopft er auf die Zigarette, so dass die Asche herabfällt. Dann schaut er mit schiefem Grinsen schräg nach oben zu Paul Brammert, der sich weiterhin auf der Theke abstützt. »Wie sieht's aus, Paul? Hast nen Schnaps für mich?«

Der Ladenbesitzer richtet sich auf und bückt sich dann hinter der Theke ganz nach unten. Zu hören ist das schurrende Geräusch, das eine Kiste verursacht, die hervorgezogen wird, und gläsernes Klirren. Da Paul Brammert keine Schankerlaubnis besitzt, hält er Flaschen und Gläser versteckt. Nur einige Stammkunden wissen, dass man bei ihm nicht nur Tabakwaren kaufen kann, sondern auch Schnaps ausgeschenkt bekommt.

»Klar, Herbert, für dich doch immer. Ich trink einen mit. Wär schön, wenn's bald wieder mit den Besuchen losgehen würde.« Ein breites Lächeln überzieht das feiste Gesicht, als er die beiden Gläser füllt. Herbert Griebel steht auf. Sie stoßen an und leeren die Gläser, indem sie gleichzeitig mit einem Ruck den Kopf in den Nacken legen.

247

Danach ergreift Paul Brammert rasch Flasche und Gläser und stellt sie hinter der Theke ab. Es könnten ja unversehens Kunden in den Laden kommen.

»Ah, tut gut.« Herbert Griebel nimmt wieder Platz auf dem knarrenden Stuhl. Er zieht an der Zigarette und bläst den Rauch in kleinen Stößen heraus. »Ging ja noch weiter mit diesem komischen Vogel, Paul. Da kam dann die Ansage von oben, Gnadengesuche schreiben lassen. Am 20. Juli sollte das passieren, also gestern. Wir haben morgens alles vorbereitet. Da, in dieser Nische, du weißt schon. Tische, Stühle, Papier, Stifte, alles bereitgestellt. Ich schließ die Türen bei unseren Todeskandidaten auf und sag Bescheid. Die kommen dann auch alle raus. Na ja, alle bis auf einen. Wirst dir schon denken können, wer das war. Ich zu ihm rein. Was das wohl soll, ob er denn kein Gnadengesuch schreiben will?«

Ein weiterer Zug aus der Zigarette unterbricht den Redefluss für kurze Zeit. »Der läuft in der Zelle hin und her und greint und jammert. Das Schreien hatt ich ihm ja verboten. ,Ich bin schuld, es ist alles meine Schuld' und so weiter. Du kennst das ja schon. Dabei nickt der immer mit seinem großen Kopf mit der Habichtsnase. Sah tatsächlich auf seinen dünnen Beinen aus wie ein großer Vogel. ,Also keine Gnade?' frag ich. ,Mann, das ist doch Ihre letzte Chance.' Der schüttelt den Kopf. ,Na gut', sag ich, ,wer nicht will, der hat schon.' Ich hab ihn wieder eingeschlossen. Komisch, hab ich dann noch gedacht. Erst macht der viel Brimborium mit der Revision und dann will er plötzlich kein Gnadengesuch schreiben. Ob der durchgedreht ist?«

Herbert Griebel ruckt etwas unruhig auf dem Stuhl hin und her. »Könnt noch nen Schnaps vertragen, Paul. Auf einem Bein, du weißt schon.« Paul Brammert füllt die Gläser hinter der Theke und reicht eines seinem Gast herüber, der sich halb von seinem Stuhl erhoben hat. Sie leeren die Gläser wie zuvor.

Ächzend fällt Herbert Griebel auf den Stuhl zurück. »Das Beste kommt noch, Paul. Das muss ich dir noch erzählen.« Er zieht gierig an der schon recht kurz gewordenen Zigarette.

»Heut Morgen komm ich an seiner Zelle vorbei und denk, was der wohl so macht, und schau durchs Guckloch. Du glaubst nicht, was ich da seh, Paul. Irre. Da steht der doch in der Mitte der Zelle, hüpft von einem Bein auf das andere und hat die Arme nach oben gereckt und zuckt damit wild hin und her. Bewegt sich wie so ne Art Marionette. Sagt nichts, aber tanzt wie wild. Der ist doch meschugge, denk ich. Ich in der Mittagspause zu unserem Doktor und erzähl dem das. Der hat doch unsere Kandidaten vor einiger Zeit untersucht. Auf Geisteskrankheit. Bekloppte wollen sie nämlich nicht hinrichten. Aber der ist doch verrückt, sag ich zum Doktor. Er soll sich das mal angucken. Aber der winkt ab. Nee, meint er, der ist nicht geisteskrank. Vielleicht ein bisschen angeknackst. Schwermütig, hat er noch gesagt. Außerdem hat er keine Zeit.«

Herbert Griebel erhebt sich. Er drückt langsam seine Zigarette im Aschenbecher aus. »Na ja, ich weiß ja nicht. Aber ist ja auch egal.« Er zückt sein Portemonnaie. »Was willst du haben von mir, Paul?«

Trainingswoche in Karlovy Vary

Mit einem Ruck reißt Elisabeth Liedke das obere Blatt des Wandkalenders in ihrer Küche ab. Sie muss einige hängen gebliebene Reste herauszupfen, bis das darunter liegende Blatt vollständig sichtbar wird: Mittwoch 23. September 1959.

Den Kalender hat sie von ihrem Platz am Küchentisch im Blick. Sie kann sich heute beim Frühstücken Zeit lassen. Ihr Unterricht beginnt erst mit der zweiten Stunde. Ihre Gedanken sind bei Ingrid. Sie wird heute 16 Jahre alt. Wie es ihr wohl geht, fragt sich Elisabeth bekümmert.

Was sie bedrückt, hat sich in den letzten Tagen ereignet. Am vergangenen Sonntag hatten sie gemeinsam zu Mittag gegessen. Anschließend hatte Elisabeth einen Krankenbesuch bei einer Kollegin gemacht. Gegen 16 Uhr kam sie zurück. Ingrid war dabei, ihre Sachen in die Reisetasche zu packen.

Wie regelmäßig am Sonntagnachmittag war Abschied zu nehmen. Ingrid sollte zu ihrer Kinder- und Jugendsportschule nach Berlin fahren, die sie seit ihrem 12. Lebensjahr besucht. Während der Woche ist sie dort im Internat untergebracht. Das Wochenende verbringt sie, sofern kein Wettkampf ansteht, bei Elisabeth in Jüterbog.

Dieses Mal war etwas mehr zu bedenken. Denn Ingrid sollte von Berlin aus mit anderen jungen Sportlern in die Tschechoslowakei fah-

ren. Eine Woche lang sollten sie in Karlovy Vary gemeinsam mit Nachwuchssportlern aus der CSSR trainieren. »Karlsbad« dürfe man nicht sagen, hatte Ingrid ihre Tante belehrt, der tschechische Name sei der richtige.

Elisabeth bot ihre Hilfe beim Packen an. Sie riet zu einem wärmeren Pullover und meinte, Ingrid solle doch auch an Schreibzeug denken, damit sie eine Karte aus Karlovy Vary schicken könne. Ungewohnt brüsk wies Ingrid sie zurück. Sie kommt schon allein zurecht. Schließlich ist sie kein kleines Kind mehr.

Auch der Abschied an der Haustür fiel anders aus als sonst. Bei der Umarmung spürte Elisabeth Abwehr. Ingrid löste sich rasch und machte sich mit schnellen Schritten auf den Weg zum Bahnhof. Vergeblich wartete Elisabeth darauf, dass sie sich noch einmal umdrehen und winken würde.

Was hatte dieses Verhalten zu bedeuten? Immer wieder grübelte Elisabeth am Abend und an den folgenden Tagen darüber nach. Sie konnte es sich zunächst nicht erklären.

Sicherlich spielt die Pubertät eine Rolle, sagte sie sich. Es war nur natürlich, dass das innige Verhältnis aus Ingrids Kindheitstagen schon vor längerer Zeit ein Ende gefunden hatte. Auch hatten sie sich seit dem Wechsel an die Berliner Kinder- und Jugendsportschule etwas auseinandergelebt.

Elisabeth hatte sich zunächst heftig gegen den Schulwechsel gesträubt. Sie hatte das Kind nicht weggeben wollen. Doch der Druck war zu groß gewesen.

Der Sportlehrer machte den Vorschlag. Er lobte in den höchsten Tönen Ingrids außerordentliche Begabung in den Wurfdisziplinen. Eine solche Schülerin habe er noch nie gehabt. Sie müsse unbedingt gefördert werden.

Ingrid war begeistert von der Idee, in einer Kinder- und Jugendsportschule trainieren und lernen zu können und später bei großen Wettkämpfen, vielleicht ja sogar bei den Olympischen Spielen, mitmachen zu können.

Den Ausschlag gab dann der Besuch von zwei Sportfunktionären. Sie gaben zu erkennen, dass sie über Ingrids Vater Bescheid wussten, und sie machten Elisabeth klar, dass Ingrid als Kind eines nationalsozialistischen Verbrechers nie und nimmer das Abitur an einer normalen Schule machen könne. Diese Möglichkeit gebe es für sie nur an der Kinder- und Jugendsportschule. Dort werde man darüber hinwegsehen. Daraufhin hatte Elisabeth schließlich nachgegeben.

Am gestrigen Dienstagabend machte Elisabeth dann aber eine Entdeckung, die Ingrids Verhalten aus einem anderen Grund erklärlich machte. Als sie einen Brief schrieb, versiegte die Tinte ihres Füllfederhalters. Um nachzutanken, öffnete sie die obere Schublade der Kommode. Überrascht stellte sie fest, dass das Tintenfass, das stets seinen Platz vorne rechts hat, auf der linken Seite stand. Sie selbst hatte das Fass nicht umgestellt, da war sie sich sicher. Ingrid musste sich an der Schublade zu schaffen gemacht haben. Ob sie auch ...?

Hastig nahm Elisabeth das Tintenfass, Papier, Briefumschläge und Schachteln mit Briefmarken aus dem vorderen Teil der flachen Schublade heraus, um ganz nach hinten greifen zu können. Von dort zog sie die prall gefüllte Mappe mit alten Briefen heraus. Auf dem Tisch klappte sie die Mappe auseinander. Die Briefe und Postkarten rutschten nach beiden Seiten heraus.

Elisabeth war aufgewühlt. Fieberhaft schob sie Karten und Briefe hin und her, bis sie das Gesuchte fand, die Postkarte ihres Bruders aus Waldheim vom März 1950 und die amtliche Mitteilung über die Vollstreckung des Todesurteils vom Dezember 1950.

Sie starrte auf die beiden Schriftstücke. So wird es gewesen sein, dachte sie, Ingrid wird darauf gestoßen sein. Jetzt weiß sie, dass ich sie, wann immer sie nachfragte, belogen habe.

Deinen Vater haben die Russen gefangengenommen. Vielleicht ist er noch in russischer Gefangenschaft, vielleicht ist er dort aber auch gestorben. Ich habe keine Nachricht von ihm. Schlimmes hat er nicht getan. Er hat wie viele andere am Gericht gearbeitet. Warum du in Klosterheide geboren bist? Es war Krieg. Berlin wurde bombardiert. In Klosterheide war ein Krankenhaus. Dort konnte deine Mutter dich sicher zur Welt bringen.

Ich wollte sie doch nur schonen, dachte Elisabeth. Aber das war falsch. Ich hätte wissen müssen, dass sie keine Ruhe gibt. Sie ist klug und sie ist hartnäckig. Sie wird mir nicht mehr geglaubt haben. Möglicherweise hat sie von irgendjemandem etwas gehört und dann angefangen, im Haus nachzuforschen. Was soll jetzt werden? Sie wird mir

251

nicht mehr vertrauen können. Sie wird mich ablehnen, vielleicht sogar verachten. Aber sie ist doch mein Kind!

In der Nacht konnte Elisabeth keinen Schlaf finden. Auch jetzt, beim Frühstück in der Küche, lassen Selbstvorwürfe sie nicht zur Ruhe kommen und auch die Angst, Ingrid zu verlieren.

Aus dem Wohnzimmer ertönt die Uhr mit acht Schlägen. Es wird Zeit, sie muss sich für die Schule rüsten. Sie richtet sich auf. Ihr Entschluss steht fest. Sobald Ingrid zurück ist, wird sie mit ihr reden. Sie wird alles eingestehen und sie um Verzeihung bitten.

Dann wird sie unsicher. Soll ich ihr wirklich alles sagen, fragt sie sich. Auch dass sie aus einem Lebensbornheim stammt und dass ihre leiblichen Eltern unbekannt sind? Wird sie das verkraften? Doch was ist, wenn ich es ihr verschweige und sie erfährt es auf andere Weise? Das würde alles nur noch schlimmer machen.

Sie ist ratlos. Ihren schweren Gedanken nachhängend, räumt sie den Küchentisch ab und geht ins Wohnzimmer, um ihre Schultasche zu packen.

Zur selben Zeit belebt sich der Speisesaal des am Ortsrand von Karlovy Vary gelegenen Jugendhotels. Nach und nach betreten ihn etwa 80 jugendliche Sportler mit ihren Trainern. Sie haben einen Waldlauf und Frühgymnastik hinter sich. Verschwitzt und hungrig setzen sie sich an die gedeckten Tische für jeweils acht Personen.

Der Wunsch der Leitung, man möge sich zu gemischten Gruppen zusammenfinden, bleibt unerfüllt. An diesen Tischen wird deutsch, an jenen tschechisch gesprochen. Die Völkerverständigung, zu Beginn der Woche in Begrüßungsreden beschworen, will sich noch nicht so recht entfalten.

Wie bei jeder Mahlzeit sitzt Ingrid mit Karin zusammen. Gemeinsam besuchen sie die Kinder- und Jugendsportschule in Berlin. Sie sind befreundet, obwohl sie Konkurrentinnen sind. Beide gehören zum Nachwuchskader der Speerwerferinnen.

Auch wenn Karin ein Jahr älter ist, so kann Ingrid mit ihren Leistungen durchaus mithalten. Kürzlich hat sie bei Jugendmeisterschaften Karin sogar um fünf Meter deutlich hinter sich gelassen. Ihre Weite von 45,76 m hat die Trainer staunen lassen. Es wurde in der Zeitung darüber berichtet. Darin war vom »größten Talent der DDR im Speerwurf der Frauen« die Rede. Die Freundschaft hat nicht darunter gelitten.

252

Sie tuscheln miteinander. Dabei blicken sie immer wieder hinüber auf die andere Tischseite. Dort sitzt Martin, der Hochspringer aus Leipzig. Er fällt auf. Mit 18 Jahren gehört er zu den älteren Teilnehmern. Er überragt alle anderen um mindestens einen Kopf. Das volle blonde Haar, die blauen Augen, die gerade Nase und das ausgeprägte Kinn machen aus ihm eine attraktive männliche Erscheinung. Ingrid und Karin necken sich gegenseitig.

»Gib's zu, du bist verliebt in ihn.« – »Wie du immer zu ihm rüberguckst.« – »Jetzt wirst du ja auch noch rot.« Sie stoßen sich an und kichern. Martin blickt etwas irritiert zu den beiden hinüber.

Was Ingrid vor der Abreise in der Kommode ihrer Tante entdeckt hat, ist nicht vergessen, aber durch die Ereignisse der letzten Tagen etwas in den Hintergrund getreten. Auf der Bahnfahrt nach Berlin musste sie noch mehrfach das Abteil verlassen, um unbeobachtet auf dem Gang aus Wut, Enttäuschung und Ratlosigkeit weinen zu können. Wie konnte Tante Lisa sie nur so hintergehen! Und was für ein Vater ist das, Nazi-Verbrecher, hingerichtet!

Der Abend in Berlin lenkte sie ab. In der Schule trafen nach und nach aus anderen Kinder- und Jugendsportschulen die übrigen Teilnehmer an der Fahrt in die CSSR ein. Die besten 40 jungen Leichtathleten im Alter von 16 bis 18 waren ausgewählt worden. Ingrid durfte mitreisen, obwohl sie erst 15 Jahre alt war. Sie würde ja während der Woche 16 Jahre alt werden.

Die Teilnehmer wurden am Abend miteinander bekannt gemacht. Der Leiter der Delegation erklärte, wie sie sich im sozialistischen Bruderland zu verhalten hätten, und die Trainer erläuterten das Programm.

Um halb sechs am nächsten Morgen wurden sie geweckt. Um sieben Uhr setzte sich der Zug in Bewegung. Zum ersten Mal in ihrem Leben fuhr Ingrid ins Ausland. Sie war aufgeregt und neugierig.

Viel Neues hat sie schon an den ersten beiden Tagen gesehen und erfahren, beim Training und in der Freizeit. Ein tschechoslowakischer Trainer hat ihr gezeigt, wie sie ihren Anlauf verbessern kann. Gestern Nachmittag hat sie zum ersten Mal in ihrem Leben eine Bergwanderung gemacht. Überwältigt war sie von dem Ausblick, der sich von einem Aussichtsturm auf die Stadt und die Umgebung bot. Schade nur, denkt sie, dass es so schwierig ist, sich mit den tschechoslowakischen Sportlern zu verständigen.

253

Karin stößt sie in die Seite. »He, du bist aufgerufen worden. Du sollst zur Bühne kommen.« Ingrid schaut nach links. An der schmalen Seite des Saales befindet sich eine Bühne. Offenbar wird der Raum manchmal auch für Vorführungen genutzt. Vor dem Vorhang stehen die Leiter der beiden Delegationen.

»Ich bitte nochmals um Ruhe«, ruft Herr Wandrey, der Leiter der DDR-Delegation. »Ich sagte schon, wir haben heute zwei Geburtstags-kinder unter uns. Die wollen wir doch gebührend ehren.« Der tsche-choslowakische Delegationsleiter übersetzt.

Ingrid ist es gar nicht recht, so im Mittelpunkt zu stehen. Ihr Ge-sicht ist leicht gerötet, und sie schaut auf dem Weg zur Bühne nach unten. Mit etwas steifen Schritten steigt sie die Stufen hinauf. Herr Wandrey zieht sie zu sich heran, bis sie unmittelbar neben ihm steht und in den Saal blickt.

Gleichermaßen verlegen ist die junge Sportlerin, die von einem der Tische der tschechoslowakischen Gruppe aufsteht und zur Bühne kommt. Sie nimmt Aufstellung neben dem tschechoslowakischen Dele-gationsleiter.

Herr Wandrey führt das Wort. Er hat einen Zettel in der Hand. Weiterhin übersetzt sein tschechoslowakischer Kollege.

»Neben mir steht Ingrid Liedke aus Jüterbog. Geboren ist sie vor ge-nau 16 Jahren in Klosterheide bei Berlin. Sie ist eine hervorragende Speerwerferin. Ihre Bestleistung beträgt 45,76 Meter. Ingrid, wir gratu-lieren dir ganz herzlich zu deinem Geburtstag.« Von einem Tisch, der hinter ihm steht, holt er einen Wandteller mit dem Stadtwappen von Karlovy Vary und eine Tafel Schokolade. Beides überreicht er Ingrid. Dann wendet er den Blick nach rechts.

»Genauso alt ist Olga Anna Čermaková aus Břeclav, geboren am 23. September 1943 in Wien. Sie ist eine großartige Mittelstreckenläuferin. Ihre Bestzeit über 800 Meter liegt bei 2 Minuten 20,6 Sekunden. Auch ihr gratu-lieren wir herzlich zu ihrem Geburtstag.« Sie erhält die gleichen Geschenke. Herr Wandrey lässt beide hochleben. Dann ist die Zeremonie beendet.

Die beiden jungen Frauen blicken sich an. Sie werfen sich ein vorsi-chtiges Lächeln zu. Dann machen sie spontan Schritte aufeinander zu und geben sich die Hand.

Auf dem Weg zurück zu ihrem Platz erhält Ingrid von allen Seiten

254

Glückwünsche zugerufen. Sie wehrt ab. So wichtig ist ihr der Geburtstag tatsächlich nicht. Viel wichtiger ist ihr der Höhepunkt der Trainingswoche, der für heute Nachmittag angekündigt ist. Die Zátopeks werden kommen und mit ihnen trainieren.

Das Interesse der meisten gilt vor allem Emil Zátopek, dem vielfachen Olympiasieger und Weltrekordler auf den Langstrecken. Ingrid freut sich dagegen viel mehr darauf, seine Ehefrau Dana Zátopková zu erleben, die 1952 in Helsinki olympisches Gold im Speerwurf gewonnen hat und immer noch im Leistungssport aktiv ist. Ingrid möchte vorankommen. Sie möchte weiter werfen, immer weiter, weiter als alle anderen. Von Dana Zátopková wird sie lernen können, da ist sie sich sicher.

Inhalt